# Der Grieche

Frank Wallerts dritter Fall

Krimi

Kurt Jahn-Nottebohm

Lektorat und Korrektorat:
Christine Klingbeil und Ulrike Nottebohm
Umschlaggestaltung: Ulrike Nottebohm

Copyright © Kurt Jahn-Nottebohm
ISBN: 978-3-7396-7277-9

**BookRix**
www.bookrix.de

# Der Grieche

## Ermioni, Griechenland – Juli 2001

Der Koffer war bereits zur Hälfte gefüllt. Sie stand unschlüssig vor dem Schrank in ihrem Hotelzimmer. In der linken Hand hielt sie die Tasche mit dem Fotoapparat, mit der rechten die Schranktür offen, die sich immer wieder schließen wollte, wenn sie nicht festgehalten wurde. War es richtig, jetzt abzureisen? Musste sie sich nicht selbst Vorwürfe wegen der Geschehnisse der letzten Tage machen? In einem Anflug von Ärger warf sie den Fotoapparat in den offen stehenden Koffer und entzog der Schranktür ihre stützende Hand. Sie legte sich auf die freie Seite des Doppelbettes, schob das Kissen unter ihren Kopf und starrte an die Decke. Heute schien die Sonne heiß von einem tiefblauen Himmel herab. Heute hielt sie sich nicht am Strand auf. Heute hatte sie ihn nicht gesehen. Heute war vieles anders als an den Tagen zuvor.

*

Sie war Mitte Juli hier eingetroffen. Das Hotel war nichts Besonderes, aber es genügte ihren Ansprüchen. Vor allem lag es sehr schön. Hinten, der Straße abgewandt, befand sich ein Garten mit Terrasse. An ihn grenzte ein großes Grundstück, auf dem Olivenbäume wuchsen, die ihr bereits im letzten Jahr bei manchem Spaziergang Schatten gespendet hatten. Die kleine Straße, die nach einer Vielzahl von geschwungenen Kurven vor dem Haus endete und als Trampelpfad weiter zum Strand führte, wurde eigentlich nur von Hotelgästen genutzt, wodurch es den ganzen Tag sehr ruhig blieb.

Sofort nach ihrer Ankunft hatte sie ihr Zimmer bezogen. Sie hatte ihren Koffer geleert und alles in den viel zu großen Schrank geräumt. Den leeren Koffer hatte sie ganz unten im Schrank verstaut. Sie hatte ihren Bikini angezogen und ein großes Strandtuch um ihren Körper gewickelt. Dann war sie

Richtung Strand aufgebrochen. Über die leere Terrasse und den Olivenhain näherte sie sich über einen wunderschönen Umweg dem Strand. Schon bei diesem ersten Gang zum Strand hatte sie ihn gesehen. Etwa hundert Meter abseits des Weges stand er regungslos und mit hängenden Armen vor einem Baum. Sein Gesicht konnte sie natürlich aus dieser Entfernung nicht erkennen – dennoch fühlte sie sich bei dieser ersten Begegnung beobachtet. Sie lief weiter und hatte nach wenigen Minuten den Strand erreicht. Eine kleine Bucht mit Sandstrand und zum Teil recht hohen Felsen lud sie zum Bleiben ein. Sie löste das Strandtuch und legte es in den weichen und von der Sonne aufgeheizten Sand. Dann ging sie zum Wasser, das in kleinen Wellen an den Strand plätscherte. Aus dem vergangenen Jahr wusste sie, dass es an diesem Abschnitt der Küste auch anders aussehen konnte. Sie hatte einen Tag erlebt, an dem schwere Wogen schäumend gegen die Felsen geschlagen waren und von einer Bucht nichts zu sehen gewesen war.

Das Salzwasser umspülte ihre Waden, die Sonne brannte auf sie herab und eine erstaunlich frische Brise sorgte gleichzeitig für Abkühlung. Langsam lief sie weiter ins Wasser hinein, bis sie gerade noch stehen konnte. Sie stieß sich vom sandigen Boden ab und machte ein paar Schwimmzüge. Schließlich tauchte sie kurz ab, wunderte sich über die Klarheit des Wassers und machte sich auf den Rückweg zu ihrem Liegeplatz. Sie streifte die nassen Haare nach hinten. Ihr Blick fiel auf das Ende des Weges, den sie gerade erst verlassen hatte, um das kurze Stück bis in diese Bucht hinabzuklettern. Dort oben stand er wieder.

Sie ließ sich im Schneidersitz auf dem Badetuch nieder. Aus einem Stoffbeutel kramte sie ihre Sonnenbrille, die Zigaretten und das Feuerzeug. Als sie den Rauch ausblies, schaute sie wieder nach oben. Er war verschwunden. Sie drehte sich um und legte sich auf den Rücken. Im Liegen sah sie dünne Wolkenfetzen am Himmel vorbeiziehen. Ein Schatten fiel auf sie. Er stand direkt neben ihrem Badetuch und blickte auf sie herab.

»Hallo«, begrüßte sie ihn freundlich, obwohl sie im ersten Augenblick von seinem plötzlichen Auftauchen erschreckt worden war. Er nickte unmerklich, sagte aber nichts.

»Sprechen Sie Deutsch?«

»Bisschen«, war seine knappe Antwort.

Sie setzte sich, aber als sie bemerkte, dass sich ihre Augen nun auf Höhe seiner Gürtellinie befanden, erhob sie sich, streckte ihm die Hand entgegen und stellte sich vor.

»Georgios«, sagte er und hielt ihre Hand ein wenig länger fest als es nötig gewesen wäre.

Sie spürte, wie ihr eine Gänsehaut über den Rücken lief. Der Mann hatte sie während der gesamten Szene nicht aus den Augen gelassen. Er blickte sie unverwandt aus seinen braunen Augen unter dichten schwarzen Brauen an. Sein Gesichtsausdruck war weder unfreundlich noch abweisend und veränderte sich auch jetzt nicht, als sie ihr Badetuch ergriff und es um sich wickelte. Unvermittelt drehte Georgios sich um und lief auf das Wasser zu. Er zog sich sein Hemd über den Kopf und streifte seine Hose ab. Beides ließ er achtlos fallen. Dann lief er mit immer schneller werdenden Schritten in das salzige Nass und warf sich hinein. Sie wollte ihren Augen nicht trauen. Sie wusste nicht, wie sie sich verhalten sollte oder wollte. Eigentlich musste sie jetzt zusehen, dass sie wegkam. Sie konnte doch unmöglich hier an einem griechischen Strand einem nackten Griechen beim Baden zusehen! Langsam setzte sie sich in Bewegung, konnte aber ihren Blick nicht von dem Badenden wenden, der mit kräftigen Schwimmstößen bereits wieder auf den Strand zuhielt. Kurz darauf entstieg er dem Wasser. Sein Körper glänzte in der Sonne. Der Mann schien sich seiner Nacktheit nicht zu schämen, denn er bedeckte sie nicht und kam lächelnd auf sie zu. Seine Augen blitzten.

»Du gehst?«, fragte er, als er vor ihr stand.

»Nun«, begann sie, räusperte sich und begann mit kräftigerer Stimme von vorne. »Nun, ich dachte, Sie wollen vielleicht lieber alleine sein.«

Er lachte und blickte sie weiter an. Dann drehte sich Georgios um, sammelte seine Sachen zusammen, zog sich an und verschwand ohne ein weiteres Wort.

Nach ihrer Rückkehr zum Hotel lag sie auf ihrem Bett und ließ die Geschehnisse vom Strand Revue passieren. Was war das für ein Mann gewesen? Georgios hatte sich ihr gegenüber verhalten, als seien sie sich seit langer Zeit vertraut. Einerseits war sie fasziniert von ihm, andererseits recht erschrocken über sich selbst. Er war ein fremder Mann. Was war los mit ihr? Ein paar Minuten später schüttelte sie ihren Kopf, sprang vom Bett auf, zog sich an und ging auf der kleinen Terrasse des Hotels einen Kaffee trinken.

Am nächsten Tag stand sie gegen neun Uhr auf, frühstückte auf der Terrasse und erkundete anschließend, während eines ausgiebigen Spaziergangs, den Ort. Seit dem letzten Jahr hatte sich in Ermioni nicht viel verändert. Einzig ihre Lieblingskneipe in der Nähe des kleinen Hafens im Norden des Ortes war renoviert worden. Es standen neue Tische auf der Terrasse, auf der sie so gerne saß und auf das Meer hinausblickte. Nach Ende des Spaziergangs, der sie noch auf die Halbinsel östlich von Ermioni geführt hatte, entschloss sie sich, in »ihrer« Kneipe zu Mittag zu essen. Sie setzte sich, und es dauerte nicht lange, bis der Kellner kam. Sie bestellte sich einen Wein und Stifado, einen Schmortopf aus Lammfleisch, Tomaten, Zwiebeln und Bohnen. Während des Essens dachte sie an den vergangenen Tag und ihr Zusammentreffen mit Georgios. Wer mochte dieser Mann sein? Warum hatte er so offensichtlich den Kontakt zu ihr gesucht und war dann einfach verschwunden? Heute hatte sie ihn bei ihrem Ausflug zur Bucht nicht gesehen. Sie musste sich eingestehen, dass sie darüber etwas enttäuscht war. Er sah verdammt gut aus. Altersmäßig war er schwer zu schätzen, aber er war einer jener Männer, die nicht wirklich schön waren, sondern interessant. Sein Körper, den sie ja nun in seiner kompletten Pracht hatte sehen können, war einfach perfekt. Sein Gesicht wurde von den Augen beherrscht, die vor allem beim Lachen strahlten. Ansonsten war sein Gesicht eher durchschnittlich. Recht breite Lippen bildeten den Mund, seine Nase war etwas zu groß geraten und seine Augenbrauen waren unregelmäßig und buschig. Sein dichtes schwarzes Haar hatte einen leicht blauen Schimmer. Seine Haut war von der Sonne stark gebräunt, sodass sie annahm, dass er sich wohl überwiegend im Freien aufhielt. Vielleicht war er Fischer. Sie musste lächeln und drückte die Zigarette aus, mit der sie ihre Mahlzeit abgeschlossen hatte. Dann zahlte sie und ging zurück zum Hotel.

Am nächsten Morgen packte sie nach dem Frühstück ihre Badesachen zusammen und lief zur Bucht. Heute war es nahezu windstill. An Lesen war in der Hitze nicht zu denken, und so verbrachte sie erst einmal eine gute halbe Stunde im Wasser. Anschließend fühlte sie sich wohler. Sie stieg aus dem Wasser, ging zu ihrem Badetuch und nahm einen großen Schluck aus einer Wasserflasche, die sie sich aus dem Hotel mitgebracht hatte. Anschließend verlegte sie ihren Liegeplatz hinter einen kleinen Felsen, der aus dem Boden ragte und hinter dem sie etwas Schatten fand. Sie blickte sich um und zog ihr Oberteil aus, nachdem sie niemanden gesehen hatte. In dieser Gegend konnte man wirklichen Ärger bekommen, wenn man sich an Stränden nackt oder halbnackt zeigte. Sie setzte sich, lehnte sich mit dem Rücken an den Felsen und griff nun doch zu ihrem Buch. Gegen Mittag überlegte sie zurückzugehen, entschied sich aber anders. Auch wenn die Hitze nun auf ihrem Höhepunkt war, wollte sie diese Stunden nicht auf ihrem Hotelzimmer verbringen. Sie legte ihr Oberteil wieder an und lief erneut ins Wasser. Einige Minuten später hörte sie laute Stimmen und blickte sich um. Am Strand sah sie zwei Männer, die offensichtlich heftig gestikulierend stritten. Da sie aber zu weit entfernt war, konnte sie nichts Näheres erkennen. Schnell schwamm sie zurück und dachte darüber nach, ob es so klug war, an den Strand zurückzukehren, wo sich gerade zwei hitzköpfige Griechen stritten. Bevor sie wieder sandigen Boden unter den Füßen hatte, erkannte sie in einem der Männer Georgios, der gerade von dem offensichtlich jüngeren Mann einen Stoß vor die Brust erhielt. Der Jüngere drehte sich abrupt um und lief mit wütenden Schritten zurück zu dem Weg, der auf die Klippe führte. Georgios rührte sich nicht. Mittlerweile war sie am Strand angelangt. Sie lief auf Georgios zu und wollte gerade rufen, als er sich umdrehte und sie erblickte. Sie wunderte sich, als er Anstalten machte zu gehen.

»Georgios!«, rief sie hinter ihm her, aber er ging weiter.

Sie lief schneller und hatte ihn nach wenigen Metern eingeholt. Sie ergriff seinen Arm und stellte sich vor ihn.

»Georgios, was ist los?«

Wieder schaute er sie nur an, aber diesmal blitzten seinen Augen nicht.

»Warum willst du wissen?«

»Ihr habt euch gestritten.«

Mit einer unwilligen Geste machte sich Georgios von ihrem Griff frei und lief weiter. Sie schaute ihm nach, bis er über der Klippe verschwunden war.

Den Rest der Woche verbrachte sie überwiegend im Hotel. Das Wetter war umgeschlagen, und es regnete oft, was für diese Jahreszeit und diese Gegend ungewöhnlich war. Gleichwohl genoss sie diese Tage. Sie hatte sich vom Besitzer des Hotels einen Wagen geliehen und die eine oder andere Spritztour in die Umgebung unternommen. Am Samstag schien die Sonne wieder von einem ungetrübten Himmel herab. Weit und breit war keine Wolke zu sehen. Leichter Dunst hing über dem Meer. Diesmal hatte sie gleich den Standort hinter dem Felsen bezogen. Sie rauchte und las, und da sie der Meinung war, Sonne nachtanken zu müssen, hatte sie sich ihres Bikinis entledigt, natürlich nicht ohne darauf zu achten, dass sie sich alleine in der Bucht befand. Plötzlich hörte sie ein Knacken und blickte in die Richtung, aus der das Geräusch gekommen war. Georgios befand sich auf dem Abstieg in ihre Bucht. Sie fluchte und legte schnell das Buch hin. Dann schlang sie sich das große Badetuch um den Körper, da die Zeit nicht ausgereicht hätte, den Bikini wieder anzulegen. Sekunden später stand er vor ihr.

»Hallo«, sagte er und lachte sie an, wie er es bei ihrem ersten Zusammentreffen getan hatte.

»Hallo«, antwortete sie und musste unwillkürlich auch lächeln. Hatte er sie etwa von oben schon gesehen? Er bückte sich und griff nach ihren Zigaretten.

»Darf ich?«, fragte er. Sie nickte. Georgios steckte sich eine Zigarette an.

»Warum?«, fragte er, und als er ihren fragenden Blick sah, ergriff er einen Zipfel des Tuchs und zog daran.

Sie machte einen Hüpfer rückwärts. Dabei stolperte sie, aber er ergriff schnell ihren Arm und verhinderte so einen Sturz. Sofort ließ er sie wieder los und setzte sich in den Sand. Er erblickte ihren herumliegenden Bikini und lachte erneut. Er sammelte ihn auf und warf ihn ihr zu.

»Was wollen Sie hier?«, fragte sie nun.

»Besuchen«, antwortete Georgios. Sie drehte sich um und zog unter dem Schutz ihres Badetuchs den Bikini an, wobei sie ungeschickte Verrenkungen machte, was sie ärgerte. Dann legte sie das Tuch um ihre Schultern und zog es über ihrer Brust zusammen, denn jetzt war ihr der Blick Georgios' unangenehm geworden. Er taxierte sie feixend von oben bis unten.

»Du vorsichtig«, sagte er.

»Ja!«, antwortete sie etwas barsch. Bei dem ersten Zusammentreffen mit Georgios war sie fasziniert von ihm gewesen, doch jetzt störte sie seine Art. Obwohl er freundlich war und sich immer nur an der Grenze zur Aufdringlichkeit bewegte, nahm er sich ihres Erachtens Sachen heraus, die, vorsichtig ausgedrückt, etwas dreist waren. Sie hatten schließlich noch keine zehn Worte miteinander gewechselt, und trotzdem hatte sie ihn schon nackt gesehen – er sie wahrscheinlich auch. Er kam wie selbstverständlich zu ihrem Liegeplatz und bediente sich ihrer Zigaretten.

»Danke«, sagte er.

»Danke?«

»Für Zigarette.«

Sie setzte sich.

»Warum wollen Sie mich besuchen?«, fragte sie.

Georgios zuckte mit den Schultern und streifte die Zigarettenasche an dem Felsen ab. Er blickte auf und antwortete:

»Lange nicht gesehen.«

»Na und?«

»Ich wollte dich sehen.«

»Sie wollten mich sehen? Warum?«

»Ach! Warum immer wissen muss … warum?«

Seine Stimmung hatte sich verändert. Wieder stellte sie fasziniert fest, wie leicht sie in seinem Gesicht lesen konnte.

»Wer sind Sie?«, fragte sie, denn sie hatte das Gefühl, das Thema wechseln zu müssen. Sofort blühte er wieder auf.

»Ich heiße Georgios.«

»Das weiß ich. Wer ist Georgios?«

Er setzte sich übertrieben aufrecht hin und ein gespielt ernsthaftes Gesicht auf.

»Ich, Georgios Stefanidis, ich 28 Jahre. Wohne hier.«

Er machte eine ausladende Bewegung mit seinem rechten Arm, als wollte er die gesamte Region in seinen Wohnort einschließen. Dann drückte er die Zigarette am Felsen aus. Die Kippe vergrub er im Sand. Er stand auf, reichte ihr die Hand, die sie ergriff, und sagte: »Du nett.«

12

Dann drehte er sich um und ging.

In den folgenden Tagen hielt der griechische Sommer, was er in den ersten Tagen ihres Urlaubs versprochen hatte. Sie war täglich in »ihrer« Bucht und täglich traf sie dort Georgios. Anfangs kam er immer auf ein oder zwei Zigarettenlängen zu ihrem Liegeplatz. Später erwartete sie ihn bereits, und wenn er nicht zur üblichen Zeit kam, so gegen 14 Uhr, wurde sie ungeduldig. Aber er kam jeden Tag. Sie erfuhr, dass er einer der vier Söhne der Familie Stefanidis war, die den Olivenhain besaß, durch den sie auf dem Weg zum Strand immer ging. Sie erfuhr, dass er das so genannte »schwarze Schaf« der Familie war und sich mit seinen Brüdern nicht sehr gut verstand. Warum, erfuhr sie nicht. Am Mittwoch ihrer letzten Woche kam Georgios erst recht spät in die Bucht. Nach ihrer Schätzung musste es bereits fünf sein. Er trug einen Korb, den er feierlich vor ihr absetzte. Er nahm das Tuch ab, das ihn bedeckte, und präsentierte ihr mit einem »Voilá!« alle möglichen Köstlichkeiten: vom Wein über diverse eingelegte Oliven bis hin zu Schafskäse, Lammfleisch und Fisch. Er strahlte sie an und machte sich sofort daran, eine Feuerstelle zu errichten. Es folgte ein wunderschöner Abend mit Genüssen aller Art. In der Nacht schliefen sie am Strand miteinander. Am folgenden Tag war sie verwirrt. Als er aber am Mittag freudestrahlend zur Bucht kam, waren alle Zweifel wie weggewischt.

Dann kam der Tag, der alles ändern sollte. Es war nicht so heiß wie an den Tagen zuvor. Sie trug ein Strandkleid über ihrem Bikini und saß rauchend auf dem Felsen, als er die Klippe hinunter kam. Als er bei ihr war, nahm er sie in die Arme und küsste sie. Sie schmiegte sich an ihn, doch er schob sie leicht von sich weg, um ihr mit seinem unglaublichen Blick in die Augen zu schauen.

»Wir gehen weg«, sagte Georgios.

Sie verstand nicht. Er zeigte auf sie und dann auf sich und machte Kurbelbewegungen mit einem imaginären Lenkrad.

»Wohin?«, fragte sie und wirkte wohl etwas verwirrt.

Georgios lachte, nahm sie beim Arm und wollte sie mit sich nehmen. Plötzlich ertönte ein lauter Ruf vom Rand der Klippe.

»Georgios!«

Ein junger Mann machte sich auf den Weg die Klippe hinunter. Georgios stand wie erstarrt. Schon war der andere Grieche, in dem sie ohne Schwierigkeiten einen der Stefanidis-Brüder erkennen konnte, bei ihnen und ließ einen lauten Wortschwall über Georgios ergehen. Sie wurde weder von Georgios noch von seinem Bruder beachtet. Die Situation schien zu eskalieren, denn die Gesichter der beiden Kontrahenten drückten ungefilterte Wut aus. Ihre Stimmen wurden lauter, der Wortwechsel stakkatohafter. Schließlich griff der Bruder Georgios beim Arm und zischte, offensichtlich auch an sie gewandt, denn jetzt benutzte er die deutsche Sprache:

»Du kommst jetzt mit zu deiner Frau!«

Sie spürte, wie sie beinahe den Halt verlor. Ihre Beine drohten zu versagen, doch wenige Sekunden später hatte sie sich gefasst und spürte nur noch Zorn. Sie griff nach Georgios Schultern und drehte ihn zu sich um. Dann gab sie ihm eine schallende Ohrfeige. Sie machte sich auf den Weg zurück zum Hotel.

*

Sie schreckte auf. Fast wäre sie eingeschlafen. Langsam erhob sie sich vom Bett, ging ins Badezimmer und kühlte ihr Gesicht mit kaltem Wasser. Dann fuhr sie fort, ihren Koffer zu packen. Das Taxi sollte in einer Stunde kommen.

# Mittwoch 14. Juni 2006

Maren Dieckmann, eine 29-jährige Kriminalbeamtin, saß im Gartenlokal der »Palette« auf der Wallstraße und bestellte sich eben das dritte Glas Wasser, als jemand neben sie trat.

»Na? Durst?«, fragte Frank, gab ihr einen flüchtigen Kuss und setzte sich an ihren Tisch.

»Das kannst du laut sagen. Die Hitze bringt mich um.«

Frank Wallert, 43 Jahre alt und sowohl ihr Chef bei der Kripo, als auch ihr Lebenspartner, lachte sie an.

»Ich finde das toll!«, sagte er. »Letztes Jahr haben wir alle gestöhnt wegen des schlechten Wetters. Jetzt haben wir mal einen ordentlichen Sommer, und wieder stöhnen alle.«

Die Bedienung kam und brachte Marens Wasser. Frank bestellte sich ein Pils, und die offensichtlich genervte Bedienung entfernte sich wortlos.

Es war früher Nachmittag. Frank und Maren hatten für heute Feierabend gemacht. Auf diese Weise ergab sich die Möglichkeit, einige ihrer Überstunden abzufeiern, die sich in den ersten Monaten dieses Jahres aufgetürmt hatten. Außerdem war zurzeit wirklich nichts los in Mülheim und Umgebung, obwohl die Fußball-Weltmeisterschaft seit dem vergangenen Wochenende in vollem Gange war und sich allein im Ruhrgebiet Hunderttausende von Fans von einem Spiel zum anderen und von einer Party zur anderen bewegten. Heute Abend spielten die Deutschen ihr zweites Gruppenspiel im nahen Dortmund, und so war auch die Mülheimer Innenstadt voller deutscher und polnischer Fans und Fahnen.

Die Bedienung kehrte zurück und trug ein voll beladenes Tablett. Im Vorübergehen stellte sie Frank ein Pils auf den Tisch und bewegte sich auf eine Gruppe zu, die offensichtlich auf dem Weg nach Dortmund war. Bunt geschminkte Gesichter, kleine Deutschlandfahnen und schwarz-rot-gelbe Mützen wiesen sie als deutsche Fußballfans aus. Irgendwie beneidete

Frank sie. Nicht, dass er der große Fußballfan war, aber bei großen Turnieren faszinierte ihn immer wieder die Stimmung, die sich im Laufe der Tage und Wochen entwickelte, und dann konnte auch er sich dem nicht entziehen. Sein Freund und Kollege Malte, dessen Frau Bea, Maren und er hatten im Vorfeld der WM überlegt, ob sie sich um Karten für ein Spiel kümmern sollten. Das Vorhaben war aber schließlich daran gescheitert, dass das Kartenvergabeverfahren schon fast abgeschlossen war und es immer unwahrscheinlicher wurde, dass alle vier Freunde zum gleichen Spiel im selben Stadion sein konnten. Zuletzt hatten sie die Internetbörse »ebay« bemüht, ihren Versuch aber schnell aufgegeben, als sie die geforderten Preise sahen. So hatten sie verabredet, wenn möglich gemeinsam die Spiele im Fernsehen zu verfolgen. Heute war es so weit. Sie hatten Malte und Bea für den Abend zum »private viewing«, wie sie es nannten, eingeladen.

»Gehen wir?«, fragte Maren. Frank nickte. Er zog einen Zehn-Euro-Schein aus seiner Shorts-Tasche, klemmte ihn unter das leere Pilsglas und stand auf. An einem Tisch in Marens Rücken ließ ein Mann seine Zeitung sinken und schaute den beiden hinterher, bis sie die Straße überquert hatten und sich im Gewühl auf dem Viktoriaplatz verloren.

\*

In der Goethestraße angekommen, riss sich Maren schon im Flur die Kleider vom Leib und ging unter die Dusche. Das kalte Wasser belebte sie und ließ ihre Haut kribbeln, auch wenn sie zuerst dachte, das Herz müsse ihr stehen bleiben. Sie wickelte sich in ihren Morgenmantel und trat zu Frank auf den kleinen Balkon, auf dem er einen Sonnenschirm aufgespannt hatte. Sie setzte sich auf den Stuhl ihm gegenüber und frottierte ihre Haarspitzen.

»Wann kommen die beiden?«, fragte sie.

Frank schaute auf seine Uhr.

»In etwa einer Stunde.«

»Hast du an die Getränke gedacht?«

Frank schlug sich mit der flachen Hand vor die Stirn.

»Scheiße, nein!«, rief er und sprang auf.

»Lass mal«, sagte Maren. »Ich mache das schon. Du willst ja wohl auch noch unter die Dusche. Du kannst in der Zwischenzeit ein bisschen aufräumen und die Knabbersachen vorbereiten. Ich fahre schnell zum Getränkemarkt.«

Fünf Minuten später fuhr sie mit dem Twingo auf den Parkplatz des Getränkemarktes an der Auerstraße, flitzte hinein und kam weitere fünf Minuten später mit je einem Kasten Pils und Fanta auf einem Rollwagen wieder heraus. Als sie sich ihrem Auto näherte, blieb sie abrupt stehen. Ein Mann stand mit dem Rücken zu ihr an der Beifahrerseite gegen den Wagen gelehnt, den Kopf gesenkt, als ob er etwas zu seinen Füßen beobachtete. Entschlossen bugsierte Maren ihren Einkaufswagen zum Kofferraum und stemmte beide Hände in ihre Hüften, als sie angelangt war. Das eigenartige Gefühl ignorierend, das Profil dieses Mannes zu kennen, rief sie ihm zu: »Ist es denn auch bequem für Sie?«

Der Mann fuhr herum und schlagartig überfiel Maren die Erkenntnis. Sie taumelte zurück.

»Georgios!«

Es war eher ein Flüstern aus trockener Kehle als ein Aufschrei. Da war es wieder. Das Lachen dieses Griechen. Ermioni 2001. Die Bucht. Olivenhain und herrliche Stunden. Die Szene am Strand. Georgios und sein Bruder. *Du kommst jetzt mit zu deiner Frau!* Die Ohrfeige. Die Verletztheit. Und dann die Flucht.

Er stand noch immer da wie angewurzelt. Als er schließlich einen Schritt auf sie zu machte, wich sie automatisch einen Schritt zurück.

»Du bist noch schöner als damals«, brachte er heraus.

Maren spürte, wie sie die Fassung zurück erlangte und die Kälte in ihr hochkroch.

»Hör auf!«, fuhr sie ihn an und öffnete mit wütendem Schwung den Kofferraum ihres Wagens. Als sie den ersten Kasten greifen wollte, legte er ihr eine Hand auf den Arm. Ein Schaudern durchfuhr sie.

»Lass mich das machen.«

Sein Deutsch war fließend geworden, stellte sie überrascht fest und ließ ihn gewähren. Als er den zweiten Kasten in den Kofferraum gewuchtet hatte, musste er sich beeilen, den Arm zurückzuziehen, denn Maren schloss den Kofferraum mit einer weiteren schwungvollen, von Zorn getragenen Bewegung. Erstaunt blickte er sie an. Jetzt bemerkte sie, dass sich Georgios enorm verändert hatte. Er war längst nicht mehr der Hüne, als der er ihr vor fünf Jahren erschienen war. Er wirkte auf sie kleiner, zusammengesunken, den Kopf zwischen die Schultern gezogen. Sein Blick war nicht mehr so direkt, nicht frech und strahlend, eher matt und müde. Seine Gesten wirkten fahrig und nervös. Er war nicht mehr der strahlende Grieche aus Ermioni. Dennoch war Maren weit entfernt davon, irgendwelches Mitgefühl aufkommen zu lassen. Statt sich für seine Hilfe mit den Getränkekästen zu bedanken, giftete sie ihn an.

»Was willst du hier?«

Wieder versuchte er, ihren Arm zu greifen. Wieder machte sie einen Schritt zurück und entzog sich ihm. Wieder hatte sie das Gefühl, dass er von einer tiefen Traurigkeit beherrscht wurde.

»Maren …«, versuchte er, bei ihr Gehör zu finden, doch die Angesprochene wandte sich von ihm ab, öffnete die Fahrertür und machte Anstalten einzusteigen, abzufahren und ihn einfach stehen zu lassen. Mit zwei Schritten war er bei ihr und hielt die Tür fest.

»Ich brauche deine Hilfe!«, stieß er hervor.

18

Das war genug! Maren, die schon fast saß, schoss aus dem Wagen hervor und stieß den Griechen mit beiden Händen vor die Brust und von der Tür weg.

»Spinnst du?«, schrie sie ihn an und baute sich vor ihm auf, bereit diesmal zuzuschlagen oder sogar ihre Taekwondo-Kenntnisse anzuwenden. »Lass mich in Ruhe!«, brüllte sie und registrierte, dass andere Leute auf dem Parkplatz auf sie aufmerksam geworden waren.

»Du bist Polizistin. Du musst mir helfen!«

Georgios stand regungslos mit hängenden Schultern etwa zwei Meter vor ihr.

»Brauchen Sie Hilfe?«, hörte Maren plötzlich hinter sich. Sie drehte sich um und sah einen jungen Mann, von dem die Frage stammte, am Nebenauto stehen.

»Danke«, sagte sie kopfschüttelnd, stieg in den Wagen und fuhr wenige Zentimeter an Georgios vorbei, der sich nicht umdrehte, sondern einfach stehen blieb, resigniert und traurig.

Auf dem Weg in die Goethestraße hatte sie Mühe, sich auf den Verkehr zu konzentrieren. Das eine oder andere Mal wurde sie angehupt oder mit einer abfälligen Geste bedacht. Alle drängten nach Hause zum Fernseher. Als sie schließlich vor dem Haus parkte, blieb sie noch sitzen und legte ihren Kopf auf die über dem Lenkrad verschränkten Arme. Sie begann zu weinen. Der Grund war weniger die erbärmliche Erscheinung Georgios', auch nicht die Tatsache, dass sie ihn nach all den Jahren wiedergetroffen hatte. Es war eher die Verletztheit, die sie wieder spürte, auch etwas wie Angst und nicht zuletzt die Wut, die sie in sich hatte. Was dachte sich dieser Mann dabei, einfach hier in Mülheim aufzutauchen? Sie hob den Kopf und kramte im Handschuhfach nach Taschentüchern. Als sie schließlich eins gefunden hatte, schnäuzte sie sich und richtete sich notdürftig wieder her. Ein Blick in den Rückspiegel offenbarte ihr ein Bild, das sie lange nicht mehr abgegeben hatte: eine Maren mit vom Weinen aufgequollenem Gesicht und roten Augen, der man schon beim flüchtigen Blick ansah, dass sie mit den Nerven völlig fertig war. Sie öffnete die Tür und stieg aus. So konnte sie Frank nicht begegnen. Sie lief los.

Wie hatte Georgios sie aufgespürt? Was wollte er von ihr? Hatte sie das richtig verstanden? *Du bist Polizistin. Du musst mir helfen.* Hatte er sie um Hilfe gebeten? Wobei? Oder gegen wen? Wie konnte er auf dem Parkplatz des Getränkemarktes offensichtlich gezielt auf sie gewartet haben? Hatte er sie verfolgt und sogar beobachtet? Wie lange schon? Bevor sie auch nur die Gelegenheit hatte, sich einer Frage näher zu widmen, tauchte schon die nächste in ihrem Kopf auf. *Das gibt es gar nicht*, dachte sie. Du musst mir helfen ...! Wenn er wirklich Hilfe brauchte, sollte er sich doch offiziell an die Polizei wenden. Aber wahrscheinlich hat er wieder so eine Touristin aufgerissen und Ärger mit seiner Familie bis unter die Achseln. Nein. Er hat sie als Polizistin angesprochen. *Du bist Polizistin. Du musst mir helfen.*

Sie bemerkte, dass sie fast in einen Laufschritt verfallen war und sich nach ihrem Gang um den Block wieder ihrem Wagen näherte.

Sie wuchtete die Kästen in den Hausflur, schloss den Wagen ab und entschied sich, den Kasten Pils mit nach oben zu nehmen. Die Fantaflaschen waren relativ kalt, das Pils musste schnell gekühlt werden. Eine halbe Stunde Tiefkühlfach sollte dafür reichen. Den anderen Kasten konnte Malte nachher mit nach oben bringen. Ihre Gedanken hatte sie offensichtlich wieder im Griff. Jedenfalls hatte sie diesem Griechen ordentlich Kontra gegeben und sich nicht von seinem Dackelblick einlullen lassen. Sie schloss die Wohnungstür auf.

»Ich bin es!«, rief sie und stellte den Kasten etwas hart auf dem Boden des Flurs ab. Sofort war Frank bei ihr.

»Was ist denn mit dir los?«, fragte er und sah sie durchdringend an.

*Hör auf, so zu gucken*, dachte sie.

»Die Hitze macht mich fertig! Schlepp du mal bei 34 Grad die Kästen durch die Gegend!«

Frank küsste sie auf die Stirn und griff nach dem Kasten.

»Ich zieh mir was anderes an!«, rief sie ihm nach, als er in der Küche verschwand. Sie lief ins Schlafzimmer und entledigte sich ihrer durchgeschwitzten Sachen. Mit einem frischen Slip und einem hellen kurzen Sommerkleid unterm Arm ging sie ins Bad, wo sie sich kurz kalt abduschte. Immer noch zitterten ihre Hände. *Reiß dich zusammen*, dachte sie, kleidete sich an und trat ins Wohnzimmer.

*

Die Polen waren stark. Maren konnte sich, wie sie erleichtert feststellte, durchaus auf das Spiel und auch auf ihre Freunde einlassen, wenn sie auch ab und zu mit ihren Gedanken abwich und an die seltsame Begegnung am Getränkemarkt denken musste. Dennoch folgte sie dem Spiel und sprang mit den anderen auf, wenn ein deutscher Stürmer die Chance hatte, in diesem quälend spannenden Spiel ein Tor zu schießen.

Georgios war gealtert. Nun gut, es war fünf Jahre her, dass sie ihn kennen gelernt hatte. Er musste jetzt so 33 bis 34 Jahre alt sein. Der Georgios auf dem Parkplatz sah aber älter aus, eher wie Anfang 40. In seine bläulich schwarzen Haare hatten sich graue Strähnen gemischt, seine Haut im Gesicht und am Hals war faltig, was bestimmten Menschen zusätzlichen Reiz verleiht, allerdings nicht ihm. Am beeindruckendsten jedoch erschien Maren im Nachhinein der leere Blick Georgios'. Vor fünf Jahren in der Bucht von Ermioni waren seine Augen das lebendigste an ihm. Sie hatte damals in seinen Augen lesen können, jede Stimmung, jede sprachliche Äußerung von seiner Seite wurde durch seine Augen angekündigt oder bestätigt.

»Himmel! Haben die ein Glück!«, wurde sie durch Malte aus ihren Gedanken gerissen.

Gerade hatte ein deutscher Stürmer den Pfosten des polnischen Tors mit einem beeindruckenden Schuss einer Materialprüfung unterzogen. Der Abpraller landete bei dem gleichen Spieler, der den Ball knapp neben das Tor beförderte.

»Das Glück der Tüchtigen«, hörte sie sich sagen und spürte plötzlich Beas Blick auf sich.

Sie bedeutete Maren durch eine leichte Kopfbewegung in Richtung Küche, dass sie ihr folgen solle. Dann stand sie auf, griff sich die leeren Flaschen und ging. Maren zögerte kurz, folgte ihr aber schließlich mit den leeren Schälchen, um Erdnüsse und Chips nachzufüllen.

In der Küche traf sie auf Beas Hintern, den sie ihr beim Griff ins Tiefkühlfach entgegenstreckte. Sie drehte sich um, stellte die Flaschen ab und nahm Marens Gesicht zwischen beide Hände. Ihr Blick ließ nicht zu, dass Maren ihm auswich.

»Was ist mit dir los?«, fragte sie.

Maren entwand sich ihren Händen, stellte die Schälchen ab und öffnete die Tür des Hängeschrankes, in dem die Nüsse und die Chips gelagert waren.

»Was soll denn los sein?«, fragte sie mit gespielter Leichtigkeit.

»Komm, bitte nicht dieses Spielchen! Du bist völlig daneben. Habt ihr Krach?«

Maren schüttelte den Kopf.

»Nein, das hat mit Frank nichts zu tun.«

»Aha, diese alte Geschichte also. Da gibt es jemanden, aber das hat mit Frank nichts zu tun …!«

»Quatsch!«

Maren fuhr herum und funkelte Bea gereizt an.

»Es läuft nicht immer alles wie die berühmten alten Geschichten«, blaffte sie. »Nicht immer ist alles so leicht zu erklären.«

»Gut«, erwiderte Bea, lehnte sich mit der Hüfte gegen den Küchentisch und öffnete die erste der Bierflaschen wie in

Zeitlupe. Maren setzte sich auf den Stuhl vor ihr und begann, eine Erdnuss nach der anderen in eines der leeren Schälchen zu füllen. Als sich ihre Blicke trafen, lachten beide, verstummten aber schnell wieder.

»Ich habe vorhin jemanden getroffen«, begann Maren, starrte dabei aber auf die Erdnussdose, als wollte sie die Nüsse durch Telekinese in das Schälchen befördern. »Einen Mann, mit dem ich vor Jahren mal was hatte. Nur kurz, aber heftig.«

Jetzt schaute sie nach oben. Bea hatte das Öffnen der zweiten Flasche unterbrochen und starrte sie an.

»Und ...?«

»Nichts .... und!«, fuhr Maren fort. Sie hatte keine Lust, jetzt ins Detail zu gehen. Bea zuckte mit den Schultern und fuhr fort, die zweite Bierflasche zu öffnen. Maren schüttete den Inhalt der Dose in das Schälchen und stand auf.

»Ich habe ihn stehen lassen. Es ist vorbei.«

»Ach so.«

Beas provozierender Blick ärgerte sie jetzt, aber sie kam nicht mehr dazu zu reagieren. Plötzlich ertönten zwei lang gezogene Männerschreie:

»Toooooooooooooor! Tooooooooooooor!«

Kurz darauf kam Frank wie ein Derwisch in die Küche gestürmt, fegte um den Tisch herum, griff sich Maren und hob sie einen halben Meter vom Boden hoch.

»Lass mich!«, fuhr sie ihn an, worauf er sie sofort wieder abstellte. Verwirrt blickte er zwischen Maren und Bea hin und her.

»Neuville!«, sagte er noch, bevor er wieder aus der Küche schoss.

*

»Es wäre sehr nett, wenn du uns aus eurem ehrenwerten Haus rauslassen könntest.«

Malte, den sie gerade verabschiedet hatten, stand wieder vor der Tür. Er und Bea waren nur bis zur Haustür gekommen, die wohl wieder einmal pünktlich um zehn Uhr abgeschlossen worden war. Maren stöhnte auf, griff nach dem Schlüsselbund und lief vor ihm her die Treppe hinunter. Unten erwartete sie Bea mit sorgenvollem Blick, die geöffnete Haustür am Knauf festhaltend. Maren blieb stehen und strafte ihre Freundin mit imaginären Pfeilen, die sie aus den Augen abschoss.

»Macht es kurz!«, murmelte Malte, als er sich an den beiden Frauen vorbeidrückte.

»Ich gehe mal davon aus, dass Frank nichts von dieser … nun ja … Begegnung weiß …«, begann Bea und Maren gebot ihr mit einer deutlichen Geste Einhalt.

»Richtig. Es ist auch nicht wichtig. Und du solltest das auch für dich behalten. Mach jetzt bitte nicht auf ›Beste-Freundin-kümmert-sich‹! Die Sache ist längst vorbei! Vergessen. Völlig unwichtig! Ich habe nicht mal mit ihm geredet …«

»Okay, Maren«, unterbrach Bea sie. »Du sollst nur eins wissen: So daneben wie heute habe ich dich noch nicht erlebt. Frank hat das sicher gemerkt, denn er ist auch nicht gänzlich unsensibel. Wenn es unwichtig ist, dann rede darüber. Du hast meine Nummer.«

Mit diesen Worten trat sie auf Maren zu, gab ihr einen Kuss auf die Stirn, drehte sich um und folgte Malte. Wie in Trance schloss Maren die Tür. Als sie die Wohnung betrat, war der Wohnzimmertisch bereits aufgeräumt und sie hörte, wie Frank in der Küche die Spülmaschine schloss. Sie setzte sich auf den Küchentisch. Frank drehte sich um und sah sie an.

»Alles in Ordnung?«, fragte er, doch sein Blick verriet ihr, dass er wusste, dass dem nicht so war. Trotzdem nickte sie, griff nach seinem T-Shirt und zog ihn sanft zu sich heran.

»Alles in Ordnung«, murmelte sie und küsste ihn.

*

Sie stand auf der Klippe im strahlenden Sonnenschein, die Olivenbäume hinter sich, doch die Bucht unter ihr war nicht zu sehen. Schwarzes Wasser tobte gegen die Felsen. Die winzigen Wassertropfen in der Luft zauberten einen Regenbogen, der dort aus dem Wasser ragte, wo die Bucht normalerweise lag, und der sich in der Ferne irgendwo über dem tosenden Meer verlor. Sie spürte plötzlich, dass sie fror, und verschränkte ihre Arme über der Brust, als könne sie dadurch den Elementen trotzen. Der Himmel riss in der Ferne auf und ließ das Meer aufglühen, das gegen die Felsen zu ihren Füßen anrannte, als wollte es sie vernichten. Sie war nackt. Ganz ruhig stand sie da und ließ ihren Blick wandern. Der hoch aufragende Felsen links, von dem der Trampelpfad nach hier unten führte, wo sie jetzt stand, der weiter nach rechts verlief und sich zwischen zwei weiteren niedrigeren Felsen verlor, um dann nach einigen Windungen in der Bucht zu enden, die ihre Bucht gewesen war. Plötzlich war es völlig still. Dann füllte ein Rauschen die Luft, das lauter wurde. Sie hob den Blick und zog unwillkürlich den Kopf ein, als ein riesiger Vogel knapp über sie hinweg segelte, noch einen Bogen vollführte und auf das Wasser in der Bucht hinunter stieß, das eben noch kochte, brodelte und schäumte, als wollte es die Welt verschlingen. Sie erstarrte. Da, wo der Adler jetzt kreiste, trieb ein Körper im Wasser, und obwohl sie gut fünfzig Meter höher und mehr als hundert Meter von ihm entfernt stand, erkannte sie ihn. Sie wollte seinen Namen rufen, zu ihm laufen, doch sie brachte keinen Ton heraus und kein Muskel gehorchte ihr. Dann erhob sich der Körper, stand jetzt, drehte sich zu ihr um und durch das anhaltende Brausen in der Luft hörte sie sein Brüllen, stakkatohaft und immer wiederkehrend: Du musst mir helfen!

»Nein!«, rief sie und saß kerzengerade im Bett.

Auch Frank schoss hoch und legte sofort seinen Arm um ihre Schulter.

»Himmel! Was war das denn?«, fragte er.

Maren stand auf.

»Ich habe schlecht geträumt«, antwortete sie, immer noch gelähmt von dem im Traum erlittenen Schrecken.

»Das muss aber ein echter Hammer gewesen sein«, erwiderte Frank, der sich nun seinerseits erhob und vor sie hintrat. Er nahm sie in die Arme und es tat ihr gut, sich gegen seine Brust lehnen zu können.

»Willst du es mir erzählen?«

Sie schüttelte den Kopf.

»Ich kann mich nicht mehr erinnern«, log sie und merkte, wie sie die Beherrschung verlor und anfing zu weinen. Frank hob mit Zeige- und Mittelfinger seiner rechten Hand ihr Gesicht in seine Blickrichtung.

»Komm mit!«, sagte er und sie folgte ihm.

## Donnerstag 15. Juni 2006

Er liebte es, um diese Zeit mit dem Hund draußen zu sein. Ludger Maigel war immer viel früher wach als seine Frau. Dazu brauchte er keinen Wecker. Jeden Morgen wachte er um sechs Uhr auf, egal ob Wochentag oder Wochenende. Max, der schwarze Terriermischling, stand dann bereits mit wedelnder Rute neben seinem Bett. So war es auch heute. Lisa, seine Frau, schlief noch tief und fest. Wenn er gleich nach Hause kam, würde das Frühstück allerdings fertig sein und das morgendliche Ritual eines Rentnerehepaares beginnen.

Heute Morgen war die Luft erträglich. Über Nacht war es doch zu einer angenehmen Abkühlung gekommen. Geregnet hatte es nicht, aber es wehte ein leichter Wind und das Drückende der letzten Tage, das morgens schon zu spüren gewesen war, war verflogen. Wie immer eilte der Hund ein Stück voraus. Ludger Maigel ließ ihn gewähren. An diesem Donnerstagmorgen um halb sieben waren noch nicht so viele Menschen unterwegs. Einige Autos zwar, deren Fahrer es bereits jetzt eilig hatten, denn sie nutzten die relativ freie Aktienstraße dazu, um ein recht sportliches Tempo anzuschlagen. Hinter der Tankstelle bog er nach links in die Engelbertusstraße und überquerte den Spielplatz, als Max plötzlich anschlug.

»Max!«, rief Ludger Maigel mit scharfer Stimme.

Er konnte sich normalerweise hundertprozentig darauf verlassen, dass der Hund kurz danach an seinem rechten Bein auftauchte und sich nicht von ihm fortbewegte, bis er es ihm mit einer antrainierten Armbewegung erlaubte. Diesmal war es nicht so. Ludger wiederholte seinen Ruf mit dem gleichen ausbleibenden Erfolg. Stattdessen klang das Bellen des Hundes jetzt aggressiver und war durchsetzt mit einem Furcht einflößenden Knurren. Etwa dreißig Meter links vor sich sah er ihn. Max' Rute stand stramm aufgerichtet und der Rücken des Hundes schien gekrümmt. Zur Hälfte war der Hund in einem einsamen Gebüsch am Ende des Spielplatzes verschwunden. Maigel beschleunigte seinen Schritt, ohne jedoch wirklich in Sorge zu sein. Dieses Verhalten seines Hundes kannte er. Wahrscheinlich hatte Max wieder eine Ratte aufgespürt, die sich hier manchmal in diesen frühen Morgenstunden arglos bewegten. Irgendwo schlummerten eben auch in Max die Reste eines Jagdtriebes, obwohl er ein sehr friedlicher und endlos geduldiger Hund war.

Maigel hatte seinen Hund erreicht, der wohl die Ankunft seines Herrn spürte, denn nun entspannte sich der Körper. Max kam schwanzwedelnd aus dem Gebüsch und setzte sich hechelnd neben ihn. In diesem Augenblick gab er den Blick auf etwas frei, das Ludger Maigels nüchternen Magen augenblicklich rebellieren ließ. Er wandte sich um, schlug die Hände vor Mund und Nase und würgte einige Male. Er drehte sich langsam wieder um. Der Hund saß in unveränderter Haltung da, als Maigel den leblosen Körper nun mit großer Sachlichkeit in Augenschein nahm. Der Mann lag auf dem Bauch, den rechten Arm unter seinem Körper, den linken leicht angewinkelt neben sich. Das schwarzgraue Haar an seinem Hinterkopf war verklebt von Blut. Beide Beine waren gestreckt, das rechte Hosenbein über eine stark behaarte Wade nach oben gerutscht. Der Mann trug gute Schuhe und einen schwarzen Anzug. Der weiße Hemdkragen am Nacken war, soweit er sehen konnte, rötlich-schwarz von Blut.

War das eine Leiche? Maigel trat auf den am Boden Liegenden zu und stieß ihn mit der Fußspitze leicht an. Keine Reaktion. Er überwand sich, hockte sich hin und legte Zeige- und Mittelfinger seiner rechten Hand an den Hals des Mannes, dahin, wo er die Halsschlagader vermutete. Er spürte nichts außer einer unnatürlichen Kälte. *Tot*, dachte er.

»Max!«, rief er, und der Hund war sofort an seinem rechten Bein. Er machte mit ihm zusammen ein paar Schritte weg von dem Gebüsch.

»Sitz!«, befahl er dann, und der Hund setzte sich umgehend. Der dritte Befehl folgte: »Pass auf!«

Sofort spitze Max die Ohren und ließ seinen Blick aufmerksam umherstreifen. Jetzt ging Ludger Maigel die paar Meter zur Aktienstraße und hielt das erstbeste Auto an.

\*

Maren erwachte davon, dass Frank ihr mit dem Zeigefinger über den Rücken fuhr. Sie drehte sich zu ihm um und schlüpfte unter sein Betttuch, gegen das sie schon vor Tagen ihre Federbetten ausgetauscht hatten.

Sie hatte es in der Nacht tatsächlich geschafft, Frank mit billigen Ausreden abzuspeisen. Sie war nicht stolz darauf, aber dennoch erleichtert. Dieser Albtraum und seine Fürsorge danach hatten sie fast weich gemacht, und sie war kurz davor gewesen, ihm alles zu erzählen. Letztlich hatte sie sich rausgeredet mit der Hitze, mit der Arbeitsüberlastung der letzten Monate und mit der Tatsache, dass sie wohl urlaubsreif war. Dann hatte sie bemängelt, dass sie noch nie zusammen in Urlaub waren, dass sie sogar noch nie zusammen Urlaub genommen hatten, seit sie zusammen waren. Auf diese Weise hatte sie von ihrem eigentlichen Problem ablenken können. Frank war zerknirscht, gab ihr Recht, und er versprach ihr, sich so schnell wie möglich um einen gemeinsamen Urlaub zu kümmern. Dann hatten sie miteinander geschlafen.

Heute Morgen waren die Gedanken aber sofort wieder bei Georgios' Auftritt auf dem Parkplatz gewesen. Warum zierte sie sich dermaßen, Frank davon zu erzählen? Fürchtete sie sich vor seiner Reaktion? Könnte er deswegen eifersüchtig werden? Sie wischte den Gedanken beiseite. Unsinn! Sie hatte Georgios vergessen. Nie hatte sie auch nur einen Gedanken an ihn verschwendet, jedenfalls nicht in der Zeit, seit sie mit Frank zusammenarbeitete und ihre Beziehung sich entwickelt hatte. Sicher, damals, kurz nach ihrer Abreise aus Griechenland, war sie verletzt und wütend gewesen, doch das alles war vor ihrer Mülheimer Zeit. Es spielte nie eine Rolle. Aber warum machte sie das so fertig? Irgendwas musste Georgios in ihr angestoßen haben. Was, wenn er wirklich Hilfe brauchte und sich an die Polizistin Maren Dieckmann gewandt hatte? Aber wieso ausgerechnet an sie? Er musste sie gesucht und aufgespürt haben. Er schien verzweifelt und resigniert während der Szene auf dem Parkplatz. Würde er es noch mal versuchen, mit ihr in Kontakt zu treten? Wenn er sie gesucht hatte, wusste er sicher auch, wo sie wohnte, hatte möglicherweise ihre Telefonnummer. *Oh Gott*, dachte sie und vergrub ihr Gesicht in der Achsel Franks, der mit seinen Liebkosungen fortgefahren war und ihre Reaktion falsch deutete. Er legte seine Arme um ihren Oberkörper und drehte sie auf sich. Als sie bemerkte, was sich da anbahnte, richtete sie sich auf und schüttelte den Kopf.

»Nein, nicht«, sagte sie und setzte sich auf die Bettkante. Gleich darauf massierte sie ihre Schläfen mit den Fingerspitzen. »Ich fühl mich nicht so gut.«

Sofort war Franks Feingefühl wieder da.

»Stimmt was nicht?«, erkundigte er sich.

Marens Reaktion kam aus der Tiefe ihres Bauches und sie konnte später nie irgendjemandem vermitteln, was sie zu diesem Ausbruch getrieben hatte.

»Meine Güte!«, fuhr sie Frank an, der auf der Stelle erstarrte. »Kannst du diesen Scheiß-Frauenversteher mal stecken lassen? Das ist ja zum Kotzen!«

Sie stand auf und ließ ihn ratlos sitzen. Sie spürte seinen Blick auf ihrem Rücken, als sie ins Badezimmer schlüpfte.

Nach dem üblichen Morgenritual betrat sie die Küche. Ihr war schon aufgefallen, dass sie sich während der ganzen Zeit nirgendwo in der Wohnung mehr begegnet waren, was durchaus nicht einfach war. Frank saß bereits auf seinem Stuhl, hielt seine Kaffeetasse zwischen beiden Händen, hatte beide Ellenbogen auf den Tisch gestützt und blickte ihr über den Rand der Tasse entgegen. Sie griff nach einer Tasse, füllte sie aus der Thermoskanne mit Kaffee und machte keine Anstalten, sich zu ihm zu setzen. Längst nagte das schlechte Gewissen an ihr.

»Was machst du da?«, fragte er unvermittelt.

»Wie meinst du das?«

»Ich frage dich, was du da machst.«

»Ich trinke Kaffee«, lachte sie. Sie hatte das Gefühl, die Situation entkrampfen zu müssen.

»Lass dir Zeit damit. Du bleibst heute zu Hause!«

Ungläubig starrte sie Frank an, der aber seinen Blick von ihr abgewandt hatte.

»Warum sollte ich zu Hause bleiben?«, fragte sie ruhig, obwohl ihr das Herz bis zum Hals schlug.

»Ich glaube, dass du mal einen Tag Ruhe brauchst«, erwiderte er. »Ich mache mir ehrlich Sorgen um dich.«

Maren stellte die Kaffeetasse ab, trat auf Frank zu und küsste ihn.

»Das ist lieb von dir, aber schmink dir das ab. Wir arbeiten zusammen und bald machen wir zusammen Urlaub. Es geht schon wieder.«

In ihre letzten Worte mischte sich das Läuten des Telefons. Beim Gang in den Flur, wo das Handgerät auf der Basisstation steckte, fiel ihr Blick auf die Uhr. Es war genau sieben.

*

Schon von weitem sahen sie blinkendes Blaulicht und den Rettungswagen der Feuerwehr, bei dem allerdings nur die Warnleuchten eingeschaltet waren. Der schwarze Transporter der Spurensicherung stand quer vor dem Rettungswagen. Davor fachsimpelten Sabine, Leiterin der KTU, und Dr. Jüssen, der Pathologe, als Frank und Maren zu ihnen traten.

»Guten Morgen«, säuselte Sabine, die es immer noch nicht lassen konnte oder wollte, Frank anzuflirten, wenn sie sich trafen. Maren kannte das und es machte ihr nichts mehr aus, waren sie doch mittlerweile gut befreundet, nachdem Sabine in Marens Anfangszeit keine Situation ausgelassen hatte, sie mit extremer Stutenbissigkeit auf Distanz zu halten.

Frank und Maren gaben ihr einen freundschaftlichen Kuss, Herrn Dr. Jüssen schüttelten sie die Hand.

»Was finden wir wo?«, erkundigte sich Frank, der verblüfft feststellen musste, dass die meisten Schritte der Fundortsicherung schon abgeschlossen waren. Mit einer Kopfbewegung signalisierte ihm Dr. Jüssen, ihm zu folgen.

Frank atmete tief durch. Trotz seiner langjährigen Erfahrung wühlte es ihn immer noch auf, einen Tatort oder Fundort zu betreten. Diese Erfahrung ließ ihn aber auch die Umgebung besonders genau wahrnehmen. Der Spielplatz war mit dem üblichen Absperrband gesichert. Einige Menschen, die zu dieser frühen Stunde wohl nichts Besseres zu tun hatten, standen in Grüppchen außerhalb dieser Absperrung und reckten die Hälse, damit ihnen nichts entging. Zwei der Gaffer telefonierten sogar mit ihren Handys. Vor dem Gebüsch lag die Leiche, mit einer Folie bedeckt, um sie vor neugierigen Blicken zu schützen. Etwas abseits, rechts von dem Busch, stand eine Kollegin von Dr. Jüssen mit einem älteren Herrn und einem Hund.

Als sei sie seinem Blick gefolgt, erklärte ihm Sabine: »Das ist Herr Maigel. Er, oder besser: Sein Hund hat die Leiche gefunden.«

»Warum ist der Köter nicht angeleint?«

»Der Köter heißt Max. Herr Maigel geht jeden Morgen um diese Zeit mit ihm Gassi, ohne Leine. Der Hund ist sehr brav. Er gehorcht aufs Wort«, fügte Sabine hinzu.

»Und wo sind unsere Leute?«, fragte Frank, dem aufgefallen war, dass sich niemand aus seinem Team hier aufhielt. Er sah zwar vier uniformierte Polizisten, die Kollegin von Dr. Jüssen, Frau Dr. Heidrich, und die drei Leute, die zu Sabine gehörten, aber weder Malte noch Gaby oder Reinhard waren da. Sabine hob die Schultern.

»Keine Ahnung, die werden wohl unterwegs sein.«

»Hier reißt der Schlendrian ein«, grummelte Frank. Sie standen nun unmittelbar vor der Leiche. Sabine begann einen kurzen Bericht.

»Wir sind um kurz vor sieben von der Leitzentrale hierhin geschickt worden. Die haben den Notruf um fünf nach halb sieben entgegengenommen. Zuerst hat Herr Schneider über die Eins-Eins-Zwo den Rettungswagen verständigt. Herr Maigel hat Herrn Schneider auf der Aktienstraße angehalten. Nachdem die Sanitäter den Tod des Mannes festgestellt hatten, haben die dann uns benachrichtigt. Der Tote lag halb im Gebüsch auf dem Bauch, mit dem Gesicht im Dreck. Die Sanis haben ihn umgedreht und so hingelegt, wie er jetzt liegt. Es ist kein schöner Anblick!«

»Scheiße!«, murmelte Frank, denn der Tote war bewegt worden. Normalerweise durfte das nicht sein.

»Tja, dumm gelaufen, aber nicht mehr zu ändern«, kommentierte Sabine seinen Unmut. Sie griff nach der Plane und hob sie so an, dass die Neugierigen auch jetzt keinen Blick auf die Leiche ergattern konnten.

Frank stieß die Luft hörbar durch die Zähne aus. Das Gesicht des Toten war zur Hälfte weggerissen, ein wirklich grauenhafter Anblick. Dann spürte er, wie sich jemand an seinem Arm festkrallte, kurz darauf den Griff lockerte und neben ihm zusammensank. Maren. Sofort war er über ihr, tätschelte ihre Wange und rief ihren Namen. Die Sanitäter aus dem Rettungswagen standen plötzlich neben ihm, streckten Marens Körper auf dem Boden aus und hielten ihr eine Sauerstoffmaske über Mund und Nase. Gleichzeitig öffnete einer der jungen Männer ihren Hosenbund, was Frank argwöhnisch beäugte. Kurze Zeit später schlug Maren die Augen auf, war aber blass wie eine Kalkwand und drehte sich sofort zu der Leiche um, die Sabine nach Marens Zusammenbruch wieder abgedeckt hatte. Frank ging in die Knie.

»Wieder da?«, fragte er sorgenvoll.

Maren deutete ein Nicken an, griff nach dem Sanitäterarm mit der Sauerstoffmaske und nahm noch einige weitere Züge. Dann erhob sie sich und setzte sich auf.

»Himmel!«, flüsterte sie, sah Frank an und fügte hinzu: »Ich glaube, du hattest recht.«

Frank fasste unter ihren Arm und gemeinsam mit einem Sanitäter gelang es, Maren wieder auf ihre Beine zu stellen. Sekunden später standen Gaby und Malte neben ihnen.

»Kannst du Maren nach Hause bringen?«, wandte sich Frank an Gaby, die nur nickte, den Hausschlüssel von Frank in Empfang nahm und Maren zu ihrem Wagen geleitete. Er schaute ihnen nach und registrierte nach einer Weile, dass Sabine ihn mit einem merkwürdigen Blick von der Seite ansah.

»Was ist?«, fragte er und wandte sich dem Toten wieder zu.

»Das wollte ich auch gerade fragen«, erwiderte Sabine ernst. »Das kennt man von Maren gar nicht.«

»Keine Ahnung. Es ging ihr heute Morgen schon nicht gut. Die Hitze der letzten Tage macht ihr zu schaffen. Hast du noch etwas über unseren Toten?«

Sabine verfiel wieder in ihren sachlichen Stil.

»Offensichtlich eine Art Hinrichtung. Herr Maigel erzählte uns, wie er den Toten gefunden hat. Demnach ist er wohl kniend aus kurzer Distanz in den Hinterkopf geschossen worden und dann nach vorne in den Busch gekippt. Wir haben ziemlich viele Gewebereste an dem Strauch gefunden. Der Tote hatte nichts bei sich. Alle Taschen waren leer, keine Papiere, gar nichts.«

Malte hob die Plane an und warf einen Blick auf den Toten.

»Puh!«, stöhnte er. »Irgendeine Vermutung, wie lange er schon hier liegt?«

»Sechs bis acht Stunden, schätze ich«, erwiderte Sabine.

»Okay«, beendete Frank das unerfreuliche Gespräch. »Schafft ihn weg!«

Mittlerweile war ein Leichenwagen vorgefahren. Herr Dr. Jüssen und Frau Dr. Heidrich hoben den Toten mit der Folie in einen Leichensack, entfernten die Folie und schlossen den Reißverschluss. Dann wurde er in einen Zinksarg gewuchtet und der Deckel aufgesetzt.

»Wann nehmt ihr ihn euch vor?«, wandte sich Frank nun an Dr. Jüssen.

»Sofort«, lautete die erstaunliche Antwort. Der Pathologe registrierte Franks Verblüffung. »Na ja, bei uns herrscht gähnende Leere, zumindest auf den Seziertischen. Wir haben gestern den letzten Bericht geschrieben.«

»Wunderbar! Wann darf ich auf erste Ergebnisse hoffen?«

»Rufen Sie mich heute Nachmittag an«, sagte Dr. Jüssen, drehte sich um und folgte Frau Dr. Heidrich zu dem Passat, in dem sie bereits saß und wartete.

»Es geht ihr gut.« Gaby trat zu Frank und Malte. »Sie hat versprochen, brav zu sein und zu Hause zu bleiben.«

Frank nickte.

»Danke. Ich schaue gleich mal bei ihr vorbei.«

Mittlerweile war auch Reinhard eingetroffen. Wie lange er schon da war, wusste Frank nicht, aber er stand bei dem Alten und seinem Hund und redete mit ihm. Ab und zu machte er sich Notizen. *Vorbildlich*, dachte Frank und schaute auf seine Uhr. Kurz vor acht. Er blickte sich um. Immer noch standen die Schaulustigen an der Absperrung und gafften, was das Zeug hielt.

Er trat auf sie zu und rief: »Sie können gehen. Hier gibt es nichts mehr zu sehen. Gehen Sie nach Hause oder zur Arbeit. Aber scheren Sie sich hier weg!«

Den letzten Satz brüllte er. Einige Leute hatte er damit offensichtlich beeindrucken können. Langsam setzten sie sich in Bewegung, schneller, je näher er der Absperrung kam. Ein junger Mann jedoch rührte sich nicht. Er hielt in aller Ruhe sein Handy vor sich hin. Offensichtlich wollte er Frank, der auf ihn zustürmte, fotografieren. Mit einem schnellen Griff schnappte Frank ihm das Mobiltelefon aus der Hand. Die restlichen vereinzelten Schaulustigen, die bis dahin gezögert hatten, machten sich jetzt auch davon.

»Wer sind Sie?«, herrschte er den Gaffer an, der mit offenem Mund vor ihm stand und kein Wort heraus bekam.

Mit ein paar Tastendrucken leerte Frank den Bildspeicher des Handys und gab es dem jungen Mann zurück.

»Nun …?«, erinnerte er ihn an seine Frage.

Der Mann nahm sein Handy entgegen und starrte es ungläubig an. Das Leben kehrte in ihn zurück.

»Was fällt Ihnen ein?«, begann er, Frank Vorwürfe zu machen. »Dürfen Sie das?«

»Wenn Sie mir nicht sofort auf meine Frage antworten, zeige ich Ihnen, was ich alles darf!«

Langsam verlor Frank die Geduld. Malte trat neben ihn.

»Antworten Sie dem Herrn Hauptkommissar!«, sagte er ruhig, durchbohrte den Typen aber mit seinem Blick.

Der Mann hieß Jan Welticke und wohnte auf der Aktienstraße, praktisch nebenan. Die Signale des Rettungswagens hatten ihn geweckt, und da sie in unmittelbarer Nähe seines Wohnhauses verstummten, war er aufgestanden und hergekommen. Er hatte den kompletten Einsatz aus nächster Nähe beobachtet.

»Gehen Sie! Wir melden uns noch bei Ihnen!«, spuckte Frank aus und Welticke machte sich davon.

Frank hatte genug von diesem Morgen. Nach einer kurzen Absprache mit seinen Leuten, in der sie sich die unmittelbare Nachbarschaft untereinander aufteilten, die es zu befragen galt, machte sich Frank auf. Er wollte kurz nach Hause und sich dann mit seinem Team um elf Uhr in seinem Büro treffen.

\*

Als er die Wohnung betrat, sah er, dass die Tür zum Balkon geöffnet war. Er trat zu Maren, die es sich mit einem Buch dort bequem gemacht hatte, es aber zuklappte und zur Seite legte, als er sich zu ihr setzte.

»Wie geht es dir?«, erkundigte er sich, nach der morgendlichen Erfahrung bemüht, nicht zu sorgenvoll zu klingen.

»Es ist wieder okay«, erwiderte Maren. »Ich war einfach auf diesen Anblick nicht vorbereitet, und nach der Nacht war das einfach zu viel für meinen Kreislauf.«

»Gönn dir trotzdem den freien Tag, und«, fügte Frank zögernd hinzu, »vielleicht solltest du auch zum Arzt gehen.«

Maren wiegelte sofort ab und versicherte ihm noch einmal, dass es ihr wieder gut ginge, sie aber tatsächlich den freien Tag nähme, um dann am nächsten Morgen zu dem Team stoßen zu können. So gerne Frank das auch hörte, fiel ihm doch auf, dass Maren häufig seinem Blick auswich und immer noch sehr blass aussah.

»Okay«, sagte er. »Trotzdem müssen wir uns bald mal unterhalten. Du bist seit gestern wie ausgewechselt. Etwas ist mit dir und ich will wissen, was das ist.«

Maren nickte vor sich hin.

»Es tut mir leid, dass ich dich heute Morgen so angemault habe. Ich weiß nicht, was in mich gefahren ist, aber sei dir sicher, dass das nichts mit dir zu tun hat.«

Frank wollte jetzt nicht näher darauf eingehen. Er gab ihr einen flüchtigen Kuss.

»Sabine sagt, es sei eine regelrechte Hinrichtung gewesen«, informierte er Maren über die Tatsachen des Morgens. »Der

Mann ist erschossen worden. Er hatte nichts bei sich, ist also völlig unbekannt.«

Maren blickte wieder an ihm vorbei.

»Dann wird das wohl wieder eine langwierige Geschichte.«

Frank nickte. »Ist zu befürchten. Die anderen befragen gerade die Anwohner. Wir wollen uns um elf Uhr im Büro treffen. Mal sehen, was dabei rausgekommen ist.«

»Ist er Ausländer?«, erkundigte sie sich mit leiser Stimme.

»Keine Ahnung, wie gesagt: Er hatte nichts bei sich. Jüssen will aber sofort mit der Obduktion beginnen. Heute Nachmittag wissen wir mehr.« Nach einem kurzen Blick auf sie fuhr er fort: »Ich würde jetzt gern gehen. Kommst du klar?«

Maren nickte.

»Geh nur. Ruf mal an, wenn du was erfährst.«

Frank küsste sie zum Abschied und ließ sie auf dem Balkon zurück, wo sie tief durchatmete und einen Schluck aus dem Wasserglas nahm.

Georgios war tot. Hingerichtet durch einen Schuss. Wer hatte ihm das angetan? Hinter seinem Hilferuf muss mehr gesteckt haben als eine Liebschaft mit einer Touristin und der daraus resultierende Zorn einer Familie. War sie nicht letztlich schuld daran? Hätte sie seinen Tod verhindern können? Hätte sie ihm nicht helfen müssen? *Du bist Polizistin. Du musst mir helfen!* Ihre Gedanken drehten sich im Kreis, und sie wusste, dass sie tief in der Patsche steckte. Eigentlich war es ihr durch die Entwicklung der letzten 24 Stunden unmöglich geworden, Frank jetzt noch reinen Wein einzuschenken. Andererseits war dies eine günstige, vielleicht die letzte Möglichkeit, einigermaßen ungeschoren davonzukommen. Eventuell hätte man Verständnis dafür, dass sie Frank nicht sofort von dem Wiedersehen mit Georgios erzählt hatte. Es würde zwar erstmal heftig krachen, aber das Team wäre einen wichtigen Schritt weiter – und sie mit Sicherheit draußen. Das konnte sie nicht riskieren, und außerdem: Was sollte sie ihnen sagen? Entschuldigt bitte, aber der Tote ist Grieche und heißt Georgios Stefanidis. Ich hatte vor fünf Jahren ein Urlaubs-Verhältnis mit ihm und habe ihn gestern am Getränkemarkt getroffen, wo er mich um Hilfe anflehte? Völlig unmöglich!

Maren erhob sich von ihrem Stuhl und ging ins Schlafzimmer, wo sie sich auf ihr Bett legte. Ihr war wieder schlecht geworden. Lichtblitze tanzten vor ihren Augen und ihr Magen krampfte. Sie begann zu weinen.

\*

Frank hatte zuerst die beiden Fenster geöffnet. Die Luft in seinem Büro war stickig, roch staubig und abgestanden. Außerdem hatte er gestern Mittag wohl vergessen, die Kaffeemaschine auszuschalten. Sie sonderte den Geruch von verbranntem Kaffee ab. Am Boden der Glaskanne hatte sich eine schimmernde braune Schicht gebildet. Er stellte die Kanne unter den Wasserkran ins Waschbecken, füllte sie fingerbreit mit Wasser und ließ sie stehen. Er griff zum Telefonhörer.

»Wallert hier. Gab es für mich einen Anruf?«

»Guten Morgen, Herr Hauptkommissar. Nein, gab es nicht.«

Der junge Beamte der Telefonbereitschaft schien gut gelaunt zu sein. Frank bedankte sich und legte auf. Kurzentschlossen verließ er sein Büro, holte sich ein belegtes Brötchen aus der Kantine und fuhr zurück zum Tatort.

Er erreichte den Spielplatz um Viertel vor zehn und stellte verblüfft fest, dass dieser noch immer abgesperrt war. Vier Uniformierte standen an der Absperrung und hatten sich ihrer Dienstjacken und –mützen entledigt, da es bereits wieder ziemlich warm war. Sie unterhielten sich.

»Wieso sind Sie noch hier?«, fragte Frank.

»Weil Ihr Kollege das so wollte«, war die lapidare Antwort.

»Herr Frenzen?«

»Genau der.«

Frank schlüpfte unter dem Absperrband hindurch und befand, dass Malte richtig gehandelt hatte, denn auf einem Spielplatz, wo vor ein paar Stunden erst eine Leiche gefunden worden war, mussten heute keine Kinder spielen. Er ging zu dem Strauch, in dem der Oberkörper des Opfers gelegen hatte. Dort stellte er fest, dass die Tatortsicherung ganze Arbeit geleistet hatte. Der Busch war gesäubert und das ihn umgebende Erdreich wohl abgetragen und ausgetauscht worden. Nichts wies mehr auf den grausigen Fund vom Morgen hin. Mit lauerndem Blick ging er ein paar Schritte. Was hatte sich hier abgespielt? Der Tote war kein Hänfling gewesen, im Gegenteil: mit etwa 1,85 m und schätzungsweise 80 kg Gewicht entsprach er eher dem Idealbild eines Mannes. Unwahrscheinlich, dass ein Täter es geschafft hatte, diesen Mann an dieser Stelle so ohne weiteres zum Hinknien zu bewegen. Wenn er recht hatte, musste es irgendwo Spuren einer Auseinandersetzung geben, vielleicht nicht sofort ins Auge fallend, aber trotzdem sichtbar. Seine Suche dauerte fast eine halbe Stunde und war letztlich ergebnislos. Schließlich widmete er sich dem Papierkorb zwischen den beiden Bänken. Leer. Entweder hatte Mülheim plötzlich seine Liebe für saubere Spielplätze entdeckt, oder jemand hatte hier gründlich sauber gemacht. Nach Sabines Schätzung hatte die Leiche hier sechs bis acht Stunden gelegen. Außergewöhnlich. Ein solcher Spielplatz zog in der Regel Jugendliche an, die ihn bis spät in den Morgen für ihre Saufgelage oder Ähnliches nutzten. Regelmäßig waren gerade von hier Beschwerden bei der Polizei eingegangen, die das bemängelten. Warum sollte es ausgerechnet gestern Nacht anders gewesen sein? Es war eine warme Nacht. Es war verhältnismäßig früh, zwischen Mitternacht und ein Uhr. Deutschland hatte gespielt und gewonnen. Die belebte Aktienstraße lag in unmittelbarer Nähe. Es musste Zeugen geben. Vielleicht erwies sich Marens Befürchtung, es könne wieder ein langwieriger Fall werden, als unbegründet.

Er blickte auf und sah Malte auf sich zukommen.

»Ist das nicht merkwürdig? Hast du schon einmal einen so sauberen Spielplatz gesehen?«, begrüßte Frank ihn.

Malte blickte sich um und schüttelte den Kopf.

»Eben nicht«, antwortete er. »Deshalb habe ich den vier Jungs auch gesagt, sie sollen die Absperrung aufrechterhalten. Wenn etwas liegen geblieben ist, dann finden wir es auch.«

»Hier ist nichts«, schmälerte Frank Maltes Zuversicht, als Gaby und Reinhard zu ihnen traten.

Reinhard hatte schon aus zehn Metern Entfernung mit seinem Block Richtung Frank gewedelt.

»Das war rekordverdächtig«, rief er. »Insgesamt etwa fünfzig Befragungen in drei Stunden!«

»Hat es was gebracht?«, erkundigte sich Frank.

»Müssen wir gleich sehen. Dem ersten Eindruck nach eher nicht, aber zwei, drei interessante Sachen sind schon dabei.«

»Gut, ab ins Büro!«, ordnete Frank an.

Es war zwanzig vor elf. Mit Malte verständigte er sich darüber, dass der Spielplatz freigegeben werden konnte. Das bedeutete Arbeit für die vier Beamten, was zu mürrischen Gesichtern führte, als sie sich daran machten, das Absperrband einzusammeln.

Frank fuhr auf dem Weg zum Präsidium noch in der Goethestraße vorbei, um nach Maren zu schauen, die er unruhig schlafend vorfand. Er verließ die Wohnung auf leisen Sohlen und kam trotz der Verzögerung als Erster in seinem Büro an. Kurz darauf erschienen Gaby, Malte und Reinhard, die sich unterwegs mit Verpflegung eingedeckt hatten und alle erstmal einen großen Schluck aus der Wasserflasche nahmen. Sie setzten sich unaufgefordert auf ihre angestammten Plätze, während Frank auf seinem leidlich aufgeräumten Schreibtisch Platz nahm. Malte bot ihm die Wasserflasche an. Frank schüttelte dankend den Kopf und schlug sich mit den Händen auf die Oberschenkel.

»So! Wir müssen uns einen Überblick verschaffen. Wir haben eine männliche unidentifizierte Leiche, etwa 35 Jahre alt, 1,85 m groß, circa 80 kg schwer, Herkunft unbekannt. Das Opfer trug nichts bei sich, was uns einen Anhaltspunkt liefern könnte, aber wir haben Glück: Dr. Jüssen ist bereits bei der Obduktion. Heute Nachmittag kriegen wir erste Ergebnisse. Der Mann wurde durch einen Schuss aus nächster Nähe in den Hinterkopf getötet, was ihm das halbe Gesicht weggerissen hat. Das wiederum macht es uns unmöglich, mit einem Foto an die Öffentlichkeit zu gehen. Die Leiche wurde von einem Rentner beim Gassigehen mit seinem Hund gefunden. Reinhard, du hast mit ihm gesprochen.«

»Ja, habe ich. Der Mann heißt Ludger Maigel und wohnt auf der Sandstraße. Er geht jeden Morgen mit seinem Hund die gleiche Strecke. Den Toten hat sein Hund gefunden. Maigel legt aber seine Hand dafür ins Feuer, dass der Hund ihn nicht angerührt hat. Der Tote lag auf dem Bauch, etwa von der Gürtellinie an mit dem Oberkörper im Busch. Das rechte Hosenbein war über die Wade gerutscht. Maigel hat ihn berührt, erst mit der Schuhspitze an der Wade, dann mit den Fingern am Hals, um zu überprüfen, ob er noch lebte. Er hatte den Eindruck, dass dem nicht so war. Dann lief er zur Aktienstraße, hielt einen Herrn Schneider in seinem Auto an, und der hat dann mit seinem Handy den Rettungswagen der Feuerwehr alarmiert. Herr Maigel hat mit Herrn Schneider und Max, dem Hund, dann dafür gesorgt, dass niemand über den Spielplatz läuft. Als der Rettungswagen kam, musste Herr Schneider weg, hat aber seine Personalien hinterlassen, für den Fall, dass wir noch Fragen haben.«

»Gut, das macht uns auch nicht wesentlich klüger. Dumm ist nur, dass die Typen aus dem Rettungswagen das Opfer aus dem Gebüsch gezogen und umgedreht haben«, klagte Frank. »Ich habe mir den Tatort später noch mal genau angesehen und dabei festgestellt, dass der Spielplatz nahezu klinisch rein gewesen ist. Kein Schnipsel Papier, keine Kippe, keine zerbrochene Flasche ... sogar der Papierkorb war leer. Findet ihr das nicht auch komisch?«

Gaby wollte soeben in ihr Brötchen beißen, hielt aber inne und staunte Frank an.

»Das ist wirklich komisch, zumal ich mit einer Anwohnerin gesprochen habe, die kurz nach Mitternacht ziemlich lautes Gegröle vom Spielplatz gehört hat und kurz davor war, die Polizei zu rufen. Aber dann hat das Ganze plötzlich aufgehört und sie ist zu Bett gegangen.«

Reinhard meldete sich zu Wort.

»Das bestätigen zwei weitere Leute aus dem gleichen Haus. Die haben aber nicht von Gegröle gesprochen, sondern von Streit. Da muss ziemlich rumgebrüllt worden sein auf dem Spielplatz. Die Zeit stimmt auch ungefähr. Nur kam ihnen das nicht als was Besonderes vor, denn das ist fast jeden Abend so. Gekümmert haben sie sich nicht darum, zumal es ja auch bald wieder vorbei war.«

»Hat denn jemand von den Befragten etwas gesehen?«, erkundigte sich Frank, der sich ein paar Notizen gemacht hatte. Mit dieser Frage erntete er synchrones Schütteln von Köpfen, deren Münder ebenso zeitgleich kauten. »Die Namen?«, schob er hinterher.

»Frau Schreiner, Aktienstraße 77«, begann Gaby und Reinhard fügte hinzu: »Herr Behr und Herr Connelli, gleiche Adresse.«

Frank schaute in die Runde, die ihr zweites Frühstück nun abgeschlossen hatte.

»Das ist nicht viel.«

Achselzucken und Nicken.

Frank ließ sich von seinem Schreibtisch gleiten, dann in seinen Stuhl plumpsen und griff zum Telefonhörer. Es dauerte nur wenige Sekunden, bis sich eine aufgeräumte Sabine fröhlich meldete.

»Na, du bist aber heute ganz schön drängelig. Du willst doch nicht etwa jetzt schon die Tatortanalyse?«

»Nicht wirklich, es sei denn, du hast was Interessantes für mich.«

Sabine verneinte, teilte ihm aber mit, dass sie gerade dabei waren, das Erdreich zu durchkämmen, das sie abgetragen hatten, wie Frank schon vermutet hatte. Auch ihr war es ungewöhnlich vorgekommen, wie sauber der Spielplatz gewesen war. Tatsächlich war nichts weiter an dem Tatort zu finden gewesen. Er muss sehr akribisch gesäubert worden sein und offensichtlich hatten derjenige, oder diejenigen, die das getan hatten, entsprechend viel Zeit dazu. Frank hatte den Lautsprecher des Telefons eingeschaltet, damit sein Team mithören konnte. Er bedankte sich bei Sabine und legte auf. Er musste zugeben: Sein vorherrschendes Gefühl war Ratlosigkeit.

Am Nachmittag, so gegen halb vier, erlebte Frank etwas Ungewöhnliches. Das Telefon klingelte, er hob ab und hatte Herrn Dr. Jüssen am anderen Ende. Der Pathologe rief ihn an! Als habe auch er das Gefühl, Frank eine Erklärung dafür schuldig zu sein, begann er:

»Ich weiß, ich hatte Ihnen gesagt, Sie mögen heute Nachmittag anrufen, aber ich bin so weit fertig und möchte gerne Feierabend machen.«

Frank musste grinsen.

»Okay, was haben Sie für mich?«

»Wenig«, kam die befürchtete Antwort. »Wir haben es hier mit einem kerngesunden Opfer zu tun, abgesehen von der Tatsache, dass es tot ist. Organisch ist alles in Ordnung, nahezu perfekt. Das toxikologische Gutachten wird etwa zwei bis drei Tage dauern. Das Gewebe, das wir vom Busch gekratzt haben, gehört alles zum Opfer, mehr oder weniger große Stücke Gehirnsubstanz ….«.

»Ersparen Sie mir bitte die unappetitlichen Einzelheiten!«, unterbrach Frank den Mediziner, doch der fuhr fort:

»Was wir allerdings festgestellt haben, ist, dass der gute Mann unmittelbar vor seinem Tod eine Kieferfraktur erlitten haben muss. Der Unterkiefer ist förmlich zertrümmert, und das kann nicht von dem Schuss stammen.«

»Aha, man hat ihn also erstmal verprügelt?«

»Sieht so aus, aber es muss ein ungeheurer Schlag gewesen sein. Scheinbar mit der bloßen Faust. Anhaltspunkte für einen Schlag mit einem Gegenstand haben wir nicht gefunden.«

»Was ist mit dem Schuss?«

»Was soll damit sein?«

»Na, Projektil, Hülse, Kaliber …?«

»7,65 … der Eintrittswunde nach zu urteilen. Was Projektil und Hülse angeht, müssen Sie Sabine fragen. Sie haben ja die Austrittswunde gesehen.«

»Stimmt«, gab Frank zu.

»Gebissabdrücke haben wir genommen und per E-Mail an die bekannten Zahnärzte geschickt. Er hatte aber auch ein tadelloses Gebiss«, kam Dr. Jüssen beinahe ins Schwärmen.

Frank bedankte sich, wünschte Dr. Jüssen einen schönen Feierabend und legte auf. Sekunden später läutete das Telefon erneut.

»Hallo, Süßer, du bist ja heute fleißig!«

Sabine schaffte es immer wieder, ihn am Telefon mit unkonventionellen Begrüßungen zu verblüffen.

»Du hoffentlich auch«, gab er zurück, worauf sie ihm einen Kuss durch die Leitung schickte.

»Ich rufe nur an, um dir mitzuteilen, dass ich jetzt beabsichtige, diese unfreundlichen Hallen zu verlassen und mir so schnell wie möglich ein kaltes, goldgelbes und großes Bier hinter die Binde zu kippen. Hast du Lust?«

Da ließ sich Frank nicht zwei Mal bitten.

Zwanzig Minuten später saßen die beiden in der »Palette« und prosteten sich zu. Sabine schaute ihn über den Rand ihres Glases unverwandt an.

»Weißt du was?«, fragte sie und Frank schüttelte den Kopf. »Die haben es mit dem Saubermachen des Spielplatzes echt übertrieben.« Frank ahnte, was jetzt kam. »Nichts außer Urin und Blut des Opfers, ein paar Fetzen Gewebe und sonst nur Dreck ... keine Hülse, kein Projektil. Vier alte Zigarettenkippen, die mit der Tat nichts zu tun haben können, denn sie stammen aus der tieferen Bodenschicht und waren kaum noch als solche zu erkennen. Das war's. Das wird einer der kürzesten Berichte meiner Karriere.«

Frank war fassungslos.

»Das ist doch nicht möglich!«, maulte er.

»Doch, glaub mir. Offensichtlich hast du es mit gewieften Profis zu tun.«

»Du meinst, es waren mehrere?«

Sabine zögerte, da sie eben wieder von ihrem Bier trank.

»Allerdings«, sagte sie, während sie das Glas absetzte. »Wie soll einer das geschafft haben? Es sind alle Spuren entfernt worden, und das musste schnell gehen. Sie mussten jederzeit damit rechnen, überrascht zu werden.«

Frank seufzte und lehnte sich zurück.

»Offensichtlich hat Maren recht. Sie glaubt, dass es eine langwierige Angelegenheit wird.«

Sabine schwieg, trank ihr Glas leer und winkte nach der Bedienung, die sofort neben ihr stand.

»Noch eins?«, erkundigte sie sich freundlich.

»Noch zwei!«, korrigierte Frank und reichte ihr sein leeres Glas, woraufhin sie sich mit einem Nicken entfernte.

Sabine beugte sich nach vorne, was ihr Dekolleté positiv zur Geltung brachte.

»Da du gerade von Maren sprichst. Was ist los mit ihr?«

Sabine hatte ein sehr feines Gespür für Stimmungen, auch wenn sie auf manche Leute unsensibel und schnodderig wirkte. Frank hatte von ihrer Sensibilität in den letzten Jahren oft profitiert und war dankbar dafür, Sabine nicht nur als Kollegin, sondern auch als enge Freundin betrachten zu dürfen. Am Anfang ihrer Zusammenarbeit hatte sich ihre Beziehung schwierig gestaltet, denn Sabine hatte sich in den Kopf gesetzt, Frank für sich zu gewinnen. Es war gescheitert. Nun waren sie Freunde.

»Ich weiß es wirklich nicht. Seit gestern ist sie ein bisschen komisch«, antwortete er wahrheitsgemäß. Er erzählte Sabine von der vergangenen Nacht und von Marens morgendlichem Ausbruch.

Sabine hörte aufmerksam zu und schüttelte ab und zu ungläubig den Kopf.

»Soll ich mal mit ihr reden?«, fragte sie schließlich.

»Das ist, glaube ich, nicht nötig. Wir sind uns schon einig, dass wir reden müssen. Aber, wenn du willst, dann mach das ruhig.«

Anschließend plauderten sie über dies und das und tranken ihr Bier aus. Als Frank zahlte und sie das Gartenlokal verließen, war es halb sieben.

Als er nach Hause kam, fand er sich in der Wohnung alleine. Er schaute erst in den Kühlschrank, von wo ihn ein kaltes Pils anlachte, das er öffnete und trank, ohne sich die Mühe zu machen, ein Glas zu Hilfe zu nehmen. Der zweite Blick galt dem Tiefkühlfach. Er griff sich eine Pizza, packte sie aus und schob sie in den Heißluftofen. Dann wechselte er seine Jeans gegen Shorts und setzte sich auf den Balkon.

Wo mochte Maren sein? Er stand noch einmal auf, um sich Küchen- und Wohnzimmertisch genauer anzusehen. Kein Zettel. Nicht dass es zwischen beiden üblich gewesen wäre, sich mit Notizzetteln gegenseitig darüber zu informieren, wo sie gerade waren, aber es hätte ja sein können. Frank nahm seinen Platz auf dem Balkon wieder ein. Er hatte jetzt Lust auf eine Zigarette und erinnerte sich, dass er in der Schublade seines Nachtschränkchens noch eine Packung hatte. Er holte sie samt Feuerzeug und steckte sich eine an. Er war nicht zum

Nichtraucher geworden innerhalb des letzten Jahres, aber er hatte das Rauchen so weit reduziert, dass er nur noch die wirklichen »Genusszigaretten« rauchte und auf alle diejenigen verzichtete, die er sich sonst in der Hektik zwischendurch ansteckte. Der Erfolg dieser Maßnahme bestand darin, dass er nun etwa eine Packung pro Woche rauchte und nicht pro Tag, was sich natürlich auch in der Geldbörse bemerkbar machte.

Wenn er ehrlich war, hatte ihn Marens Verhalten von heute Morgen stark gewurmt. Vor allem ihre Worte hatten ihn getroffen. Was war nur mit ihr los? Es war beängstigend, wie sie wirkte. Gestern beim Fußballspiel schien noch alles in Ordnung mit ihr, doch heute Nacht nach ihrem Albtraum, wirkte sie, als sei sie gar nicht wirklich da, als stünde sie neben sich. Auf seine Fragen reagierte sie verzögert und mit mechanisch wirkendem Nicken oder Kopfschütteln. Als sie schließlich miteinander geschlafen hatten, wirkte sie verzweifelt, krallte sich an ihm fest und weinte anschließend hemmungslos. Er hatte sie in den Arm genommen und so war sie schließlich doch noch eingeschlafen. Es wurde bereits hell und die Vögel zwitscherten. Frank hatte sie nicht mehr mit Fragen bedrängt, war einfach nur bei ihr gewesen und das schien ihr zu helfen. Als sie sich dann knapp drei Stunden später nicht wohl fühlte und er nachfragte, was los sei, hatte sie ihn mit hässlichen Worten angeschnauzt, war aber kurz danach wieder die Alte. Und dann der Zusammenbruch am Tatort! Frank hielt die Nase in die Luft und registrierte einen unangenehmen Geruch, als sei Essen auf dem Herd angebrannt. Die Pizza! Er sprang auf, rannte in die Küche und konnte Sekunden später die nur entfernt an eine Pizza erinnernde schwarze Scheibe in den Mülleimer befördern. Egal, dachte er, ich habe sowieso keinen Hunger. Als Ersatz nahm er sich eine halbvolle Tüte Erdnüsse aus dem Schrank. Gerade hatte er sich wieder hingesetzt, als die Wohnungstür aufgeschlossen wurde. Kurz danach trat Maren auf den Balkon.

»Ich habe einen sitzen«, verkündete sie stolz. Ihre Schritte waren nicht sicher und sie funkelte ihn an.

Frank musste lachen, stand auf und küsste sie. Nichts war mehr zu spüren von der fast depressiven Maren des vergangenen Tages.

Sie ließ sich auf den Stuhl ihm gegenüber plumpsen und stellte ihre nackten Füße auf die Kante. Sie trug ihr schwarzes dünnes und kurzes Sommerkleid, das ihr dabei über die Knie hinunter in ihren Schoß glitt. Er fand, sie sah atemberaubend aus.

»Ich war bei Bea. Wir haben einen tollen Weißwein getrunken«, fuhr sie in ihrem Bericht heiter, aber wenig artikuliert fort. Ihr Blick fiel auf die Zigaretten.

»Aha!«, jubilierte sie, zog eine aus der Packung und steckte sie sich an. Mit ihren Lippen versuchte sie, Rauchringe zu formen, was kläglich misslang. Plötzlich schnupperte sie in der Luft.

»Ich habe eine Pizza verbrennen lassen«, erklärte Frank. Im nächsten Moment saß sie auf seinem Schoß und streichelte mit der freien Hand seinen Kopf.

»Du Armer«, tröstete sie ihn. »Hast du jetzt Hunger?«

Frank verneinte, schlang seine Arme um ihre Taille und fragte: »Willst du wissen, was heute …?«

Maren stand auf und drückte die Zigarette aus.

»Nein!«, unterbrach sie ihn. »Ich will von diesem Toten nichts wissen. Außerdem hat Malte schon alles erzählt. Ich gehe jetzt ins Bett.«

Damit entschwand sie, und als Frank zwei Stunden später ins Schlafzimmer kam, schlief sie friedlich.

## Freitag 16. Juni 2006

Am nächsten Morgen war die Mannschaft komplett. In der Nacht hatte es tatsächlich geregnet – und zwar heftig, so dass heute Morgen wohl wieder eine strahlende Sonne von einem klaren Himmel schien, die Luft aber bei 22° sehr angenehm war. Das Team begrüßte Maren vorsichtig, als sie aber merkten, dass es Maren offensichtlich gut ging, änderte sich die Atmosphäre schlagartig. Alle wirkten erleichtert – außer Malte. Frank nahm dies zur Kenntnis, sagte aber nichts. Stattdessen fasste er die Geschehnisse des Vortages – in erster Linie für Maren – noch einmal zusammen. Anschließend war nachdenkliches Schweigen angesagt. Reinhard war der Erste, der sich zu Wort meldete.

»Nach dem, was Dr. Jüssen herausgefunden hat und was diese Anwohner ausgesagt haben, müssen wir da noch mal nachhaken.«

Allgemeines Nicken.

»Dann tu das!«, forderte Frank ihn auf. »Nimm Gaby mit.«

Binnen Sekunden waren die beiden draußen. Die anderen drei schauten sich an.

»Es ist schwierig, einen Ansatzpunkt zu finden«, meinte Frank sein Schweigen erklären zu müssen.

Maren sah zu Boden, Malte blickte fast zornig zu ihm auf.

»Ja!«, stieß er zwischen den Zähnen hervor, sprang auf und hatte den Raum verlassen, bevor Frank überhaupt begreifen konnte, was da gerade passiert war. Irritiert schaute er Maren an, die seinen Blick erschrocken erwiderte. Er ließ sie sitzen und stürmte Malte hinterher. Kurz vor dem Ausgang des Präsidiums hatte er ihn eingeholt, die verstörten Blicke der Zeugen dieses Laufes ignorierend. Er fasste Malte beim linken Oberarm und baute sich vor ihm auf.

»Kannst du …«, keuchte er. »Kannst du … mir das … mal erklären?«

Malte fasste Frank an beiden Schultern und schob ihn zur Seite vom Ausgang weg. Dann folgte ein für Malte völlig untypischer Redeschwall, dem Frank nur staunend folgen konnte, ohne auch nur eine geringe Chance zu bekommen, seinen Freund zu unterbrechen.

»Ihr beiden, mein lieber Freund, müsst euer Ding klären! Sprecht vernünftig miteinander! So können wir nicht zusammenarbeiten! Das geht nicht! Ich kann das jedenfalls nicht! Ich weiß nicht, wieso du nichts merkst. Ahnst du, wie es in Maren aussieht? Was ist los mit ihr? Gestern kippt sie vor der Leiche um, abends besäuft sie sich bei Bea und mir, heute gibt sie sich, als wäre nichts passiert. Als ich ihr gestern alles erzählt habe, was sie ja noch nicht wissen konnte, sie war ja nicht dabei, hat sie Kommentare abgegeben, die kannst du dir gar nicht vorstellen! Da stinkt etwas! Da stinkt etwas ganz gewaltig zum Himmel, und wenn ihr das nicht bald klärt, dann …!«

Hier verstummte Malte so plötzlich, wie er begonnen hatte. Frank, der sich, zumindest was seine Verfolgung von Malte anging, wieder erholt hatte, sah eine Gelegenheit für sich.

»Dann …?«

»Ach, was weiß ich!«

Maltes Gesicht hatte einen bedrohlichen Ausdruck angenommen. Auch seine Stimme hatte sich langsam zu einem Orkan erhoben und nicht wenige Unbeteiligte blieben stehen und schauten sorgenvoll zu den beiden, ehe sie weitergingen.

»Weißt du, was Maren gesagt hat, gestern Abend? Sie hatte ein paar Gläser Wein intus, aber was heißt das schon? Wir haben schon öfter einen über den Durst getrunken und waren beschwipst – aber so was? Weißt du, was sie gesagt hat? ›Warum macht ihr euch so viel Gedanken um diesen Typen? Vielleicht hat er es ja nicht anders verdient?‹ Das waren ihre Worte!« Malte mäßigte sich nun und fuhr fast flüsternd fort: »Frank, ich habe da so ein Scheißgefühl! Bea geht es übrigens genauso! Redet! Redet miteinander!«

Mit diesen Worten drehte er sich um und machte Anstalten zu gehen.

»Wo willst du hin?«, schoss Frank hinterher.

»Ich stoße zu Gaby und Reinhard und unterstütze sie!«

Mit ein paar Schritten war er aus der Tür. Frank schüttelte sich und war kurz davor sich zu kneifen, um sicherzustellen, dass er das Ganze nicht doch nur geträumt hatte. Wann hatte er Malte zuletzt so erlebt? Hatte er ihn jemals so erlebt? Langsam löste sich die Schockstarre und Frank lief zurück zu seinem Büro. Er öffnete die Tür und fand den Raum leer vor – menschenleer.

*

Den größten Teil der folgenden Stunden verbrachte er mit dem Schreiben und Lesen von Berichten, die sich seit Tagen auf seinem Schreibtisch angehäuft hatten. Diese Tätigkeit erforderte nicht besonders viel Konzentration, sodass er immer wieder mit den Gedanken zu dem abschweifte, was Malte ihm am Morgen gesagt hatte. Natürlich hatte Frank versucht, Maren telefonisch zu erreichen – sowohl in der gemeinsamen Wohnung als auch auf dem Handy: erfolglos. Er musste sich eingestehen, dass Malte recht hatte. Etwas geschah mit Maren, aber er hatte keinen Schimmer, um was es sich da handelte. Über die Art, wie Malte das zur Sprache gebracht hatte, konnte man streiten, aber so war er nun einmal. Sein Freund hatte zwar ein recht zuverlässiges Gespür für Unstimmigkeiten, war aber oft ziemlich ungeschickt, wenn es darum ging, diese unangenehmen Dinge anzusprechen. Wenn alles harmonisch war, konnte er sich beinahe wie ein Kind freuen und ein zuverlässiger Freund sein. Wenn er aber irgendwo Sand im Getriebe spürte, konnte ihn das vorübergehend aus der Bahn werfen. Trotzdem: So etwas wie heute Morgen hatte Frank mit ihm noch nicht erlebt.

Gegen Mittag erstaunte ihn eine weitere Überraschung aus dem Hause Dr. Jüssen: Ein Bote brachte den vorläufigen Bericht des Gerichtsmediziners, der es sich wohl in den Kopf gesetzt hatte, alle Rekorde zu brechen. Natürlich hatte er es nicht versäumt, in einer beigelegten handschriftlichen Notiz darauf hinzuweisen, dass das toxikologische Gutachten noch fehlte. Der Bericht umfasste alles, was Frank aufgrund des gestrigen Telefonats mit Dr. Jüssen bereits wusste. Er schaute sich die Fotos des Toten noch einmal an und überlegte, ob es wohl möglich war, am Computer das Gesicht des Mannes zu rekonstruieren. Darum musste er sich kümmern, wenn es keine hilfreiche Rückmeldung von den Zahnärzten gab. Nach einem Mittagessen in der Kantine, wo er fast alleine war, abgesehen von zwei uniformierten Kollegen am Nachbartisch, hatte er sich entschlossen, kurz zu Hause vorbeizuschauen. Auch bei dieser Gelegenheit traf er Maren nicht an. Wieder hatte er telefoniert – vergeblich. Als er gegen 14:30 Uhr zurück ins Präsidium kam, traf er auf dem Flur auf Gaby und Reinhard, die sich bereits wieder entfernen wollten, da sie ihn in seinem Büro nicht angetroffen hatten. Sie folgten ihm und erzählten, dass sich ihre Vermutung bestätigt hatte. Die beiden Männer aus dem Haus, das dem Tatort am nächsten war, wiederholten ihre Aussage, erinnerten sich jedoch auf Nachfrage daran, dass es bei dem, was sie gehört hatten, um einen handfesten Streit gegangen sein musste. Sie hatten darauf hingewiesen, dass es sich deutlich nicht um den üblichen Radau gehandelt hatte, den Jugendliche regelmäßig auf dem Spielplatz verursachten, sondern um wenige Minuten, in denen sie das aggressive Gebrüll von drei bis vier Männern vernommen hatten. Auf die Frage, warum sie nicht nachgesehen hatten, lautete die übereinstimmende Antwort: »Es dauerte nur kurz, vielleicht zwei bis drei Minuten – dann war alles wieder still.«

»Dann haben beide wohl genau die Situation gehört, in der unser Opfer ordentlich eins auf die Zwölf gekriegt hat«, warf

Frank ein, worauf Gaby nickend bemerkte: »Kurz darauf muss er erschossen worden sein!«

»Einen Schuss hat übrigens niemand gehört«, nahm Reinhard Franks Gedanken auf, den der aber noch gar nicht geäußert hatte.

Gaby und Reinhard erzählten, dass Malte überraschend zu ihnen gestoßen war und er noch einige am Vortag nicht anwesende Leute befragt hatte. Leider waren diese Befragungen nicht ertragreich gewesen.

Nach ihrem Bericht entließ Frank die beiden ins Wochenende. Allen war natürlich klar, dass sie eventuell zusammenkommen mussten, wenn sich etwas Neues ergab – Wochenende hin oder her. Dennoch gab es zurzeit nichts für sie zu tun und so verließen Gaby und Reinhard recht fröhlich das Büro. Abschließend sortierte Frank die Aktenmappen auf seinem Tisch, schloss die Fenster, überprüfte die Kaffeemaschine, die heute gar nicht eingeschaltet worden war, und fragte sich, wo Malte wohl abgeblieben war.

*Lass ihn*, dachte er sich, schloss das Büro ab und fuhr in die Goethestraße.

\*

Unterbrochen von trüben Gedanken hatte sich Frank zu Hause von der Fußball-WM gefangen nehmen lassen. Nach einem deutlichen Sieg Argentiniens gelang es ihm, eine essbare Pizza zu produzieren. Anschließend verfolgte er das Spiel der Niederländer gegen die Elfenbeinküste, das der Favorit 2:1 für sich entscheiden konnte. All das konnte nicht darüber hinwegtäuschen, dass er sich regelrecht einsam fühlte. Maren hatte nichts von sich hören lassen und er mehr als einmal dem Impuls eines weiteren Anrufversuches widerstanden. Zwei leere Bierflaschen standen vor ihm auf dem Tisch. Er stand auf und trug sie in die Küche. Kurzentschlossen nahm er sich eine dritte und legte Flaschen aus dem Kasten in den Kühlschrank nach. Die Uhr zeigte kurz nach zehn, als die zweite Halbzeit zwischen Mexiko und Angola – ein müder Kick – angepfiffen wurde. Frank nahm einen Schluck aus der Flasche. Das Spiel plätscherte an ihm vorbei, und er schaltete den Fernseher aus.

Heute musste etwas geschehen. Malte hatte recht, so konnte es nicht weitergehen. Er würde abwarten, in welcher Verfassung Maren heute Abend hier auftauchte, und dann würde er sie zur Rede stellen. Hatte er ihr Anlass für dieses Verhalten gegeben?

Er ging die letzten 48 Stunden in seinem Gedächtnis durch und fand dafür keinen Anhaltspunkt. Trotzdem führte dies zu einem interessanten Gedanken: Marens merkwürdiges Verhalten war ihm erstmals während der Fußballübertragung am Abend aufgefallen. Es war nichts wirklich Großes. Während der zweiten Halbzeit, so gegen Ende, waren Bea und Maren in der Küche verschwunden und längere Zeit nicht wieder aufgetaucht. Als dann das Tor gefallen und er in seiner Freude in die Küche gerast war, hatte er kurz geglaubt zu stören. Dann hatte er Maren während seiner Toberei angehoben und sie merkwürdig abweisend reagiert. Ernst genommen hatte er diesen Vorfall nicht, aber jetzt fiel er ihm ein. Den ganzen Tag über war alles in Ordnung gewesen, und es gab definitiv nichts anderes. Vorher hatte sie Getränke besorgt. Sollte sie es ihm ernsthaft übel genommen haben, dass er die Getränke für den Fußballabend vergessen hatte? Unmöglich! So was verursacht keine Albträume! Es musste etwas vorgefallen sein während ihrer Abwesenheit – in der Zeitspanne zwischen Getränkemarkt und Fußballspiel. Wenn er sich recht erinnerte, war ihm ihre Abwesenheit auch etwas lang erschienen. Andererseits hatten wohl auch noch andere Leute an diesem Abend Durst gehabt, so dass es im Getränkemarkt wahrscheinlich voller war als sonst. Das war jedenfalls der Gedanke gewesen, mit dem er sich beruhigt hatte.

Er hörte, wie sich der Schlüssel im Schloss drehte. Kurz darauf vernahm er das typische Scharren, als wenn jemand die Schuhe im Flur abstreift – und dann stand sie im Wohnzimmer. Er drehte sich zu ihr um und musste wohl etwas vorwurfsvoll dreingeblickt haben. Jedenfalls veränderte sich Marens Gesichtsausdruck.

»Ich weiß! Du findest das unmöglich! Du willst wissen, wo ich jetzt herkomme, und bittest mich, mal darüber nachzudenken, was du dir den ganzen Tag über für Sorgen gemacht hast!«

Während dieser Worte war Maren in der Küche verschwunden, hatte aber die ganze Zeit über weiter geredet. Sekunden später trat sie wieder ins Wohnzimmer, mit einem zur Hälfte gefüllten Weißweinglas in der Hand. Als könne sie seine Gedanken lesen fügte sie hinzu:

»Nein, ich bin stocknüchtern, habe keinen Alkohol getrunken, jetzt brauche ich aber ein bisschen.«

Sie setzte sich auf den Sessel ihm gegenüber. Frank nahm einen Schluck aus der Bierflasche und beugte sich nach vorne.

»Was habe ich dir getan, Maren? Warum redest du so mit mir? So spricht ein rebellischer Teenie mit seinem Vater, wenn er zu spät nach Hause kommt, aber nicht wir!«

Wieder veränderte sich Marens Haltung. Sie wich seinem Blick aus und stellte ihr Glas vor sich auf den Tisch. In ihren Augen erlosch das wütende Funkeln und sie wirkte plötzlich unendlich traurig.

»Du hast recht«, sagte sie. »Auch wenn ich mich ein bisschen so fühle. Ich muss dir etwas sagen und weiß nicht wie.«

Etwas umkrampfte Franks Herz. Diesen Moment hatte er gefürchtet wie der Teufel das Weihwasser – eigentlich, seit er mit Maren zusammen war. Er war dreiundvierzig, sie neunundzwanzig. Irgendwann würde das kommen, das wusste er. Es tat weh, und deshalb sprang er auf, ging zum Wohnzimmerschrank, griff die Metaxaflasche, aus der er innerhalb des letzten halben Jahres ein bis zwei Gläser getrunken hatte, und schenkte sich großzügig ein.

»Fang an!«, sagte er und erschrak über das Krächzen, das sich seiner Kehle entrang. Dann war sie plötzlich neben ihm, nahm sein Gesicht in beide Hände und drückte ihm einen zärtlichen Kuss auf den Mund. Sie hielt sein Gesicht fest und schaute ihn eindringlich an.

»Nicht, was du jetzt denkst«, versuchte sie, ihn zu beruhigen. Er wand sich aus ihrem Griff und setzte sich wieder auf das Sofa. Auch Maren nahm Platz.

»Lass mich erzählen!«, bat sie. »Unterbrich mich bitte nicht, wenn es dir möglich ist.«

Und dann begann sie. Sie waren im Jahr 2001. Er hörte von einem Urlaubsort namens Ermioni in Griechenland und von einem Mann, den sie dort kennen gelernt hatte. Er hörte zu und wurde von Minute zu Minute unruhiger. In immer kürzeren Abständen führte er sein Metaxaglas zum Mund. Er stand auf und füllte es ein weiteres Mal auf, ohne dass Maren in ihrer Erzählung innehielt. Plötzlich waren sie auf dem Parkplatz des Getränkemarktes und trafen dort einen Georgios Stefanidis, der Maren inständig um Hilfe anflehte, und es fügte sich in Franks Kopf und Herzen etwas zusammen, das in ihm Entsetzen auslöste. Weiß wie eine Wand starrte er Maren an, die längst schwieg und ihn ihrerseits mit angstgeweiteten Augen ansah. Er leerte sein Glas mit einem Schluck.

»Und dieser Tote ist ... dieser ... Georgios?«, fragte er in der Hoffnung, die Fäden dieser Geschichte falsch zusammengefügt zu haben, doch er sah Maren nur nicken. Frank ließ sich nach hinten fallen und schlug die Hände vors Gesicht. Als er merkte, wie sie aufstand und zu ihm kommen wollte, wehrte er sie ab.

»Bleib! Bleib da! Lass mich!«

Er spürte, wie sich seine Fassungslosigkeit in Wut verwandelte, und richtete sich abrupt auf.

»Du bist wahnsinnig!«, zischte er. »Weißt du das? Du bist wahnsinnig!«

Marens Blick entspannte sich etwas.

»Ich verstehe dich«, sagte sie. »Auf dich muss das so wirken, aber überleg mal …«

»Ich soll *mal* überlegen?! Ha! Dass ich nicht lache!«, fuhr er sie an. Maren versuchte, die Ruhe zu bewahren und redete leise weiter.

»Ich habe es wirklich nicht so ernst genommen. Ich war sauer auf Georgios, und wer rechnet damit, dass ein Ex-Lover nach fünf Jahren plötzlich auftaucht, um Hilfe bittet und am nächsten Morgen ermordet aufgefunden wird?«

»Du hättest es mir sagen müssen!«

Frank stand auf und schnappte sich die Hausschlüssel.

»Gelegenheiten dazu hattest du genug!«

Dann hörte Maren die Wohnungstür ins Schloss fallen.

Frank war kaum aus der Haustür, als er zu laufen begann. Er passierte das »Schräge Eck«, bog nach rechts ab und lief die Bruchstraße entlang. Das war ein echter Hammer! Maren kannte den Toten und hatte das Team fast zwei Tage lang im Dunkeln tappen lassen! Ein Grieche! Der Lover aus ihrem Griechenland-Urlaub vor fünf Jahren! Das war es aber nicht, was ihn so ärgerte. Einzig ihr bisheriges Schweigen setzte ihm zu. Es zeugte von mangelndem Vertrauen. Etwa auch von mehr? Frank wusste von dieser Eskapade nichts, warum auch? Er war nicht der Typ, der von seinen Partnerinnen wissen musste, wen es alles vor ihm gegeben hatte. Wieso hatte Maren bei dem Wiedersehen auf dem Parkplatz so emotional reagiert? Hatte sie die Geschehnisse von damals immer noch nicht verwunden?

Dann sprangen seine Gedanken zu seinem Team. Das würde einschlagen wie eine Bombe. Er musste die Leute morgen zusammenrufen und mit ihnen darüber reden, was diese neuen Informationen für sie bedeuteten. Streng genommen konnte

Maren an dem Fall nicht weiter mitarbeiten. Andererseits hatte sie wichtige Informationen über den Toten, die hilfreich sein konnten. Frank spürte, wie seine Ruhe und Sachlichkeit zurückkehrten. Strammen Schrittes lief er die Uhlandstraße entlang und stand bald vor seiner Haustür.

Als er die Wohnung betrat, hörte er Maren im Wohnzimmer hantieren. Sie war dabei, sich Fotos anzusehen, die sie in alten Keksdosen im Schrank aufbewahrte. Sie schaute ihm erwartungsvoll entgegen und schien völlig ruhig zu sein.

»Mein Gott, Maren«, sagte er, während er sich zu ihr setzte, »hast du schon daran gedacht, was das für Folgen haben kann?«

Sie nickte und hielt ihm ein Bild vor die Nase.

»Das ist er.«

Frank nahm ihr das Foto aus der Hand und betrachtete es. In einer felsigen Bucht mit fast weißem Sandstrand, über die sich ein dunkelblauer Himmel spannte, stand ein freundlich lachender, schwarzhaariger Mann. Er legte das Foto auf den Sofatisch.

»Weißt du was? Wir werden morgen die Leute zusammenrufen und mit ihnen reden.«

»Das ist gut«, entgegnete Maren. Dann nahm er sie in den Arm und hielt sie lange fest.

## Samstag 17. Juni 2006

In der Nacht war Frank noch einmal aufgestanden und hatte bei einer Zigarette und einem weiteren Glas Metaxa seinen Gedanken freien Lauf gelassen. Maren schien eine ruhige Nacht zu verbringen, denn sie schlief tief und fest, als er aus dem Wohnzimmer zurück ins Schlafzimmer kam. Für sie war es wohl eine Erleichterung gewesen, das Ganze endlich losgeworden zu sein, während es ihn umso stärker belastete. Er hatte schließlich doch problemlos einschlafen können, und beide waren fast gleichzeitig gegen acht Uhr aufgewacht. Das Frühstück fiel eher einsilbig aus. Nicht dass schlechte Stimmung den Morgen beeinträchtigte, aber beide waren in ihre eigenen Gedanken versunken und dabei, sich mental auf das einzustimmen, was den heutigen Samstag wohl dominieren würde: das Gespräch mit ihrem Team. Noch nie waren sie in ihrer Laufbahn einer ähnlichen Situation begegnet.

Natürlich machte sich Maren Gedanken darüber, wie das Team reagieren würde. Würden sie ihr Vorwürfe machen? Frank hatte, abgesehen von seiner ersten Reaktion nach ihrem Geständnis, glücklicherweise darauf verzichtet. Nachdem er von seinem Gang um den Block zurückgekehrt war, hatte sie sogar das Gefühl, als brächte er so was wie Verständnis für ihr Handeln bzw. Nicht-Handeln auf. Aber die anderen? Sie konnte es nicht einschätzen und machte sich auf das Schlimmste gefasst. Schließlich unterbrach Frank das Schweigen.

»Wo bist du denn nun gestern den ganzen Tag über gewesen?«

»Ach, richtig!«, reagierte sie sofort. »Ich bin, nachdem du Malte hinterher gerannt bist, zu Sabine gegangen und habe mit ihr geredet.«

Frank staunte nicht schlecht.

»Weiß sie es?«

Maren nickte.

»Ich staune immer wieder darüber, was Sabine alles so mitbekommt. Sie hat mich sofort wegen der Situation auf dem Spielplatz angesprochen. Ich habe versucht mich rauszureden, aber sie hat mir nicht geglaubt und irgendwann direkt gefragt, ob ich den Toten kenne. Dann habe ich es ihr erzählt.«

»Und?«

»Sie hat mir dringend geraten, dir das auch zu erzählen, um Schlimmeres vielleicht noch abzuwenden.«

»Du warst aber nicht bis abends zehn Uhr mit Sabine zusammen«, warf er ruhig dazwischen.

»Anschließend bin ich zu Bea gefahren. Sie hatte am Mittwoch bei dem Fußballspiel schon gemerkt, dass mit mir was nicht stimmte. Da bin ich ihr noch ausgewichen. Ich wollte einfach wissen, was sie dazu sagt.«

»Was weiß Malte?«

»Nichts! Er ist zwar am Nachmittag dazu gekommen, aber da haben wir das Thema gewechselt. Er weiß bestimmt nichts, aber er ahnt, dass etwas los ist. Bea hat mir versprochen zu schweigen – unter der Bedingung, dass ich heute reinen Tisch mache.«

Frank wurde an dieser Stelle wieder deutlich, wie schön es war, wenn man solche Freunde hatte. Er hoffte, dass auch das heutige Treffen diesen Geist widerspiegeln würde. Ein paar Telefonate waren nötig, um die ganze Mannschaft auf einen Zeitpunkt festzulegen. Sie wollten sich um zwölf Uhr in der Goethestraße treffen. Auch Sabine würde – auf Wunsch von Maren – dabei sein, wogegen Frank sicherlich nichts einzuwenden hatte.

*

Sie kamen fast alle gleichzeitig an, nur Reinhard schellte, als die anderen noch auf dem Weg die Treppe hinauf waren. Allen schien bewusst zu sein, dass es sich um eine wirklich ernsthafte Angelegenheit handelte, wegen der sie zusammenkamen. Zur Begrüßung nahm Sabine Maren länger als sonst in den Arm und raunte ihr etwas zu, worauf Maren nickte und Sabine ihr einen zusätzlichen Kuss auf die Wange drückte. Kurze Zeit später saßen alle, vor sich eine Tasse Kaffee oder ein Wasser oder beides.

»Ihr Lieben«, begann Frank. »Wir müssen heute über etwas reden, was auch für mich neu ist. Normalerweise hält man Polizisten, speziell uns, die wir ständig mit Gewalt und Tod zu tun haben, für gefühlsmäßig abgestumpft. Manchmal sind wir das sicher auch, müssen das sein, um uns zu schützen und die notwendige Distanz für konsequente Ermittlungsarbeit zu haben.«

Dankbar registrierte er, dass alle aufmerksam lauschten und keine spaßigen Bemerkungen seine Ausführungen begleiteten.

»Manchmal stoßen wir aber an unsere Grenzen. Dann kann es passieren, dass unsere Professionalität leidet und wir es eben nicht schaffen, diese Distanz zu wahren – dann nämlich, wenn es uns selbst betrifft. Jemand, der das dann trotzdem meint, bewältigen zu können, ist kein starker Mensch, sondern ein Dummkopf.«

Frank spürte Marens Blick auf sich ruhen und schenkte ihr ein Lächeln. Dann fuhr er fort.

»Ich appelliere heute zum ersten Mal in dieser Form an mein Team, für das ich die Verantwortung trage. Versucht zu verstehen, was passiert ist, und urteilt nicht vorschnell. Wir müssen uns heute darüber klar werden, wie wir damit umgehen. Anschließend gibt es kein Zurück.«

Franks Einleitung hatte zu genau der Ernsthaftigkeit geführt, die er beabsichtigt hatte. Alle schauten ihn an, einige nickten verstehend und es lag eine erwartungsvolle Spannung in der Luft. Dann erzählte Frank sachlich und umfassend von dem, was geschehen war. Als den Anwesenden klar wurde, was ihnen da unterbreitet wurde, lief – begleitet von einem Raunen – eine Welle kurzzeitiger Unruhe durch den Raum. Frank fing

Sabines Blick auf, der sowohl Anerkennung für seine Worte, als auch Mitgefühl ausdrückte. Maren hielt erst den Kopf gesenkt, hob ihn dann langsam und schaute ihre Teamkollegen einen nach dem anderen an.

»Bitte lasst mich noch etwas hinzufügen«, sagte sie mit sicherer Stimme. »Mir ist völlig klar, dass ich einen dicken Fehler gemacht habe. Wer mir das sagen will, rennt offene Türen ein. Bedenkt aber bitte, dass mich das Ganze wie ein Hammerschlag getroffen hat.«

Es herrschte Schweigen. Langes Schweigen, das aber nicht quälend wirkte. Maren fasste Franks Hand. Er spürte, wie sie leicht zitterte. Plötzlich stand Gaby auf und umarmte Maren.

»Ich kann das gut verstehen«, sagte sie mit leicht belegter Stimme. Sie ging zurück zu ihrem Platz und erntete zustimmendes Nicken von den meisten Anwesenden.

Erst jetzt fiel Frank auf, dass Malte mit recht finsterem Blick vor sich hin starrte und leicht den Kopf schüttelte.

»Bei allem Verständnis«, begann er, »dürfen wir aber nicht leugnen, dass das schon ein ziemlicher Hammer ist.« Sein auf Maren gerichteter Blick war ernst, aber nicht mehr so finster wie zu Beginn.

»Natürlich willst du keine Vorhaltungen hören! Ich verstehe auch, was in dir vorgegangen sein muss, aber mal ganz nüchtern gesprochen: Du hast dein Team ausgebremst! Der oder die Mörder deines Griechen haben zwei Tage Vorsprung!«

»Das ist wahr!«, meldete sich nun Reinhard zu Wort. »Aber es ist noch nicht zu spät. Wir haben jetzt einen Namen, eine Nationalität, einen Wohnort, eine Familie.« Er zählte mit den Fingern mit und schloss dann: »Wir haben jede Menge Ansatzpunkte, mit denen wir weiterarbeiten können.«

»Ich möchte noch mal zu Maren etwas sagen«, ergriff nun Sabine das Wort. »Du hast meine volle Hochachtung – ehrlich! Wenn ich das alles Revue passieren lasse, sieht das für mich so aus, als wenn du noch recht schnell zur Besinnung gekommen wärst. Am Donnerstag hat dich der Schlag getroffen – völlig klar, und gestern hast du es erzählt. Ich weiß nicht, wie das gelaufen wäre, wenn ich in deiner Situation gesteckt hätte.«

Frank merkte, dass Malte dem wohl im Prinzip zustimmte, ihm aber noch etwas anderes unter den Nägeln brannte. So dauerte es nicht lange, bis er sich bestätigt sah.

»Schön und gut. Maren ist eine Freundin, ein Mensch aus Fleisch und Blut, und ich fand gut, dass uns Frank am Anfang daran erinnert hat, dass wir das alle sind.«

Malte setzte sich aufrecht hin und schaute bei seinen folgenden Worten alle Anwesenden abwechselnd an.

»Dennoch: Wir sind ja nun kein lockerer Haufen wie ›TKKG‹ oder die ›Drei Fragezeichen‹, sondern eine Ermittlungsgruppe der Kriminalpolizei. Wie werden das unsere Vorgesetzten sehen? Können wir einfach so darüber hinweggehen? Bei aller Liebe, Maren – ich glaube nicht, dass wir jetzt beschließen können: Wir machen einfach weiter, als wäre nichts gewesen, und fertig! Es sind schon Berichte geschrieben und nach oben geschickt worden. Am Montag wird der zuständige Staatsanwalt zugeteilt. Wir müssen damit rechnen, dass das disziplinarische Konsequenzen hat, wenn es irgendeinem von den Schreibtischtätern in den Sinn kommt, und dagegen können wir kaum was machen! Es wäre einfach günstiger gewesen, wenn du gestern Morgen schon was gesagt hättest!«

Frank wusste, dass Malte recht hatte. Dr. Jüssen war mit seinem Bericht zufällig ungewöhnlich schnell gewesen. Auch der Bericht der Streifenbeamten, die am Donnerstag vor Ort waren, lag mit Sicherheit schon vor. Das reichte. Alle gingen davon aus, dass es sich bei dem Toten, den sie vor zwei Tagen gefunden hatten, um einen Unbekannten handelte. Wie sollten sie erklären, dass nun plötzlich, an einem Samstag, das Geheimnis seiner Identität gelüftet worden war?

Das Gespräch, in dem sich alle ernsthaft um eine machbare Lösung bemühten, dauerte noch etwa zwei Stunden. Als sie sich schließlich trennten, waren sie sich einig. Man würde sofort in die Offensive gehen. Frank würde noch heute versuchen, Brandt zu erreichen und ihm – zusammen mit Maren – die Situation schildern. Und dann müsste man abwarten, was er daraus machte.

Zwei Stunden später, gegen halb fünf, hatte er ihn an der Strippe. Weitere dreißig Minuten später fuhren Maren und Frank mit ihrem Wagen eine Auffahrt hinauf, die vor einem schmucken kleinen Einfamilienhaus mit Vorgarten endete. Ein Mädchen – etwa vierzehn Jahre alt und wohl die Tochter des Chefs – kam ihnen entgegen und geleitete sie hinter das Haus auf eine Terrasse, wo Brandt bei einer Tasse Kaffee saß. Er war genau das, was Frank immer als die Karikatur eines Polizeichefs empfunden hatte – Mitte fünfzig und unendlich selbstgefällig. Im Alltag hatte Frank nur wenig mit ihm zu tun, aber wenn, dann dauerte es in der Regel nicht sehr lange, bis Frank innerlich kochte und sich stark zusammenreißen musste, um nicht aus der Haut zu fahren. Brandt war ganz Chef. Er wusste alles besser, behandelte seine Untergebenen grundsätzlich so, als seien sie Anfänger, und ließ keine Gelegenheit aus, seine Position hervorzuheben. Ausnahmen machte er nur bei weiblichen Untergebenen, bei denen er Eindruck schinden wollte. Genau das war es, worauf Frank heute baute, denn er wusste, dass Brandt einen Narren an Maren gefressen hatte.

Sein Chef stand natürlich nicht von seinem Platz auf, um sie zu begrüßen. Er nahm den Gruß der beiden entgegen und wies dann jovial mit der Hand auf zwei freie Stühle. Er trug nicht etwa Freizeitkleidung, wie man es bei diesen Temperaturen und zu diesem Zeitpunkt hätte erwarten können, nein: Er trug eine schwarze Hose und ein weißes Hemd, dessen oberste Knöpfe allerdings geöffnet waren. Frank hätte wetten können, dass Brandt sich nach ihrem Telefonat umgezogen hatte.

Als Maren und Frank saßen, beugte sich ihr Chef lässig nach vorne, lächelte Maren zu und reichte ihnen zwei Kaffeetassen von dem Tablett, das vor ihm auf dem Holztisch stand. Dann goss er ihnen aus der schicken Thermoskanne ein.

»Ich glaube, das ist eine Premiere«, begann er, und Frank fiel wieder einmal auf, wie wenig Stimme und äußere Erscheinung eines Menschen zusammenpassen konnten. Wenn man ihn so sah, erwartete man eine schnarrende, preußische Vorgesetztenstimme, was aber zu hören war, war ein kräftiger Bass, von dem sich Frank schon vorstellen konnte, dass er während eines Zusammenschisses seine Wirkung nicht verfehlte.

»Oder waren Sie schon einmal bei mir?«

Frank war sich nicht sicher, ob sein Chef auch ihn mit der Frage bedacht hatte, da dieser seine Augen nicht von Maren wandte. Dennoch antwortete er.

»Nein, aber Sie haben es sehr schön hier.«

Brandt streifte ihn mit einem kurzen Blick. Das Mädchen erschien wieder auf der Terrasse.

»Nicole, sag deiner Mutter bitte, dass ich jetzt nicht gestört werden möchte.«

Die Angesprochene bedachte ihren Vater mit einem leicht genervten Augenaufschlag und verschwand umgehend wieder. Nun schlug Brandt die Beine übereinander und wandte sich seinen anderen beiden Untergebenen zu.

»Sie wollten mich in einer dringenden Angelegenheit sprechen.«

»Richtig«, nahm Frank den Faden auf. »Wir bearbeiten gerade einen Fall …«.

»Den Mordfall Engelbertusstraße«, fiel ihm sein Chef bereits jetzt ins Wort. »Was ist damit?«

»Er gestaltet sich ein wenig schwierig.«

»Ich glaube, in unserem Beruf, Herr Wallert, gestaltet sich fast jeder Fall schwierig.«

66

Frank meinte, ein Augenzwinkern seines Vorgesetzten in Richtung Maren gesehen zu haben.

»Schon richtig«, fuhr er unbeirrt fort. »Aber vielleicht ist dieser Fall in besonderer Weise … nun ja … pikant.«

Brandt hob eine Augenbraue, unterbrach ihn aber nicht. Frank registrierte mit einem unmerklichen Lächeln, dass nun auch Maren ihre Beine übereinanderschlug, was sie, nicht zuletzt wegen ihres kurzen Sommerkleidchens, extrem süß aussehen ließ. Er kam sofort zur Sache.

»Es hat sich heute herausgestellt, dass Frau Dieckmann den Toten kennt.«

Auch die zweite Augenbraue hob sich. Brandt zögerte kurz und musterte Maren von unten bis oben.

»Das ist Ihnen heute eingefallen?«

Maren lächelte und nickte. *Übertreib es nicht*, dachte Frank und fuhr fort: »Nun, Herr Brandt, es ist ihr nicht heute erst eingefallen, sie hat es mir gestern Abend gesagt und heute haben wir es unseren Kollegen erzählt.«

Er konnte der Miene seines Vorgesetzten entnehmen, dass er – wer wollte es ihm verdenken – noch immer nicht verstand. Jetzt ergriff Maren das Wort und zog die Aufmerksamkeit auf sich, als sie ihre Beine andersherum übereinanderschlug und sich zusätzlich positiv in Szene setzte, indem sie sich nach vorne beugte und mit leicht zur Seite geneigtem Kopf zu erzählen begann.

*Frauen haben es einfach drauf*, dachte Frank und grinste vor sich hin. Er beobachtete Brandt aus den Augenwinkeln. Wenn dieser Maren auch zu Beginn ihrer Erzählung wohlwollend zugenickt hatte und durchaus Freude an den Schilderungen ihres Griechenlandurlaubs zeigte, entgleisten seine Gesichtszüge deutlich, als er begann zu verstehen. Nun hieß es, vorsichtig zu sein. Frank legte Maren eine Hand auf den Arm und übernahm die Regie – er versuchte es zumindest. Durch eine Kopfbewegung Brandts geriet er in dessen Blickfeld.

»Sagen Sie, Herr Wallert, verstehe ich richtig, dass Sie nicht ganz Herr der Lage in Ihrem Ermittlungsteam sind?«

Frank spürte, dass es in ihm zu brodeln begann, aber er blieb ruhig und sachlich. Neben ihm fing Maren an, nervös auf ihrem Platz hin und her zu rutschen.

»Ich glaube, das verstehen Sie nicht richtig, Herr Brandt. Deshalb sind wir bei Ihnen, um in Absprache mit Ihnen …«.

»Was heißt hier Absprache? Die Dinge liegen doch völlig klar auf der Hand. Ihre …«, er wedelte mit der Hand auf der Suche nach dem passenden Begriff, »… Freundin ist befangen und hat die Ermittlungen sabotiert, indem sie wissentlich entscheidende Informationen zurückgehalten hat. Und das alles ist in Ihrem Verantwortungsbereich geschehen! Jetzt kommen Sie zu mir und wollen … was wollen Sie eigentlich?«

Er hob beide Arme in einer gespielt hilflosen Geste gen Himmel, während Frank wusste, dass Brandt diese Situation genoss. Genau das hatte Frank befürchtet, und genau das hatte Malte mit seinen Einwänden gemeint. Brandt hatte die Lage in seiner eiskalten Art, als der Korinthenkacker, der er nun mal war, auf den Punkt gebracht. Rein sachlich betrachtet ließ sich dagegen nichts sagen.

Wieder wurde Frank von der weiblichen Natur in Erstaunen versetzt. Maren sank mit dem Kopf nach vorne auf den Holztisch und begann zu schluchzen. Brandt ließ seine Arme sinken und blickte verstört auf das bebende Häufchen Elend namens Maren Dieckmann.

Frank glaubte seinen Augen nicht trauen zu dürfen, als er bemerkte, dass Maren Zeige- und Mittelfinger ihrer linken Hand auf ihrem verlängerten Rücken in seine Richtung gekreuzt hatte. Brandt tätschelte linkisch ihren Kopf, woraufhin sie ihn wieder hob. Dann reichte er ihr ein Papiertaschentuch, das er wohl aus seiner Hosentasche gezaubert hatte. Während sie sich schnäuzte, betrachtete er unverhohlen ihren Ausschnitt.

»Beruhigen Sie sich, Maren«, sprach Brandt mit sonorer Stimme auf sie ein. »Ich habe vollstes Verständnis dafür, dass das sehr schwere Tage für Sie gewesen sind. Sie müssen das auch erst verarbeiten. Nehmen Sie sich ein paar Tage frei.«

Maren schüttelte den Kopf und setzte sich wieder aufrecht auf ihren Stuhl. Mit dem zusammengeknuddelten Papiertaschentuch tupfte sie sich die Augen.

»Nein«, widersprach sie mit einem letzten Schluchzen in ihrer Stimme. »Ich möchte beim Team sein! Ich will diese Schweine finden, die Georgios und seiner Familie das angetan haben!«

Frank hatte plötzlich das Gefühl, überflüssig zu sein, aber insgeheim bewunderte er Marens Strategie, die keinem Mann eingefallen wäre. Er nahm ihre linke Hand in seine, um Brandt zu demonstrieren, dass auch er nicht ganz unsensibel war und seiner ... Freundin ... in dieser schweren Stunde beistand. Nach einigem Zögern nickte Brandt, sah erst Maren forschend ins Gesicht, dann ihm – nicht forschend, sondern strafend.

»Ich verstehe. Nun gut. Zwei Arbeitstage sind vergeudet worden, Herr Wallert. Heute ist Samstag, demzufolge ist morgen Sonntag. Das wird für Sie ein sehr arbeitsreiches Restwochenende! Versuchen Sie, die Tage wieder reinzuholen. Ich erwarte Sie beide am Montag um 9:30 Uhr in meinem Büro zur Berichterstattung. Nach diesem Bericht werde ich entscheiden, ob ich weitere Maßnahmen ergreifen muss. Gehen Sie jetzt. Ich bekomme gleich Besuch.«

Überschwänglich dankend verabschiedeten sie sich, und als sie um das Haus herum gingen und nicht mehr im Blickfeld ihres Chefs waren, gab Frank Maren einen leichten Klaps auf den Hintern. Diese grinste, hakte sich bei Frank unter und lehnte ihren Kopf gegen seine Schulter. Dabei schluchzte sie kurz auf.

»Ihr habt mehr Glück als Verstand!«, kommentierte Malte später lachend am Telefon. Aus seiner Stimme sprach die

Erleichterung über die Entwicklung, die das Ganze genommen hatte. »Uns ist also Bewährung gewährt worden. Natürlich kannst du auf mich zählen.«

Ähnlich reagierten alle anderen aus dem Team, die Frank nacheinander angerufen hatte. Man verabredete sich für den nächsten Morgen um neun Uhr im Büro.

## Sonntag 18. Juni 2006

Die Straßen waren nahezu leer, als Frank und Maren an diesem frühen Sonntagmorgen zum Präsidium fuhren. Über der Stadt hing ein Dunst, der nichts Gutes verhieß. Das Thermometer auf dem Balkon in der Goethestraße hatte bereits um halb acht 25 Grad angezeigt. Es würde heute höllisch heiß und dazu entsetzlich schwül werden. Frank parkte den Wagen vorausschauend an einer Stelle, die in Kürze im Schatten liegen würde. Im Präsidium war es fast menschenleer. Der wachhabende Beamte am Eingang grüßte, indem er zwei Finger an den Kopf legte, und widmete sich dann wieder seiner Lektüre.

In Franks Büro stand die Luft, was sich auch nicht änderte, als er beide Fenster geöffnet hatte. Heute brauchte er einen Kaffee. Er spülte die Kanne kurz aus und bereitete alles vor, während sich Maren auf einen Stuhl fallen ließ und die Akte zu sich heranzog. Dann läutete das Telefon.

»Einen wunderschönen Sonntagmorgen wünsche ich dir!«

Es war Sabine, und Frank registrierte mit einem Blick auf das Display des Telefons, dass sie aus ihrem Labor anrief. Er ignorierte den süffisanten Unterton ihrer Begrüßung und äußerte seine Verwunderung darüber, dass sie auch bereits vor Ort war.

»Nun, ich habe von eurem Gespräch mit unserem verehrungswürdigen Chef gehört und wollte nicht untätig zu Hause sitzen, während ihr euch den Allerwertesten aufreißt. Bestell bitte Maren liebste Grüße von mir. Sie hat echt was drauf!«

Frank musste lachen.

»Das kann man wohl sagen! Ich habe gedacht, ich sitze im Kino.«

»Glaub ich gerne. Aber ihr Männer habt ja sowieso keine Ahnung, was wir alles erreichen können, wenn wir mal richtig loslegen. Nur leider kann ich bei dir alle Register ziehen – völlig umsonst ...«.

»Ach Sabine«, ging Frank auf ihre gespielte Klage ein. »Du weißt doch, dass ich immer verzaubert von dir bin.«

Maren blickte von der Akte auf und lächelte ihn an.

»So? Was gibt es denn?«, fragte Frank plötzlich und lauschte aufmerksam dem, was Sabine ihm erzählte. Dann schloss er mit den Worten:

»Na bitte, das ist doch was. Ich könnte dich küssen. Ich danke dir.«

Er legte auf und wandte sich Maren zu.

»Sabine ist heute Morgen die Kleidung des Toten aus der Gerichtsmedizin gebracht worden. An seinem Anzug befinden sich Kunststofffasern eines Autositzes. Sie meint, dass es sich bei dem Wagen um einen Renault Mégane handeln müsste, weil man das sehr genau anhand der Sitzfasern erkennen kann.«

»Aha. Dann steht also irgendwo in dieser Stadt ein herrenloser Mégane herum.«

»Genau. Hier oder anderswo«, kommentierte Frank.

Kurz darauf erschienen die restlichen Mitglieder des Teams in seinem Büro. Nach einer kurzen Würdigung des gestrigen Tages begann Frank damit, die Aufgaben für den heutigen Sonntag zu verteilen.

Aufgrund der neuesten Nachricht von Sabine erklärten sich Reinhard und Gaby bereit, alle Autoverleihfirmen abzuklappern – sofern sonntags jemand von ihnen erreichbar war. Sie wollten es auf jeden Fall versuchen. Es schien ihnen unwahrscheinlich, dass Georgios mit dem eigenen Wagen nach Mülheim gekommen war. So lag der Gedanke mit dem Leihwagen am nächsten. Malte wollte sich bei den Flughäfen umhören, ob ein Mann namens Georgios Stefanidis in den letzten Wochen über sie nach Deutschland eingereist war. Maren und Frank übernahmen die Aufgabe, das griechische Konsulat über den Todesfall zu informieren und darum zu ersuchen, dass sie den Kontakt zur Familie Stefanidis herstellten, verbunden mit der

Bitte, man möge sich mit Frank in Verbindung setzen. So schnell wie möglich wollte man sich wieder in Franks Büro treffen, um Informationen auszutauschen und die nächsten Schritte zu besprechen.

Als Gaby, Reinhard und Malte gegangen waren, rief Frank in der Telefonzentrale an und bat um eine Vermittlung zum griechischen Konsulat. Wartend schlürfte er von seinem Kaffee und sah Maren an.

»Muss ich jetzt auch hier warten?«, fragte sie. »Wir können doch nicht zu zweit telefonieren.«

Das sah Frank schnell ein.

»Was willst du stattdessen tun?«

»Ich denke gerade an den Spielplatz. Ich könnte ja mal hinfahren und nachsehen, ob in der Nähe irgendwo ein Leihwagen geparkt ist. Meistens sind die ja erkennbar, weil sie ein fremdes Kennzeichen haben. AVIS hat ein Hamburger Nummernschild, glaube ich, SIXT hat München … und so weiter.«

»Gute Idee! Mach das!«, sagte Frank in das Läuten des Telefons hinein. »Aber bleib nicht wieder den ganzen Tag weg.«

Er nahm den Hörer ab, während Maren ihn kurz küsste und verschwand.

»Wallert.«

»Ihr Gespräch nach Düsseldorf«, informierte ihn eine weibliche Stimme, die er sich auch bei anderen telefonischen Serviceleistungen vorstellen konnte. Dann folgten ein leises Knacken und eine männliche Stimme, der man anmerkte, dass ihr Besitzer in seiner Sonntagsruhe gestört worden war und sich darüber nur mäßig freute.

»Konsulat der Republik Griechenland – Meining!«

»Guten Morgen, Herr Meining. Wallert von der Kriminalpolizei Mülheim an der Ruhr. Ich störe nur ungern an einem Sonntagmorgen, aber es ist wirklich notwendig.«

Er spürte eine leichte Verwunderung des Mannes am anderen Ende der Leitung.

»Kriminalpolizei sagten Sie, Herr ...?«

»Wallert«, wiederholte Frank seinen Namen. »Sie haben richtig verstanden: Kriminalpolizei. Leider muss ich Ihnen mitteilen, dass wir am frühen Donnerstag einen griechischen Staatsbürger tot in Mülheim aufgefunden haben.«

»Oh!« Nun war Herr Meining wach. »Weiß man schon Näheres?«

»Ja. Der Mann wurde erschossen. Er heißt Georgios Stefanidis und ...«.

»Wie bitte? Sagten Sie Stefanidis? Der Stefanidis?«, wurde Frank unterbrochen. Sein Gesprächspartner hatte fast geschrien.

»Wir wissen, dass er wohl aus Ermioni stammt.«

»Er ist es! Himmel!«

Frank meinte, beinahe vor sich zu sehen, wie Herr Meining die Hand aus lauter Verzweiflung vors Gesicht schlug. Da dieser jetzt schwieg, rang sich Frank zu einer Frage durch.

»Darf ich wissen, was Ihre Reaktion zu bedeuten hat?«

»Natürlich, entschuldigen Sie. Herr Stefanidis ist ein sehr bekannter Mann in Griechenland und ist vor drei Wochen von seiner Familie als vermisst gemeldet worden. Wir hatten keine Ahnung, dass er in Deutschland ist. Wie ist er hierhin gekommen?«

Frank schnappte nach Luft.

»Das wissen wir noch nicht. Tatsache ist, dass er erschossen wurde. Wir sind ganz am Anfang der Ermittlungen. Uns wäre sehr geholfen, wenn Sie die Familie benachrichtigen könnten und sie bäten, dass sich jemand mit uns in Verbindung setzt, um die Leiche amtlich zu identifizieren.«

»Natürlich.«

Sein Gegenüber wirkte noch immer fassungslos, doch von einer Sekunde zur anderen wechselte dieser Eindruck und seine Stimme veränderte sich, als sei ihm plötzlich ein tröstender Gedanke gekommen.

»Sind Sie sich denn ganz sicher, dass es sich um Herrn Stefanidis handelt?«

»Ja.«

»Wieso? Haben Sie Papiere?«

»Nein, leider nichts dergleichen.«

»Woher wollen Sie das dann wissen?«

Jetzt klang die Stimme von Herrn Meining fast kalt. Er schoss seine Fragen ab, als ob er Frank verhörte.

»Eine Kollegin hat ihn erkannt.«

»Bitte?«

Frank wiederholte seine letzten Worte.

»So, eine Kollegin. Woher kennt sie Herrn Stefanidis?«

Jetzt reichte Frank dieses Frage- und Antwortspielchen.

»Herr Meining, das ist eine längere Geschichte, aber glauben Sie mir: Georgios Stefanidis ist tot und liegt hier in einem Kühlfach der Gerichtsmedizin mit einem Einschussloch im Hinterkopf und einer handtellergroßen Austrittswunde auf der linken Gesichtshälfte.«

Eine Zeitlang herrschte Schweigen, sodass Frank glaubte, es wäre aufgelegt worden. Schließlich vernahm er doch noch Meinings geschäftsmäßige, aber nicht unfreundliche Stimme.

»Ich verstehe. Wir werden alles Nötige veranlassen. Ich melde mich bei Ihnen. Auf Wiedersehen.«

Auch Frank verabschiedete sich und legte auf. Soso, der »sehr bekannte« Grieche wurde also schon seit längerer Zeit vermisst, war sogar offiziell als vermisst gemeldet. Frank fiel ein, dass er vergessen hatte nachzufragen, welcher Tatsache Georgios Stefanidis seine Bekanntheit zu verdanken hatte. Das konnte er nachholen. Wieder läutete das Telefon – Reinhard.

»Kein Grieche hat in den letzten vier Wochen einen Leihwagen in Mülheim geordert und kein Wagen wird vermisst – also eine klassische Sackgasse«, klagte er.

»Na, dann erweitert mal schön den Radius – Duisburg, Essen, Oberhausen …«.

»Okay, aber das dauert.«

»Macht nichts. Du weißt doch: Wir haben jede Menge Zeit.«

»Witzig«, entgegnete Reinhard und legte auf.

Frank griff in seine Schreibtischschublade und förderte eine halbvolle Packung Zigaretten zutage. Er fingerte eine heraus und zündete sie an. Dann drehte er den Stuhl zum offenen Fenster und rauchte versonnen vor sich hin.

Es war ziemlich genau 13 Uhr, als Maren zurückkam. Sie hatte sich spiralförmig um den Spielplatz bewegt und kein verdächtiges Fahrzeug entdecken können. Kurz darauf erschien der Rest des Teams. Alle wirkten etwas niedergeschlagen, da sie keine neuen Informationen beisteuern konnten. Frank erzählte von seinem Gespräch mit Herrn Meining vom Konsulat. Als er auf die angebliche Bekanntheit des Opfers in Griechenland zu sprechen kam, meldete sich Maren zu Wort.

»Georgios stammt aus der Familie Stefanidis, die – zumindest regional, um Ermioni herum, ein großer Wirtschaftsfaktor ist. Sie besitzen Olivenhaine und ihre Produkte werden in ganz Europa verkauft.«

»Das könnte es sein«, vermutete Frank. Trotzdem musste er da noch mal nachhaken. Als er mit seinem Bericht fortfuhr und zu dem Punkt der Vermisstenmeldung kam, machte sich Erstaunen in dem Ermittlungsteam breit. Gaby war es, die ihre Gedanken zuerst äußerte.

»Findet ihr das nicht auch merkwürdig? Nach Marens Erzählung war Stefanidis 33 Jahre alt. Es muss ein triftiger Grund vorliegen, dass eine Familie gleich Vermisstenanzeige erstattet, wenn er ein paar Tage nicht auftaucht.«

»Vor fünf Jahren war das Verhältnis zwischen Georgios und einem seiner Brüder etwas gestört«, erklärte Maren. »Es ist öfter zu Auseinandersetzungen gekommen, die ich natürlich nicht verstanden habe. Auf jeden Fall hat Georgios sich als ›das schwarze Schaf der Familie‹ bezeichnet.«

Frank beendete die Spekulationen und stand auf.

»Wir werden sehen!«

Eine Weile blieb er stehen und schaute aus dem Fenster, vor dem die heiße Luft schwirrte. Maren fächerte sich mit einem Aktendeckel die Illusion kühlerer Luft zu.

»Was gibt es jetzt zu tun?«, fragte Malte, der ungeduldig wirkte. »Wir haben alle Flughäfen abgeklappert und alle Mietwagenfirmen. Was jetzt?«

Frank zuckte mit den Schultern.

»Wir haben getan, was wir konnten. Wir müssen mit der Familie reden. Es bringt gar nichts, wenn wir weiter im Heuhaufen nach der berühmten Nadel suchen.« Nach kurzem Zögern fügte er hinzu: »Ich hätte nicht schlecht Lust, dieses Konsulat mal aufzusuchen und mir ein paar zusätzliche Informationen zu holen.«

»Ich komme mit!«, unterstütze Malte seine Idee und machte sie mit seiner Äußerung quasi zur bereits beschlossenen Sache.

»Und wir?«, erkundigte sich Reinhard.

Frank wusste beim besten Willen nicht, was er ihm antworten sollte. Es gab nichts zu tun, was nicht nach reiner Beschäftigungstherapie aussah.

»Ich weiß es nicht«, antwortete er daher durchaus wahrheitsgemäß. »Bleibt hier, geht nach Hause oder was trinken. Wenn euch was einfällt, tut es.«

Frank wusste, dass sich niemand aus seiner Truppe jetzt auf die faule Haut legen würde. Er war sicher, dass alle irgendeinen der unendlich vielen losen Fäden in diesem Fall aufnehmen und daran arbeiten würden. Er griff nach den Autoschlüsseln auf seinem Schreibtisch und verließ mit Malte das Büro. Als er mit Malte in den Wagen stieg, wusste er noch nicht, dass er Recht behalten hatte. Zu diesem Zeitpunkt hatten sich die drei im Büro Zurückgelassenen bereits verständigt und waren auf dem Weg, sich ihren übernommenen Aufgaben zu widmen.

Natürlich wusste Frank, dass sich Malte ihm nicht nur aus rein sachlichen Gründen angeschlossen hatte. Dazu kannte er seinen Freund zu gut. Schließlich hatten die beiden nach Maltes Ausbruch auf dem Flur des Präsidiums keine Gelegenheit mehr gehabt, unter vier Augen miteinander zu reden. Frank hatte Malte das Steuer überlassen, ließ sein Beifahrerfenster herunter und steckte sich eine Zigarette an.

»Maren muss sehr überzeugend gewesen sein. Ich hätte nie gedacht, dass Brandt sich erweichen lässt«, begann Malte.

Frank musste lachen, als er sich die Situation auf der Terrasse seines Chefs ins Gedächtnis rief.

»Sie war unglaublich.«

»Nimmst du ihr das Ganze eigentlich gar nicht übel?«

Frank zögerte etwas, bevor er antwortete.

»Was heißt übel nehmen? Ich war am Freitagabend schon heftig sauer auf sie und habe sie auch erstmal ziemlich angeblafft.«

»Und?«

»Letztlich ist mir ziemlich schnell klar geworden, dass das nun wirklich – wie man so sagt – eine Verkettung unglücklicher Umstände gewesen ist. Im Grunde hatte sie nicht viele Gelegenheiten etwas zu sagen.«

»Das sehe ich etwas anders«, wandte Malte ein.

»Also, wir müssen ihr schon zugestehen, dass sie vom Auftauchen dieses Griechen vor dem Getränkemarkt ziemlich geschockt gewesen ist. Ich weiß nicht, ob ich anders reagiert hätte. Schließlich waren mit dem Wiedersehen ja nicht gerade positive Erinnerungen verbunden.«

»Als sie den Toten erkannt hat, hätte sie etwas sagen müssen.«

»Da waren alle dabei.«

»Als Gaby sie nach Hause gebracht hat, hätte sie …«

»Ja, okay, Malte. Ich verstehe, was du meinst. Trotzdem glaube ich, dass wir jedem von uns zugestehen müssen, nicht wie ein Uhrwerk zu funktionieren. Manchmal ist man aus zutiefst menschlichen Gründen einfach blockiert. Und – mal ehrlich: Hätten wir am Donnerstag Bescheid gewusst, wären wir wohl heute auch nicht wesentlich weiter.«

Malte nickte.

»Mag sein. Am wichtigsten finde ich, dass es euch nicht belastet, eure Beziehung meine ich.«

Frank legte seinem Freund die Hand auf die Schulter und drückte sie leicht.

»Das tut es nicht! Danke, mein Freund.«

»Was ich da am Freitag alles gesagt habe …«

»… war alles in Ordnung«, ergänzte Frank auf andere Weise, als es Malte tun wollte. »Auch dafür danke ich dir.«

Längere Zeit fuhren die beiden schweigend weiter, bevor Malte wieder den Mund aufmachte.

»Was glaubst du denn, im Konsulat Neues zu erfahren?«

»Ich möchte zuerst diesen Meining kennenlernen. Der kam mir nämlich ein bisschen komisch vor.«

Malte blickte ihn fragend von der Seite an.

»Intuition, mein Freund! Intuition. – Und zweitens will ich ihm alle Fragen stellen, die mir so in den Sinn kommen.«

»Aha!«, war Maltes Kommentar zu dieser erschöpfenden Auskunft.

Vierzig Minuten später standen sie vor dem Konsulat in Düsseldorf. Die griechische Flagge hing schlaff über dem Eingang und der Versuch, die Tür mit elanvollem Schwung zu öffnen, blieb erfolglos – es war geschlossen. Frank betätigte die Klingel neben dem eindrucksvollen Portal und schaute, mit beiden Händen die Augen abschirmend, durch die Glasscheibe. Nach einer Weile rührte sich drinnen etwas. Ein Mann kam eine Treppe herunter, näherte sich flotten Schrittes der Tür und öffnete sie.

»Herr Meining?«, fragte Frank und streckte dem Fremden die Hand entgegen, die dieser zögernd ergriff.

»Ja. Und wer sind Sie, bitte?«

»Frank Wallert – Kriminalpolizei Mülheim. Wir haben vorhin telefoniert. Dies ist mein Kollege Malte Frenzen.«

Beide hielten sie ihrem Gegenüber ihren Dienstausweis hin, der diese aber nur mit einem kurzen Blick streifte.

»Oh, das ist gut! Das erspart mir ein weiteres Telefonat. Kommen Sie bitte.«

Herr Meining öffnete die Tür ganz und lud die beiden mit einer Handbewegung zum Eintreten ein. Meinings Äußeres entsprach ganz und gar nicht Franks Erwartungen. Er schätzte ihn auf Ende dreißig. Sein Körper wirkte durchtrainiert und mit seiner Körpergröße von über 1,90 m gab er eine imposante Erscheinung ab. Sein Gesicht war markant und seine schwarzen, kurz geschnittenen Haare wiesen bereits vereinzelt Weißfärbung auf. Alles in allem ein Frauentyp par excellence. Frank und Malte folgten ihm eine Treppe hinauf, wie man sie in jedem x-beliebigen Verwaltungsgebäude finden konnte, dann ging es durch einen großen Raum hindurch, der an den Wänden mit der griechischen Flagge und vielen großen Gemälden geschmückt war. Schließlich traten sie durch eine doppelflügelige Tür hinaus auf eine riesige, sonnenüberflutete Terrasse mit einem großen Schirm, in dessen Schatten ein Tisch und vier Stühle standen.

»Bitte, nehmen Sie Platz«, lud Meining sie ein. »Möchten Sie etwas trinken?«

»Gerne, ein Wasser wäre nicht schlecht«, nahm Frank das Angebot an.

»Für mich auch, bitte«, beantwortete Malte Meinings fragenden Blick.

Auch Meining setzte sich, griff zum Funktelefon, das er auf dem Tisch neben einer Reihe von Unterlagen fand, und drückte eine Taste. Kurz darauf sagte er: »Bring bitte zwei Flaschen Wasser und Gläser auf die Terrasse. Wir haben Gäste.«

Er drückte eine weitere Taste und legte das Telefon hin.

»Warum haben Sie sich die Mühe gemacht, hierher zu kommen? Ich hätte Sie ohnehin angerufen«, wandte er sich an Frank.

»Bei unserer Besprechung sind uns ein paar Fragen gekommen, die wir gerne mit Ihnen klären würden. Ich war der Meinung, dass uns das vielleicht im persönlichen Gespräch leichter fällt.«

»Ich bin nicht sicher, ob ich Ihnen alle Fragen beantworten kann«, erwiderte der Konsulatsbeamte. »Aber wir werden sehen.«

In diesem Augenblick trat eine außerordentlich hübsche Frau auf die Terrasse. In ihren Händen trug sie ein Tablett mit dem georderten Wasser und den Gläsern. Sie stellte alles auf dem Tisch ab, während die drei Männer aufstanden.

»Meine Frau«, stellte Meining vor. »Irina, das sind Herr Wallert und Herr Frenzen von der Polizei in Mülheim.«

Mit einer dunklen, fast rauchigen Stimme begrüßte Irina Meining die beiden, hieß sie herzlich willkommen und verschwand genauso schnell, wie sie erschienen war.

»Sie sind aber nicht der Konsul, oder?«, fragte Frank, als sich die Männer wieder setzten.

Meining lachte.

»Nein, das bin ich nicht. Wie Sie sich sicher denken können, muss es in einem Konsulat sonntags eine Notbesetzung geben. Ich bin der Erste Sekretär des Konsuls und habe heute Notdienst. Normalerweise ist sonntags nicht viel los, was man heute nicht behaupten kann.«

»Wegen Herrn Stefanidis?«, fragte Malte.

Meining nickte.

»Genau deshalb.«

Dann wandte er sich an Frank und kam zur Sache.

»Ich habe mit dem Konsul Kontakt aufgenommen, nachdem wir gesprochen hatten. Er war zutiefst erschüttert von der Nachricht und hat noch für heute Nachmittag zu einem Treffen der leitenden Konsulatsmitarbeiter eingeladen. Glauben Sie mir, wenn sich die Identität Ihrer Leiche bestätigt, wird das in Griechenland viel Aufsehen erregen.«

»Da wären wir schon bei meiner ersten Frage«, bemerkte Frank. »Worauf begründet sich Herrn Stefanidis' Bekanntheit in Ihrem Land?«

Meining lächelte nachsichtig.

»Die Familie Stefanidis ist eine der führenden Wirtschaftsgrößen in Griechenland. Ihre Produkte rund um die Olive sind weltbekannt. Denken Sie an die Familie Krupp in Deutschland – ungefähr diese Popularität hat die Stefanidis-Familie im Land unseres Konsuls. Wie das oft so ist, strebten in letzter Zeit auch einige der Stefanidis-Söhne vielversprechend in die Politik – allerdings nur auf regionaler Ebene. Georgios Stefanidis war durchaus ein Mann von großem öffentlichem Interesse.«

»Sie sprachen davon, dass Stefanidis vor etwa drei Wochen spurlos verschwunden ist. Wie muss ich mir das vorstellen?«

»Ja, das ist eine merkwürdige Sache«, erwiderte Meining und zog eine Akte vor sich auf den Tisch, in der er kurz blätterte, bis er gefunden hatte, wonach er suchte. »Am 23. Mai war Georgios Stefanidis noch auf dem Anwesen der Familie nahe Ermioni. Am Nachmittag des gleichen Tages war er dann plötzlich weg und von da an nicht mehr gesehen. Am 25. Mai meldete die Familie dies den Behörden. Natürlich hat die griechische Polizei in alle Richtungen Nachforschungen angestellt, leider ohne Erfolg. Nach unseren Informationen hatte er das Land nicht verlassen, sodass wir im Laufe der Zeit von einer Entführung ausgingen.«

»Hat es Hinweise auf eine Entführung gegeben?«

Meining schloss mit einer raschen Bewegung die Akte und blickte Frank lächelnd an.

»Genau jetzt ist das Maß an Informationen erreicht, die ich befugt bin, Ihnen zu geben.« Er schaute auf seine sicherlich teure Armbanduhr und fügte hinzu: »In einer halben Stunde kommen der Konsul und einige weitere wichtige Männer zu einer Besprechung. Ich kann Ihnen leider nicht mehr sagen.«

Frank begann, innerlich zu fluchen. Natürlich hatte er nicht erwartet, hier die Lösung des ganzen Problems präsentiert zu bekommen, aber etwas mehr hätte es schon sein dürfen.

»Haben Sie die Familie schon verständigt?«

Meining schüttelte den Kopf.

»Der Konsul meinte, wir sollten erst ganz sicher sein, dass es sich bei Ihrem Toten wirklich um Stefanidis handelt. Er will morgen einen unserer Leute zur Identifikation der Leiche schicken.« Nach kurzem Zögern fiel Meining seinerseits eine Frage ein. »Sie sagten am Telefon, eine Ihrer Kolleginnen hätte den Toten erkannt. Wieso kannte sie ihn?«

»Sie hat ihn vor fünf Jahren während eines Urlaubs kennengelernt.«

Meining hob beide Brauen.

»Nur ihn oder auch seine Brüder?«

»Sie hat wohl auch einen der Brüder ... na ja, nicht wirklich kennengelernt, aber gesehen.«

Meining stand auf. »Verstehen Sie bitte, dass ich mich beeilen muss. Die Zeit drängt. Wir werden uns mit Sicherheit morgen bei Ihnen melden.«

Dann wurden Frank und Malte deutlich schneller aus dem Konsulatsgebäude geführt als sie hineingeführt worden waren. Gegen halb vier kehrten Frank und Malte etwas enttäuscht von ihrem »Sonntagsausflug« zurück. Beide waren durchgeschwitzt und tranken erstmal große Schlucke aus einer Wasserflasche, die sie dem Kühlschrank in Franks Büro entnahmen. Kurz darauf schellte das Telefon.

»Ihr seid da?«, vernahm Frank Marens aufgeregte Stimme. Bevor Frank auch nur annähernd auf die Frage reagieren konnte, schoss Maren hinterher: »Wir kommen rüber!« Dann legte sie auf.

Drei Minuten später befanden sich fünf schwitzende Menschen in dem Büro. Maren legte sofort los.

»Ich habe vorhin auf Gut Glück den Parkplatz am Getränkemarkt in der Auerstraße überprüft und tatsächlich einen Leihwagen gefunden, der da mutterseelenallein rumsteht. Ihr versteht? Er ist der einzige Wagen, der da steht!«

»Er kann jedem gehören«, wandte Malte schlapp ein.

»Das glaube ich nicht! Auf dem Beifahrersitz liegt ein Vertrag, der den Wagen als ein Fahrzeug von SIXT ausweist. Außerdem hat er ein Münchener Kennzeichen. Ich habe das Gefühl, dass Georgios diesen Wagen gefahren hat.«

»Ich denke, du hast bei SIXT nachgefragt«, sprach Frank nun Reinhard an, der sich gerade mit einem Taschentuch den Schweiß von der Stirn wischte.

»Ja, habe ich. Da aber heute Sonntag ist, konnten die auch nur nach den schriftlichen Unterlagen gehen. Der Notdienst kommt nicht an die Datenbank des Computers ran. Schließlich kann sich Stefanidis überall, irgendwo in Deutschland einen Wagen gemietet haben.«

»Hast du das Kennzeichen?«, fragte Frank in Richtung Maren, die nahezu empört schien.

»Na klar, was denkst du denn? M XT 732.«

»Dann treibt jemanden auf, der an die Datenbank kommt. Ich will wissen …«

»Schon erledigt!«, unterbrach ihn Gaby. »Der Wagen wurde am 27. Mai in Dortmund von einem Mann mit dem Namen Jassemis ausgeliehen.«

»Das hört sich nicht nach Georgios Stefanidis an«, grinste Malte.

»Aber es hört sich griechisch an!«, fuhr Maren hoch. »Es wäre doch ein merkwürdiger Zufall, wenn das nicht zusammenhängen würde. Der Wagen steht an einem Sonntag verlassen auf genau dem Parkplatz, auf dem mich Georgios am Mittwoch um Hilfe angefleht hat! Wenn er in Gefahr war und

Angst um sein Leben hatte, hat er vielleicht nicht seinen Namen benutzt!«

Sie hatte sich in Rage geredet und ihre Augen funkelten angriffslustig. Frank musste Maren Recht geben. Ihre Argumentation war nicht von der Hand zu weisen.

»Da ist was dran«, sagte er deshalb. »Aber wir können nicht aufgrund eines bloßen Verdachts den Wagen beschlagnahmen.«

Reinhard schob eine weitere Information nach.

»Der Wagen hätte gestern abgeliefert werden müssen. In Dortmund hatte man den Wagen schon per GPS in Mülheim geortet. Man wollte den Montag abwarten, weil das schon mal vorkommt, dass Autos verspätet zurückgegeben werden, weil es Kunden einfach vergessen.«

Frank kämpfte mit sich. Einerseits war das vielleicht wirklich ein Anhaltspunkt, andererseits durften sie sich während ihrer »Bewährung« keine Fehler erlauben, die Brandt zum Anlass nehmen würde, ihnen genüsslich das Fell über die Ohren zu ziehen. Schließlich entschied er sich für das Risiko.

»Okay, Reinhard. Kümmere dich um den Papierkram. Wenn du den Durchsuchungsbeschluss hast, kommst du rüber zur Auerstraße. Wir fahren schon mal hin. Gaby begleitet dich.«

Ehe er sich versah, waren Gaby und Reinhard aus dem Büro gestürmt. Es dauerte fast eine Stunde, bis Reinhard im Besitz des amtlichen Beschlusses war und mit seiner Kollegin auf dem Parkplatz in der Auerstraße auftauchte. Der Rest war Routine. Frank orderte einen Abschleppwagen, der das Auto in die Von-Bock-Straße transportierte, wo es auf einem abgelegenen Stellplatz abgeladen wurde, der für beschlagnahmte Fahrzeuge reserviert war. Ein Telefonat mit Sabine stellte sicher, dass sie sich umgehend an die Arbeit machen wollte. Um 17:30 Uhr verabschiedete sich das Team voneinander und wünschte sich einen angenehmen Sonntagabend. Mehr konnten sie heute nicht tun.

Am Abend, gegen halb zehn, läutete in der Goethestraße das Telefon. Sabine war mit der Untersuchung des Fahrzeugs fertig und hatte einen echten Knaller, den sie Maren und Frank noch präsentieren wollte.

»Es ist absolut sicher, dass unser Opfer in dem Wagen gesessen hat! Wir haben aber Fasern von der Kleidung des Toten nur auf dem Beifahrersitz gefunden.«

Mit dieser Neuigkeit wünschte sie eine angenehme Nacht und legte auf. Gegen elf gingen Frank und Maren zu Bett, um sich für den Montag zu stärken, nicht ahnend, dass dieser Tag ein Höllentrip werden sollte.

## Montag 19. Juni 2006

Der Montag begann wie alle Tage seit mehr als einer Woche: mit in den Straßen Mülheims stehender Luft und Temperaturen, die die Menschen sich in manch anderem Sommer in den Jahren zuvor um die Mittagszeit gewünscht hätten. Das Thermometer auf dem kleinen Balkon von Frank und Maren zeigte um halb acht 23 Grad.

Beide hatten sich vorgenommen, sich nach dem gestern gezeigten Einsatz erst einmal ein ordentliches Frühstück zu gönnen. So saßen sie gemeinsam in der Küche bei Müsli, Orangensaft, frischen Brötchen, Käse, Konfitüre und Aufschnitt. Die Zeitung lag in Griffweite, war aber für die Dauer des Frühstücks tabu. Da Frank heute die Brötchen geholt und den Tisch gedeckt hatte, war Maren mit dem Abräumen des Tisches dran. Als sie damit begann, lehnte sich Frank zufrieden zurück, steckte sich eine Zigarette an und griff zur Zeitung. Es war ein Ritual, normalerweise nicht am Montag, aber samstags zerpflückte derjenige, der die Zeitung zuerst in die Hand bekam, diese in ihre Bestandteile. Frank bekam den Mülheimer Teil, der ihn vor allen anderen interessierte, Maren den Rest. Stück für Stück schob sie dann die gelesenen Teile zu ihm hinüber. Frank fingerte den Lokalteil aus der Zeitung und erstarrte. Auf der ersten Seite prangte ein verschwommenes Foto vom Einsatz am Donnerstagmorgen mit der Bildunterschrift: »Hier wurde der unbekannte Tote gefunden – Foto: Amateuraufnahme«. Direkt darunter befand sich ein verhältnismäßig großer Artikel, der darüber informierte, dass in den frühen Morgenstunden des Donnerstags eine unbekannte männliche Leiche auf dem Spielplatz an der Engelbertusstraße gefunden worden war.

»Schau dir das an!«, rief Frank aus. Maren hielt in ihrem Tun inne, sah ihm über die Schulter und las. Der Artikel war hauptsächlich spekulativ, hob aber hervor, dass es während des Polizeieinsatzes zu einem Vorfall gekommen war, als eine Frau angesichts der Leiche zusammenbrach. Auch Herr Maigel und sein Hund wurden erwähnt. Am Ende des Artikels beklagte sich der Autor darüber, dass die Polizei nicht dazu bereit gewesen war, irgendwelche Angaben zu machen. Man könne aber davon ausgehen, dass es sich um einen nicht alltäglichen Mord handelte.

»Das war dieser sabbernde, sensationsgeile Handytyp!«, schnauzte Frank und schob die Zeitung angewidert von sich.

Maren schien das Ganze nicht so sehr zu berühren.

»Reg dich nicht auf!«, sagte sie. »Du kennst unsere Presse. Auch wenn sie nichts wissen, wird geschrieben. Das nennt man Pressefreiheit.«

Sie räumte den letzten Rest in den Kühlschrank und setzte sich hin. Franks Laune dagegen hatte einen derben Dämpfer erhalten.

»Aber warum schreiben die irgendwas? Da steht doch nichts drin – drei Spalten Text, ein nichts sagendes Foto!«

»Es ist Sommer. Sollen die tagelang schreiben, dass es heiß ist in Mülheim? Hier ist doch sonst nichts los! Und dann wird eine Leiche gefunden! Außerdem müssen die die Zeitung vollkriegen.«

»Aber wenn wir sie brauchen, zieren sie sich!«, nörgelte Frank weiter und Maren zuckte die Achseln, während sie sich die täglichen Comics zu Gemüte führte.

»Sollen wir?«, fragte Frank und stand auf. Maren schob die Zeitung von sich und nickte. Sie strich ihren Rock glatt und betrachtete sich beim Hinausgehen im Spiegel. Schließlich mussten sie heute Brandt Bericht erstatten. Zu diesem Zeitpunkt ahnte sie noch nicht, dass sich ihr Chef heute so gut wie gar nicht für den Anblick einer schönen Frau interessieren würde.

Um Viertel vor neun betraten sie das Büro, vor dem Malte, Reinhard und Gaby schon gewartet hatten. Sie wollten absprechen, was Maren und Frank ihrem Chef berichten sollten. Eile war geboten, und so gestattete es Frank Reinhard nicht, dass dieser erst die Kaffeemaschine in Gang setzte. Nach den letzten Informationen von Sabine war nun klar, dass Georgios zumindest in dem Wagen gesessen hatte, der in Dortmund ausgeliehen und auf dem Parkplatz des Getränkemarktes in der Auerstraße aufgefunden worden war. Demnach musste es jemanden geben, der mit Georgios zusammen in dem Wagen gesessen hatte. Ein neues Rätsel tat sich vor ihnen auf. Dennoch hatte Frank das Gefühl, dass die Informationen, die sie besaßen, ausreichen mussten, um Brandt gnädig zu stimmen.

Um 9:20 Uhr machten sich die beiden auf den Weg und trafen fünf Minuten später vor dem Büro von Brandt ein. Frank klopfte an, worauf sich eine Sekunde später die Tür öffnete und Frau Wehner, Brandts Sekretärin, sie hereinbat. Sie grüßte freundlich und gut gelaunt, ging zu ihrem Schreibtisch und betätigte einen Knopf der Sprechanlage. Kurz darauf ertönte eine schnarrende, unwillige Stimme.

»Was ist?«

»Frau Dieckmann und Herr Wallert sind hier.«

»Ich habe gesagt 9:30 Uhr! Sie sollen warten!«

Ende. Frau Wehner zuckte die Achseln und schaute beide listig grinsend an. Frank blickte auf die Funkuhr über der Tür zum Büro seines Chefs und wollte seinen Augen nicht trauen, als zu dem Zeitpunkt, als der Sekundenzeiger die halbe Stunde komplett gemacht hatte, wieder die Stimme ertönte.

»Sie sollen reinkommen!«

Frau Wehner breitete die Arme aus und drehte ihre hübschen Augen gen Himmel. Dann wies sie mit einer Hand auf die Tür zum »Heiligtum«, die Frank nach einem kurzen Klopfen öffnete.

Brandt saß nicht an seinem Schreibtisch, sondern stand vor dem offenen Fenster und drehte sich erst um, als er hörte, wie die Tür zu seinem Büro geschlossen worden war. Er wies beiden einen Stuhl zu und setzte sich auf den Dritten. Frank hatte es anfangs immer als positiv empfunden, dass sein Chef Besucher nicht hinter seinem gigantischen Schreibtisch sitzend empfing, sondern sich mit ihnen zusammen auf die Besucherstühle setzte. Später wurde ihm klar, dass Brandt nur in dieser Position ungehinderte Sicht auf die weiblichen Besucher möglich war.

Brandt streifte Maren mit einem kurzen Blick und schien sich dann in Frank hineinzubohren.

»Was haben Sie mir zu berichten?«, eröffnete er das Gespräch.

Mit sorgfältig gewählten Worten erzählte Frank, was sie gestern herausgefunden hatten. Er berichtete über die Anrufe bei den Flughäfen, den Autoverleihfirmen und im Konsulat. An dieser Stelle hob Brandt fast unmerklich die Brauen. Dann kam Frank zu dem Besuch in Düsseldorf und berichtete von seinem Gespräch mit dem Ersten Sekretär des Konsuls. Brandt nickte versonnen vor sich hin und hatte jetzt seinen Blick auf Marens Beine geheftet, die lang und strumpflos unter ihrem kurzen Sommerkleid hervorwuchsen. Frank unterbrach sich mitten im Satz, worauf Brandt ihn wieder anschaute. Fast meinte er, in dem Blick seines Chefs so etwas wie die Scham des Ertapptwordenseins zu erkennen. Abschließend fügte Frank hinzu, wie sie, dank Maren, den Mietwagen ausfindig gemacht hatten und was bei Sabines Untersuchungen herausgekommen war.

»Möchten Sie etwas trinken?«, fragte Brandt nach Abschluss des Berichtes, was Frank zunächst wunderte.

Dann sah er ein, dass es wohl etwas länger dauern würde, und bat um Kaffee. Maren tat es ihm gleich. Brandt orderte das Gewünschte bei Frau Wehner, indem er die Gegensprechanlage ein weiteres Mal bemühte. Dann holte er tief Luft.

»Herr Wallert, seit heute Morgen gegen acht läuft bei mir das Telefon heiß. Offensichtlich haben wir hier eine Geschichte laufen, wie wir sie, zumindest seit ich hier bin, noch nicht hatten. Erster Anrufer war dieser Meining vom Konsulat. Ich persönlich denke, dass Sie mit Ihrem Besuch in Düsseldorf etwas übers Ziel hinausgeschossen sind. Egal. Herr Meining war voll des Lobes über Sie. Er hat mir mitgeteilt, dass er wünscht, dass Sie einen Herrn in die Gerichtsmedizin beglei-ten, der sich Ihnen gegenüber als Mitarbeiter des Konsulats ausweisen wird. Herr Meining hat darauf bestanden, dass nur dieser Mann, niemand sonst, die Leiche zu sehen bekommt.«

Frank hob leicht seinen linken Zeigefinger, um deutlich zu machen, dass er eine Frage stellen wollte. Erst als Brandt ihm auffordernd zunickte, wurde ihm bewusst, wie blöd das ausge-sehen haben musste, denn er hatte sich gemeldet, als säße er vor seinem Lehrer in einer Klasse.

»Hat dieser Mann einen Namen?«

»Ich denke schon. Meining konnte mir aber noch nicht mit-teilen, wer kommen würde. Es handelt sich wohl um einen engen Vertrauten des Konsuls, der die Familie Stefanidis in- und auswendig kennt. Er soll den Toten identifizieren.«

Frank nickte.

»Das hat Herr Meining gestern bereits angekündigt.«

»Ich weiß. Nun unterbrechen Sie mich nicht ständig!« Frank gab mit einer Handbewegung zu verstehen, dass er jetzt den Mund halten würde. »Dieser Mann wird Punkt 10:30 Uhr vor Ort auf Sie warten. Herr Dr. Jüssen ist bereits informiert.« Brandt machte eine Kunstpause, in der er von Frank zu Maren und zurück blickte. »Nach dem Gespräch mit Herrn Meining haben sage und schreibe vier Zeitungen und der Westdeutsche Rundfunk bei mir angerufen und wollten Genaues über den Bericht aus der Zeitung von heute Morgen wissen.« Wieder machte er eine Pause und fixierte Frank mit seinem Blick. Der zuckte aber nur mit den Achseln. Dann hob Brandt seine Stimme bedrohlich an. »Können Sie mir sagen, wie ein sol-ches Geschmiere in eine Zeitung gelangen kann?«

Wieder machte Frank eine Geste der Ahnungslosigkeit.

»Das haben wir uns auch gefragt. Ich denke, dafür können wir uns bei einem Zaungast vom Donnerstag bedanken.«

Brandt schaute auf die Uhr.

»Egal. Wir werden ohnehin heute noch mit der Presse sprechen müssen. Ich komme zum nächsten Anruf zu früher Stunde. Kurz bevor Sie gekommen sind, kam ein Anruf vom – halten Sie sich fest: Bundeskriminalamt!«

Frank stockte der Atem. Er spürte, wie sich Maren neben ihm versteifte und plötzlich kerzengerade auf ihrem Stuhl saß.

»Wow!«, entfuhr es ihm.

»Genau! Und jetzt hören Sie gut zu! Herrn Frenzen habe ich bereits informiert. Eine Beamtin des BKA wird Ihrer Gruppe zugewiesen. Sie wird sich im Laufe des Vormittags bei Ihnen melden. Alle weiteren Ermittlungen werden mit dem Konsulat und dem BKA abgesprochen. Abgesprochen! Verstehen Sie, Herr Wallert?«

Frank nickte. »Können Sie denn etwas genauer werden, Herr Kriminalrat? Wie soll das aussehen?«

Brandt lehnte sich nach hinten und setzte sein arrogant-süffisantes Gesicht auf.

»Dann muss ich Ihnen wohl erklären, wie Absprachen funktionieren, Herr Wallert! Man spricht miteinander, so wie wir beide jetzt, verstehen Sie? Sie tun nichts auf eigene Faust. Erste Adresse für Entscheidungen bin ich, und ich stimme alles mit Meining und der Dame vom BKA ab. War das für Sie nachvollziehbar?«

Brandts Blick haftete nach wie vor an Frank, der langsam die Geduld verlor. Was hatte dieser Mann nur für Komplexe, dass er sie auf diese herablassende Art ausleben musste?

»Ja, Herr Kriminalrat, das konnte ich nachvollziehen! Meine Frage ging eher in eine andere Richtung. Werden Frau Dieckmann, Herr Frenzen und ich der Kollegin vom BKA unterstellt sein, oder …!«

»Herr Wallert, Sie sind *mir* unterstellt! Ist das ein Problem für Sie?«

Brandt war etwas lauter geworden.

»Selbstverständlich nicht, Herr Kriminalrat!«

»Wir werden jeweils am Ende eines Tages eine Besprechung abhalten, zu der auch Sie beide«, er warf Maren einen freundlichen Blick zu, »herzlich eingeladen sind.«

Brandt trank von seinem Kaffee, ließ dabei jedoch Frank nicht aus seinen Augen. Er stellte die Tasse ab und fuhr fort.

»Im Übrigen hat Herr Meining darauf bestanden, dass Ihre Kollegin nicht weiter mit dem Fall betraut wird. Nicht besonders klug von Ihnen, ihm das unter die Nase zu reiben.« Frank wartete einfach ab, obwohl er spürte, wie sich Maren verkrampfte. »Ich habe ihm allerdings diesen Zahn gezogen, Fräulein Dieckmann. Schließlich muss es nicht unbedingt ein Nachteil sein, diesen Griechen zu kennen. Und über den Einsatz meiner Leute bestimme immer noch ich!«

»Danke«, sagte Maren, worauf Brandt ihr wieder ein gönnerhaftes Lächeln schenkte.

»Danken Sie es mir, indem Sie gute Arbeit leisten.« Er beugte sich vor und nahm jetzt tatsächlich Marens Hand in seine. »Sollten Sie allerdings merken, dass Sie das Ganze emotional nicht verkraften, sagen Sie mir sofort Bescheid. Meine Tür steht immer für Sie offen.«

Unwillkürlich verdrehte Frank die Augen und landete mit seinem Blick an der Zimmerdecke. Wieder hörte er Maren sich bedanken. Brandt ließ Marens Hand los. Er nahm Frank wieder ins Visier.

»In Griechenland geht man nach wie vor davon aus, dass Stefanidis Opfer einer Entführung geworden ist. Möglicherweise hat er sich befreien können und Frau Dieckmann um Hilfe gebeten, was diese bekanntermaßen abgelehnt hat. Kein Wort an die Presse! Nicht ein einziges! Sollten Ihnen irgendwelche Pressefritzen auflauern, dann gehen Sie an denen vorbei, ohne auch nur ›Guten Morgen‹ zu sagen! Ich werde im Laufe des Tages in Absprache mit dem Konsulat und der BKA-Beamtin eine Pressemitteilung herausgeben.«

Brandt hatte den Zeigefinger seiner rechten Hand drohend erhoben.

»Sie sollten wissen, dass Pressegeilheit nicht in meiner Natur liegt«, meinte Frank, seinen Chef informieren zu müssen, der den spitzen Unterton aber nicht bemerkt zu haben schien.

Brandt lehnte sich zurück und schaute Frank mit einem nicht zielgerichteten Nicken an.

»Das war es für den Moment. Noch Fragen?«

»Wie lange soll das Ganze dauern?«, stellte Frank die erstbeste Frage, die ihm einfiel.

»Bis auf weiteres«, war die lapidare Antwort.

Mit einer Geste forderte er Frank und Maren auf, sich auf die Socken zu machen, so wie man vor hundert Jahren Dienstboten an die Arbeit scheuchte. Beide verabschiedeten sich und eilten aus dem Büro, denn bei einem Blick auf seine Uhr erkannte Frank, dass die Zeit langsam knapp wurde. Als sie nach kurzem Gruß in Richtung Frau Wehner Brandts Vorzimmer verlassen hatten, nahm Maren Franks Hand und schmiegte sich an ihn.

»Der hat mich angebaggert, oder?«

Frank gab ihr einen kurzen Klaps auf den Hintern.

»Hat es dir gefallen?«

»Naja, ich werde schließlich nicht jeden Tag von einem Kriminalrat angemacht.«

»Brandt baggert alles an, was einen Rock oder ein kurzes Kleidchen tragen könnte!«

Franks rechte Hand war von hinten kurz unter ihr Sommerkleid geglitten und hatte zwischen Oberschenkel und Pobacke leicht zugekniffen, was ihm einen heftigen Schlag auf den Allerwertesten einbrachte. Dann drückte Maren ihm einen Kuss auf die Wange und bog nach rechts ab, während er die

Treppe hinunterlief. Kurze Zeit später stieg er in den Wagen und fuhr etwas zu forsch los, denn die Reifen klagten laut.

Außer Atem und schwitzend wie ein Schwein betrat er das Gerichtsmedizinische Institut genau eine Minute vor halb elf. Er hetzte den langen Kellergang entlang, der sein Licht von teilweise flackernden Neonleuchten bezog und traf an dessen Ende auf einen untersetzten Herrn, der ins Gespräch mit Dr. Jüssen vertieft war. Sie beendeten ihre Unterhaltung, als sie Frank kommen sahen. Offensichtlich hatten sich die beiden gut verstanden, denn Dr. Jüssen und der kleine Dicke grinsten ihm entgegen. Letzterer musste wohl zuerst seinen Kommentar loswerden.

»Oh, deutsches Beamte, das rennt!«

*Nicht schlecht*, dachte Frank und streckte lächelnd seine Hand aus. Der Witzbold reichte ihm seine und stellte sich artig vor.

»Papadopoulos«, sagte er und schüttelte Franks Hand herzlich.

»Habe ich schon mal gehört«, stutze Frank, doch der Gast winkte ab.

»Papadopoulos in Griechenland Name wie Meyer bei Sie«, witzelte er in stark verbesserungswürdigem Deutsch.

Frank bemühte sich, etwas Ernsthaftigkeit in die Situation zu bringen.

»Man sagte mir, dass Sie sich als Mitarbeiter des Konsulats ausweisen würden.«

»Oh, ja! Natürlich! Deutsches Beamte rennt, aber trotzdem Beamte.«

Innerlich verdrehte Frank die Augen.

*Hoffentlich erzählt der da drinnen nicht gleich seinen Lieblingswitz*, dachte er, während Papadopoulos aus der Innentasche seines tadellos sitzenden Jacketts den entsprechenden Ausweis fingerte und ihn Frank vor die Nase hielt.

»Okay«, sagte Frank. »Können wir?«

Dr. Jüssen blickte den Gast fragend an. Der nickte und machte Anstalten, sich umgehend in Bewegung zu setzen.

»Moment!«, stoppte Frank den Bewegungsdrang des kleinen Dicken, der verwundert stehen blieb.

»Haben Sie eine Ahnung, was Sie da drin erwartet?«

Papadopoulos breitete die Arme aus und grinste über das ganze glänzende Gesicht.

»Ja. Tote Mann, die ich soll erkennen«, sagte er.

Frank gab es auf. Er nickte und gab Dr. Jüssen mit einem Blick zu verstehen, dass er die gesicherte Tür öffnen konnte. Kaum hatte der seine Chipkarte in den Leseschlitz eingeführt, setzte der kleine Grieche noch einen drauf.

»Du Angst, dass Tote laufen weg?«

Zu Franks Erstaunen brachen sowohl der Arzt als auch der Grieche in glucksendes Gelächter aus. Zu guter Letzt näherten sie sich doch angemessen und schweigend dem Obduktionstisch, auf dem Dr. Jüssen den Toten bereits vorbereitet hatte. Der Pathologe ergriff das Wort, als sie am Kopfende des Tisches standen. Er sprach mit gedämpfter Stimme, was Frank deutlich machte, dass dieser Mann, selbst nach den vielen Jahren seiner Tätigkeit, im Gegensatz zu vielen seiner Kollegen, den Respekt vor den Toten noch nicht verloren hatte. Frank erinnerte sich an Berichte von Kollegen aus anderen Städten, die erzählten, dass ihre Pathologen neben den geöffneten Leichen einen Hamburger verspeisten und laute Musik hörten. Das kam für Dr. Jüssen nicht in Frage. Der Mediziner sprach den Griechen an.

»Das Gesicht des Toten ist stark entstellt. Beim Austritt des Projektils wurde ihm eine Gesichtshälfte förmlich weggesprengt. Ich habe daher heute Morgen eine profillose Halbmaske in der Form der Austrittswunde zugeschnitten und die offene Stelle im Gesicht abgedeckt. Die unbeschadete Hälfte habe ich leicht geschminkt, um die Konturen, die im Kühlfach natürlich gelitten haben, deutlicher werden zu lassen.«

Erstaunlicherweise nickte der Grieche dem Arzt ernst zu. Dann griff er in seine Jacketttasche und förderte eine Reihe von Fotos zutage, die er in der Hand hielt, während er Dr. Jüssen anblickte.

»Ich fertig«, sagte er.

Ein Nicken ging zwischen den beiden hin und her, und schließlich fasste Dr. Jüssen mit den Fingerspitzen das grüne Tuch und schlug es bis zum Bauchnabel des Toten zurück. Konzentriertes Schweigen machte sich breit, währenddessen Papadopoulos erst lange den Toten und dann Foto für Foto in seiner Hand betrachtete. Frank fiel unterdessen auf, was für eine phantastische Arbeit Dr. Jüssen an dem Toten vollbracht hatte. Die zerstörte Gesichtshälfte war, wie angekündigt, von einer weißen profillosen Halbmaske bedeckt. Die andere Hälfte sah aus wie die eines schlafenden Menschen. Frank nickte dem Pathologen anerkennend zu, beobachtete dann aber wieder den kleinen Griechen, der nach wie vor seinen Blick zwischen den Fotos und dem Toten hin und her wandern ließ. Seiner Mimik war, außer dem hohen Maß an Konzentration, nichts anzumerken. Noch einmal blätterte er alle Bilder in seinen Händen durch. Schließlich blickte er auf.

»Können Sie ...«

Er wedelte mit der Hand auf der Suche nach dem richtigen Wort. Letztlich winkte er ab, griff das Tuch und deckte den Toten ganz auf. Dr. Jüssen ließ ihn gewähren. Der Grieche nahm den Körper genau in Augenschein. Zum Schluss legte er die Füße frei, die er ebenfalls inspizierte, bis er schließlich nickte und das Tuch wieder über den Leichnam breitete.

»Fertig«, sagte er. »Können setzen?«

Dr. Jüssen nickte und geleitete Papadopoulos und Frank zu seinem Büro unmittelbar hinter der Verbindungstür, die sie vorhin durchschritten hatten.

»Bitte, setzen Sie sich«, forderte er sie auf, öffnete eine Schranktür und förderte eine Flasche Weinbrand zutage, die er fragend in den Raum hielt. Sofort blitzten die Augen des Griechen auf und er nickte.

Der Mediziner füllte drei Gläser, die kurz darauf wortlos den Weg allen Schnapses gingen.

»Also«, begann er und blickte, sich der Spannung im Raum völlig bewusst, zwischen Frank und Dr. Jüssen hin und her. Er blätterte die Fotos aus seiner Hand auf den Schreibtisch, den er an der vorderen linken Ecke gnadenlos frei wischte.

»Guck«, sagte er. »Das Georgios, das Dimitrios, das Petros und das Yanis.«

Er ordnete jedem Bild noch ein bis zwei weitere zu, die die Genannten aus einem anderen Blickwinkel zeigten. Frank staunte nicht schlecht. Tatsächlich sahen sich alle vier Brüder sehr ähnlich. Am ähnlichsten allerdings waren sich Georgios und Dimitrios, dessen Gesicht auf dem Foto etwas weicher wirkte als das seines etwas älteren Bruders. Papadopoulos raffte die Bilder von Petros und Yanis zusammen. Nur die Fotos von Georgios und Dimitrios blieben liegen.

Er berührte die Bilder mit den Fingerspitzen und fuhr fort: »Beide sehr gleich, aber wenn Kind, Georgios großes Zeh kaputt und ganz krumm – Dimitrios nicht krumme Zeh. Diese Mann …«, er wies mit dem Kopf in die Richtung, aus der sie gekommen waren, »… nicht krumme Zeh, Dimitrios nicht krumme Zeh – diese Mann Dimitrios!«

Damit war die Katze aus dem Sack, und Frank musste sich setzen. Auch Dr. Jüssen starrte den kleinen Griechen mit offenem Mund an. Als er merkte, dass dieser auffordernd mit seinem leeren Glas wedelte, goss er ihm nach und sah auch Frank fragend an. Der schüttelte den Kopf.

»Sie sind … absolut sicher?«, fragte er.

Papadopoulos nickte und grinste schon wieder über das ganze Gesicht.

»Los, lasst uns den Papierkram machen. Ich hab's eilig!«, forderte Frank ungeduldig.

Dr. Jüssen zog von seinem Schreibtisch ein vorbereitetes Formular, das er dem Griechen wortlos zuschob. Der setzte den Namen des Opfers ein, bevor er mit seinem Namen abzeichnete. Der Pathologe ergänzte mit knappen Worten das Identifikationsmerkmal und schob Frank das Ganze zu, der nun seinerseits unterschrieb.

»Der Bericht ...«, begann Frank seine Frage, wurde aber von dem Arzt unsanft unterbrochen.

»... geht nicht an Sie, sondern an Herrn Brandt.«

»Ach ja«, erinnerte sich Frank, verabschiedete sich bei den beiden und verließ den Keller auf schnellstem Wege.

*

Erst auf dem Weg zurück zum Präsidium kam Frank ins Grübeln. Was hatte das alles zu bedeuten? Der Tote war nicht Georgios! Ihn hatte Maren aber auf dem Getränkemarktparkplatz getroffen. Wo war Georgios jetzt? Konnte es sein, dass er noch immer in Mülheim war? Immerhin hatte er den Leihwagen nicht mehr benutzt, sich auch nicht mehr um ihn gekümmert. War er vielleicht auf der Flucht oder auch tot? Je länger er nachdachte, umso mehr neue Fragen schoben sich in seinen Kopf. Er bog in die Von-Bock-Straße ein und parkte sein Auto zwischen zwei Streifenwagen, die etwas im Schatten standen. Es war fast halb zwölf, als er die Bürotür öffnete.

Drei Menschen blickten ihm entgegen, als er in der Tür stand. Zwei von ihnen kannte er.

»Kriminalhauptkommissarin Britta Friedrichs«, stellte sich die Fremde vor und gab ihm die Hand.

Frank schloss die Tür und blickte sich nach einem Sitzplatz um. Malte machte den Platz hinter dem Schreibtisch frei und nickte Frank zu.

»Sie sind die angekündigte Kollegin vom BKA?«, fragte er, während er Platz nahm.

»Genau, Abteilung SO.«

»Wie auch immer«, winkte Frank ab. »Sie gehören zum Team und sollen mit uns an dem Fall Stefanidis arbeiten. Ist das richtig?«

»Ja«, antwortete die Frau, die in ihrem dunkelblauen Kostüm ebenso gut eine Geschäftsfrau hätte darstellen können. Darüber hinaus war sie ausgesprochen hübsch. Sie hatte, ähnlich wie Maren, kurz geschnittene schwarze Haare, einen äußerst lebendigen Blick aus dunklen Augen und gehörte mit ihrer Körpergröße von schätzungsweise 1,75 bis 1,80m zu den größeren Vertreterinnen ihres Geschlechts.

»Ich komme gerade von der Identifizierung mit dem Herrn vom Konsulat.«

Die neue Kollegin hob erwartungsvoll die Brauen.

»Es handelt sich bei dem Toten *nicht* um Georgios Stefanidis, sondern um seinen Bruder Dimitrios.«

»Donnerwetter!«, kommentierte Malte die Neuigkeit.

Auch die Kollegin vom BKA war verblüfft. Frank erzählte, wie die Identifizierung vonstatten gegangen war. Als er seinen Bericht beendet hatte, meldete sich Frau Friedrichs zu Wort.

»Ich war heute recht früh hier und habe schon mal einige Dinge angefordert. Außerdem bekommen wir ein weiteres Büro.«

Die erstaunten Blicke des Teams ignorierend, forderte sie alle auf, ihr zu folgen. Sie liefen den Gang entlang bis zum anderen Kopfende des Flurs. Sie betraten den Raum, in dem bis vor ungefähr sechs Wochen Veit Rieger residiert hatte – ein Kollege, der nach langen Jahren aufwühlender Polizeiarbeit in den Ruhestand gegangen war. Der Raum war groß und hell und heiß begehrt. Auch Frank hatte sich bereits erkundigt, ob er nicht in diesen Raum umziehen könnte. Das Zimmer hatte sich stark verändert. War es in den letzten Wochen eher als Abstell- und Ablageraum missbraucht worden, präsentierte es sich nun aufgeräumt und sauber. Zwei Schreibtische standen gegeneinandergestellt an der rechten Seite vor dem großen Fenster, dessen Jalousien geschlossen waren. Ihr Lamellen waren so eingestellt, dass es in dem Büro immer noch heller war als in Franks Zimmer, in dem es keine Jalousien vor den Fenstern gab. In der rechten Hälfte des Zimmers stand ein runder Tisch, um den vier neue Stühle angeordnet waren. Neben dem Schreibtisch, der zum Fenster hin ausgerichtet war, stand ein Faxgerät, das soeben von einem Techniker eingerichtet wurde. Auf jedem Schreibtisch befand sich außerdem ein Monitor. Die dazu gehörenden Rechner – an denen sich ein weiterer Techniker zu schaffen machte – waren links bzw. rechts neben dem Schreibtisch platziert. Die Tatsache, dass der Eingangsbereich des Raumes von mehr oder weniger großen Kartons verstellt war, ließ vermuten, dass auch die Rechner und Monitore neu waren.

»Dies wird unsere Schaltzentrale sein«, erklärte die Beamtin. »Von hier aus werden wir unsere Aktionen starten. Wir haben Zugriff auf alle zentralen Datenbanken, die wir brauchen. Wir werden Technik zur Verfügung haben, wie sie bei Ihnen leider sonst nicht Standard ist.« Sie wandte sich dem Techniker zu, der sich gerade im Kampf mit irgendwelchen Kabeln befand, und fragte: »Wann werden Sie fertig sein?«

Ohne sich nach ihr umzudrehen antwortete dieser unter minimalem sprachlichem Aufwand.

»Zwei Stunden.«

Britta Friedrichs klatschte in die Hände.

»In der Zwischenzeit, denke ich, kann ich Sie zum Mittagessen einladen und wir erzählen uns gegenseitig, was wir alles über den Fall wissen und denken. Wo gehen wir hin?«

»Ich hätte nichts dagegen, wenn wir uns duzten«, unterbrach die Kollegin vom BKA die anfängliche Stille, die zwischen den vier Kollegen entstanden war, seit sie auf den Stühlen im Außenbereich des Ratskellers Platz genommen hatten. Eben brachte die Bedienung die Getränke.

»Einverstanden«, sagte Frank.

Nach einem zustimmenden Nicken von Malte und Maren tauschten sie ihre Vornamen aus und prosteten sich mit einer sparsamen Geste zu.

»Kannst du mir sagen, was das für eine Geschichte ist, in die wir da hineingeraten sind?«

Britta stellte ihr Glas ab und lehnte sich zurück, als die Bedienung mit den Speisekarten auftauchte. Sie legte die Karten auf dem Tisch ab und verschwand wieder. Malte verteilte sie.

»Georgios Stefanidis ist Ende Mai als vermisst gemeldet worden. Ende der ersten Juniwoche wurden wir darüber informiert. Die griechische Polizei war zuerst davon ausgegangen, dass er sich in Griechenland aufhielt. Nichts hatte darauf hingewiesen, dass er das Land verlassen hatte. Stefanidis ist in Griechenland bekannt wie ein bunter Hund. Irgendwann ist man von einer Entführung ausgegangen und hat, wie das so üblich ist, Europol eingeschaltet. Dadurch haben auch wir davon erfahren. Wie mir heute Morgen mitgeteilt worden ist, weiß man noch immer nicht, wie Stefanidis nach Deutschland gelangt ist. Wir gehen davon aus, dass er tatsächlich entführt wurde und entkommen konnte. Aber warum hat er sich nicht sofort bei der Polizei oder dem Konsulat gemeldet? Warum hat er Ihre .. eh … eure Kollegin um Hilfe gebeten? Wieso war sein Bruder hier? Ist er das Opfer einer Verwechslung geworden?«

Frank genehmigte sich einen ausgiebigen Schluck aus seinem Glas.

»Mit anderen Worten, ihr wisst auch nicht mehr als wir.«

»Ich wüsste zunächst gerne, was ihr wisst!«

Die Bedienung trat mit Block und Bleistift an ihren Tisch. Nacheinander gaben sie ihre Bestellungen auf. Frank wartete, bis sich die Bedienung wieder entfernt hatte.

»Das ist schnell erzählt und steht auch alles in den Berichten, die du sicher gelesen hast.«

»Trotzdem. Mir wäre lieber, alles nochmal aus erster Hand zu hören.«

Sie bedachte Frank mit einem offenen Lachen. *Süß*, dachte er. Als er seinen Bericht beendet hatte, stand Staunen in Brittas Gesicht.

»Deine Maren hatte was mit Georgios? Sie war es, die er um Hilfe gebeten hat?«, fragte Britta.

Frank nickte.

»Dann ist es nicht unwahrscheinlich, dass er sie noch einmal versucht anzusprechen.«

Die Bedienung brachte die Salatteller, die die Beamten bestellt hatten, und wünschte guten Appetit. Frank begann, die Sardellen von seinem Teller zu fischen und sie auf Maltes abzuladen, der das wie gewohnt hinnahm.

»Daran habe ich auch schon gedacht«, erwiderte Frank. »Aber müssen wir nicht wirklich nach Georgios fahnden? Schließlich ist nicht auszuschließen, dass er seinen Bruder erschossen hat. Und wenn nicht, dann ist er zumindest in großer Gefahr.«

»Das tun wir auch gleich, wenn wir Zugriff auf unsere Zentrale haben. Als ich heute Morgen mit eurem Brandt telefoniert habe, habe ich ihm gesagt, dass es ausgeschlossen ist, dass die Kollegin an dem Fall weiter mitarbeitet. Ich hatte keine Ahnung, dass ihr ein Paar seid.«

Frank winkte ab.

»Woher solltest du auch? Ich verstehe das schon. Es hat ihr am Anfang auch ziemlich zugesetzt.«

Maren legte ihre Gabel hin, nahm einen Schluck aus ihrem Glas und blickte Britta herausfordernd an.

»Jetzt bist du aber dran! Du kannst doch nicht erzählen, dass du hier nach Mülheim geschickt wirst, ein Superbüro eingerichtet kriegst und ein vierköpfiges Team gebildet wird, ohne dass das was zu bedeuten hat. Was vermutest du hinter der Sache?«

Britta putzte sich die Hände an der Serviette ab und legte sie beinahe versonnen auf ihren Teller. In ihrem Blick lag große Ernsthaftigkeit, als sie zu sprechen begann.

»Ich will ganz offen sein. Ich persönlich glaube nicht an die Entführungstheorie. Es hat seit Ende Mai keine Art von Kontakt gegeben, weder zu Georgios noch zu einem seiner vermeintlichen Entführer. Über diesen Zeitraum hätten die sich mit Sicherheit gemeldet und Forderungen erhoben. Problematisch ist, dass die Sache in Griechenland noch nicht öffentlich ist. Ich weiß nicht, wie die das geschafft haben, aber es ist so und soll auch so bleiben.«

»Sag doch endlich, woran du glaubst!«, drängelte Malte.

»Geduld! Geduld!«, lachte Britta. »Ich muss da schon etwas weiter ausholen. Der Stefanidis-Clan ist einer der mächtigsten Wirtschaftsclans in Griechenland. Seit nahezu hundert Jahren produziert die Familie alles, was mit Oliven zu tun hat, angefangen bei der eingelegten Olive und Olivenöl bis hin zu allen möglichen anderen Produkten, Seifen, Hautcremes und neuerdings sogar eine Olivenpraline. Ja«, bestätigte sie, als sie den ungläubigen Blick Franks bemerkte, »eine Praline aus Bitterschokolade mit Olive als Füllung – ein absoluter Renner in der internationalen Partyszene. Georgios Großvater Michalis hat diese Entwicklung mit seinem kleinen Olivenhain bei Ermioni in Gang gesetzt. Bis heute sind die Besitztümer und Produktionsstätten der Familie über ganz Griechenland verteilt. Dabei handelt es sich um Werte, die im oberen dreistelligen Millionenbereich liegen.«

Malte pfiff durch die Zähne, was die Bedienung missverstand und sofort an ihren Tisch eilen ließ. Lachend bestellten die Vier noch ein Getränk. Frank bat bei dieser Gelegenheit um die Rechnung.

Britta Friedrichs griff ihren Faden wieder auf.

»Augenblicklich droht dieses Imperium Stefanidis zu zerbröseln. Während der letzten drei Jahre hat Petros, der älteste der Stefanidis-Brüder, der Geschäftsführer des Betriebs, etwa die Hälfte der Beschäftigten entlassen.«

»Wie kann ein solcher Konzern so schnell den Bach runtergehen?«, wunderte sich Frank.

»Das hat mehrere Gründe: erstarkende Konkurrenz und Billigprodukte, die den Markt überschwemmen, Misswirtschaft und, wie uns die Griechen erzählt haben, Sabotage. In den letzten Jahren hat man immer wieder von den verheerenden Bränden in Griechenland gehört, von denen viele auf Brandstiftung zurückzuführen waren. Dabei ist ungefähr ein Drittel der Wirtschaftsfläche der Stefanidis-Familie zerstört worden.«

Die Bedienung war mit der Rechnung an ihren Tisch getreten. Frank reichte ihr ein paar Scheine.

»Hatte ich nicht gesagt, dass ich euch einladen will?«

Frank ertappte sich erneut bei der Feststellung, dass Britta jetzt richtig süß aussah. Er lachte sie an.

»Beim nächsten Mal. Ich greife mein Spesenkonto höchst selten an.«

»Herzlichen Dank und einen schönen Tag noch!«, verabschiedete sich die Kellnerin freundlich.

Das Team stand auf und begab sich zum Auto, das Malte in einer Seitenstraße geparkt hatte. Während des Fußweges erzählte Britta weiter.

»Es gibt eine weitere ›Olivenfamilie‹ in Griechenland, die fast schon einmal weg vom Fenster war: die Familie Angelidou. In gleichem Maße, in dem der Stefanidis-Clan schwächer wurde, erstarkten die Angelidous. Angesichts der wirtschaftlichen Schwierigkeiten des Imperiums der Stefanidis meldeten sie eines Tages großes Interesse an, die Stefanidis-Haine und die dazu gehörenden Betriebe aufzukaufen.«

»Aha!«, unterbrach Frank sie, während sie in den Wagen stiegen. »Ihr geht davon aus, dass die Angelidous dahinter stecken!«

Britta ging nicht auf seinen Einwurf ein.

»Am 20. Mai kam es zu einem Treffen zwischen Petros und Georgios Stefanidis als die beiden ältesten Vertreter ihres Clans auf der einen Seite und dem Patriarchen Errico Angelidou und seinem ältesten Sohn Alkinoos auf der anderen. Man traf sich auf dem Anwesen bei Ermioni. Dabei soll es zu einem heftigen Streit zwischen Georgios und Alkinoos gekommen sein, den der Angelidou-Vater nur mit Mühe schlichten konnte. Fast wären sich die Streithähne an die Gurgel gegangen. Das wurde von allen Beteiligten bereits bestätigt.«

»Worum ging es?«, wollte Malte wissen.

»Da gehen die Aussagen auseinander. Petros Stefanidis behauptet, Alkinoos hätte Georgios grundlos beleidigt. Alkinoos seinerseits sagte aus, Georgios wäre mitten in den konstruktiven Verhandlungen unvermittelt auf ihn losgegangen. Natürlich ist das alles erst nach dem Verschwinden von Georgios rausgekommen. So richtig glauben kann man beiden Aussagen nicht. Man hatte sich dann schließlich getrennt, ohne die Gespräche neu anzusetzen. Alle Vertreter der Familie Angelidou behaupten, anschließend niemanden aus dem Stefanidis-Clan mehr gesprochen oder gesehen zu haben.«

Einige Minuten später betraten die vier Beamten das Präsidium und zeigten sich überrascht, dass ihre neue »Schaltzentrale« tatsächlich fertig war. Britta fuhr die Rechner hoch. Anschließend gaben sie die Fahndung nach Georgios Stefanidis heraus. Ein Anruf bei Kriminalrat Brandt informierte diesen über das Ergebnis der Identifizierung und die eingeleitete Fahndung. Seinerseits erzählte Brandt ihnen, dass er für heute Nachmittag zu einer Pressekonferenz in den Besprechungsraum eingeladen hatte. Frank war erleichtert, als er hörte, dass Brandt diese Pressekonferenz alleine machen wollte und dass niemand von ihnen dabei sein musste.

»Tun Sie Ihre Arbeit, ich tue die meine«, hatte er gesagt.

Anschließend erhielten Frank und Malte die Möglichkeit, über den PC Einsicht in die Unterlagen zum Fall Stefanidis zu nehmen. Tatsächlich waren die Ermittler, sowohl die von der griechischen Seite als auch die vom BKA, nicht viel schlauer als die Kripo Mülheim. Interessant waren die Berichte der griechischen Behörden, die ausführlich Aufschluss darüber gaben, mit wem man bereits in Kontakt getreten war und Gespräche geführt hatte. Beide Clans und deren näheres Umfeld waren befragt worden. Nach wie vor blieb völlig unklar, wie Georgios nach Deutschland gelangt war, zumal nicht ein einziges Fahrzeug der Familie fehlte und auch der Flugdienst nicht bemüht worden war. Alle Flughäfen und Passagierlisten waren kontrolliert worden – ohne Erfolg. Schließlich stieß Britta auf eine E-Mail vom Konsulat in Düsseldorf. Man hatte die Familie Stefanidis über Dimitrios' gewaltsamen Tod informiert und rechnete damit, dass Petros Stefanidis morgen nach Deutschland kommen würde, um die Identifizierung zu bestätigen und mit den Behörden in Kontakt zu treten. Während des Telefongesprächs, das Meining mit Petros geführt hatte, bestätigte dieser, dass sein Bruder Dimitrios am Montag, also am 12. Juni, plötzlich und für alle überraschend nach Deutschland geflogen war und nicht bereit gewesen war, seinen überstürzten Aufbruch zu erklären.

»Ob Georgios mit ihm Kontakt aufgenommen hatte?«, dachte Malte laut vor sich hin.

*

Am Abend waren Maren und Frank in gelöster Stimmung. Sie setzten sich mit einer Flasche Bier auf den Balkon. Beide blickten schweigend in den dunklen Himmel, an dem auch jetzt noch keine Wolke zu sehen war. Stattdessen funkelten einige Sterne, deren Licht es durch die Dunstglocke des Ruhrgebiets schaffte.

»Georgios könnte sich wirklich nochmal mit dir in Verbindung setzen wollen.«

Maren nippte nachdenklich an ihrer Flasche.

»Ja. Und was mache ich dann?«

»Keine Ahnung!«, erwiderte Frank. »Am besten, du überzeugst ihn, dass es klüger wäre, sich zu stellen, anstatt wegzulaufen.«

»Glaubst du, er hat seinen Bruder getötet?«

Frank zuckte mit den Schultern.

»Du kennst ihn besser als ich. Hältst du ihn für fähig, das zu tun?«

»Höre ich da etwa Eifersucht zwischen den Zeilen?«

Frank lachte.

»Sicher nicht. Aber willst du mir nicht von damals erzählen? Vielleicht findet sich ja etwas, mit dem wir etwas anfangen können.«

»Das habe ich auch schon überlegt. Immerhin habe ich zweimal mitgekriegt, wie Georgios mit einem seiner Brüder heftig gestritten hat. Ich habe aber keine Ahnung, wobei es darum ging. Nur beim zweiten Mal. Da habe ich deutlich gehört, dass dieser Bruder sagte: ›Du kommst jetzt mit zu deiner Frau!‹ So habe ich erfahren, dass er verheiratet ist – und dann war Schluss.«

»Er ist verheiratet? Wieso haben wir in dieser ganzen Geschichte noch nichts von seiner Frau gehört?«

Maren hob die Schultern und breitete die Arme in einer Geste der Ahnungslosigkeit aus.

»Dieser Bruder, mit dem Georgios gestritten hat, war das Dimitrios?«

»Nein. Der hat ihm nicht zum Verwechseln ähnlich gesehen.«

»Und du hast danach nichts mehr von ihm gehört?«

Maren schaute Frank leicht verärgert an.

»Nein! Glaubst du mir nicht?«

»Doch, doch!«, beschwichtigte Frank. »Ich finde es nur immer noch höchst merkwürdig, dass er dich ausgerechnet in

Mülheim auf dem Parkplatz eines Getränkemarktes wiedersieht und anspricht. So, als hätte er dich gesucht!«

Maren nickte versonnen vor sich hin.

»Merkwürdig. Ja, das ist wirklich sehr merkwürdig.«

In der Ferne hörten sie das Grollen eines nahenden Gewitters, das sich zudem durch blitzartiges Aufhellen des Nachthimmels bemerkbar machte. Maren stand auf und nahm Franks Gesicht zwischen beide Hände.

»Lass uns schlafen gehen«, sagte sie und küsste ihn.

## Dienstag 20. Juni 2006

Frank erwachte schockartig und schoss nach oben, um sich Sekundenbruchteile später mit einem Stöhnen wieder aufs Kissen zurückfallen zu lassen. Maren stand nackt neben dem Bett und hatte Wasser von ihrem frisch geduschten Körper auf seinen tropfen lassen. Mit einem blitzschnellen Griff schleuderte er sie aufs Bett und setzte sich auf sie, mit beiden Händen ihre Handgelenke umklammernd. Er erntete nur einen herausfordernden Blick.

»Was du jetzt vorhast, wirst du dir kalt wegduschen müssen«, sagte sie. »Wir müssen in einer halben Stunde im Präsidium sein!«

Frank blickte auf den Radiowecker, der mit leuchtend roten Ziffern neun Uhr anzeigte, und sprang auf.

»Falsch!«, rief er, während er zum Badezimmer lief.

»Ich will in fünfzehn Minuten da sein!«

Als er fünf Minuten später wieder ins Schlafzimmer kam, stand Maren fertig angekleidet in der Tür.

»Ich denke, du nimmst mich mit, oder?«, fragte sie und beobachtete ihn beim Anziehen. Ihr herausfordernder Blick war noch nicht verschwunden.

»Klar!«, erwiderte Frank und streifte sein T-Shirt über. Er nahm Schlüssel, Zigaretten und Dienstausweis vom Nachtschränkchen und drängte Maren sanft, aber bestimmt Richtung Ausgang, wogegen sie sich spielerisch wehrte, indem sie ihren Körper gegen seinen lehnte. Kurz vor der Tür bog Frank noch in die Küche ab, wo er sich ein trockenes Brötchen griff. Sekunden später hasteten die beiden die Treppe hinunter.

Obwohl beide eine Viertelstunde vor dem verabredeten Termin im Büro ankamen, waren sie die Nachzügler. Britta und Malte saßen bereits am Besprechungstisch, die Rechner waren hochgefahren und beide lasen in einem Papier, das sie in den Händen hielten.

»Guten Morgen«, begrüßte Britta sie fröhlich. Malte nickte ihnen zu. Wie aus einem Munde erwiderten Maren und Frank Brittas Gruß. Sie setzten sich zu den beiden an den Tisch.

»Ein Fax vom Konsulat«, erklärte Britta. »Petros Stefanidis kommt um 11:40 Uhr in Düsseldorf an. Das Konsulat kümmert sich um ihn.«

»Wie bitte?«, begann Frank sich zu echauffieren. »Wir bekommen ihn nicht zu Gesicht? Ich meine …«

»Doch, doch. Meining holt ihn ab und kommt danach mit ihm zur Leichenschau. Dr. Jüssen weiß Bescheid und erwartet beide gegen 12:30 Uhr. Meining möchte, dass ihr, also Maren und Frank, auch dabei seid.«

Frank nickte zufrieden.

»Maren und ich haben uns gestern darüber gewundert, dass wir in der ganzen Geschichte um Georgios noch nichts über seine Frau gehört haben.«

Britta wirkte verwundert.

»Welche Frau?«

»Na, seine Frau eben!«

»Seine Frau? Georgios ist nicht verheiratet!«

»Wie bitte!?«

Maren erzählte von dem Disput mit Georgios, der letztlich zu der Ohrfeige geführt hatte.

»… und dann hat er gesagt, extra auf Deutsch, damit ich es auch verstehe: ›Du kommst jetzt mit zu deiner Frau!‹«

Britta schüttelte den Kopf.

»Merkwürdig. Aber Georgios ist nicht verheiratet und war auch nie verheiratet! Irgendwie musst du dich da verhört haben!«

Ein Zickenkrieg bahnte sich an, denn auch Marens Entgegnung wirkte schnippisch.

»Habe ich nicht! Genau das hat er gesagt! Dann habe ich Georgios eine geknallt und bin abgereist!«

Britta hatte ein undefinierbares Lächeln aufgesetzt.

111

»Wer weiß, wofür du ihm eine geknallt hast.«

*Wenn Blicke töten könnten*, dachte Frank, der Maren während der ganzen Zeit beobachtet hatte. Auch Malte hielt seinen Blick auf sie gerichtet. Leise lächelnd trafen sich die Blicke der beiden Männer. Frank entschied sich einzugreifen. Er legte seine Hand auf Marens Unterarm.

»Vielleicht wäre das eine ganz interessante Frage, die wir diesem Petros nachher stellen können.«

Auch Maren schien kein Interesse an einer Fortsetzung dieses Gesprächs zu haben. Sie nickte und lehnte sich zurück. Britta wechselte das Thema.

»Nebenbei: Euer Chef kommt gleich zur Besprechung.«

»Brandt?«, fragte Frank ungläubig nach. »Er steigt hinab auf die Ebene des Fußvolkes?« Britta lachte ihn an und nickte. »Wie hast du das denn geschafft?«

Sie zuckte mit den Schultern.

»Er kann mir einfach keine Bitte abschlagen.«

»Das glaube ich gerne«, gab Frank zurück, was ihm einen giftigen Blick von Maren einbrachte. In diesem Augenblick öffnete sich die Tür und Kriminalrat Brandt betrat den Raum.

»Britta!«

Er begrüßte die Beamtin des BKA überschwänglich und drückte ihr die Hand. Dem schloss sich ein gezügeltes »Maren« an, ebenfalls mit Händedruck. Anschließend begrüßte er die beiden Männer mit einem Nicken.

»Herr Wallert, Herr Frenzen.«

Typisch, dachte Frank. Die Frauen nennt er beim Vornamen.

Frank stand auf und wollte seinem Chef seinen Stuhl anbieten, doch der winkte ab.

»Bleiben Sie ruhig sitzen. Ich kann die paar Minuten auch stehen. So alt bin ich noch nicht.« Er lehnte sich mit dem Hinterteil gegen den Schreibtisch und strahlte Britta an. »Schön, dass Sie schon vollzählig versammelt sind. Ist alles in Ordnung?«

Er blickte in die Runde und erntete vierfaches Nicken.

»Gut«, fuhr er fort. »Ich habe gehört, dass Ihre Zusammenarbeit bisher reibungslos funktioniert, und hoffe, dass das auch so bleibt. Britta wird erzählt haben, dass wir heute Besuch aus Griechenland bekommen.« Er machte eine Kunstpause, während der er Britta wieder anstrahlte, die ihm mit einem bestätigenden Nicken antwortete. »Ich möchte, dass Maren und Herr Wallert die Herren ins Gerichtsmedizinische Institut begleiten. Wenn dort alles erledigt ist, bringen sie die beiden bitte zu mir. Dort können wir uns mit Herrn Stefanidis unterhalten.«

Anschließend berichtete Brandt von seiner gestrigen Pressekonferenz, in der er der versammelten Pressemeute mitgeteilt hatte, dass es sich bei dem Toten um einen Mann ausländischer Herkunft handelte. Fragen nach der Identität und Nationalität des Opfers hatte er mit dem Hinweis abgewiegelt, aus »ermittlungstechnischen Gründen« keine weiteren Informationen geben zu können. Allerdings hatte er einen ausländerfeindlichen Hintergrund ausgeschlossen. Den »Zwischenfall«, bei dem am Tatort eine junge Frau kollabiert war, hatte Brandt mit Kreislaufschwäche aufgrund der anhaltenden Hitze erklärt. Die Frau sei genesen, und die Beamtin ginge bereits wieder ihrer Arbeit nach. An dieser Stelle schenkte Brandt auch Maren ein süßliches Lächeln.

»Das war es. Noch Fragen?«, beendete Brandt die Besprechung. Er erntete auschließlich Kopfschütteln.

»Gut. Britta, Herr Frenzen, Sie kommen mit mir, Maren, Herr Wallert, vor der Tür sitzt ein Herr Tersteegen, der mit Ihnen sprechen will.«

Maren und Frank wechselten einen fragenden Blick, den Maren in Worte kleidete.

»Worum geht es?«

Brandt breitete die Arme aus.

»Bin ich Hellseher? Reden Sie mit ihm, dann werden Sie es erfahren. Er hat ausdrücklich nach einer ›Maren‹ gefragt.«

Brandt öffnete die Tür und ging. Britta und Malte folgten ihm, wobei letzterer mit Frank einen Blick wechselte, der eine Menge Ahnungslosigkeit ausdrückte.

Vor dem Büro saß ein groß gewachsener Mann auf einem scheinbar viel zu kleinen Stuhl. Er sah den aus dem Raum kommenden Menschen erwartungsvoll entgegen.

»Herr Tersteegen?«, fragte Frank und machte eine einladende Handbewegung. Der Angesprochene erhob sich mit einem Nicken und reichte erst Frank und anschließend Maren die Hand.

»Jan Tersteegen. Ich habe wohl vor Ihrem alten Büro auf Sie gewartet, wo mich der freundliche ältere Herr aufgegriffen und hierhin mitgenommen hat.«

Frank musste wegen des »älteren Herren« lächeln. Er schloss die Tür hinter dem Gast und bat ihn Platz zu nehmen. Er räumte die Kaffeetassen auf den Schreibtisch und setzte sich dem Mann gegenüber neben Maren.

Tersteegen machte einen durchaus sympathischen Eindruck. Er trug seine braunen Haare kurz geschnitten. Sein Gesicht hatte einen freundlichen Ausdruck und seine Körpergröße korrelierte durchaus mit seinen Proportionen. Er bewegte sich geschmeidig und nicht linkisch, was man bei Menschen, die über zwei Meter maßen, oft beobachten konnte. Seine Stimme war fest und würde im Chorgesang wohl unter »Bass« eingestuft werden.

»Sie haben nach mir gefragt?«, begann Maren das Gespräch, nachdem auch sie den Gast aus den Augenwinkeln gemustert hatte.

»Ja, Ihr Name fiel im Gespräch mit einem Freund. Ich mache mir Sorgen um ihn und wollte mich bei Ihnen melden, bevor etwas Schlimmes passiert.«

»Von welchem Freund reden Sie und warum glauben Sie, dass ihm etwas Schlimmes passieren könnte?«

Tersteegen holte tief Luft, als wollte er weit ausholen.

»Ich bin seit längerer Zeit mit der Familie Stefanidis befreundet. Wir haben uns vor etwa sechs Jahren kennengelernt, erst auf beruflicher Basis, dann privat. Ich bin während des Sommers sehr häufig in Ermioni.«

»Sie sollten erst auf die Frage meiner Kollegin antworten, bevor sie ins Detail gehen«, mahnte Frank.

»Natürlich. Entschuldigung. Ich habe gestern durch eine E-Mail von Petros Stefanidis erfahren, dass Dimitrios hier in Mülheim getötet wurde und dass Georgios verschwunden ist.«

Frank hob die Brauen.

»Und?«

»Ich habe Georgios nach Deutschland gebracht.«

Jetzt hatte der Mann die ungeteilte Aufmerksamkeit von Maren und Frank.

»Wie?«

»Mit meinem Flugzeug.«

»Sie haben ein Flugzeug?«

»Ja. Ich habe eine Privatmaschine.«

»Und mit der haben Sie Georgios Stefanidis unbemerkt aus Griechenland nach Deutschland gebracht?«

Franks Skepsis schwang deutlich in seiner Stimme mit.

»Das ist nicht so schwierig. Ich habe es erst auch nicht tun wollen, aber Georgios sagte mir, es sei für ihn lebenswichtig, das Land zu verlassen. Er wollte mir nichts Näheres sagen, aber er wirkte so verzweifelt, dass ich schließlich nachgab.«

»Wann war das?«

»Am 23. Mai.«

»Wissen Sie, wo er sich aufhält?«

»Leider nicht.«

»Wussten Sie, dass sich auch Dimitrios in Deutschland aufhielt?«

»Ich hatte keine Ahnung.«

Frank griff nach einem Blatt Papier und machte sich Notizen. Jetzt übernahm Maren das Kommando.

»Herr Tersteegen, wir müssen jetzt sehr exakte Antworten von Ihnen erhalten. Wann genau hat sich Georgios mit der Bitte an Sie gewandt, ihn nach Deutschland auszufliegen?«

»Warten Sie – das muss etwa zwei Tage vorher gewesen sein. Genau! Das war am 21. Mai.«

»Wie ist das abgelaufen?«

»Ich war bei den Stefanidis zum Essen eingeladen. Das ist nicht ungewöhnlich. Ich verbringe in der Regel einen großen Teil der Zeit bei ihnen, wenn ich dort in Urlaub bin. Nach dem Essen haben wir vor dem Haus gesessen und geraucht. Da hat mich Georgios angesprochen.«

»Hat er irgendwelche Gründe genannt?«

»Er hat einfach nur gefragt, ob ich ihn am Dienstag mit nach Deutschland nehmen könnte. Er wusste, dass ich dann abreisen würde.«

»Was haben Sie gesagt?«

»Ich habe mich erst einmal gewundert und gelacht, weil das so merkwürdig war.«

»Wieso?«

»Naja – Georgios Stefanidis muss normalerweise niemanden fragen, ob er ihn mitnimmt. Ein Wort zum Chauffeur, ein Telefonanruf – und es steht ihm eine ganze Flotte von Fahr- und Flugzeugen zur Verfügung, die ihn an jeden Ort der Welt bringen würden!«

»Was haben Sie also gesagt?«

»Genau das. ›Warum sagst du nicht deinem Piloten Bescheid?‹ Er sagte mir dann, dass er unbemerkt das Land verlassen wollte. Niemand, und schon gar nicht seine Familie, dürfte davon erfahren. Ich lachte wieder, weil ich es so bizarr fand. Also habe ich gefragt, welche Leiche er denn im Keller habe. Doch dann wurde mir klar, wie ernst es Georgios war. So habe ich ihn noch nicht erlebt. Er fuhr mich an: ›Ich mache keine Witze! Ich muss weg von hier! Du bist meine einzige Chance!‹ – Natürlich fragte ich nach, was los war. Aber er sagte nur, dass er darüber nicht sprechen könne und dass er mir eines Tages alles erklären würde. Mir war überhaupt nicht wohl in meiner Haut!«

»Hatten Sie den Eindruck, dass sich Georgios schon zu dieser Zeit bedroht fühlte?«

Tersteegen hob die Schultern.

»Ich weiß nicht. Wahrscheinlich war das so, vor allem, wenn man die Ereignisse nach seiner Ausreise bedenkt.«

»Wie ist es weitergegangen?«

»Yanis ist zu uns gekommen. Dann haben wir nur noch über Belanglosigkeiten geplaudert. Am nächsten Tag hat Georgios nochmal nachgefragt. Er hat mir sogar eine Menge Geld geboten, aber das habe ich natürlich abgelehnt. Ich fragte ein weiteres Mal nach dem Grund für seine Angst – aber versuchen Sie mal, einem Griechen etwas aus den Rippen zu leiern, wenn er nichts sagen will. So verstört und verzweifelt, wie er wirkte, habe ich dann schließlich zugestimmt. Wir trafen uns am Dienstag, so gegen 15 Uhr, auf dem kleinen, abgelegenen Flugplatz außerhalb von Ermioni. Er hatte es ziemlich eilig. Wir sind nach Düsseldorf geflogen, wo ich von meinem Chauffeur mit dem Wagen am Flugzeug abgeholt wurde. Ich habe ihn zum Düsseldorfer Hauptbahnhof mitgenommen, und da haben sich unsere Wege getrennt.«

»Werden Sie denn nicht bei Ein- und Ausreise kontrolliert?«

Tersteegen lächelte.

»Am Anfang schon. Aber ich bin ein persönlicher Freund der Stefanidis und damit über jeden Verdacht erhaben.«

Frank blickte den Mann an.

»Was soll ich tun?«, glaubte Tersteegen nun sich rechtfertigen zu müssen. »Soll ich auf Kontrollen bestehen?«

»Und in Deutschland?«

»Ich nutze meinen Flieger im Schnitt vier Mal pro Woche. Man kennt mich am Flughafen. Die haben seit der Terrorhysterie sicher andere Probleme, als harmlose Geschäftsleute zu kontrollieren. Mein Personal reicht die erforderlichen Papiere bei der Flughafenverwaltung ein, und damit ist alles okay.«

»Ich verstehe«, sagte Frank. »Haben Sie seitdem etwas von Georgios gehört? Hat er Ihnen gesagt, wo er hin wollte?«

»Nein und nochmals nein. Ich habe Ihnen alles gesagt.«

Maren und Frank blickten sich an und schienen den gleichen Gedanken zu haben. Frank ergriff die Initiative.

»Kannten Sie auch Georgios' Frau sehr gut?«

Tersteegen stutzte.

»Georgios' Frau? Er hat keine Frau! Was soll diese Frage?«

»Hatte er denn mal eine Frau?«

»Nein, jedenfalls nicht, seit ich ihn kenne.«

»Das heißt genau?«

»Wann war das …?« Tersteegen grübelte. »Das muss im März oder April 2000 gewesen sein, um Ostern herum.«

»Sind Sie sicher? Vielleicht war er verheiratet und Sie wissen es nur nicht.«

»Ausgeschlossen. Das war ein reiner Männer-Haushalt. Natürlich hatten die Stefanidis-Brüder jede Menge Personal, aber eine Frau hätte Georgios nie vor mir versteckt.«

Tersteegen lachte und schob hinterher:

»Dazu ist er viel zu stolz auf seine Eroberungen. – Nein, Sie müssen sich irren!«

Maren schluckte.

»Waren Sie auch im Sommer 2001 bei den Stefanidis?«

»Ja. Ich bin seitdem in jedem Sommer dort – also auch 2001.«

Frank blickte auf und registrierte, dass die Zeit schon weit fortgeschritten war. Er schob das mittlerweile beidseitig beschriebene Blatt dem Gast zu.

»Wir müssen unser interessantes Gespräch leider beenden. Halten Sie sich aber bitte für Nachfragen bereit. Schreiben Sie hier Ihre Adresse und Telefonnummer auf, damit wir Sie erreichen können.«

Jan Tersteegen nahm den Kugelschreiber entgegen, den Frank ihm reichte. Während er schrieb, stellte er nun seinerseits eine Frage.

»Was ist denn los bei den Stefanidis? Ich wollte Petros gestern noch danach fragen, habe ihn aber nicht erreicht.«

»Das wissen wir auch noch nicht. Sie haben uns sehr geholfen«, erwiderte Frank, während er aufstand.

Maren und Jan Tersteegen erhoben sich fast gleichzeitig von ihren Stühlen. Man reichte sich die Hände, und Sekunden später war Tersteegen durch die Tür und ließ zwei ziemlich verwunderte Kriminalbeamte zurück, die sich erst mal in den Arm nahmen.

»Was für ein Hammer!«

»Ja«, bestätigte Maren. »Wir sollten Brandt besuchen.«

Frank grinste. »Ach, möchtest du wieder mit dem Herrn Kriminalrat flirten?«

Diesmal war der Schlag auf seinen Hintern sehr schmerzhaft.

Als Maren und Frank eine Viertelstunde später aus Brandts Büro kamen, hatte Maren ein gefrorenes Grinsen in ihrem Gesicht. Frank hingegen konnte sich kaum beherrschen. So brach er in ein lautes Prusten aus, das Frau Wehner sogar von ihrem PC aufschrecken ließ. Mit hochgezogenen Augenbrauen blickte sie ihm nach, der sie beim Verlassen des Vorzimmers mit einem kurzen Winken bedachte.

»Das war großartige Polizeiarbeit, Maren!«, versuchte Frank, seinen Chef zu imitieren, was ihm wiederum einen Schlag Marens einbrachte, diesmal mit der flachen Hand gegen die Brust.

»Schluss jetzt mit den Albernheiten! Du bist ja nur eifersüchtig, dass dein Chef dich nicht so lieb hat wie mich!«

»Danke, auf seine Schmeicheleien verzichte ich.«

»Aber Brittas nimmst du ganz gerne in Kauf, oder?«

Frank blieb unvermittelt stehen.

»Das meinst du nicht ernst, oder?«

Maren war weiter gelaufen.

»Wer weiß?«, orakelte sie, während sich Frank beeilte, wieder zu ihr aufzuschließen.

»Jetzt ist es aber gut! Sie haben eine wichtige Aufgabe zu erledigen, Maren!«

Erneut hatte er, ziemlich treffend sogar, Brandts Tonfall imitiert, aber diesmal ging der Schlag ins Leere.

*

Der Mann, den Klaus Meining am Terminal des Düsseldorfer Flughafens abholen wollte, war leicht als Grieche zu erkennen. Sein wettergegerbtes Gesicht war verschlossen. Aus seiner Mitte, unter seinen schwarzen Augen, ragte eine Nase hervor, die nicht wirklich eine Hakennase war, aber in einer Art das Gesicht dominierte, dass man sich vorsehen musste, sie nicht ständig anzustarren. Die dichten, schwarzen und für Meinings Geschmack viel zu langen Haare waren nach hinten gekämmt und gaben so den Blick frei auf eine Stirn, die naturgemäß in Falten gelegt zu sein schien. Petros Stefanidis trug einen schwarzen Anzug mit schwarzer Weste und ein makellos weißes Hemd ohne Krawatte, die er aber lässig in seiner linken Hand trug, während er in der rechten einen Aluminiumkoffer hielt. Beide Männer kannten sich, und so war es kein Wunder, dass sich ihre Blicke schnell trafen und sie aufeinander zusteuerten. Ihre Begrüßung fiel relativ herzlich aus.

»Petros.«

»Klaus.«

Die Männer machten Anstalten sich zu umarmen, beließen es aber dabei, auf der linken und rechten Wange des anderen jeweils einen freundschaftlichen Kuss anzudeuten.

»Es tut mir sehr leid.«

Petros nickte.

»Hast du ihn schon gesehen?«

»Nein. Papadopoulos hat ihn gesehen. Für ihn bestehen keine Zweifel.«

Beim Gang durch das Flughafengebäude schwiegen die Männer. Als sie in den Wagen des Konsulats einstiegen, ergriff Meining erneut das Wort.

»Wir fahren ins Konsulat. In Mülheim werden wir erst um halb eins erwartet. Wir haben noch Zeit.«

Wieder beließ es Petros Stefanidis bei einem Nicken und schlug die Tür des Wagens zu.

Zehn Minuten später betraten Meining und Stefanidis das Konsulatsgebäude. Unten wartete Irina Meining auf sie. Sie kondolierte Petros und fragte, ob sie den Männern einen Imbiss und etwas zu Trinken ins Büro bringen solle. Meining nickte und sie rauschte davon. Vor seinem Büro angekommen, öffnete Meining die Tür und ließ Petros den Vortritt. Der stellte seinen Aktenkoffer ab und ließ sich in den schweren Ledersessel fallen. Meining blieb vor ihm stehen.

»Habt ihr mittlerweile etwas von Georgios gehört?«

Stefanidis schüttelte den Kopf.

»Du sagtest, er sei in Mülheim gesehen worden?«

»Ja, er hat sich dort wohl mit einer Frau in Verbindung gesetzt, die er vor fünf Jahren in Ermioni kennengelernt hat – eine Polizistin.«

Der Grieche hob die buschigen, schwarzen Brauen.

»Wer soll das gewesen sein?«

Meining lief zum Schreibtisch und blätterte in einer Akte.

»Sie heißt Dieckmann und arbeitet bei der Kripo in Mülheim. Er hat sie auf einem Parkplatz angesprochen, und am nächsten Tag hat man Dimitrios gefunden. Frau Dieckmann hat ihn allerdings erst für Georgios gehalten. Den Irrtum deckte schließlich Papadopoulos bei der Identifizierung auf.«

Petros Stefanidis starrte einen Moment vor sich hin, als kramte er tief in seinen Erinnerungen.

»Du meinst dieses Flittchen, mit dem er sich immer unten in der Bucht getroffen hat?«

Meining lächelte milde. »Ich weiß es nicht.«

»Sie muss es sein! Eines Tages war sie plötzlich weg. Georgios war damals sehr gekränkt.«

»Du wirst sie gleich treffen, Petros. Sie begleitet uns mit einem weiteren Polizisten zu Dimitrios.«

Petros hob die Brauen und lächelte kurz.

»Man sieht sich im Leben immer zweimal.«

\*

Kurz vor halb eins trafen Maren und Frank vor dem Gerichtsmedizinischen Institut ein. Sie hatten sich vorher im Präsidium noch einmal alle Berichte angesehen, die es bisher zu dem Fall gab, und fühlten eine gewisse Anspannung, da sie davon ausgingen, heute einen Schritt vorwärts machen zu können.

Im Institut war es angenehm kühl. Der Geruch von Desinfektionsmitteln wurde immer stärker, je näher sie Dr. Jüssens Arbeitsbereich kamen. An der Sicherheitstür betätigten sie die Klingel, worauf sich wenige Sekunden später die Tür öffnete und sie ein mürrisch wirkender Dr. Jüssen in Empfang nahm. Beim Anblick von Maren hellte sich seine Miene merklich auf.

»Oh, heute einmal in Begleitung!«

Er schloss die Tür hinter den beiden Beamten und geleitete sie in sein Büro, wo er sich sofort wieder auf seinen Stuhl plumpsen ließ und seine Kaffeetasse griff.

»Können Sie mir mal sagen, was da oben bei Ihnen los ist? Wie oft wollen Sie denn diesen armen Mann noch identifizieren lassen?«

»Bis keine Zweifel mehr bestehen«, erwiderte Frank. »Außerdem ist es nichts Besonderes, dass wir Verwandten die Gelegenheit geben, ihre Toten zu sehen und zu identifizieren.«

»Mir soll es recht sein. Aber vielleicht macht mal jemand diesem Herrn Brandt klar, dass wir hier unten nicht seine Lakaien sind, über die er nach Belieben verfügen kann. Wir haben auch noch anderes zu tun, als diesem ›Herren‹ zu Diensten zu sein.«

Frank staunte nicht schlecht. Eine solche Schimpftirade hatte er von Dr. Jüssen bisher noch nicht gehört. Entweder hatte er heute einfach ganz besonders schlechte Laune, oder Kriminalrat Brandt war ihm gehörig auf die Füße getreten.

»Willkommen im Club«, erwiderte er und schenkte Dr. Jüssen ein verständnisvolles Lächeln.

In diesem Augenblick öffnete sich die Sicherheitstür und sie hörten gedämpfte Stimmen, die sich schließlich in Frau Dr. Heidrich, Herrn Meining und Petros Stefanidis materialisierten. Dr. Jüssen erhob sich von seinem Stuhl und war sofort wieder der verbindliche Gerichtsmediziner. Man begrüßte sich und stellte sich vor. Maren, die aus sicherer Deckung hinter Frank den eintretenden Griechen von Anfang an einer Musterung unterzogen hatte, erkannte ihn gleich als den Stefanidis-Bruder, den sie vor fünf Jahren zweimal im Streit mit Georgios erlebt hatte. Da es in dem kleinen Büro nun hoffnungslos überfüllt war und Dr. Jüssen heute offensichtlich keine Zeit zu verschwenden hatte, bat er die Anwesenden unmittelbar nach der Begrüßungsprozedur, ihm zu folgen. Vor dem Tisch mit dem Leichnam Dimitrios' wandte er sich an dessen Bruder und den Mann vom Konsulat.

»Meine Herren, es tut mir leid, Ihnen diesen Anblick zumuten zu müssen. Meine Kollegin und ich haben getan, was wir konnten. Ich werde jetzt das Gesicht des Toten freilegen und anschließend die Füße, die nach Angaben von Herrn Papadopoulos ein wichtiges Merkmal aufweisen. Sind Sie bereit?«

Meining und Stefanidis nickten synchron, und Dr. Jüssen tat, was er angekündigt hatte. Die beiden Männer zogen die Luft durch die Zähne. Maren fasste Frank mit beiden Händen an den Hüften und schien sich festkrallen zu wollen. Er blickte sie besorgt an, doch sie nickte unmerklich. Aus Frank nicht ganz ersichtlichen Gründen hatte Dr. Jüssen diesmal die Profilmaske, auf die er beim Besuch des griechischen Witzboldes noch so stolz gewesen war, nicht verwendet. Er schaute ihn fragend an, doch der Gerichtsmediziner reagierte nicht, sondern legte nun die Füße des Toten frei. Hatte Petros Stefanidis nach dem ersten Schock noch blass und entsetzt neben Meining gestanden, so setzte er sich nun bedächtig in Bewegung und nahm die Füße seines toten Bruders in Augenschein. Dann blickte er Meining an.

»Mein Bruder«, flüsterte er, ging um den Tisch herum und schlug das Tuch so weit zurück, dass er die rechte Hand des Toten greifen konnte. Er ging auf die Knie und hielt die Hand fest.

»Können Sie uns einen Augenblick mit dem Toten allein lassen?«, fragte nun Meining in Richtung Frank.

Der nickte und deutete Dr. Jüssen mit einer leichten Kopfbewegung an, dass sie sich zurückziehen sollten. Maren, Frank und Dr. Heidrich liefen zu Dr. Jüssens Büro zurück, während der Gerichtsmediziner selbst in diskreter Entfernung stehen blieb.

»Ich muss weg«, sagte Dr. Heidrich leise zu Frank. »Sagen Sie ihm bitte Bescheid?«

Ohne eine Antwort abzuwarten, verschwand die Ärztin durch die Sicherheitstür. Kurz darauf erschien Dr. Jüssen mit den Gästen. Der Papierkram wurde erledigt und wenige Minuten später standen die Vier auf dem Parkplatz. Man einigte sich darauf, dass Petros Stefanidis und Klaus Meining dem Wagen mit Maren und Frank folgen sollten. Sie stiegen ein. Maren legte den Sicherheitsgurt an.

»Mir ist immer noch schlecht. Gib mir mal eine Zigarette!«

Frank schaute sie ungläubig an.

»Du glaubst, davon wird es besser?«

»Schlechter werden kann es nicht. –Na los!«

Frank fuhr los und reichte ihr die Schachtel und das Feuerzeug. Maren steckte sich eine Zigarette an und musste bereits beim ersten Zug husten, worauf Frank leicht grinste. Diesmal erhielt er einen Boxhieb auf den Oberarm.

Minuten später stellten sie den Wagen auf dem Parkplatz hinter dem Präsidium ab und machten sich auf den Weg zu Brandts Büro. Maren registrierte, dass Petros Stefanidis sie musterte. Ihr war unwohl in ihrer Haut. Frau Wehner erwartete die Vier bereits und nutzte diesmal nicht die Gegensprechanlage, um ihrem Chef die Ankunft der Gäste zu vermelden. Nach einem kurzen Klopfen verschwand sie hinter der Tür zum »Heiligtum«. Augenblicke später kam Brandt höchstpersönlich aus dem Büro, um seine Gäste in Empfang zu nehmen. Er steuerte ohne Umschweife auf Petros Stefanidis zu.

»Herr Stefanidis, mein herzliches Beileid zu Ihrem Verlust. Ich kann Ihnen versichern, dass ich alles in meiner Macht Stehende tue, um den Täter zu finden.«

Er ergriff die Hand des Griechen und wollte sie scheinbar nicht so schnell wieder hergeben. Dann besann er sich wohl eines Besseren und begrüßte Klaus Meining. Auch seine »Bediensteten« bedachte er mit einem Händedruck. Anschließend bat er alle in sein Büro, wo bereits Kaffee auf sie wartete. Offensichtlich hatte Frau Wehner alle Bäckereien der Stadt aufsuchen und erlesene Backwaren kaufen müssen. Brandt bat seine Gäste, sich zu setzten und nahm dann selbst Platz. Sogleich begann er das Gespräch.

»Herr Stefanidis, ich hoffe, dass Ihr Termin bei Dr. Jüssen Sie nicht allzu sehr mitgenommen hat. Sind Sie bereit, mit uns ein Gespräch über die Umstände des Todes Ihres Bruders zu führen?«

»Natürlich. Dazu bin ich hier«, antwortete Petros Stefanidis, der den Kriminalrat mit einem leicht spöttischen Gesichtsausdruck musterte.

Brandt bat Maren, die Kaffeetassen zu füllen und forderte seine Gäste auf, sich beim Kuchen selbst zu bedienen. Frank musste grinsen. Da Maren soeben seine Kaffeetasse füllte, erntete er von ihr einen vernichtenden Blick.

»Ich hoffe auch, dass Sie nichts dagegen haben, wenn sich Hauptkommissar Wallert und seine Kollegin, Frau Dieckmann, an diesem Gespräch beteiligen.«

Stefanidis zuckte mit den Schultern, als sei es ihm recht gleichgültig, wer an diesem Gespräch teilnahm.

»Sie werden bereits erfahren haben, dass es zu Beginn des Falles bei uns eine kleine Panne gegeben hat.«

Petros reagierte nicht, worauf Brandt ihm detailliert erzählte, wie es zu der Verwechslung zwischen Georgios und Dimitrios gekommen war.

»Ich erinnere mich«, nickte der Grieche und schaute Maren, die mittlerweile wieder Platz genommen hatte, abschätzig von oben bis unten an. »Sie waren im Sommer 2001 in unserer Gegend. Sie haben in dieser Zeit Georgios kennengelernt.«

»So ist es«, erwiderte Maren. »Sie und ich haben uns auch zweimal gesehen.«

Petros stutzte, doch Brandt unterbrach.

»Nun, wir wollen hier keine alten Urlaubserinnerungen auffrischen, sondern möglichst viele Informationen austauschen, um den Mörder Ihres Bruders zu finden. Haben Sie eine Idee, Herr Stefanidis, was Dimitrios veranlasst haben könnte, nach Mülheim zu kommen?«

»Leider nicht. Ich kann nur vermuten, dass das mit Georgios' Auftauchen in Mülheim zu tun hat.«

»Wie meinen Sie das?«

»Möglicherweise hat sich Georgios mit Dimitrios in Verbindung gesetzt. Ich weiß es nicht.«

»Ist es möglich, dass es nicht nur Frau Dieckmann so ergangen ist, dass sie die beiden verwechselt hat?«

»Sie meinen, dass Georgios getötet werden sollte?«

Brandt nickte.

»Das ist möglich, natürlich.«

»Warum ist Ihr Bruder Georgios nach Deutschland gekommen?«

»Auch das kann ich Ihnen nicht erklären.«

»Hat jemand Interesse am Tod Ihres Bruders?«

Langsam verlor der Grieche das Interesse an diesem Frage- und Antwort-Spiel. Er atmete tief ein und ließ sich nach hinten in den Sessel sinken.

»Herr Brandt, wir sind in Griechenland sehr bekannt. Die Stefanidis haben große wirtschaftliche und auch politische Macht. Da ist es nur natürlich, dass eine Menge Menschen ein Interesse daran haben, uns zu schaden. Nicht alle sind uns wohlgesonnen.«

»So groß ist Ihre wirtschaftliche Macht aber nicht mehr«, schaltete sich Frank ein.

Brandt schien erleichtert, die Verantwortung für den Gesprächsverlauf erst einmal losgeworden zu sein. Er nickte seinem Beamten aufmunternd zu, während sich Petros Stefanidis etwas verwundert Frank zuwandte.

»Wieso meinen Sie das?«

Frank unterbreitete ihm die Fakten, die er von Britta erfahren hatte.

»Sie sind gut informiert«, lobte der Grieche. »Tatsächlich steckt unser Unternehmen in einer Krise. Das ist nichts Ungewöhnliches. Das gehört sozusagen dazu und ist sicher nicht das erste Mal. Das Unternehmen ist schließlich über hundert Jahre alt.«

»Und jetzt wollen Sie es an die Angelidous verkaufen?«

Stefanidis zog die Brauen zusammen und musterte Frank mit einer gewissen Schärfe.

»Ich bin ehrlich beeindruckt von Ihrem Wissen! – Ja, Sie haben recht. Wir haben zumindest über einen Verkauf verhandelt, sind aber zu keinem Ergebnis gekommen.«

Mit der nächsten Frage steigerte Frank die Verblüffung des Griechen um eine weitere Stufe. Auch Brandt hielt seinen Kuchenteller in der Hand und starrte Frank verwundert an.

»Wegen des Zwischenfalls mit Georgios und einem der Angelidou-Söhne während der Verhandlungen?«

Stefanidis war sprachlos, sodass Frank eine Erklärung hinterher schob.

»Herr Stefanidis, wir arbeiten seit ein paar Tagen mit der griechischen Polizei und dem BKA zusammen. Daher sind wir so gut informiert.«

Der Grieche nickte und beugte sich nach vorne.

»Sie glauben, dass die Angelidous dahinter stecken.«

Vom Tonfall her war das eher eine Feststellung als eine Frage.

»Wir glauben gar nichts. Wir sind auf der Suche nach Ansatzpunkten. Immerhin ist Georgios nach diesem Zwischenfall verschwunden.«

»Ich verstehe. Möglicherweise ist das wirklich wichtiger, als wir bisher dachten, Herr …«

»Wallert.«

»… Herr Wallert. Während dieser Verhandlungen sind mehrere Sachen geschehen. Sie wissen wahrscheinlich, dass es zu einem heftigen Streit zwischen Alkinoos Angelidou und Georgios gekommen ist. Über diesen Streit möchte ich nichts nach außen dringen lassen. Das ist rein privat.«

»Sie können sicher sein, dass wir das natürlich für uns behalten. Nach unserem Wissen war das eine Situation, die eine Feindschaft zwischen den Familien deutlich macht, was durchaus ein Motiv für einen Mord darstellen könnte.«

»Das glaube ich allerdings nicht. Die Angelidous hätten mindestens genauso viel zu verlieren wie unsere Familie. Wegen einer solchen Geschichte tötet man sich bei uns nicht mehr.«

»Ging es um eine Frau?«

Petros Stefanidis erstarrte, als sei ihm ein Schlag in den Magen versetzt worden. Frank ließ nicht locker.

»Es ging um eine Frau, nicht wahr?«

Der Grieche richtete sich in seinem Sessel auf und schaute erst Meining und dann Brandt hilfesuchend an. Der Konsulatssekretär reagierte.

»Sie sollten Herrn Stefanidis' Wunsch respektieren und dieses private Thema ...«

»Schon gut!«, fuhr Stefanidis dazwischen und wandte sich Frank zu. »Ich sage Ihnen jetzt mal was: Sollten Sie das, was ich Ihnen jetzt erzähle, aus diesen vier Wänden hinaustragen, dann werden Sie es mit mir persönlich zu tun bekommen!«

Frank hielt dem bohrenden Blick des Griechen Stand und verzog keine Miene.

»Sie brauchen mir nicht zu drohen.«

Brandt wagte offensichtlich nicht mehr, an dem Gespräch teilzunehmen und so hatte er sich mittlerweile so weit degradiert, dass er mit fragendem Blick die Tassen wieder mit Kaffee füllte.

»Ja, es ging um eine Frau! Georgios ist sehr ..., sagen wir mal: schwierig, was dieses Thema betrifft.« Er unterbrach sich und streifte Maren mit einem flüchtigen Blick. »Alkinoos war frisch verheiratet, seine Frau: eine echte Schönheit. Angeblich hat Georgios sie kurz vor der Hochzeit getroffen und versucht, sich ihr ... wie soll ich sagen? ... unangemessen zu nähern.«

Eine Weile herrschte betretenes Schweigen in dem Büro des Kriminalrates, bis Maren das Wort ergriff.

»Ist Georgios deshalb das ›schwarze Schaf‹ der Familie? – Wegen seiner Frauengeschichten?«

Ein spöttisches Lächeln durchdrang das starre Gesicht des Griechen.

»Schwarzes Schaf? – Was meinen Sie?«

»Georgios sagte mir damals, er sei das ›schwarze Schaf‹ der Familie Stefanidis, so etwas wie ...«

»Ich weiß, was das bedeutet! Georgios ist in vielerlei Hinsicht anders als seine Brüder. Ihm liegt nicht so viel an dem, was unsere Familie ausmacht: die Tradition, das Unternehmen. Er versucht, die Vorteile auszuleben, die es mit sich bringt, dieser Familie anzugehören.«

»Was macht ihn so ›schwierig‹ in Bezug auf das Thema Frauen?«

Die Frage lag seit Petros' Äußerung auf der Hand, doch Maren hatte sich nicht getraut, sie zu stellen. Deshalb bedachte sie Frank nun mit einem dankbaren Blick.

»Er ist sozusagen tabulos. Alle Frauen, die ihm gefallen, will er besitzen.«

»Ist er nicht verheiratet?«

Jetzt war die Frage draußen, und Maren erschrak fast vor ihrer eigenen Courage, so schnell hatte sie sie abgeschossen. Petros Stefanidis wirkte getroffen.

»Wie kommen Sie darauf?«

Maren erzählte ihm, wie sie darauf gekommen war.

»Wo denken Sie hin? Glauben Sie, eine Frau, die Georgios wirklich kennt, würde sich das antun?«

»Aber Sie haben ihn damals aufgefordert, mit zu ›seiner Frau‹ zu kommen, und ich glaube, ganz bewusst auf Deutsch, damit ich es auch verstehe!«

»Ich weiß nicht, was Sie da gehört haben wollen. Ganz offensichtlich haben Sie sich verhört!«

Petros Stefanidis hatte wieder seinen spöttischen und abschätzigen Blick gegenüber Maren aufgesetzt, der aber bei der nächsten Frage in sich zusammenfallen sollte.

»Kennen Sie Jan Tersteegen?«

»Natürlich kenne ich ihn, und Sie wissen das offensichtlich. – Warum fragen Sie?«

»Er war vorhin bei uns und hat uns erzählt, dass er am 23. Mai Georgios auf dessen verzweifelte Bitte hin aus Griechenland nach Deutschland ausgeflogen hat.«

Jetzt reichte es dem Griechen offensichtlich.

»Das habe ich nicht gewusst!«, sagte er, stand auf und wandte sich Meining zu. »Wir müssen gehen.«

Auch Brandt erhob sich.

»Wie lange gedenken Sie, in Deutschland zu bleiben?«

»Ich möchte, wenn es recht ist, meinen Bruder nach Griechenland begleiten und beerdigen.«

»Natürlich«, erwiderte Brandt. »Und falls wir noch Fragen haben …«

»Ich bin jederzeit über das Konsulat zu erreichen!«, fiel Stefanidis dem Kriminalrat ins Wort.

Zwei Minuten später war er mit Maren und Frank allein in seinem Büro.

»Was ist da nur los?«, ergriff Frank das Wort. »Bin ich der Einzige, der das Gefühl hat, dass wir da noch mal nachbohren müssen?«

»Was meinen Sie?«

»Ich meine diese Geschichte mit den Angelidous. Das scheint doch eine wirklich harte Sache gewesen zu sein. Und alle halten sich da fein bedeckt. Woher rührt eigentliche diese Feindschaft zwischen den Familien? Dahinter steckt doch mehr als bloße wirtschaftliche Konkurrenz!«

Brandt hatte sich wieder auf seinem Sessel niedergelassen und stocherte mit der Gabel in einem Stück Käsekuchen herum. Er schien nachzudenken.

»Halten Sie das wirklich für entscheidend? Ich meine, alle Beteiligten sagen, dass es nichts mit den Geschehnissen um Georgios und Dimitrios zu tun hat. Es gibt nun mal private Dinge, die man nicht gerne in der Öffentlichkeit ausbreitet.«

Frank setzte sich ebenfalls wieder und schaute Brandt eindringlich an.

»Herr Kriminalrat! Seit wann gewähren wir in einem Mordfall den Beteiligten ein Recht auf unantastbare ›Privatsphäre‹? Schauen wir uns doch das Ganze mal an, wie es sich darstellt:

Zwei seit Ewigkeiten verfeindete und miteinander konkurrierende Familien verhandeln über den Verkauf eines Imperiums. Es kommt zum Eklat. Man geht auseinander und kurz darauf ist einer der Beteiligten verschwunden. Nach Wochen taucht er in Mülheim auf, wo er eine Polizistin um Hilfe bittet. Er blitzt ab und am nächsten Tag wird die Leiche seines Bruders gefunden, der praktisch hingerichtet wurde. Irgendwelche politischen Kräfte scheinen mir nicht dahinter zu stecken. Die hätten sich schon längst dazu gemeldet und sich mit der Tat gebrüstet. Meiner Meinung nach liegt es auf der Hand, dass die Sache irgendwie mit den Angelidous zu tun hat.«

Maren steuerte einen weiteren Gesichtspunkt bei.

»Auch diese Geschichte mit Georgios' Frau ist für mich noch nicht erledigt. Ich habe das Gefühl, man möchte über eine ganz bestimmte Sache nicht reden.«

Brandt wirkte nachdenklich.

»Was wollen Sie also tun?«

Frank wechselte einen schnellen Blick mit Maren, die ähnliche Gedanken zu haben schien.

»Am liebsten würde ich mit Maren nach Griechenland fliegen und dort einmal den Angelidous ein wenig auf den Zahn fühlen.«

Der Kriminalrat hob die Brauen und zeigte ungläubiges Staunen.

»Das meinen Sie nicht ernst!«, stieß er hervor. »Wir haben hier einen Mord aufzuklären!«

»Genau! – Herr Kriminalrat, wenn Sie wollen, nehmen wir Urlaub. Bis auf den Fall Stefanidis gibt es im Moment bei uns nicht viel zu tun. Sie haben, wenn Sie ehrlich sind, genug Leute.«

Mit einem entschiedenen Stoß gab Brandt dem Käsekuchen auf seinem Teller den Rest und schob ein gewaltiges Stück davon in seinen Mund. Er kaute und blickte dabei zwischen Maren und Frank hin und her. Dann schluckte er.

»Urlaub kommt nicht in Frage. Wenn, dann machen wir das hochoffiziell. Ich versuche es. Melden Sie sich gegen drei noch mal bei mir.«

Damit hatte Frank nun wahrhaftig nicht gerechnet. Er stand auf, raunte seinem Chef ein »Danke« zu und machte Anstalten, zusammen mit Maren das Büro zu verlassen.

»Einen Moment noch! – Herr Wallert, wenn ich das durchkriege, möchte ich Ihnen schon jetzt sagen, dass Sie nur in engster Absprache mit den griechischen Behörden agieren. Es darf keinen Ärger geben, hören Sie?«

»Natürlich.«

»Übrigens: Das war wirklich gute Arbeit vorhin.«

»Danke, Herr Kriminalrat.«

»Jetzt verschwinden Sie!«

Auf dem Weg ins Büro konnte es sich Frank nicht verkneifen. »Siehst du, er hat auch mich lieb«, raunte er Maren zu.

»Meinst du, das klappt?«, erwiderte sie, ohne auf Franks Spielerei einzugehen.

»Wir werden sehen.«

Entgegen Franks Erwartungen war das Büro nicht leer. Britta und Malte saßen am Tisch und schauten den Eintretenden erwartungsvoll entgegen. Beide setzten sich zu ihnen und berichteten ausführlich von den Geschehnissen des Tages, die Britta und Malte noch nicht mitbekommen hatten.

»… naja, und dieser Petros ist ein merkwürdiger Typ, finde ich. Im Institut war er wirklich ergriffen und hat um seinen Bruder getrauert. Im Gespräch anschließend wirkte er eiskalt wie eine Hundeschnauze und hat gemauert, was das Zeug hielt«, schloss Frank seinen Bericht, der hin und wieder durch Maren ergänzt worden war. Britta nickte.

»Angeblich standen sich Petros und Dimitrios sehr nahe. Georgios fiel ein bisschen aus dem Rahmen.«

»Er sah sich als ›schwarzes Schaf‹, hat er mir mal gesagt«, pflichtete Maren Britta bei.

Britta und Malte hatten in der Zeit, in der Maren und Frank mit Petros Stefanidis zu tun hatten, noch einmal mit Jan Tersteegen gesprochen. Brandt hatte sie telefonisch informiert und zu ihm geschickt. Tersteegen war der Besitzer einer großen Feinkostkette, die über die Jahre Vertretungen in nahezu allen EU-Ländern gegründet hatte. Er war mit seinen jungen Jahren steinreich und brauchte eigentlich nur noch zuzusehen, wie seine Mitarbeiter das Geld vermehrten und es auszugeben. Tersteegen hatte die Familie Stefanidis in der Tat nach Ostern 2000 kennengelernt. Damals kaufte er in der Region Weine und Olivenprodukte, wobei er mit Petros zusammentraf. Der hatte den Düsseldorfer zu einem Besuch des Anwesens der Stefanidis eingeladen. Es entstand eine intensive geschäftliche und später auch private Beziehung, die hauptsächlich auf Petros gegründet war. Tersteegen hatte bestätigt, dass es oft Spannungen zwischen Georgios und dem Rest der Familie gab. Georgios zeigte nie das Interesse an wirtschaftlichen Prozessen, das seine Brüder aufbrachten. Von einer Ehe Georgios' habe er aber nichts mitbekommen.

»Vielleicht solltest du uns doch mal erzählen, was du da unten während deines Urlaubs vor fünf Jahren alles erlebt hast. Du bist den Stefanidis eigentlich ganz schön nah auf die Pelle gerückt und hast vielleicht unbewusst wichtige Sachen mitgekriegt.«

»Das habe ich doch schon getan! Frank weiß genau Bescheid. Das Wichtigste ist meiner Meinung nach, dass ich zweimal einen heftigen Streit zwischen Georgios und Petros mitbekommen habe. Der Erste hat beinahe handgreiflich geendet – das war kurz, nachdem wir uns kennengelernt haben. Ich war zu der Zeit im Wasser und habe den Streit praktisch aus der Ferne gesehen und gehört, aber natürlich nichts verstanden, weil sie sich auf Griechisch anschnauzten. Der zweite war etwas anders. Da ist Petros zu uns in die Bucht gekommen und hat in meinem Beisein heftig mit Georgios gestritten.

Auch auf Griechisch. Am Schluss hat er auf Deutsch gesagt: ›Du kommst jetzt mit zu deiner Frau!‹«

»Dann hast du natürlich geglaubt, Georgios hätte dich verarscht, weil er verheiratet ist, hast ihm eine geknallt und bist abgehauen«, ergänzte Britta.

»Genau.«

Britta blickte Maren leicht provozierend an.

»Nun ist er aber gar nicht verheiratet ...«

Maren sprang sofort an.

»Was willst du damit sagen?«, giftete sie.

Malte mischte sich ein, bevor es zu einem Eklat kommen konnte. »Irgendwas stimmt da nicht! Maren bildet sich sowas nicht ein. Sie war dabei, und wie ihr sagt, spricht Petros ja fabelhaftes Deutsch.«

»Du warst auf jeden Fall überzeugt, dass er verheiratet ist«, lenkte auch Frank ein und Maren nickte.

»Hast du ihn denn nach der Szene in der Bucht nicht noch einmal zur Rede gestellt?«

»Nein.«

»Du hast gepackt und bist weg?«

»Am nächsten Tag, ja.«

»Und in der Zwischenzeit?«

Maren verzog das Gesicht, ehe sie antwortete.

»Habe ich in meinem Hotelzimmer gesessen und geheult.«

»Wir kommen so nicht weiter.«

Frank erzählte von dem Gespräch mit dem Kriminalrat, das sich an den Besuch von Petros Stefanidis angeschlossen hatte.

»Wir haben Brandt gebeten, sich dafür stark zu machen, dass Maren und ich nach Griechenland fliegen können, um da ein paar Nachforschungen anzustellen.«

Erstaunlicherweise löste diese Nachricht bei Britta und Malte kein großes Erstaunen aus.

»Als ihr gekommen seid, haben wir darüber gesprochen«, verriet Malte grinsend. »Nur dass Britta mit dir fliegen will.«

Frank schaute wohl etwas verblüfft drein, denn sofort meldete sich Britta zu Wort.

»Keine Angst! Als BKA-Beamtin kann ich nicht mal eben nach Griechenland, um dort zu ermitteln. Das würden mir meine Chefs niemals genehmigen!«

Wieder bedachte sie Maren mit einem undefinierbaren Blick. Dieser reichte es jetzt.

»Kannst du mir mal sagen, was du hast?«, platzte es aus ihr heraus. Malte und Frank saßen mit offenen Mündern dabei. »Wenn du mich mit Worten nicht provozierst, dann sind es Blicke, die bei mir so ankommen, als würdest du mich nicht für voll nehmen! Was habe ich dir getan?«

In Marens Ausbruch drängte sich der Ruf des Telefons. Frank nahm ab und meldete sich. Nach einer langen Phase des Schweigens, die nur selten durch ein »Ja« oder »Nein« vonseiten Franks unterbrochen wurde, schloss er das Gespräch mit einem »Danke, Herr Kriminalrat« und legte auf.

»Wir fliegen morgen um 9:20 Uhr. Britta und Malte, Ihr beiden sollt sofort zu Brandt kommen!«

*

Wider Erwarten konnten Maren und Frank am Nachmittag tatsächlich noch etwas von dem letzten Gruppenspiel der Deutschen bei der Weltmeisterschaft mitbekommen. Sie waren gegen 16:30 Uhr zu Hause und erlebten, wie Klinsmanns Jungs die hoch gehandelte Elf aus Ecuador mit 3:0 schlug. Das nahmen sie aber eigentlich nur am Rande wahr, denn ihre Gedanken kreisten um andere Dinge. Frank schaltete den Fernseher aus und setzte sich Maren gegenüber, die sich – ebenso wie Frank – ihrer Kleidung entledigt und einen leichten Morgenmantel übergezogen hatte.

»Was ist vorhin mit dir los gewesen? Warum hast du Britta so auf die Hörner genommen?«

»Sie geht mir einfach auf die Nerven! Merkst du nicht, wie sie sich mir gegenüber verhält, die Dame vom BKA? So … von oben herab. Das hat heute Morgen schon angefangen …«

»Stopp!«, fiel Frank ihr ins Wort. »Was hat heute Morgen angefangen?«

»Die Rumzickerei! Aber du hast natürlich nichts davon mitbekommen!«

Maren sprang auf und lief in die Küche, was sie aber nicht davon abhielt weiter zu reden.

»Bevor Brandt in unser Büro kam, hat sie angefangen, immer dann blöde Kommentare abzugeben, wenn ich was gesagt habe.«

Sie kehrte mit einer Flasche Pils aus der Küche zurück und setzte sich wieder.

»Danke«, grummelte Frank angesichts des kalten Bieres und machte sich seinerseits auf den Weg in die Küche. Auch diesmal stoppte der Redeschwall Marens nicht.

»Ich bin sicher, dass sie dich anbaggert! Und du machst auch noch mit! ›Das glaube ich gerne‹, hast du gesäuselt, als sie sagte, Brandt könne ihr keine Bitte abschlagen. Und du müsstest ihre Blicke mal sehen, die sie gegenüber mir abschießt.«

»Ich habe deine gesehen.«

Frank war mittlerweile ebenfalls mit einer Flasche Pils aus der Küche zurückgekehrt, raffte seinen Morgenmantel zusammen und setzte sich.

»Ach! Meine hast du gesehen!«

»Maren, du siehst Gespenster.«

»Ach! Ich sehe Gespenster!? Guck doch mal richtig hin!«

»Du bist eifersüchtig und siehst Gespenster! Warum plötzlich das Ganze? Das war sonst kein Problem zwischen uns.«

Maren fiel in sich zusammen und senkte den Kopf. Frank stand auf, setzte sich neben sie und nahm sie in den Arm, als er merkte, dass sie zu weinen begonnen hatte.

»Maren, ich liebe dich! Britta ist keine Gefahr für uns. Hab ein bisschen Vertrauen zu mir.«

Er nahm ihren Kopf zwischen seine Hände und begann, ihr tränennasses Gesicht zu küssen. Sie schaute ihn aus verweinten Augen an.

»Was ist, wenn ich mich verhört und Georgios Unrecht getan habe?«

Frank ließ ihren Kopf los und fasste sie bei den Schultern.

»Ja, was ist dann? – Hast du dich verhört?«

»Nein!«, erwiderte sie entschieden. Der erste Teil seiner Frage blieb aber unbeantwortet.

Frank stand auf und ging ins Schlafzimmer.

»Ich fange an zu packen. Ich möchte das nicht auf den letzten Drücker tun.«

Mitten in der Nacht erwachte Frank von einem Geräusch, das sich aus seinem Traum in die Realität geschoben hatte. Maren schlief tief und fest. Ihr rechter Arm lag über seinem Brustkorb. Sanft hob er ihn an, tauchte unter ihm hindurch und setzte sich auf, nachdem er Marens Arm wieder abgelegt hatte. Er stand auf und zog seinen Morgenmantel über. Da war es wieder. Ein Schaben, Holz auf Holz. Er ließ das Licht aus und ging durch das Wohnzimmer, wo die Tür zum Balkon offen stand. Es war windig geworden und die Balkontür spielte mit einem Stuhl, der über den Holzboden geschoben wurde. Er klemmte einen Holzkeil unter die Tür. Damit hatte dieser Spuk ein Ende. Frank lief noch einmal zurück zur Küche, holte sich ein Glas Wasser und nahm auf dem Stuhl Platz, der in aus den Träumen gerissen hatte. Er stellte fest, dass er fröstelte. Der Wind hatte merklich aufgefrischt, und Frank musste lange zurückdenken, bis er die Erinnerung an sein letztes Frösteln aus seinem Gedächtnis gekramt hatte. Er griff zur Packung, die immer noch auf dem Tisch lag, und zündete sich eine Zigarette an. Er inhalierte tief und blickte in den Nachthimmel.

Das Packen der Reisetaschen war merkwürdig schweigend verlaufen. Bis auf einsilbige Absprachen darüber, was Maren und was er in die Reisetasche packte, waren praktisch keine Worte mehr gewechselt worden. Nachdem das Gepäck an die Garderobe gestellt worden war, hatte er noch kurz auf dem Balkon gesessen. Als er zurück ins Schlafzimmer gekommen war, lag Maren bereits im Bett und las in ihrem Buch. Minuten später wünschte sie ihm mit einem flüchtigen Kuss eine gute Nacht, löschte das Licht auf ihrer Seite und war kurz darauf eingeschlafen. Frank hatte noch eine Weile wach gelegen und die Decke des Schlafzimmers betrachtet, bis auch er das Licht gelöscht hatte und, sich an den Atemzügen Marens orientierend, eingeschlafen war.

Welch merkwürdiges Gespräch – vorhin auf dem Balkon! Was war in ihrem Kopf vorgegangen? Eifersüchteleien kannte er von Maren bisher nicht. Sie konnte das unmöglich ernst gemeint haben. Keine Frage, Britta war hübsch und in ihrer Art, wie sie reagierte und sich bewegte, Maren sehr ähnlich. Und zweifellos hatte sie in der einen oder anderen Situation etwas provoziert – aber das war doch nichts gegen Sabine, die das schon seit Jahren zelebrierte, ohne dass Maren auch nur den kleinsten Anstoß daran genommen hatte.

Oder dachte sie jetzt, fünf Jahre nach ihrem geplatzten Urlaub in Griechenland, dass sie Georgios möglicherweise zu Unrecht des Betrugs beschuldigt hatte? Bereute sie das Ende dieser Beziehung? Dachte sie daran, dass sie diese Beziehung hätte weiter führen können? Schließlich behaupteten alle, dass Georgios nicht verheiratet war!

Der Wind hatte sich wieder gelegt. Franks Hoffnung, dass Regen die Luft und letztlich auch ihn erfrischen könnte, war nicht erfüllt worden. Von drinnen hörte er das Tapsen nackter Sohlen auf Laminat, und kurz darauf stand Maren in voller Pracht in der Balkontür.

»Sag mal, frierst du nicht?«

Sie tat so, als sei plötzlicher Frost über sie hereingebrochen und schützte ihre Brüste mit den Armen.

»Nein, nicht mehr. Es ist angenehm.«

»Ich zieh mir schnell was an.«

Zwei Minuten später setzte sie sich zu ihm, gekleidet in ihren grauen Jogginganzug. Sogar die Kapuze hatte sie aufgesetzt. Sie nahm einen Schluck aus seinem Glas, griff zu den Zigaretten und steckte sich eine an.

»Du kannst nicht schlafen, wie?«

»Eigentlich schon. Aber der Wind hat ein wenig Stühlerücken gespielt und davon bin ich aufgewacht. Ich sitze noch nicht so lange hier draußen.«

»Du machst dir Gedanken, oder?«

»Ja.«

»Worüber?«

Frank blickte Maren von der Seite an. Sie drehte ihren Kopf langsam in seine Richtung.

»Ich frage mich, ob es dir leidtut, dass du vor fünf Jahren aus Griechenland fortgelaufen bist, ohne Georgios eine Chance zu geben.«

Regungslos blickte sie ihm weiter in die Augen und nickte.

»Das habe ich mir fast gedacht.«

»Und?«

»Du hast wahrscheinlich recht.«

»Wahrscheinlich? – Habe ich recht oder nicht?«

»Ja, irgendwie schon. Auch wenn ich es nicht so ausdrücken würde wie du.«

Maren nahm ihren Stuhl und stellte ihn unmittelbar vor Frank, dann setzte sie sich wieder und platzierte ihre Füße auf der Stuhlkante links und rechts neben seinen Oberschenkeln.

»Frank, ich bin mir hundertprozentig sicher, dass ich das Richtige gehört habe! Petros hat gesagt: ›Jetzt kommst du mit zu deiner Frau!‹ – Laut und deutlich. Das war und ist heute noch für mich unmissverständlich, denn was soll es anderes bedeuten, als dass Georgios eine Frau hatte und Petros ihn mit zu ihr nehmen wollte? – Andererseits haben alle bisher behauptet, Georgios habe keine Frau ... keine Ehefrau ... und auch nie eine gehabt!«

»Das lässt dich zweifeln.«

»Ja, aber nicht so, wie du denkst! Ich zweifle nicht an dem, was ich gehört habe. Etwas muss diese Aufforderung von Petros doch bedeutet haben! Vielleicht hätte ich Georgios fragen müssen – damals – und nicht sofort beleidigt abreisen.«

Frank verstand, was sie meinte.

»Also keine Reue?«

»Keine Reue. Seit ich erfahren habe, was Georgios für ein Bonze ist, weiß ich auch, dass wir niemals eine Chance gehabt hätten. Oder kannst du dir mich als Anhängsel eines griechischen Milliardärs-Clans vorstellen?«

Frank musste lachen.

»Nicht wirklich.«

Maren lehnte sich zurück und streichelte seine Oberschenkel mit ihren Zehen.

»Georgios hat damals eine Frau gehabt! Und ich möchte wissen, warum davon heute niemand mehr etwas wissen will!«

Der Nachthimmel hatte mittlerweile die Farben des nahenden Morgens angenommen.

»Es ist zu spät, um ins Bett zu gehen, oder?«, fragte er.

Maren grinste.

»Es ist aber auch zu früh zum Anziehen.«

In gespielter Ratlosigkeit hob er die Arme, beugte sich nach vorne und ließ beide Hände unter ihr Sweatshirt gleiten.

## Mittwoch 21. Juni 2006

Obwohl sie so viel Zeit hatten, gestaltete sich ihr Aufbruch hektisch. Das Taxi wartete bereits, als sie mit ihren Reisetaschen um zwanzig nach sechs aus dem Haus eilten. Frank hatte seinen Dienstausweis gestern im Präsidium vergessen und war vor wenigen Minuten erst von dort zurückgekehrt. Vorsorglich hatte er auch die Zeugnisse ihrer letzten Schießprüfungen mitgenommen. Natürlich war es ihnen nicht gestattet, mit Waffe nach Griechenland einzureisen – Polizisten hin oder her! Wenn es aber notwendig war, würden sie von den Griechen eine Waffe gestellt bekommen, und da war es nicht verkehrt, wenn man nachweisen konnte, dass man zum Tragen einer solchen berechtigt war.

Der Fahrer wusste, dass er zum Flughafen nach Düsseldorf fahren und sich beeilen musste und so startete er, als ob sein Leben von diesem Auftrag abhinge. Frank mäßigte ihn.

»Ich glaube, wir schaffen es, wenn Sie einfach ordentlich, aber zügig fahren. So hätten Sie dann auch nicht zwei Polizisten auf dem Gewissen.«

Der Fahrer erschrak sichtlich und drosselte das Tempo entsprechend der Straßenverkehrsordnung. Die Fahrt ging tatsächlich zügig voran, da um diese Zeit noch wenig Berufsverkehr auf den Straßen Mülheims herrschte. Auf der Autobahn bot sich dann ein anderes Bild. Trotzdem floss der Verkehr, und Frank konnte den Taxifahrer pünktlich um sieben Uhr entlohnen. Maren und Frank eilten durch die Halle und standen schon bald vor ihrem Schalter, an dem die Abfertigung der Fluggäste aber noch nicht begonnen hatte. Schließlich lief die ganze Eincheck-Prozedur reibungslos, und ihr Airbus schoss um 9:20 Uhr über die Startbahn, um sich Sekunden später vom Asphalt zu lösen und in einen tiefblauen Himmel aufzusteigen, an dem selbst aus der recht schnell gewonnenen Höhe kein Wölkchen auszumachen war. Der Flug zum Athener Flughafen Eleftherios Venizelos dauerte aufgrund der günstigen Windverhältnisse etwas mehr als dreieinhalb Stunden. Die Maschine setzte etwas hart auf, aber trotzdem applaudierten die Fluggäste frenetisch.

Etwa dreißig Minuten danach traten Maren und Frank durch das Ankunftsgate. Sie stellten ihre Taschen ab und versuchten jemanden auszumachen, der sie abholte. Zwischen sich zur Begrüßung in die Arme fallenden und suchenden Menschen hindurch sah Frank schließlich einen Mann stehen, der ein Pappschild nach oben hielt. Maren hatte ihn auch bereits erblickt.

»Ist er das?«, fragte sie.

Ohne zu antworten, griff Frank seine Tasche und bewegte sich in Richtung des Mannes, bis er die Aufschrift auf dem Schild erkennen konnte. »WALLERT« stand dort geschrieben. Witzigerweise prangte hinter seinem Namen ein großes Fragezeichen. Er streckte dem Pappschildträger die Hand zur Begrüßung entgegen.

»I am Frank Wallert.«

Maren war inzwischen neben ihn getreten.

»Aus Mülheim? Das freut mich. Willkommen in Griechenland! Ich heiße Nikolaos Ritsos – nennen Sie mich einfach Niko.«

Der Mann sprach ein einwand- und nahezu akzentfreies Deutsch, was Frank anerkennend anmerkte, bevor sich die beiden deutschen Polizisten vorstellten. Der Grieche musterte beide mit einem freundlichen Lächeln in den Augenwinkeln. Frank schätzte ihn auf Mitte dreißig. Seine kurzen schwarzen Haare waren, vornehmlich an den Schläfen, bereits leicht angegraut und seine klaren Augen schauten interessiert, beinahe listig. Sein durchtrainierter Körper steckte in einer Jeans und sein weißes T-Shirt bedeckte einen muskulösen Oberkörper, den Frank mit einem etwas neidischen Blick streifte. Nikos verschmitzter Blick ruhte nun auf Maren.

»Was wollen Sie jetzt tun? Ich sage Ihnen gleich: Um diese Zeit unternimmt der Grieche eigentlich so gut wie nichts. Da wird geruht. Kritiker behaupten zwar, dass die Griechen nur selten etwas anderes tun, aber ich garantiere Ihnen: Das stimmt so nicht. – Wie wäre es, wenn wir Sie zum Hotel bringen?«

Frank stutzte.

»Hier in Athen? Eigentlich wollten wir nach Ermioni.«

»Natürlich«, beschwichtigte Niko. »Wir werden Sie nach Epidavros fliegen. Das ist etwa vierzig Kilometer von Ermioni entfernt. Wir haben dort zwei Hotelzimmer für Sie reserviert. Da können Sie sich von den Reisestrapazen erholen, etwas ruhen, frisch machen – und gegen halb vier treffen wir uns, um alles Weitere zu besprechen.«

»Okay.«

»Na, dann los!«

Die drei Polizisten machten sich auf den Weg. Während Niko strammen Schrittes vorweg eilte, hatten Frank und Maren Mühe, seinen Haken, die er schlug, zu folgen und ihn nicht zu verlieren. Schließlich gelangten sie zu einem wohl nicht offiziellen Ausgang aus dem Flughafengebäude, der von einem uniformierten Polizisten bewacht wurde. Niko hielt ihm seinen Ausweis unter die Nase und schleuste Maren und Frank durch eine Tür direkt auf das Flughafengelände, wo Frank in einiger Entfernung durch die flirrende Luft hindurch einen Hubschrauber erkannte, der mit langsam laufenden Rotorblättern auf sie zu warten schien.

»Oh je!«, hörte Frank Maren aufstöhnen.

Niko lachte.

»Sind Sie noch nie mit einem Hubschrauber geflogen?«

Er hatte seinen Schritt verlangsamt und lief nun zwischen seinen beiden Gästen, wobei er Marens Unterarm hielt.

»Noch nie!«, rief sie gegen den Lärm an, der hier draußen herrschte.

»Es wird nur ein kurzer Flug – etwa dreißig Minuten! Es wird Ihnen gefallen!«, brüllte er zurück und hielt sein Gesicht dabei nahe an Marens. Gerade rollte ein Flugzeug mit dröhnenden Motoren in kurzer Entfernung an ihnen vorbei.

Sie waren am Hubschrauber angekommen, wo sie eine Frau erwartete, deren Anblick Frank die Sprache verschlagen hätte – wenn er denn hätte reden können. Sie saß auf dem Pilotensitz, trug ebenso wie ihr Kollege eine verwaschene Jeans und ein T-Shirt, das ihre Rundungen äußerst vorteilhaft zur Geltung brachte. Ihre langen schwarzen Haare hatte sie zu einem Knoten hochgesteckt. Niko nahm den beiden deutschen Kollegen die Taschen ab und verstaute sie hinter einer Klappe außerhalb des Hubschraubers, während die Frau Maren und Frank mit einer Handbewegung zu verstehen gab, dass sie auf die hinteren Plätze klettern sollten, was diese unter Aufbietung aller verfügbaren Eleganz auch schafften. Dann hielt sie Ihnen zwei Headsets entgegen, die sie aufsetzten. Während Niko auf dem Sitz neben der Pilotin Platz nahm, stellte sie sich Maren und Frank vor.

»Hallo, ich bin die Partnerin von Niko – Lea Zolotas, kurz: Lea. Schnallt euch bitte an – es geht los.«

Niko hatte die Tür geschlossen und drehte sich zu Maren und Frank, um zu sehen, wie sie mit dem Gurt zurechtkamen. Als er sah, dass alles zu seiner Zufriedenheit klappte, lächelte er Maren an und drehte sich nach vorne. Über den Kopfhörer hörte Frank, wie er auf Griechisch etwas zu seiner Partnerin sagte. Diese reagierte mit einem Nicken. Beide gingen gemeinsam einen Check durch, bevor sich Lea auf Englisch an den Tower wandte und umgehend die Starterlaubnis erhielt. Der Lärm schwoll an und Sekunden später erhob sich die Maschine leicht schwankend vom Asphalt. Kurz darauf neigte sie sich leicht zur Seite, um dann mit relativ hoher Geschwindigkeit an Höhe zu gewinnen. Maren griff nach Franks Hand und drückte sie fest. Ihr schien das Fliegen mit dem Hubschrauber nicht geheuer zu sein. Frank hingegen genoss es. Kurz nach dem Start überflogen sie den Hafen von Piräus und befanden sich über dem im Sonnenlicht glitzernden Meer. Langsam löste sich Marens Klammergriff und durch das Getöse des Motors hörte Frank sie immer wieder Rufe der Verzückung ausstoßen.

»Das ist großartig, oder?«, vernahm er Leas angenehme Stimme im Kopfhörer.

Maren stimmte ihr ohne Umschweife zu, tippte Frank an und zeigte nach links aus dem Fenster, wo eine Insel sichtbar wurde.

»Ägina«, erläuterte Niko, der dankenswerterweise für die Dauer des Fluges die Rolle des Reiseführers übernahm. »Das ist – wenn ihr so wollt – das ganze Griechenland in klein. Alles, was es sonst bei uns zu sehen gibt, ist auch hier vorhanden. Vor allem Pistazienbäume!«

Sofort überkam Frank große Lust auf ein Pistazien-Eis. Zweifellos konnte man bei dieser Aussicht und in dieser Umgebung Urlaubsgefühle bekommen. So genossen Frank und Maren den Flug und waren fast enttäuscht, als vor ihnen die Küste des »Daumens« vom Peloponnes aus dem Meer wuchs und Lea in den Landeanflug überging. Schließlich berührte der Hubschrauber auf einer Fläche etwas abseits einer Straße wieder den Boden. Lea stellte den Motor ab und sie nahmen die Headsets vom Kopf. Nachdem sie ausgestiegen waren, gaben Maren und Frank Lea die Hand und stellten sich nachträglich vor. Niko hatte mittlerweile die Reisetaschen hervor gezaubert und überreichte sie ihnen.

»Da drüben steht unser Wagen«, sagte er und dirigierte seine deutschen Gäste zu einem kleinen Gebäude, das sich letztlich als Tankstelle entpuppte. Auf seiner Schattenseite stand ein roter Ford Escort, dem ein Mann entstieg, der sie mit einem kurzen Nicken grüßte und sich an Lea wandte. Maren und Frank verstauten ihre Taschen im Kofferraum. Kurz darauf nahm Lea hinter dem Steuer Platz und sie fuhren los, als sich hinter dem Gebäude der Hubschrauber wieder in die Luft erhob und davonflog.

»Der war nur geliehen«, witzelte Lea.

Frank, der auf dem Beifahrersitz saß, lachte sie an.

»Ihr wohnt in Palea Epidavros – einem herrlichen kleinen Ort. Schade, dass ihr nicht auf Urlaub hier seid.«

Maren stimmte Niko zu. Damit waren nicht nur das Gespräch und die Fahrt zu Ende, auch Franks Illusionen schrumpften auf eine Größe, dass man sie leicht mit dem Finger hätte wegschnippen können. Lea steuerte den Wagen vor den Eingang eines Hotels mit dem schlichten Namen »Christina«. Es wirkte in seiner Einfachheit ganz hübsch. Frank bedankte sich und wollte aussteigen, als er eine Hand auf seiner Schulter spürte. Niko erinnerte ihn daran, dass sie gekommen waren, um zu arbeiten.

»Ich hole euch um halb vier ab, in Ordnung?«

»Klar«, antwortete Frank, stieg aus und klappte den Sitz nach vorne, um Maren beim Aussteigen behilflich zu sein. Nach dem Griff in den Kofferraum und einem Klaps auf das Dach des Wagens fuhren Lea und Niko los.

Franks Zimmer nahmen sie zuerst in Augenschein. Es hatte alles das, was ein Hotelzimmer haben musste. Es war sogar kühl, da eine Klimaanlage gewissenhaft ihre Arbeit verrichtete. Der Raum wurde beherrscht von dem relativ großen Bett in der Mitte. Rechts daneben stand ein Nachttisch, auf dem ein Radiowecker mit grüner Leuchtschrift verriet, dass sie noch etwa eineinviertel Stunden Zeit hatten. An der Wand gegenüber dem Bett hing ein Flatscreen-Fernseher, darunter stand der Kühlschrank mit der obligatorischen Minibar. Frank stellte seine Tasche auf das Bett.

»Sieh dir das an!«, rief er aus.

Er hatte hinter den leichten Gardinen eine Tür entdeckt, die auf einen kleinen Balkon führte, von dem aus man den Hafen von Epidravos überblicken konnte. Er schob die Gardinen zur Seite, öffnete die Tür und trat auf den Balkon, wo ihn angenehme Sommerwärme in Empfang nahm. Maren trat neben ihn und blickte leicht mürrisch.

»Zwei Zimmer!«, grummelte sie und Frank musste lachen.

Er nahm sie in den Arm und drückte einen Kuss auf ihr Haar.

»Zwei Polizisten – zwei Zimmer«, sagte er. »Aber guck dir das Bett mal an. Da werden wir doch auch zu zweit reinpassen, oder?«

Marens Zimmer war praktisch ein Duplikat von Franks. Sie einigten sich darauf, dass sie abwechselnd in seinem und ihrem Zimmer schlafen würden. Da sich ihre Dienstreise über drei Nächte erstreckte, losten sie aus, in welchem Zimmer sie die erste Nacht gemeinsam verbringen würden. Maren gewann und triumphierte. In beiden Zimmern befand sich eine klitzekleine Kabine mit Dusche und WC. Da Maren bei der Auslosung gewonnen hatte, gönnten sie sich bei ihr die erste gemeinsame Dusche in Griechenland.

\*

Pünktlich – für griechische Verhältnisse – um zwanzig vor vier hatte Niko die Gäste am Hotel abgeholt. Nach einer kurzen, etwa zwanzigminütigen Autofahrt, während der sie durch Olivenhaine und malerische kleine Dörfer gefahren waren, hielten sie in einem Ort namens Kranidi, etwa sieben Kilometer von Ermioni entfernt, vor der Polizeistation. Sie betraten einen Raum, in dem nichts so war, wie sie es aus Deutschland gewohnt waren. Drei uniformierte Polizisten begrüßten sie mit einem herzlichen »cherete«, steckten aber unmittelbar, nachdem sie sie passiert hatten, wieder ihre Köpfe zusammen. Richtiger Arbeitseifer sah anders aus. Als hätte Niko Franks Gedanken gelesen, setzte er zu einer Erklärung an.

»Sie haben Schluss und warten auf die Ablösung.«

Die Drei liefen durch einen schmalen und kurzen Gang und betraten einen Raum, der etwa die Größe von Franks Büro in Mülheim hatte. Lea wartete bereits auf sie und erhob sich, als sie eintraten.

»Wie geht es euch?«, begrüßte sie Maren und Frank. »Habt ihr euch ein bisschen erholen können?«

»Ja, danke«, erwiderte Frank. »Ihr wisst, dass ihr hier auf einem besonders schönen Stückchen Erde lebt?«

Lächelnd wiegelte Niko ab.

»Du hast ja nur einen Klacks gesehen.«

Er lud Maren und Frank ein, an dem runden Tisch im Zentrum des Raumes Platz zu nehmen. Sie setzten sich und bekamen von Lea jeder ein Glas Wasser angeboten, das sie gerne annahmen.

»So, Kollegen«, begann Niko. »Gestern Abend wurde uns mitgeteilt, dass ihr heute hierher kommen würdet. Als wir hörten, worum es geht, war uns auch klar, wieso das so plötzlich kam. – Ist tatsächlich einer der Stefanidis-Brüder bei euch erschossen worden?«

»Ja«, erwiderte Maren. »Dimitrios. Wir vermuten allerdings, dass es Georgios treffen sollte und die beiden verwechselt wurden.«

Lea und Niko sahen Maren verständnislos an.

»Wieso Georgios?«, fragten sie wie aus einem Munde, und so sah sich Maren genötigt, ihnen erst einmal zu berichten, was sich in den letzten Tagen in Mülheim ereignet hatte.

»Donnerwetter!«

Niko fuhr sich mit den Händen durch die Haare und bedachte seine Kollegin mit einem verblüfften Blick.

»Das geschieht alles in Mülheim, und wir hier, ein paar Kilometer von den Stefanidis entfernt, haben keine Ahnung?«

»Aber ihr habt doch mitbekommen, dass Georgios verschwunden ist?«

»Das schon«, bestätigte Lea. »Aber wir hatten keine Ahnung, dass er in Deutschland ist. Wir haben anfangs ein bisschen ermittelt – nachdem er als vermisst gemeldet worden war, aber dann hat uns Athen den Fall aus den Händen genommen.«

Frank nickte. Warum sollte das in Griechenland anders als bei ihnen sein? Wenn ein Fall sich als »zu groß« erweist, übernimmt eine übergeordnete Behörde.

»Uns interessieren vor allem zwei Gesichtspunkte: Erstens, was ist während des Treffens zwischen den Stefanidis und den Angelidous abgelaufen? Warum ist es da zu diesem Streit gekommen? Und zweitens, war Georgios jemals verheiratet?«

Wieder wurden sie mit Nikos und Leas ahnungslosen Blicken konfrontiert. Also gaben sie auch über diese Zusammenhänge einen ausführlichen Bericht. Schließlich ließ sich Lea resigniert in ihrem Stuhl nach hinten fallen.

»Ich habe keinen leisen Schimmer, wie wir euch da weiter helfen können. Ihr seid uns informationsmäßig um Welten voraus! – Wir wussten ja noch nicht mal von dem Treffen der beiden Familien!«

Frank ertappte sich dabei, wie er Lea unverhohlen betrachtete. Er wechselte die Blickrichtung und sprach Niko an.

»Unsere Anwesenheit hier ist mit unserem BKA, dem griechischen Konsulat und eurer Dienststelle in Athen, wer auch immer das sein mag, abgestimmt. Wir wollen ein Gespräch mit den Angelidous und mit den restlichen Stefanidis. Petros ist zurzeit in Mülheim, wartet auf die Freigabe von Dimitrios' sterblichen Überresten und will ihn dann nach Griechenland begleiten. Mit ihm haben wir schon gesprochen.«

Maren gab Lea und Niko eine Zusammenfassung des Gesprächs und erläuterte die Zweifel, die sie hatten, was Niko mit einem Nicken quittierte.

»Das kann ich nachvollziehen.«

Auch Lea pflichtete bei.

»Das stimmt. Das ist merkwürdig. – Aber wie wollt ihr jetzt vorgehen?«

»Ein Gespräch mit den Angelidous«, wiederholte Frank, »und dann sehen wir weiter.«

»Das Anwesen der Stefanidis ist nicht weit von hier ... bei Ermioni, aber das wisst ihr ja«, erklärte Niko. »Die Angelidous haben ihren Hauptsitz in Patras, an der Nordküste des Peloponnes. Sie besitzen ein kleineres Domizil bei Kalloni, etwa fünfzehn Kilometer nördlich von Ermioni, also auch ganz in der Nähe. – Wo wollt ihr anfangen?«

»Fahren wir hin«, schlug Frank vor.

»Nach Kalloni?«

»Ja.«

»Alle vier?«

»Muss nicht sein. Wir können auch alleine ...«

»Kann jemand von euch Griechisch?«

Nein, weder Maren noch Frank konnten Griechisch, und so kam es, dass sich kurz darauf Lea und Frank in den Escort zwängten, um den Angelidous einen Besuch abzustatten. Sie wollten es zumindest versuchen. Und Frank durfte fahren.

*

Wie nicht anders zu erwarten, fanden sie das »kleine Domizil« der Angelidous nicht etwa inmitten der Ortschaft Kalloni, sondern an einem Hang liegend mit Blick auf den Saronischen Golf. Und – wie ebenfalls nicht anders zu erwarten – handelte es sich bei dem Gebäude eher um einen Palast als um ein Ferienhaus. Frank steuerte den Wagen eine Auffahrt hinauf, die zu beiden Seiten von Pistazien- und Olivenbäumen gesäumt wurde. Dann hinderte sie ein gusseisernes Tor am Weiterfahren. Etwa 300 m hinter diesem Tor erhob sich ein beeindruckendes Gebäude, vor dem zwei Autos standen, die den gesellschaftlichen Rang seiner Besitzer widerspiegelten. Also schien jemand zu Hause zu sein, denn es war nicht anzunehmen, dass die Bediensteten der Angelidous diese Wagen fuhren. Frank drückte den Knopf einer Gegensprechanlage, die aber nicht antwortete. Stattdessen versetzte Lea ihm einen leichten Stoß mit der Schulter und deutete auf einen Mann, der strammen Schrittes den Weg vom Haus zu dem Tor in Angriff genommen hatte. Je näher er kam, umso beeindruckender wirkte seine Erscheinung – offenbar handelte es sich um einen Mann des Wachpersonals. Am Tor angekommen, nahm er eine Körperhaltung ein, die es ihm ermöglicht hätte, von einer Sekunde zur anderen das Tor aus seinen Angeln zu heben. Sein Gesichtsausdruck war entsprechend grimmig, und so sprach er Frank auch an. Es klang fast wie ein Bellen. Frank wartete geduldig, bis sich Lea mit dem Mann verständigt hatte, und stellte überrascht fest, dass das Bellen schließlich deutlich freundlicher klang. Der Mann drückte die Taste eines Gerätes, das er in der Hand hielt und das eigentlich wie ein Handy aussah. Wie von Geisterhand begann sich das Tor zu öffnen. Lea forderte Frank auf, den Wagen zu den beiden anderen zu stellen und machte sich mit dem Schwergewicht zu Fuß auf den Weg zum Haus. Als Frank an den beiden vorbei fuhr, musste er lachen, denn ihre Rückansichten hatten, so nebeneinander betrachtet, schon ihren ganz eigenen Charme. Frank parkte den roten Escort provokant zwischen dem Cabrio und dem Jaguar und stieg aus, als auch die beiden anderen das Haus erreichten. Der Gorilla führte Lea und Frank in die Eingangshalle des Hauses und schloss die Tür hinter ihnen. Dann lief er davon.

»Er meldet uns an«, meinte Lea erklären zu müssen, und lächelnd fügte sie hinzu: »Netter Kerl.«

»Naja, die Geschmäcker sind zum Glück verschieden.«

»Die Angelidous beschäftigen eine ganze Armee dieser Typen. Die sind bei den Einheimischen echt gefürchtet.«

»Das kann ich mir gut vorstellen«, erwiderte Frank.

In diesem Augenblick kehrte der Mann zurück und forderte die beiden auf, ihm zu folgen. Er führte sie eine Treppe hinauf, durch einen Salon hindurch, aus einer Tür hinaus auf eine Gartenterrasse, die in Franks Augen das Schönste war, das er jemals gesehen hatte, zumindest was Gartenarchitektur betraf. Unter einer Pergola im Schatten eines Baumes saß ein alter Mann, zu dem Lea und Frank geführt wurden. Der Bodyguard wechselte einige Worte mit dem Alten und wandte sich dann ab, um seine Position in etwa fünfzehn Metern Entfernung einzunehmen, wo er von nun an regungslos stehen blieb. Frank ließ seinen Blick in die Runde schweifen und registrierte, dass drei weitere Männer dieses Kalibers in regelmäßigen Abständen in der Gartenanlage verteilt waren.

Der Alte machte keine Anstalten, ihnen einen Platz anzubieten, sondern sprach Lea mit einer tiefen und für sein Alter erstaunlich festen Stimme an. Lea erwiderte etwas, und dann wandte sich der Mann in englischer Sprache an ihn.

»Aber Englisch sprechen Sie?«

Frank nickte.

»Dann können wir unsere Unterhaltung gerne auf Englisch führen.«

»Ich bin damit einverstanden, Herr Angelidou.«

»Worum geht es also?«

»Es geht um eine etwas heikle Angelegenheit«, begann Frank. »Vor etwa einem Monat ist einer der Stefanidis-Söhne verschwunden. Georgios …«

Der Alte hob eine Hand.

»Bevor wir fortfahren: Nehmen Sie doch bitte Platz. Wie unhöflich von mir, Sie einfach stehen zu lassen. Möchten Sie etwas trinken? Wie wäre es mit einem Wein? Der Abend bricht an.«

Mit einem Blick signalisierte Lea ihr Einverständnis, während die beiden sich setzten.

»Gerne«, erwiderte Frank.

Errico Angelidou klatschte in die Hände, worauf sich der Gorilla wie auf Knopfdruck in Bewegung setzte. Er steuerte auf den Tisch zu und fixierte Frank mit seinem Blick. In Frank erwachte der Fluchtinstinkt, doch der alte Mann sprach seinen Leibwächter an, bevor dieser am Tisch war und Schaden anrichten konnte.

»Elena soll uns eine kühle Flasche Mantinia und drei Gläser bringen.«

Der Wächter nickte, zog das Gerät aus der Tasche, mit dem er vorhin das Tor geöffnet hatte, und telefonierte nun damit. Angelidou nickte Frank aufmunternd zu und zeigte, dass er zur Fortsetzung des Gesprächs bereit war.

»Georgios Stefanidis ist vor etwa einem Monat verschwunden.«

»Das weiß ich. Ist er noch nicht wieder aufgetaucht, dieser Hundesohn?«

Bis zu diesem Punkt hatte Frank Errico Angelidou als einen äußerst freundlichen alten Mann um die Siebzig kennengelernt, mit listigen Augen und verschmitztem Lächeln. Aber jetzt waren seine Augen dunkel, seine Mimik zeugte von Ärger und seine Wortwahl sprach für sich.

»Doch«, erwiderte Frank. »Er ist in Deutschland, im Ruhrgebiet gesehen worden.«

»Na, dann ist doch alles in Ordnung! Er ist weit weg, nicht hier und er lebt. So soll es bleiben!«

Frank musste gegen seinen Willen lachen.

»Leider ist nicht alles in Ordnung!«, widersprach er dem Alten. »Georgios ist gesehen worden, kurz bevor Dimitrios in meiner Stadt erschossen wurde.«

Es schien, als habe Errico Angelidou einen Schlag erhalten. Er zuckte zusammen und riss die Augen auf. Kurz darauf entspannte sich seine Mimik wieder. Sein Blick war auf einen Punkt irgendwo hinter Frank gerichtet. Eine junge Frau trat an ihren Tisch. Mit den Händen balancierte sie ein Tablett. Sie stellte drei Gläser vor sie hin, die sie umgehend mit einer goldgelben Flüssigkeit aus einer Karaffe füllte.

»Danke, Elena.«

Die junge Frau antwortete mit einem Nicken und entfernte sich wieder. Der Alte nahm ein Glas.

»Ich hoffe, dieser Tropfen findet Ihre Würdigung.«

Lea und Frank prosteten dem Patriarchen still zu. Unmittelbar nach dem ersten Schluck explodierten in Frank die Geschmacksnerven – es war ein großartiger, fruchtiger Wein – leicht, trocken und angenehm temperiert. Angelidou musste Frank beobachtet haben, denn er lachte ihn an.

»Ich weiß, dass Sie in Deutschland auch hervorragende Weine haben, aber in diesem …«, er hob das Glas ins Sonnenlicht, »… in diesem hier schmecken Sie Griechenland.« Übergangslos wurde Angelidou wieder ernst und stellte sein Glas auf dem Tisch ab. »Sie sagen, Dimitrios ist ermordet worden? – Das ist schrecklich! Erzählen Sie!«

Frank berichtete von der zeitlichen Nähe zwischen dem Auftauchen von Georgios und der Ermordung Dimitrios'.

»So, wie eine Hinrichtung sagen Sie? – Und jetzt sind Sie in Griechenland. Haben Sie den Mörder schon gefunden?«

»Nein.«

»Aber was machen Sie dann hier? Müssen Sie nicht in Mülheim nach einem Mörder und nach diesem … anderen Stefanidis suchen?«

Offensichtlich bemühte sich der alte Grieche nun um eine gemäßigtere Wortwahl, doch der Namen Georgios' schien ihm nicht über die Lippen zu wollen.

»Damit sind wir beim Punkt. Mich interessieren zwei Informationen, und ich möchte sie sozusagen ›aus erster Hand‹ erhalten. Uns ist bekannt, dass Ihre Familie und die Stefanidis seit langer Zeit verfeindet sind …«

Angelidous Gesichtsausdruck verfinsterte sich wieder. Er nahm einen Schluck aus dem Glas, als müsse er sich sammeln.

»Junger Mann! Heißt das, dass Sie Dimitrios' Mörder jetzt hier bei uns suchen wollen?«

»Selbstverständlich nicht. Wir wüssten nur gerne, warum die Familien verfeindet sind, und was sich am 20. Mai zwischen Ihnen abgespielt hat.«

Jetzt starrte der Grieche Frank sprachlos an. Er schluckte mehrmals und wandte sich dann auf Griechisch an Lea. Frank beschäftigte sich in der Zwischenzeit mit dem Weinglas und betrachtete die Lichtspiele, die in ihm zu sehen waren. Nach dem kurzen griechischen Intermezzo wandte sich Errico Angelidou wieder Frank zu.

»Ihre hübsche Kollegin sagt, Sie wüssten sehr gut Bescheid über die Stefanidis, und auch über uns. Also wissen Sie auch, dass wir Konkurrenten sind.«

»Ja, das weiß ich. Aber eine solche Familienfeindschaft muss andere Wurzeln haben, nicht nur wirtschaftliche. Dann würde auf der ganzen Welt ja nur noch Krieg herrschen.«

»Tut es das nicht? Schauen Sie sich doch nur um!«

Angelidou wollte ablenken, doch Frank unterbrach ihn, auf die Gefahr hin, dass er ungehobelt wirkte.

»Ich weiß, dass Sie und Ihr Sohn Alkinoos sich mit Patros und Georgios Stefanidis getroffen haben, um über den Kauf der Stefanidis-Betriebe zu verhandeln. Während der Verhandlungen gab es Streit. Bitte erzählen Sie mir, was am 20. Mai geschehen ist!«

Von einer Sekunde zur anderen verschloss sich das Gesicht des Alten völlig.

»Das werde ich nicht tun!«, quetschte er zwischen den Zähnen hervor und klatschte wieder in die Hände. Zwei Sekunden später tauchte der Kleiderschrank am Tisch auf – bereit seinen gewalttätigen Job auszuführen.

»Meine Gäste wollen gehen!«

Der Patriarch erhob sich, wandte sich ab und lief auf einem Weg tiefer in den Garten hinein, ohne Abschiedsgruß und ohne sich noch einmal umzublicken. Der Gorilla stand geduldig wartend neben Frank. Nachdem sich Lea und Frank erhoben hatten, führte er sie auf gleichem Wege erst aus dem Garten, dann aus dem Haus. Er blieb an dem Portal stehen, bis der rote Ford-Escort das Gelände verlassen hatte. Durch den Rückspiegel sah Frank, wie sich das Tor langsam schloss.

Nach einer Weile des Schweigens sprach Lea Frank an.

»Griechen, vor allem griechische Männer, reden über solche Sachen nicht so gerne – es sei denn, man hat ihr Vertrauen, und das zu gewinnen dauert länger als drei Tage.«

»Willst du mir damit sagen, dass wir völlig umsonst nach Griechenland gereist sind?«

Frank spürte, wie der Ärger sich in seine an sich gute Stimmung fraß. Lea nahm seine Hand, nachdem er mit dieser in einen höheren Gang geschaltet hatte.

»Nein, das meine ich nicht. Vielleicht machen wir morgen noch einen Versuch, aber drei Tage sind halt etwas knapp. Welchen Grund sollte der alte Angelidou haben, sein Privat- und Gefühlsleben vor dir auszubreiten?«

Frank brachte widerstrebend seine Hand wieder in seinen Besitz. Ihm fiel Jan Tersteegen ein, der seit Jahren als Freund praktisch zur Familie Stefanidis gehörte und trotzdem nicht sagen konnte, worauf sich diese Feindschaft begründete. In Frank wuchs die Einsicht, dass es – wenn nicht unmöglich, so doch zumindest außerordentlich schwierig werden würde, etwas darüber zu erfahren. Lea hatte recht – es war, für diesen kurzen Zeitraum, ein aussichtsloses Unterfangen.

»Wieso wisst ihr das eigentlich nicht?«

»Wen meinst du? Niko und mich?«

Fast hatte Frank den Eindruck, als lachte Lea ihn aus.

»Ich meine alle Griechen, eure Behörden, die ganze sogenannte Öffentlichkeit! Bei uns gibt es eine Presse, die keine Hemmungen in solchen Angelegenheiten kennt. Die hätten das längst raus, und es würde in allen Zeitungen stehen!«

»Wir ticken da ein bisschen anders, Frank. Wir glauben, dass Privates auch privat bleiben sollte. Wir öffnen unsere Herzen jedem Gast, und wir tun das gerne. Aber wir machen da einen Schnitt, wo das Private angekratzt wird, wo Dinge berührt werden, die man nur mit der Familie oder mit besten Freunden teilt. Wenn es dann noch um eine so unangenehme Sache wie eine Familienfehde geht, derer man sich eventuell sogar schämt, ist es ganz aus! Dann wird noch nicht einmal innerhalb der Familie darüber gesprochen. Das ist tabu!«

*Ja, sowas gibt es wohl*, dachte Frank und nickte vor sich hin. Wie also sollten sie dieses Schweigen brechen? Frank nahm die letzten Windungen der Straße mit Tempo und bog wenig später in die Zufahrt zu der Polizeistation ein. Ihnen schlug Gelächter entgegen, als sie das Büro betraten. Maren und Niko hatten sich anscheinend während Leas und Franks Abwesenheit prächtig amüsiert. Frank merkte, dass sich seine Laune gewaltig verschlechtert hatte. Eigentlich war das immer so, wenn er in einem Fall etwas unternommen hatte, was ihn nicht weiter brachte. Aber heute spielte noch etwas Anderes hinein – etwas, das er nicht zu greifen bekam. Er nahm sich vor, gegen seine schlechte Stimmung anzugehen.

Lea und Frank berichteten Maren und Niko vom Verlauf des Gesprächs mit Errico Angelidou.

»Es sieht aus, als sei die Tür verrammelt und für alle Zeiten verschlossen«, beendete Frank seine Ausführungen.

»Willst du schon aufgeben?«, wunderte sich Niko. »Du weißt doch: Steter Tropfen höhlt den Stein.«

»Stimmt!«, nickte Maren. »Es ist nicht aller Tage Abend.«

Frank überlegte kurz, ob er mit einer weiteren Binsenweisheit kontern sollte, verkniff es sich aber. Dennoch knüpfte er an die Sache mit dem Abend an.

»Aber es ist dieses Tages Abend! Ich finde, wir sollten Feierabend machen, uns ein nettes Plätzchen suchen und unsere erste gemeinsame Aktion im Fall Stefanidis feiern!«

»Das ist eine großartige Idee!«, rief Niko aus. »Ich weiß einen Platz, den ihr nie vergessen werdet!«

Er ahnte zu diesem Zeitpunkt natürlich nicht, wie sehr er mit dieser Behauptung Recht behalten sollte.

*

Eine Stunde später saßen die vier Kollegen an einem Tisch einer Taverne direkt am Hafenbecken von Palea Epidavros und trauten ihren Augen nicht. Das Lokal hieß »Poseidon« und hatte so gar nichts von einem Restaurant, wie man es in Deutschland kannte und schon gar nicht, wie sich ein Deutscher ein griechisches Restaurant vorstellte. Die Tische standen unmittelbar am Hafenbecken. Die Abendsonne tauchte es in ein unvergleichliches Licht. Der einfache Holztisch und die Stühle, auf denen sie saßen, wirkten, als seien sie schon seit Jahrzehnten in Gebrauch. Zwischen den Tischen wuselte ein kleiner Grieche umher, der mal dort ein paar Worte wechselte, dann an einem anderen Tisch etwas ablieferte, zwei Tische weiter etwas abräumte oder mit einem Lappen abwischte. Auf jeden Fall war er ständig in Bewegung. Die Plätze waren gut gefüllt, und die Vier hatten eine Weile warten müssen, bis sich zwei Leute von ihren Stühlen an dem Tisch erhoben hatten, an dem sie nun saßen.

»Wirklich großartig!«, schwärmte Maren.

Niko freute sich über ihre Begeisterung.

»Ich dachte mir, dass es euch gefallen könnte.«

Lea saß Frank gegenüber und blickte ihn unverwandt an.

»Hast du dein Tief überwunden?«, fragte sie und lachte ihn an, als er mit einem Lächeln antwortete.

»Das war kein Tief«, versuchte er zu korrigieren, wusste aber, dass ihre Einschätzung natürlich stimmte. »Ich bin nur immer etwas brummig, wenn ich nicht erreiche, was ich will.«

Er erntete fröhliches Gelächter.

Kurz darauf erfuhr der Bewegungsdrang des kleinen, grau-beschürzten Griechen ein vorübergehendes Ende. Wie aus dem Nichts war er an ihrem Tisch aufgetaucht, so dass Frank eigentlich nach einer Bremsspur Ausschau halten wollte. Es folgte ein kurzer Wortwechsel mit Niko, dann ein zufriedenes Nicken – und weg war er wieder.

»Wir bekommen gegrillten Fisch und eine Platte mit frittiertem Tintenfisch«, erläuterte Lea.

Frank wunderte sich etwas.

»Wie nett!«

»In solchen Tavernen isst der Gast, was auf den Tisch kommt. Man kann sich hundertprozentig darauf verlassen, dass man das Beste bekommt, was er zu bieten hat.«

In Frank zuckte der letzte Widerstand.

»Keine Speisekarte?«

»Nicht wirklich!«, sagte Lea. »Wenn du etwas anderes willst, musst du es dir drinnen an der Theke aussuchen. Magst du denn keinen Fisch?«

»Doch.«

»Na also, dann lass es sein, wie es ist, und füge dich in dein Schicksal.«

Der kleine Grieche lieferte an ihrem Tisch, praktisch im Vorübergehen, eine Karaffe Wein und vier Gläser ab. Sie füllten ihre Gläser und prosteten sich zu. Lea sah Frank dabei etwas länger an, als es nötig gewesen wäre, und es irritierte ihn, dass ihm dieser Blick durch und durch ging. Den Wein erkannte er sofort wieder. Den hatten sie vorhin auch von Errico Angelidou angeboten bekommen. Das Gespräch, das sich anschloss, brachte manche Überraschung zutage. Niko war in Deutschland geboren, was sein nahezu akzentfreies Deutsch erklärte. Er war in Duisburg-Rheinhausen zur Schule gegangen, aber als sein Vater, der bei Krupp gearbeitet hatte, entlassen worden war, zog die Familie zurück nach Athen. Als Niko vor vier Jahren die Leitung der kleinen Polizeistation in Kranidi angeboten bekam, hatte er zugegriffen. Er wohnte hier alleine in Palea Epidavros, war nicht verheiratet, hatte keine Kinder, aber bis vor Kurzem eine Freundin aus der Nähe von Athen. Sie hatten sich vor vier Wochen getrennt. Auch in Griechenland schienen der Polizeiberuf und ein geregeltes Privat- und Liebesleben schwer miteinander vereinbar zu sein.

Lea war dreißig Jahre alt. Sie hatte, bevor sie sich für den Beruf der Polizistin entschied, zwei Jahre lang in Athen Deutsch studiert. Eines Tages kamen Polizisten an die Universität, die für den Polizei-Beruf warben, und sie hatte sofort angebissen. Sie brach ihr Studium ab und ging auf die Polizeischule in Athen, was zum Bruch mit ihren Eltern führte, die Lea gerne als Dozentin an einer Universität gesehen hätten. Sie hatte Niko vor fünf Jahren in Athen kennen gelernt, und als er sie fragte, ob sie mit ihm nach Kranidi gehen würde, hatte sie nicht lange gezögert. Auch sie wohnte in Palea Epidavros, allerdings etwas weiter außerhalb, in Richtung des antiken Epidavros, zu dessen Besuch sie Maren und Frank herzlich einlud. Nein! Um Gottes Willen! Sie und Niko waren sicher befreundet, hatten jedoch nur eine berufliche Beziehung. Ja! Auch sie war Single.

Während des Gesprächs hatten sie längst ihre Fischplatte erhalten, die sensationell schmeckte. Frank lehnte sich zurück und griff zu seinem Glas.

»Schon genug?«, wunderte sich Maren, die soeben ihren Teller noch einmal füllte.

»Ja. Genau jetzt habe ich das Gefühl, gut gegessen und es auch genossen zu haben.«

Er stellte das Glas wieder auf dem Tisch ab und blickte in die Richtung, in die der Wirt vorhin verschwunden war. Erst war er sich nicht ganz sicher. Er kniff die Augen zusammen, in der Hoffnung, das Halbdunkel im Inneren der Taverne besser durchdringen zu können. Dann machte die Frau eine halbe Körperdrehung und wandte sich kurzzeitig von ihrem

Gesprächspartner ab. Jetzt konnte er sie deutlich erkennen. Es war die Frau, die ihnen vorhin im Garten der Angelidous den Wein gebracht hatte. Wie hatte der Patriarch sie noch genannt? – Elena! Richtig! Frank beugte sich leicht über den Tisch in Richtung Lea.

»Weißt du, wer da hinten steht?«, raunte er ihr zu.

Mit dem Bissen im Mund hörte Lea auf zu kauen und schaute Frank verwundert an. Dann schluckte sie den Bissen hinunter.

»Sagst du es mir, oder muss ich mich umdrehen?«

»Elena.«

»Elena?«

»Ja, die Frau bei den Angelidous vorhin! Die, die uns den Wein gebracht hat!«

Lea lachte.

»Na und?«

Auch Niko und Maren steuerten verständnislose Blicke bei.

»Man könnte doch mal mit ihr reden.«

»Ach so!«, spöttelte Lea nun. »Du meinst, du möchtest mal mit ihr reden! Gefällt sie dir?«

In der Tat war sie eine ausgesprochen hübsche Frau. Frank schätzte sie auf Anfang dreißig. Sie war zwar etwas klein, aber trotz ihrer Zierlichkeit wohl proportioniert. Ihre langen und gelockten schwarzen Haare trug sie offen. Gekleidet war sie mit einem kurzen blauen Rock und einem T-Shirt in gleicher Farbe, was ihren gebräunten Körper vorteilhaft zur Geltung brachte. Dennoch gefiel Frank der scherzhafte Ton am Tisch im Augenblick nicht. Er bedachte Lea mit einem strafenden Blick und stand auf. Er lief an zwei Tischen vorbei und betrat die Taverne, die im Gegensatz zu den Tischen im Außenbereich so gut wie gar nicht gefüllt war. Er lief auf Elena und ihren Gesprächspartner zu.

»Excuse me, can you tell me, where the toilets are?«, sprach er sie auf Englisch an.

Elena richtete ihren Blick auf ihn und schien ihn nicht wiederzuerkennen. Sie lächelte und wies mit ihrer Hand quer durch den recht kleinen Raum.

»Left.«

Frank lief in die ihm gezeigte Richtung und stieß tatsächlich auf einen Treppenabgang, über dem ein Schild deutlich zum WC wies. Auch seine Nase verriet ihm, dass er nicht weit von der Toilette entfernt sein konnte. Als er verrichteter Dinge zurückkam, stand Elena allein am Tresen. *Jetzt oder nie*, dachte er, trat zu ihr und sprach sie wieder auf Englisch an.

»Haben wir uns nicht heute Nachmittag schon einmal gesehen?«

Sie musterte ihn – nicht unfreundlich, aber dennoch leicht abschätzig.

»Haben wir?«

»Ich glaube schon. Waren Sie es nicht, die den Wein in Herrn Angelidous Garten serviert hat?«

Sie stutze und ihr Blick wurde etwas zweifelnder.

»Sie waren das? Sie sind Deutscher, nicht wahr?«

Frank nickte.

»Polizist?«

Frank nickte wieder.

»Was wollen Sie von mir?«

»Nichts Besonderes. Ich habe Sie nur erkannt und wollte Sie begrüßen. – Sie arbeiten bei den Angelidous in Kalloni?«

Der Blick der Frau wurde plötzlich dunkel. Sie wirkte kurzzeitig abwesend, sah Frank dann aber direkt in die Augen, als sie antwortete.

»Das sah so aus, nicht wahr?«

»Ja.«

»Sagen Sie, wissen Sie mittlerweile, was Sie von mir wollen?«

Der Ton der Frau war etwas schärfer geworden. Sie war nervös und Frank registrierte verwundert, dass ihre Augen unruhig durch den Raum wanderten, als suchte sie nach einer Möglichkeit, sich diesem Gespräch zu entziehen.

»Sie sollten zu Ihren Freunden zurückgehen und nicht mit mir sprechen«, riet sie ihm schließlich.

Die Frau hatte offensichtlich Angst. Wovor? Oder: vor wem? Frank wollte das wissen, deshalb hakte er nach.

»Die kommen ganz gut ohne mich klar! Darf ich Sie zu einem Glas Wein einladen?«

Elena wirkte erst verblüfft, dann verunsichert. Zögernd schüttelte sie ihren hübschen Kopf. Dann weiteten sich ihre Augen, die auf einen Punkt hinter ihm gerichtet waren. Etwas spannte sich um Franks Hals. Er war nicht mehr in der Lage sich zu bewegen. Dann ging alles ganz schnell. Er hörte eine Stimme.

»Was willst du von der Frau?«

Das war nicht wirklich eine Frage. Vielmehr klang es, als versuchte ein riesiger, bissiger Hund zu sprechen. Er erkannte das Bellen wieder. Die Hand des Riesen löste sich von Franks Hals, um ihm einen Klaps auf den Hinterkopf zu versetzen. Eine Pranke griff um ihn herum und fasste Elenas zierliche Hand. Die Frau gab ein paar griechische Worte von sich. Frank wandte sich zu dem Grobian um, schaute kurz in ein breites, zorniges Gesicht, und dann gingen seine Lichter aus. Dann sah er buchstäblich nur noch Sterne.

\*

Das Schwarz wurde zu Grau, das Grau schließlich zu einem blendenden Weiß. Aus weiter Ferne nahm er Stimmen wahr, aufgeregte Stimmen. Er hörte seinen Namen, und als sich seine Augen neu kalibriert hatten, blickte er in zwei engelsgleiche Gesichter. Er schloss die Augen wieder und spürte eine zärtliche Hand über seine Wange streichen. *Das ist der Himmel – Ich bin tot*, dachte er.

Dann kam die Erinnerung zurück. Dieser Hund hatte ihm einen Kopfstoß verpasst! Er riss die Augen auf und wollte auf die Beine kommen, aber zwei Frauenhände drückten ihn sanft an den Schultern zurück.

»Warte, Frank, langsam!«

Abwechselnd blickte er zwischen Lea und Maren hin und her, die ihn sorgenvoll betrachteten.

»Wo ist das Schwein?«

Er erschrak über seine krächzende Stimme.

»Niko ist hinter ihm her«, erwiderte Lea.

Beide Frauen knieten neben ihm, die eine links von ihm, die andere rechts.

»Lasst mich aufstehen!«

Lea und Maren fassten ihn unter den Achseln und erhoben sich langsam mit Frank. Als er stand, taumelte er noch einmal leicht, was die beiden Frauen sofort dazu veranlasste, ihren Griff etwas fester werden zu lassen. Er schaute sich um, merkte aber, dass ihm die schnellen Kopfbewegungen nicht gut taten.

»Komm, wir setzen uns.«

Lea fasste Frank mit dem rechten Arm um die Hüfte, während sie seinen linken Arm über ihren Kopf hob, um ihn auf ihrer Schulter abzulegen. Maren eilte zur nächsten Tischgruppe, wo sie einen Stuhl für ihn bereitstellte. Langsam ließ er sich nieder. Er nahm Leas Nähe wahr, als sie sich, seine Bewegung unterstützend, nach vorne beugte und ihr Mund seinem linken Ohr sehr nahe kam. Maren setzte sich auf einen Stuhl unmittelbar vor ihm, während Lea hinter ihm Platz nahm, ihre Hand weiterhin auf seiner Schulter.

»Was ist passiert?«, fragte Maren.

Frank schilderte seine letzten Wahrnehmungen vor dem Blackout.

»Das war Angelidous Leibwächter!«, schloss er seine etwas unsortierten Ausführungen.

Er blickte um sich, was ihm nun schon leichter fiel.

»Wo sind sie hin?«

»Das wissen wir nicht«, erklärte Lea. »Niko ist sofort los und versucht, sie zu kriegen.«

Erst jetzt registrierte Frank, dass die Terrassentür geschlossen war. Hinter dem Tresen stand der kleine Wusel-Grieche, der seinen Blick sorgenvoll auf Frank gerichtet hatte. Er rief Frank etwas zu, was dieser natürlich nicht verstehen konnte.

»Er fragt, ob du okay bist«, erläuterte Lea.

Frank hob den Daumen in Richtung des Griechen und nickte. Sofort löste sich dessen Erstarrung. Er lief palavernd auf Frank zu, in seiner rechten Hand ein Glas mit einer weiß-trüben Flüssigkeit. Lea übersetzte.

»Er sagt, du sollst das trinken. Es wird dir gut tun.«

Frank nahm das Glas in Empfang und stellte zu seiner Freude fest, dass es sich bei dem Getränk um Ouzo handelte. Er nahm einen Schluck und spürte fast umgehend, wie seine Kräfte zurückkehrten. In diesem Augenblick öffnete sich die Terrassentür und Niko betrat die Taverne.

»Na, ist alles in Ordnung?«, fragte er.

Frank nickte.

»Wie man's nimmt. Ich habe das Gefühl, von einem Bus gerammt worden zu sein. Hast du sie gesehen? Wo sind sie?«

Niko zog einen Stuhl heran und setzte sich neben Frank.

»Leider nicht.«

Lea brachte Niko auf den neusten Stand.

»Frank sagt, das sei Angelidous Gorilla gewesen, der uns heute Nachmittag eingelassen hat.«

»So? – Na, dann werden wir ihm morgen mal einen Besuch abstatten!«

Er hatte bei diesen Worten deutlich Maren angesehen, und die nickte.

»So, jetzt geht es ins Hotel! Du brauchst Ruhe, wenn du morgen fit sein willst!«

Maren stand auf, und als Lea Anstalten machte, Frank wieder hilfreich zu unterstützen, fuhr Maren sie an: »Danke, du kannst ihn mir zurückgeben!«

Lea stutzte kurz, doch dann lächelte sie.

»Bring ihn heil nach Hause. Bis morgen!«

Zwanzig Minuten später lag Frank in dem Bett seines Hotelzimmers. Im Spiegel seiner Duschkabine hatte er gesehen, dass ihm eine bemerkenswerte Beule aus der Stirn gewachsen war, die er bisher nicht gespürt hatte. Ein kühlender Lappen lag auf seiner Stirn. Ansonsten war er nur noch müde. Maren saß auf der Bettkante.

»Geht es wirklich?«

Sie hielt seine Hand und strich ihm über die Wange. Frank deutete ein Nicken an. Maren gab ihm einen Kuss, erhob sich und ging. Kaum hatte sie die Tür hinter sich geschlossen, schaltete Frank das Licht auf seinem Nachtschränkchen aus. Noch bevor die Minutenanzeige des Radioweckers umspringen konnte, schlief er tief und fest.

## Donnerstag 22. Juni 2006

Die Sonne weckte ihn. Sie schien ihm mitten ins Gesicht. Er hatte einige Sekunden lang Schwierigkeiten, sich zu orientieren. Frank lag allein in einem fremden Bett, was darauf hindeutete, dass er nicht zu Hause war. Doch dann fiel ihm alles ein. Griechenland. Lea. Angelidou. Und dieser Hundesohn von Leibwächter, der ihm gestern um ein Haar die Nase gebrochen hätte. Frank tastete sein Gesicht ab. Glück gehabt. Keine Schmerzen, aber die Beule auf seiner Stirn wirkte unter seinen Fingern gewaltig. Er erhob sich langsam und bemerkte erleichtert, dass der Schwindel beim Aufstehen verflogen war. Er lief in die Sanitärkabine, stellte sich vor den Spiegel und war verhältnismäßig zufrieden mit seinem Aussehen. Das »Horn« prangte selbstverständlich noch auf seiner Stirn, aber längst nicht so dramatisch, wie es ihm beim Abtasten erschienen war. Er zog seinen Slip und sein T-Shirt aus, putzte sich die Zähne und stieg unter die Dusche. Das kalte Wasser brachte ihn vollends zurück auf den Boden der Tatsachen. Es dauerte etwa drei Minuten, bis das Wasser eine Temperatur erreicht hatte, die er bereit war, seinem Körper zuzumuten.

Was war gestern geschehen? Nichts hatte daraufhin gedeutet, dass die Situation im Gespräch mit Elena hätte bedrohlich werden können. Hatte er sich irgendetwas zuschulden kommen lassen? Nicht, dass er wüsste. Sicher, Angelidous Bedienstete war nicht erbaut davon gewesen, dass er mit ihr sprach – aus welchen Gründen auch immer! Aber das war doch kein Grund, das Gespräch gewaltsam zu beenden! Frank erinnerte sich daran, dass er bei Elena so etwas wie Angst und Unsicherheit verspürt hatte. Er hatte sie nach Ihrer Aufgabe im Hause Angelidou gefragt, und plötzlich hatte der Gesprächsverlauf diese dramatische Wendung genommen.

Frank drehte den Wasserhahn ab, stieg aus der Duschwanne und trocknete sich ab. Er lief in sein Hotelzimmer zurück und fischte frische Kleidung aus seiner Reisetasche. Erst jetzt blickte er auf seine Armbanduhr – es war zwanzig vor neun. Kaum hatte er den Slip übergestreift, als er ein zaghaftes Klopfen wahrnahm. Praktisch gleichzeitig öffnete sich die Tür und Maren stand im Zimmer.

»Oh! Du bist von alleine zu dir gekommen!«, rief sie erfreut aus und betrachte ihn ausgiebig, nachdem sie ihm einen Kuss verpasst hatte.

»Gut siehst du aus!«

»Danke. Ich fühle mich auch ganz gut.«

Maren trat näher zu ihm und betastete vorsichtig die Beule.

»Das ist nicht weiter wild!«, diagnostizierte sie. »Aber wenn du willst, schminke ich dir das weg, damit deine Schönheit wieder völlig hergestellt ist.«

Frank zog sein T-Shirt an, dann schlüpfte er in seine Jeans.

»Nein, danke. So weit kommt es noch, dass ich mit gepuderter Stirn durch die Gegend laufe!«

Maren zuckte mit den Schultern.

»Hast recht. Eine Beule auf der Stirn lässt einen Mann viel heldenhafter aussehen.«

»Quatsch! Ich spüre sie gar nicht. Sie wird einige Farbwechsel mitmachen und dann verschwinden.«

Maren gab auf.

»Okay. Niko und Lea warten unten. Bist du endlich fertig? Können wir frühstücken?«

Maren und Frank verließen Hand in Hand das Zimmer, stiegen die Steintreppe hinunter und standen wenig später im Frühstücksraum des Hotels. Sofort sah Frank die beiden griechischen Kollegen, die an einem Tisch am Fenster Platz genommen hatten und sie erwarteten. Zu seiner Überraschung standen beide auf, als sie ihn bemerkten. Offensichtlich freuten sie sich, ihn nach den Erlebnissen des gestrigen Abends so frisch und munter zu sehen. Niko streckte ihm seine Hand zum Gruß entgegen. Frank ergriff sie und wünschte einen guten

Morgen. Lea fiel ihm nahezu um den Hals und hauchte ihm einen Kuss auf die Wange.

»Schön, dich so munter zu sehen!«

Sie trat einen Schritt zurück und inspizierte mit Sorgenfalten auf der Stirn die Beule. Amüsiert beobachtete Frank ihre zugleich lachenden Augen.

*Verdammt*, dachte er. *Verdammt!*

Er schob sich an Lea vorbei und setzte sich an den gedeckten Frühstückstisch. Außer ihnen saßen drei Tische weiter nur noch zwei Gäste beim Frühstück.

»Danke für eure Hilfe gestern.«

»Keine Ursache! – Das war selbstverständlich«, erwiderte Niko. »Wir müssen aber heute klären, was da gestern passiert ist.«

Frank nickte. Maren trat mit zwei Tellern an den Tisch, die sie am Buffet gefüllt hatte. Sie blickte Lea, die sich neben Frank niedergelassen hatte, auffordernd an. Lea verstand sofort, räumte den Platz und setzte sich Maren gegenüber neben Niko. Zufrieden stellte Maren einen Teller vor Frank ab.

»Hier, mein Held! Damit du wieder zu Kräften kommst!«

Frank registrierte Leas Blick, der auf Maren gerichtet war und leichten Spott widerspiegelte. Trotzdem lachte sie. Frank hob kurz die Brauen. *Da spielt sich doch schon wieder etwas zwischen den beiden Frauen ab*, dachte er, sah dann aber Niko an, um ihm zu antworten.

»Ich habe heute Morgen schon darüber nachgedacht. Wenn ich mich recht erinnere, ist diese Elena ein wenig nervös geworden, als ich sie gefragt habe, ob sie für Angelidou arbeitet. Sie hat ein bisschen rumgezickt und plötzlich war dieser Koloss da.« Frank schob sich ein Stück Fladenbrot in den Mund und fuhr kauend fort. »Er hat mir nicht mal die Chance gelassen, von mir aus das Gespräch zu beenden und zu gehen. Er hat die Frau am Arm gepackt und mir einen Kopfstoß verpasst.«

»Wir haben nur das Kreischen einer Frau gehört, die mit ihrem Mann an einem Tisch direkt an der Terrassentür saß. Wir haben dich da liegen sehen und sind gekommen. Außer dir war niemand mehr in dem Raum. Die Frau erzählte uns, dass dich ein ziemlich großer Mann niedergeschlagen hat, weil du mit seiner Frau gesprochen hast.«

Frank lachte.

»Schöne Geschichte.«

»Naja, ich bin dann raus und habe versucht, sie zu erwischen, aber da war niemand mehr.«

»Vielleicht sind sie ja innerhalb des Hauses verschwunden«, murmelte Maren kauend.

»Das werden wir erfahren«, antwortete Niko und blickte Frank an. »Bleibt es denn dabei, dass wir diesmal zu Errico Angelidou fahren?«

»Wir beide? – Ich glaube nicht.«

»Nein!«, entgegnete Niko. »Ich meine Maren und mich. Du solltest da vielleicht erstmal nicht auftauchen.«

Frank zuckte mit den Schultern.

»Von mir aus. Und was mache ich?«

Lea meldete sich zu Wort.

»Ich werde dir einen der ältesten, schönsten und beeindruckendsten Orte in der Nähe zeigen. Ein bisschen Tourismus wird dir nicht schaden, und außerdem brauchst du etwas Entspannung.«

Sie strahlte Frank an. *Ohje*, dachte der und schob den halbvollen Teller von sich.

»Ich habe keinen Hunger.«

Eine halbe Stunde später war Frank zurück aus seinem Zimmer, wo er notdürftige Korrekturen seiner Garderobe vornehmen musste. Als Niko und Maren aufgebrochen waren, um dem alten Angelidou und seinem Schläger einen weiteren Besuch abzustatten, eröffnete Lea ihm, dass sie kein Auto zur Verfügung hatten und von daher gezwungen waren, zu Fuß zu gehen. Also hatte er seine Sandalen gegen festeres Schuhwerk getauscht und sich für ein leichteres Hemd entschieden. An der Rezeption des Hotels wartete sie auf ihn, und als er die Treppe hinunter stieg und sie dort stehen sah, fiel ihm auf, dass etwas mit ihm geschehen war. Er freute sich auf den unerwarteten Ausflug, aber es war nicht des touristischen Höhepunkts wegen. Er freute sich definitiv auf den Vormittag mit Lea. Sie war einfach zum Anbeißen! Natürlich war ihm aufgefallen, dass sie sehr oft Blickkontakt mit ihm aufnahm. Auch ihre besonders rührende Sorge um ihn, gestern Abend nach dem Knockout, wirkte nach. Marens eifersüchtige Reaktion am Ende des Abends war ihm ebenso nicht entgangen. Und das nach nicht mal vierundzwanzig Stunden in Griechenland! Er trat an die Rezeption, wo Lea sich mit beiden Unterarmen aufstützte und in einem Prospekt blätterte. Sie wippte mit einem Bein nach einem Rhythmus, den nur sie hörte.

»Ich bin fertig«, sprach er sie an.

Ohne ihre Körperhaltung zu verändern, wandte sie sich ihm zu und lachte ihn an. Ihre schwarzen Augen blitzten auf.

»Das ist schön. Dann können wir los!«

Sie legte den Prospekt fein säuberlich auf seinen Stapel zurück und drehte sich um. Sie verließen das Hotel und befanden sich schnell auf einem Weg, der durch einen Wald führte. Die Sonne brannte bereits zu dieser relativ frühen Stunde. Erst liefen sie eine Weile schweigend nebeneinanderher, ihre Augen auf den staubigen Weg gerichtet.

»Meinst du, Maren und Niko werden Erfolg haben?«, begann Frank das Gespräch. Ihm war das Schweigen in dieser Situation nicht geheuer.

»Kommt darauf an. Niko sagte mir, dass er zumindest dem Leibwächter ein wenig Angst einjagen will. Schließlich hat er einen Polizisten angegriffen.«

Als würde sie sich jetzt plötzlich wieder daran erinnern, blieb Lea unvermittelt stehen und fasste ihn beim Arm. Sie trat vor ihn und schaute sich erneut seine Beule an. Mit den Fingerspitzen überprüfte sie seine Stirn. Frank lief ein Schauer über den Rücken.

»Das wird wieder.«

Frank fragte sich, ob sie glaubte, er machte sich ernsthafte Sorgen um seine Verletzung.

»Sicher. Ich spüre sie ja schon gar nicht mehr.«

Lea setzte sich wieder in Bewegung, er folgte ihr.

»Was meinst du denn, was es mit dem Zwischenfall gestern auf sich hatte?«

Frank zuckte die Schultern.

»Ich weiß es nicht. Da hat es jemandem ganz offensichtlich nicht gepasst, dass ich mit dieser Elena geredet habe.«

»Meinst du, die sind vielleicht verheiratet?«

»Woher soll ich das wissen? Beide arbeiten bei Angelidou. Vielleicht sind sie nur zusammen, aber nicht unbedingt verheiratet.«

»So wie du und Maren?«

Frank stutzte.

»Ja. So wie Maren und ich.«

»Ist man eigentlich fest zusammen, wenn man nicht verheiratet ist?«

Jetzt fühlte sich Frank plötzlich nicht mehr wohl in seiner Haut. Was war das für eine merkwürdige Wendung des Gesprächs?

»Meinst du Maren und mich? – Ja, wir sind fest zusammen.«

»Wollt ihr heiraten?«

*Himmel! Was soll das?*, durchfuhr es ihn.

Lea schien seine Irritation zu spüren.

»Oh! Ich frage zu viel! Entschuldige! Eigentlich geht mich das ja nichts an.«

Das besänftigte Frank.

»Schon gut.«

Längeres Schweigen schloss sich an. Schließlich hielt es Lea nicht mehr aus. Sie blickte ihn scheu von der Seite an.

»Und?«

Frank musste lachen.

»Was ... und?«

Und noch einmal stellte sie die Frage – durch Franks Lachen wieder etwas mutiger geworden.

»Wollt ihr heiraten?«

»Ach, Lea! Darüber haben wir noch nie gesprochen! Das ist überhaupt kein Thema bei uns!«

Er wollte dieses seltsame Gespräch nicht weiterführen. Offensichtlich spürte Lea das, denn sie schwieg nun. Sekunden später fasste sie ihn beim Arm und deutete nach links. Frank blickte auf ein riesiges Amphitheater, das in Form eines Halbkreises links unter ihnen lag. Es war ein gewaltiger Anblick!

»Über 1600 Jahre alt. 12000 Plätze«, erklärte Lea mit knappen Worten.

Überrascht bemerkte Frank, dass sie seinen Oberarm weiter im Griff hatte und ihre Wange an ihn lehnte.

*

Zur gleichen Zeit standen Maren und Niko vor dem Tor der Angelidous. Sie schauten sich ratlos an, nachdem sie den Knopf der Gegensprechanlage betätigt hatten und sich erst einmal nichts rührte.

»Scheint niemand zu Hause zu sein«, bemerkte Maren, glaubte es aber selbst nicht wirklich. Zumindest einige Bedienstete des Hauses müssten anwesend sein. In diesem Augenblick ertönte eine schnarrende und krächzende Stimme durch den Lautsprecher. Niko antwortete etwas, und es entwickelte sich ein regelrechter Wortwechsel mit seinem unsichtbaren Gegenüber. Schließlich nickte Niko zufrieden in Marens Richtung.

»Man wollte uns nicht reinlassen. Der Herr frühstückt gerade.«

Maren lachte. Das Tor glitt auf und Niko konnte den Escort vor das Haus fahren. Sie stiegen aus und bemerkten, dass vor dem Portal eine ältere Frau auf sie wartete. Sie war sehr klein, grauhaarig und hatte eine rot-braun-grün gefleckte Schürze an, die sie als Küchenkraft outete. Freundlich lächelnd näherten sie sich ihr, doch das Gesicht der Frau blieb finster und abweisend. Auch Nikos Gruß erwiderte sie nicht. Sie winkte Maren und Niko durch das Portal und gebot ihnen, in der Empfangshalle zu warten. Hier war es angenehm kühl, obwohl das Sonnenlicht den Raum durchflutete und durch die farbigen Glasmosaike bunte Lichtspiele auf den Steinboden zauberte.

»Wow!«, entfuhr es Maren.

»Ja, beeindruckend, nicht wahr? Die Angelidous verdienen im Monat so viel Geld, wie du und alle deine Bekannten zusammen nicht in einem Jahr verdienen könnt!«

Nikos Systemkritik fand ein rasches Ende. Errico Angelidou stolzierte die Treppe herunter auf sie zu und baute sich vor ihnen auf. Ein kurzes, wohl als Begrüßung gedachtes Nicken ging seinem griechischen Redeschwall voraus. Niko hörte sich gelassen an, was der Alte ihm entgegen schleuderte, zog dann seinen Dienstausweis, hielt ihn Angelidou vor die Nase und stellte Maren vor. Er tat das auf Englisch, verbunden mit der Bitte an den Patriarchen, in dieser Sprache weiterzureden. Auch Maren hatte ihren Ausweis aus ihrer hinteren Jeanstasche gefingert und hielt ihn vor sich hin. Der alte Grieche würdigte ihn keines Blickes und sprach Niko auf Englisch an. Er wirkte alles andere als freundlich.

»Was wollen Sie heute von mir? Ich habe nicht viel Zeit. Machen Sie also schnell!«

Niko steckte ruhig seinen Ausweis in die Hosentasche.

»Wir können auch einen Termin festlegen, zu dem Sie mit Ihrem Leibwächter auf der Polizeistation Kranidi erscheinen.«

Dieses Angebot schien dem Alten wenig reizvoll zu sein. Er atmete einmal durch und wiederholte seine Frage mit gespielter Freundlichkeit.

»Wenn Sie mir bitte sagen würden, warum Sie hier sind?«

»Einer Ihrer Leibwächter hat gestern Abend meinen deutschen Kollegen angegriffen und verletzt.«

Angelidou stutzte und war ehrlich überrascht.

»Warum sollte er das getan haben?«

»Genau das wollen wir ihn fragen. Er hat nicht in Ihrem Auftrag gehandelt?«

Der Grieche schien entrüstet.

»Ich bitte Sie! Ihr Kollege und ich sind zwar gestern nicht als die besten Freunde auseinandergegangen, aber so etwas? Was denken Sie von mir?«

Niko blieb eine Antwort auf diese Frage schuldig. Maren ergriff das Wort.

»Mein Kollege sagte uns, er habe vor dem Angriff mit einer Frau gesprochen, die wohl zu Ihrem Personal gehört.«

»Schöne Frau«, schleimte der Alte, »in meinem Haus arbeiten ungefähr zwanzig Leute. Fünfzehn davon sind Frauen.«

»Sie hat Ihnen gestern, bei dem Besuch unserer Kollegen, Wein in den Garten gebracht. Sie heißt wohl Elena.«

Der Patriarch brach in schallendes Gelächter aus, was Maren sympathisch fand, denn er lachte mit jeder Faser seines Körpers. Schließlich beruhigte er sich wieder und wischte mit dem Handrücken eine Träne aus seinem Auge.

»Sie müssen entschuldigen«, erklärte er. »Wenn Sie Elena meinen, dann reden Sie nicht von einer meiner Bediensteten, sondern von meiner Tochter.«

*

Frank und Lea saßen in der obersten Reihe des antiken Theaters und blickten nach unten auf die halbkreisförmige Plattform in seinem Zentrum. Dort bewegte sich eine überschaubare Gruppe von Touristen, die von einem Reiseführer Details über die Anlage erfuhr. Normalerweise war es unmöglich, aus einer solchen Entfernung zu hören, was ein Mensch erzählte, doch Frank verstand – laut und deutlich – jedes Wort. Frank hatte seine ganz persönliche Fremdenführerin: Lea. Die saß links neben ihm und hielt ihren Blick auf ihre Füße gerichtet. Ihr Verhalten hatte sich seit dem Gespräch vorhin verändert. Sie war stiller geworden und wirkte auf Frank fast ein bisschen traurig. Lea gab sich zwar alle Mühe, ihm zu erklären, was er wissen wollte, aber sie tat es nicht mit der gleichen Freude, die er heute Morgen bei ihr verspürt hatte, als sie ihm ihre Pläne für den Vormittag mitteilte. Er betrachtete sie von der Seite.

»Es ist unglaublich, wenn man sich vorstellt, dass dieses Theater vor 1600 Jahren mit 12000 Menschen gefüllt war und da unten ein Stück gespielt wurde!«

Lea nickte vor sich hin.

»Ja. Ist dir die Akustik aufgefallen?«

Während der Frage hatte sie ihr Gesicht Frank zugewandt.

»Ja, unfassbar! Man versteht alles.«

Sie drehte sich wieder weg und widmete sich ihren Füßen.

»Okay, Lea. Was ist los mit dir?«

Sie zuckte mit den Schultern.

Frank erhob sich, kletterte eine Stufe nach unten und stellte sich unmittelbar vor sie. Zuerst nahm sie davon keinerlei Notiz und starrte weiter auf ihre Füße, deren Zehen in ihren Sandalen Klavier zu spielen schienen. Mit einem Ruck stand sie auf, streifte Frank mit einem sonderbar dunklen Blick, drehte sich um, erklomm die oberste Stufe und ließ ihn stehen. Er folgte ihr langsam.

*Meine Güte*, dachte er. *Bloß nicht das noch!*

Er lief etwa fünf Meter hinter ihr her, als sie sich plötzlich zu ihm umdrehte und stehen blieb.

»Setzen wir uns in ein Café?«

»Gerne.«

Frank schaute sich um.

»Gibt es hier irgendwo eins?«

Lea deutete in die Richtung, die sie eingeschlagen hatte.

»Hundert Meter«, sagte sie und lief los.

Er handelte instinktiv, ohne nachzudenken. Er trat links neben Lea und legte ihr seine rechte Hand auf die Schulter. Von der Seite schaute sie ihn mit einem vorsichtigen Blick an. Schließlich, nach etwa zehn oder fünfzehn Schritten, legte sie ihren linken Arm zögernd um seine Hüfte.

\*

Schließlich hatte sich Errico Angelidou doch als nicht ganz so bärbeißig erwiesen, wie er anfangs wirkte. Großmütig bat er Maren und Niko in seine Bibliothek, wo sie sich nun gegenüberübersaßen. Der Leibwächter war gerufen worden und steckte soeben seinen gewaltigen Schädel durch die Tür. Auf Griechisch und in unüberhörbarem Befehlston rief der Patriarch ihn zu sich an den Tisch. Der Riese gehorchte, trottete quer durch den Raum und nahm schließlich neben seinem Chef Haltung an. Er setzte sich zu ihnen, nachdem Angelidou auf einen freien Stuhl gewiesen hatte.

»Möchten Sie alleine mit ihm sprechen?«

Niko schüttelte den Kopf.

»Wir wollen eigentlich mit Ihnen beiden sprechen.«

»Gut. Fangen Sie an«, forderte der Alte ihn auf.

»Sagen Sie mir den Namen des Mannes?«

»Der Mann heißt Alexis Athanasiou.«

Kaum hatte der Leibwächter seinen Namen gehört, wandte er sich seinem Chef zu, der ihm aber mit einer unmissverständlichen Kopfbewegung klar machte, dass Niko und Maren mit ihm sprechen wollten.

»Herr Athanasiou, Sie haben gestern einen unserer Kollegen angegriffen. Warum?«

»Ich habe meine Arbeit gemacht.«

»Wie meinen Sie das?«

»Ich hatte die Aufgabe, Elena zu schützen.«

»War sie denn in Gefahr?«

»Mir erschien das so.«

Niko wartete ab, aber es kam nichts mehr. Er beugte sich zu Athanasiou.

»Mein Kollege wollte sich mit ihr unterhalten. Ist das eine Bedrohung?«

»Er hat sie angefasst.«

»Wie bitte?«

»Er hat sie am Arm angefasst.«

»Und das ist für Sie Grund genug, ihm einen Kopfstoß zu verpassen?«

»Es tut mir leid. Es war ein Reflex, weil er nicht loslassen wollte.«

Niko lehnte sich wieder zurück und sah den Bodyguard kopfschüttelnd an.

»Herr Athanasiou, Sie haben einen Polizisten angegriffen und müssen mit Konsequenzen rechnen. Sie hören von uns. Das war es vorerst. Danke.«

Erst jetzt bemerkte Niko, dass der alte Angelidou die Szene mit recht zorniger Miene betrachtete. Er warf seinem Bediensteten einen entsprechenden Blick zu und forderte ihn damit auf zu gehen. Der Gorilla erhob sich, nickte Maren und Niko zu und ging.

»Ich hoffe, Sie werden Alexis nicht darunter leiden lassen, dass er etwas übereifrig seine Arbeit erledigt hat«, wandte sich der Patriarch an den Polizisten.

Niko zuckte mit den Schultern.

»Von Übereifer würde ich da nicht sprechen. Hier scheint es sich eher um unangemessene Aggressivität zu handeln und dann noch gegenüber einem Polizisten. Ihr Mann kann von Glück reden, wenn er um eine Anzeige herumkommt.«

Angelidou setzte sein breitestes Grinsen auf.

»Sie wollten auch mit mir sprechen, sagten Sie vorhin?«

»Richtig. Wir würden mit Ihnen gerne das Gespräch fortsetzen, das Sie gestern abgebrochen haben.«

Der Grieche nickte, war aber offensichtlich nicht begeistert. Maren, die das Ganze bisher nur beobachtet hatte, dachte darüber nach, ob sich hier vielleicht ein »Deal« anbahnte: Informationen gegen Verschonung des Leibwächters.

»Sie wissen, dass ich über Privates nicht spreche.«

»Es ist ein Mord geschehen! Da sehen zumindest wir das etwas anders!«, fuhr Niko den Alten an.

Maren befürchtete, dass das Gespräch wieder entgleiten könnte. Zwei griechische Männer, die verbal aufeinander losgingen, würden zu keinem fruchtbaren Ergebnis kommen. Sie meldete sich zu Wort.

»Herr Angelidou, mein Kollege hat recht! Über das Gespräch wird nichts nach außen dringen, das verspreche ich Ihnen! Aber wir müssen wissen, warum zwischen Ihren beiden Familien dieser Zwist besteht!«

Errico Angelidou schien sich erst jetzt darauf zu besinnen, dass er zwei Gäste hatte. Er blickte Maren lange an, bevor er nickte und einen Entschluss gefasst zu haben schien.

»Sie erwarten viel von mir.«

»Herr Angelidou – noch einmal: Dimitrios Stefanidis ist ermordet worden! Wir erwarten lediglich Ihre Hilfe und Unterstützung! Letztlich kann es ja sein, dass auch das Leben Ihrer Familie bedroht ist. Wir wissen nicht, wer da Amok läuft ... und warum.«

Kaum hatte der Alte den feindlichen Familiennamen vernommen, verhärtete sich seine Miene.

»Notfalls können wir Sie auch dazu zwingen.«

Und tatsächlich: Es geschah, was Maren vermutet hatte.

»Gut!«, sagte er. »Aber nicht jetzt. Ich erwarte noch einen Gast, der mir sehr wichtig ist. Was halten Sie davon, wenn Sie gegen achtzehn Uhr noch einmal herkommen? Ich lade Sie und Ihre beiden Kollegen in meinen Garten zu einem abendlichen Glas Wein ein. Elena wird uns Gesellschaft leisten, denn sie spielt dabei eine wichtige Rolle. – Und Alexis lassen Sie in Ruhe!«

Maren und Niko stimmten zu, verblüfft darüber, dass der alte Angelidou offensichtlich seinen Widerstand aufgegeben hatte und bereit war, ihnen noch heute eine spannende Geschichte zu erzählen. In Begleitung des Alten verließen sie die Bibliothek. In diesem Moment fiel Marens Blick auf eine halb offen stehende Tür gegenüber, durch die sie einen Mann und eine Frau miteinander sprechen sah. Einige Sekunden später stutzte sie, als sie die Tür schon längst passiert hatten. Den Mann kannte sie! Nach einem kurzen, förmlichen Abschiedsgruß stiegen Maren und Niko die Treppe vor dem Portal hinunter und näherten sich ihrem Wagen.

»Verdammt!«, rief Maren, blieb stehen und stampfte auf. »Hast du den Mann im anderen Zimmer gesehen?«

Niko war ebenfalls stehen geblieben und schaute Maren verwundert an.

»Welchen Mann?«

»Gegenüber der Bibliothek! Da hat ein Mann mit einer Frau gesprochen! Ich wette, das war Jan Tersteegen!«

*

Lea und Frank saßen in einem Café unmittelbar hinter dem Parkplatz des antiken Theaters und hatten sich eine Cola bestellt. Die Sonne schien mit großer Kraft auf sie herab, und so hatten sie sich einen Tisch ausgesucht, an dem ihnen ein Sonnenschirm Schatten spendete. Lea drehte ihr Glas zwischen ihren Händen und hielt den Blick auf den Tisch gerichtet.

»Was ist los?«, wiederholte Frank seine Frage, die er bereits am Theater gestellt hatte.

»Es sind durch unser Gespräch vorhin einfach Sachen hochgekommen, von denen ich glaubte, dass ich sie längst hinter mir gelassen habe«, begann Lea, löste die Hände von dem Colaglas, stützte ihren linken Fuß auf den Nachbarstuhl und blickte Frank an. »Ich hätte gar nicht davon anfangen sollen, ich weiß.«

»Möchtest du mir davon erzählen?«, fragte Frank.

»Ach, was würde das nützen?« Sie ergriff ihr Glas wieder und nahm einen Schluck. »Was mich beschäftigt, ist die Frage, wieso ich dich seit gerade mal knapp vierundzwanzig Stunden kenne und mir diese Sachen durch den Kopf gehen.«

»Welche Sachen?«

Sie wandte sich zu ihm hin und begann zu erzählen.

»Vor fünf Jahren, als ich in Athen studierte, hatte ich einen Freund. Mikis war mehr als ein Freund. Er war auch ein guter Freund von Niko. Ihn habe ich über Mikis erst kennengelernt. Mikis und ich waren uns sehr nahe, wir liebten uns und hatten fest vor, eines Tages zu heiraten. Er unterstütze mich auch, als ich ihm aus heiterem Himmel mitteilte, dass ich das Studium beenden und die Polizeischule absolvieren wollte. Wir sahen uns dann nicht mehr so häufig, aber die Beziehung hielt – bis ich sagte, dass ich mit Niko nach Kranidi gehen wollte.«

»Was geschah dann?«

»Er war geschockt. Er verdächtigte mich, etwas mit Niko zu haben, seinem besten Freund, was aber nicht stimmte. Er hat trotzdem Schluss gemacht.«

»Das tut mir leid«, kommentierte Frank und konnte den Gedanken nicht verleugnen, dass Niko seines Erachtens einen großen Fehler gemacht hatte.

»Ja.« Lea blickte wieder versonnen auf den Tisch und fixierte das Colaglas. »Mir auch. Es hat wehgetan – lange. Aber irgendwann habe ich mich mit dem Gedanken getröstet, dass unsere Lebensentwürfe nicht zusammenpassten.«

Frank ahnte nun, was in Lea vorging.

»Und dann kommen Maren und ich hierhin. Eine Polizistin und ein Polizist, die ein Paar sind und zusammenarbeiten. Und du fragst dich jetzt, ob du einen Fehler gemacht hast.«

»Nicht ganz«, entgegnete Lea und schaute ihn lächelnd an. »Mir wird einfach deutlich, was ich vermisse! Meine Eltern sind enttäuscht von mir und wollen nichts mehr von mir wissen. Mikis ist Vergangenheit. Niko ist ein netter Bursche, aber mehr nicht – und ich hocke seit Jahren in diesem Kaff fest.«

»Du kannst doch wieder zurück, oder?«

Lea schien ungeduldig zu werden.

»Darum geht es doch nicht! Es geht um mich! Ich sehe euch – Maren und dich – und bin einfach neidisch! Ich merke, dass du mir innerhalb kurzer Zeit sehr nahe gekommen bist und dass ich dir vertraue. Und ich weiß, dass das falsch ist!«

Frank stellte sein Glas ab, aus dem er gerade getrunken hatte, wandte sich Lea zu und nahm sie in die Arme. Er spürte ihren Atem an seinem Hals und wie sie sich etwas von ihm löste und mit ihren Lippen seinen Mund suchte, den sie schließlich auch fand. Er war verloren!

\*

»Was macht dieser Tersteegen im Haus des alten Angelidou?«, sprach Maren aus, was sie beschäftigte.

Sie erwartete nicht wirklich eine Antwort von Niko. Beide fuhren auf der Küstenstraße, doch sie hatte im Moment nicht den Blick für die Schönheit dieser Strecke, die sie direkt am Saronischen Golf entlang führte. Die Sonne stand hoch am Himmel. Es war entsprechend heiß und Maren wurde plötzlich deutlich, dass sie sich ganz offensichtlich in ihrer Garderobe vergriffen hatte. Sie fühlte sich in ihrer Jeans eingezwängt. Als hätte er irgendetwas mit ihrer Verwirrung zu tun, drehte sie sich zu Niko um und gestikulierte wild.

»Tersteegen ist ein enger Freund der Stefanidis! Was hat der mit den Angelidous zu tun?«

Niko musste lachen.

»Ich weiß es nicht. Ich kann wirklich nichts dafür«, entschuldigte er sich, was Maren aber nicht beeindruckte.

»Außerdem haben wir ihm doch gesagt, er soll sich zu unserer Verfügung halten! Wieso ist er in Griechenland?«

»Ihr seid doch auch hier! Im Grunde steht er euch ja zur Verfügung.«

Maren stutzte und drehte ihren Kopf jetzt doch so, dass sie aus dem Beifahrerfenster auf das Meer sehen konnte.

»Stimmt«, sagte sie. »Das wird spannend nachher!«

Sie durchfuhren einen Küstenort namens Panagia und näherten sich Epidavros.

»Soll ich dir etwas zeigen, bevor wir zum Hotel fahren?«

»Was denn?«

»Den Ort, den sich Lea und Frank ansehen wollten.«

»Ich habe aber keine Lust auf einen Umweg.«

»Liegt praktisch auf dem Weg«, sagte Niko und lenkte den Wagen an den ersten Häusern des Ortes vorbei.

\*

Frank bezahlte die beiden Colas. Ihm war schlecht. Unmittelbar nach dem Kuss war ihm klar geworden, dass sie einen großen Fehler gemacht hatten. Lea sprach es aus.

»Das war falsch!«, sagte sie.

Wortlos erhoben sie sich und machten sich auf den Weg zum Hotel. Immer noch spürte er ihren Kuss, schmeckte sie auf seiner Zunge. Als ob er diesen Eindruck vernichten wollte, griff er in seine Hosentasche und holte die Schachtel Zigaretten hervor. Lea bekam das mit.

»Nein. Nicht!«, warnte sie ihn. »Hier darfst du nicht rauchen! Ein Funke könnte ausreichen …«

Sie deutete mit einer ausladenden Bewegung ihres Armes auf die Umgebung.

*Klar doch! Brandgefahr*, dachte Frank und steckte die Packung wieder ein. Hinter ihnen ertönte eine Hupe, und bevor er sich umgedreht hatte, bremste ein rotes Auto neben ihm und hielt an. Durch das Beifahrerfenster beugte sich Maren ihm entgegen.

»Du wirst dich wundern, mein Schatz, was wir alles zu erzählen haben!«, rief sie stolz.

*Und du erst*, dachte er.

Er begrüßte Maren mit einem flüchtigen Kuss und fühlte sich dabei hundeelend. Lea und Frank stiegen ein, und Frank versuchte, mit einem Scherz seine gedrückte Stimmung zu vertreiben.

»Habt ihr es dem Dicken heimgezahlt?«, fragte er und erntete tatsächlich einen Lacher.

»Nicht ganz«, erwiderte Niko. »Aber wir haben ihm ein bisschen eingeheizt, von wegen ›Angriff auf Polizisten‹ und so – und prompt war der Alte butterweich, damit sein Bärchen keinen Ärger kriegt …«

»Und deshalb …«

Maren drehte sich zu Frank um, kontrollierte kurz seine Stirn, nickte zufrieden und fuhr fort.

»… deshalb haben wir heute Abend ein Date mit dem Alten und Elena. Er will uns eine spannende Geschichte erzählen. Keine Angst, wir nehmen euch mit – ihr braucht nicht wieder alleine hier zu bleiben. – Ist mir auch lieber so, wenn ich darüber nachdenke.«

Was sicherlich scherzhaft gemeint war, erfüllte Frank mit großer Erleichterung. Doch Maren war noch nicht fertig.

»Habt ihr euch gelangweilt?«, fragte sie. »Ihr seid so komisch.«

Außer einem giftigen Blick von Lea bekam sie keine weitere Reaktion. Sie zuckte mit den Schultern und drehte sich um.

»Elena ist übrigens Angelidous Tochter.«

Niko stellte den Wagen auf den Parkplatz hinter dem Hotel und schaltete den Motor ab.

»Ist ja ein Ding!«, wunderte sich Lea. Es waren die ersten Worte, die sie sprach, seit sie von Maren und Niko aufgelesen worden waren. »Und die Tochter aus gutem Hause muss für ihren Vater arbeiten?«

»Das werden wir heute Abend erfahren«, würgte Niko ab. »Ich würde gerne auf der Polizeistation vorbeisehen. Wir haben da noch ein paar andere Dinge zu erledigen. Ist es in Ordnung, wenn wir euch nachher – sagen wir gegen fünf – hier abholen?«

»Sicher«, sagte Frank und stieg aus. Als Maren ihm gefolgt war, beugte er sich noch einmal zu Niko ins Auto. »Und ich werde in Deutschland anrufen.«

»Lass dir alles von Maren erzählen. Es lohnt sich«, meinte Niko. Er legte die Fingerspitzen zum Gruß an die Schläfe.

»Bis nachher«, verabschiedete sich Frank und zog seinen Kopf aus dem Wageninneren zurück, wobei er einen intensiven Blick Leas auffing. Er schlug die Wagentür zu und folgte Maren, die ihm schon voraus tänzelte.

Sie einigten sich darauf, auf der Hotelterrasse einen Kaffee zu trinken. Frank nahm Platz, doch Maren wollte sich schnell »etwas Luftigeres« anziehen, denn sie glaubte »zu schmelzen« und wies auf Schweißtropfen hin, die an ihrem Hals entlang in ihren Ausschnitt perlten.

Er blickte auf den Hafen der kleinen Ortschaft. Eben hatte ein Zweimaster-Segelschiff seine Einfahrt beendet und wurde an der Kaimauer vertäut. Frank nahm das zwar wahr, seine Gedanken waren aber in dem Café bei dem antiken Theater und bei seiner spontanen, unbedachten Reaktion auf Leas Worte. Zweifellos fühlte er sich zu Lea hingezogen. Sie war eine sehr hübsche, begehrenswerte Frau. Es kribbelte in ihm, wenn er sie betrachtete oder einen ihrer Blicke auffing. Musste oder sollte er Maren davon erzählen? Würde er nicht mit einem Schlag die eben begonnene Zusammenarbeit torpedieren? Was erwartete Lea jetzt von ihm? Es ging in ihm drunter und drüber. Maren kam zurück auf die Terrasse und ihm entgegen. Sie strahlte und trug ihr hellblaues, geknöpftes Sommerkleid, an dem er immer so viel Freude hatte. Er schaffte es, ihr Lachen in gleicher Weise zu beantworten und würgte seine Gedanken ab. Maren stellte sich vor ihn hin und gab ihm einen dicken Kuss. Dann setzte sie sich auf ihren Stuhl.

»Deine Beule ist fast gar nicht mehr zu sehen.«

»Lass mal diese blöde Beule aus dem Spiel. Erzähl mir lieber von Angelidou.«

Maren hatte wohl beim Gang durch das Hotel den Kellner getroffen und zwei Cappuccino bestellt, die dieser in diesem Augenblick brachte. Er stellte die Tassen vor ihnen ab, nickte ihnen freundlich zu und verschwand wieder. Maren erzählte von dem Besuch im Hause Angelidou, und als sie Frank am Ende mitteilte, dass sie Jan Tersteegen im Haus gesehen hatte, fiel er fast aus allen Wolken.

»Wie bitte? Was hat der denn da zu suchen?«

»Das habe ich mich auch gefragt. Er sprach mit einer Frau.«

»Hat er dich auch gesehen?«

»Ich glaube nicht.«

»Und die Frau? Hast du sie erkannt?«

»Nein, aber es war eine junge Frau.«

»Beschreib sie mir.«

»Ich habe sie nur kurz gesehen. Sie war nicht besonders groß – eher klein, hatte schwarze Haare, halblang, aber nicht glatt, so ein bisschen gelockt – ganz hübsch, glaube ich.«

»Das könnte Elena gewesen sein. Was hat die mit Tersteegen zu tun?«

Maren zuckte mit den Schultern.

»Keine Ahnung. Fragen wir sie heute Abend. Und was machen wir jetzt?«

»Ich würde sagen, wir rufen mal in Mülheim an. Vielleicht haben die ja auch was für uns.«

Eine Weile betrachteten Maren und Frank das Treiben im Hafen, bis der Kellner kam und fragte, ob sie noch einen Wunsch hätten. Frank schaute auf die Uhr – halb drei.

»Ach, wissen Sie, ich könnte ein Bier vertragen. Gibt es griechisches Bier?«

Die Miene des Kellners hellte sich auf.

»Aber ja!«

»So selbstverständlich ist das ja wohl nicht.«

»Mein Herr! Der bayrische König Otto I. war auch mal König von Griechenland!«

Frank musste lachen.

»So gesehen haben Sie recht. Was haben Sie denn?«

»Unser Hotel bietet drei griechische Biere an und ein ausländisches, das in Griechenland hergestellt wird: Heineken.«

»Danke«, wiegelte Frank ab. »Welches können Sie mir empfehlen?«

»Unsere Gäste aus Deutschland trinken ganz gerne ›Marathon‹.«

»Ich hoffe, das heißt nicht so, weil man so lange dran trinkt. Bringen Sie mir eins.«

»Sehr wohl, ein Marathon.«

Maren hielt zwei Finger hoch.

»Zwei Marathon«, korrigierte sich der junge Mann.

Frank hielt ihn auf, als er sich gerade vom Tisch abwenden wollte.

»Ach, können Sie mir das Telefon nach draußen bringen?«

»Selbstverständlich. Sofort, oder kann ich es mit dem Bier bringen?«

»Bringen Sie es zusammen mit dem Bier. Danke.«

Der Kellner machte sich auf den Weg.

»Griechisches Bier! Darauf bin ich ja mal gespannt«, unkte Maren und streckte sich. »Sollen wir gleich ein Schläfchen machen? Ich bin ganz müde.«

Erleichtert stellte Frank fest, dass seine Stimmung sich verbessert hatte. Er konnte sich Maren wieder öffnen. Wie sie da saß, mit hochgestreckten Armen und dem lockenden Augenaufschlag. Er lachte sie an und zuckte mit den Schultern.

»Schau'n wir mal.«

Maren ließ die Arme fallen und spielte die Entrüstete.

»Ich biete dir meinen Körper und du sagst einfach nur: Schau'n wir mal?«

Unvermittelt wechselte Maren das Thema.

»Was hast du denn vorhin mit Lea gemacht?«

Er gab sich ruhig und entspannt.

»Wie kommst du denn jetzt auf Lea?«

Sie blickte ihn verschmitzt an.

»Abgesehen davon, dass sie auch einen tollen Körper hat: Wenn ich schon arbeite und du hier den Touristen spielst, dann ist es doch nur recht und billig, wenn du mir erzählst, was du erlebt hast.«

»Sie hat mir das antike Theater gezeigt.«

»Mehr nicht?«

Ihre Augen durchbohrten ihn förmlich, aber sie wirkte nach wie vor lustig und guter Dinge.

»Nein, das war beeindruckend genug! Dann haben wir uns in ein Café gesetzt und geredet.«

Maren schien zufrieden.

»Ich finde sie nett«, sagte sie.

»Ich auch. Mit den beiden Kollegen haben wir richtiges Glück gehabt.«

»Ja«, bestätigte Maren, während sie mit den Augen dem Kellner folgte, der ihnen das Bier und das Telefon brachte. Er lud die Last seines Tabletts auf ihrem Tisch ab, lächelte freundlich und machte sich auf den Rückweg, nicht ohne

Frank mitzuteilen, dass er vor dem Wählen erst eine Null eingeben müsse. Maren und Frank prosteten sich zu und leerten fast synchron ihre beiden Gläser zur Hälfte.

»Donnerwetter!«, lobte Frank.

»Wow!«, staunte Maren. »Das ist ja wirklich gut! Was so ein Bayer als König alles bewirken kann!«

»Willst du oder soll ich?«

Frank hielt Maren das Funktelefon entgegen, das sie begeistert ergriff.

»Au ja! Ich rufe jetzt Brandt an! Der freut sich bestimmt.«

Sie drückte die Lautsprechertaste und wählte. Nach dem dritten Ruf meldete sich Frau Wehner.

»Hallo, Frau Wehner. Maren Dieckmann hier. Ist es wohl möglich, den Herrn Kriminalrat zu sprechen?«

»Hallo, Frau Dieckmann! Das ist möglich, ja. Warten Sie einen Augenblick.«

Nach einem Moment, der durch die Barocktrompeten der Brandenburgischen Konzerte überbrückt wurde, meldete sich Brandt.

»Halllllooooo! Unsere Urlauber melden sich! Maren, wie geht es Ihnen?«

»Danke, Herr Kriminalrat. Mir geht es gut. Herrn Wallert nicht so sehr.«

Sie grinste Frank an, der ihr mit erhobenem Finger drohte. Brandts Stimme klang beinahe besorgt.

»Wieso? Was ist mit ihm?«

»Er ist gestern in einer Taverne von einem Riesen niedergestreckt worden – ein Kopfstoß. Aber es geht ihm schon wieder besser.«

Brandt hatte natürlich keine Ahnung, dass derjenige, um den es ging, mithörte. Frank konnte kaum glauben, dass er Brandts leises Kichern durch den Lautsprecher des Telefons vernahm.

»Nun ja, manchmal trifft es auch die Richtigen. Gibt es etwas Neues, oder haben Sie nur Heimweh?«

»Wenn Sie wüssten, wo ich gerade sitze, hätten Sie sich das mit dem Heimweh geschenkt.«

»Wieso? Wo sitzen Sie denn?« Brandts Tonfall hatte etwas Lauerndes.

»Auf der Terrasse unseres Hotels. Ich trinke eben ein griechisches Bier namens ›Marathon‹ – wirklich gut.«

»Sie Hexe!«, schimpfte Brandt und lachte dabei.

Frank trieb Maren mit einer Handbewegung zu etwas mehr Eile an.

»Herr Kriminalrat, wir haben uns nicht nur in Tavernen und auf sonnenüberfluteten Hotelterrassen rumgetrieben. Es gibt tatsächlich Neues.«

Sie berichtete von nun an in sehr sachlichem Ton von den Gesprächen, die sie bisher geführt hatten. Sie erzählte von Elena und von Franks schmerzhafter Begegnung mit ihr, was Brandt erneut ein Kichern entlockte. Schließlich erwähnte sie, dass sie Jan Tersteegen bei den Angelidous gesehen hatte. Brandt war darüber ebenso erstaunt, wie sie es gewesen waren. Sie schloss den Bericht, indem sie Brandt über die Verabredung mit Errico und Elena Angelidou in Kenntnis setzte.

»Das ist wirklich interessant. Angelidou hat also eine Tochter. Die ist bisher nicht aufgetaucht in den Berichten. Ist nicht sogar behauptet worden, der Haushalt Angelidous sei ein reiner Männerhaushalt?«

»Das weiß ich nicht. Ich kann mich aber erinnern, dass das über die Stafanidis gesagt wurde, als wir fragten, ob Georgios verheiratet ist.«

»Sie haben recht«, gab Brandt zu. »Gut! Machen Sie weiter so.«

»Gibt es denn in Mülheim Neues?«

»Leider nicht. Doch! Die Staatsanwaltschaft hat den Leichnam von Dimitrios Stefanidis freigegeben. Petros müsste eigentlich heute mit ihm in Griechenland eintreffen. Es wäre kein Fehler, sich auch bei denen noch mal umzuhören.«

191

»Wir warten mal ab, was uns heute Abend erzählt wird. Dann sehen wir weiter.«

»Okay. Aber morgen rufen Sie wieder an! Jeden Tag um diese Zeit – verstanden?«

»Wir kommen ja übermorgen zurück, Herr Kriminalrat.«

»Ach so.« Brandt zögerte einen Augenblick, als wüsste er das gar nicht. »Meinen Sie denn, die Zeit reicht aus? Brauchen Sie Verlängerung?«

Verblüfft blickte Maren Frank an, in dem sich offenbar das gleiche Gefühl breitgemacht hatte. Er nickte und zeigte Maren zwei Finger.

»Also, um ehrlich zu sein: Es wird etwas knapp. Zwei Tage mehr wären nicht schlecht.«

»Gut. Rufen Sie mich morgen um diese Zeit wieder an. Ich werde sehen, was ich für Sie tun kann. Halten Sie sich gerade und grüßen Sie … Frank.«

»Danke, Herr Kriminalrat, grüßen Sie bitte unsere Kollegen von uns.«

»Werde ich tun. Bis morgen.« Maren drückte einen Knopf des Funktelefons und legte es auf den Tisch. »Er hat dich ›Frank‹ genannt!«

»Hab ich gehört. Mich hat er eben auch lieb!«

Maren trank den Rest aus ihrem Bierglas, stand auf und drückte Frank einen recht nassen Kuss auf den Mund.

»Aber nicht so lieb wie mich«, säuselte sie und ließ ihn am Tisch sitzen. Sie lief auf das Hotel zu und wedelte dabei mit ihrem Kleid, das sie mit beiden Händen am Saum gefasst hatte. Er folgte ihr, ohne zu zögern. Auf dem Flur vor seinem Zimmer blieben sie stehen. Sie hatte »Papier« und er »Stein«.

*

Er fühlte eine kühle Brise, die durch das offene Fenster hindurch seine Haut streifte. Frank schlug die Augen auf. Sein Blick fiel auf Marens nackte Schulter, auf der sich eine Gänsehaut gebildet hatte. Sie schlief noch. Er strich mit seiner Hand über ihre Hüfte und streichelt ihren Bauch. Maren öffnete die Augen und drehte ihren Kopf in seine Richtung.

»Du wagst dich auf gefährliches Terrain«, warnte sie, umschloss seinen Nacken mit ihrer Armbeuge und zog seinen Kopf zu sich herunter. Sie küsste ihn, doch Frank befreite sich.

»Schau mal auf die Uhr!«, forderte er sie nüchtern auf. »Es ist halb fünf.«

»Ach ja!«, stöhnte sie. »Die Pflicht ruft!«

Sie schlug das Laken zurück, setzte sich auf und umschlang mit beiden Armen ihre Knie.

»Ich möchte gerne mal mit dir richtigen Urlaub machen«, sagte sie und stand auf.

Um kurz vor fünf standen beide an der Rezeption des Hotels und warteten. Als Niko schließlich kam, war er allein.

»Lea lässt sich entschuldigen. Sie fühlt sich nicht wohl und bleibt lieber zu Hause, damit sie morgen wieder fit ist.«

Sie fuhren diesmal mit Nikos Privatwagen, einem schwarzen Toyota. Unterwegs einigten sie sich darauf, Angelidou erst einmal kommen zu lassen, bevor sie das Gespräch in die Hand nahmen. Niko wurde als derjenige bestimmt, der in der Unterhaltung von ihrer Seite aus federführend sein sollte.

In der bereits recht tief stehenden Sonne glitzerte der Saronische Golf, als sie sich auf der Küstenstraße zwischen Panagia und Kalloni befanden. Die Stimmung im Wagen war recht gut. Maren, die hinter Niko saß, genoss die Fahrt und verspürte in diesem Augenblick wieder die Sehnsucht nach ein paar Urlaubswochen mit Frank. Ob sich die Gelegenheit ergeben würde, mit ihm zu der wunderschönen Bucht bei Ermioni zurückzukehren, in der diese Geschichte ihren Anfang genommen hatte?

Als sie das Haus der Angelidous erreichten, war das Tor bereits geöffnet. Vor dem Haus standen wieder die beiden Wagen, die Frank und Lea bei ihrem ersten Besuch dort gesehen hatten. Vor den Wagen stand ein ihnen unbekannter Mann. Er befand sich im Gespräch mit einem Gärtner, der das große Rondell vor dem Haus bearbeitete. Sie parkten ihren Kleinwagen selbstbewusst neben den beiden Luxusschlitten und stiegen aus. Der Mann, bei dem es sich offensichtlich um ein Mitglied der Familie Angelidou handelte, blickte ihnen skeptisch entgegen.

»Kann ich Ihnen helfen?«, fragte er und kam ein paar Schritte auf sie zu. Der Gärtner widmete sich seiner Arbeit. Offensichtlich wusste der Mann, wen er vor sich hatte, denn er sprach Deutsch. Niko stellte sich, Maren und Frank vor und nannte den Grund ihrer Anwesenheit.

»Ich weiß. Mein Vater hat mir davon erzählt. – Ich bin Alkinoos Angelidou.«

Er reichte zuerst Maren, dann den Männern die Hand, wobei er Maren anlächelte und nicht aus den Augen ließ.

»Sie müssen es gewesen sein, die meinen Vater überzeugt hat«, sagte er. »Ich erlebe es zum ersten Mal, dass er bereit ist, mit Fremden über diese alten Familiengeschichten zu sprechen. Wenn Sie mir bitte folgen wollen?«

Alkinoos Angelidou wirkte auf Anhieb sympathisch auf die drei Beamten. Er hatte ein freundliches Gesicht, war etwa so alt wie Frank und machte gar nicht den Eindruck eines gelackten Milliardärs. Er führte sie durch die Eingangshalle über die Treppe in den Garten.

»Ich werde, wenn Sie nichts dagegen haben, bei dem Gespräch dabei sein. Mein Vater bat mich darum. Ich war schließlich derjenige, der sich bei diesen Verhandlungen beinahe mit Georgios geprügelt hätte.«

»Das ist uns natürlich recht«, erwiderte Niko und blinzelte Frank zu.

Maren, die in diesem Augenblick zum ersten Mal den Garten betrat, staunte nicht schlecht. Ihre Augen wanderten hin und her bei dem Versuch, möglichst viele optische Eindrücke von der Pflanzen- und Farbenpracht zu speichern. Der runde Holztisch, an dem Frank und Lea vorgestern mit dem Patriarchen gesessen und dieses unerfreuliche Gespräch geführt hatten, war nun oval und hatte eine Länge, die für zehn Leute ausgereicht hätte. In dem Moment, als sie an dem Tisch angelangt waren, trat Errico Angelidou aus einer Tür des Seitenflügels und begrüßte sie.

»Ich freue mich«, sagte er. Seine Mimik verriet, dass er die Wahrheit sagte. »Fühlen Sie sich wie zu Hause, schließlich waren Sie in den letzten zwei Tagen öfter hier als mein Sohn.«

Er legte Alkinoos in einer väterlichen Geste eine Hand auf die Schulter. Niko lachte.

»Ich würde mich mehr darüber freuen, wenn wir aus angenehmeren Gründen hier wären.«

Der Alte trat auf Frank zu, nahm seine Hand und wollte sie gar nicht mehr loslassen.

»Herr Wallert, ich bitte Sie aus vollem Herzen um Entschuldigung für die Entgleisung meines Angestellten. Es tut auch ihm sehr leid. Bitte glauben Sie mir, er hat versucht, seine Arbeit zu machen und hat die Situation wohl völlig falsch eingeschätzt.«

»Das hat er in der Tat«, lachte Frank. »Ich nehme die Entschuldigung an. Lassen Sie uns nicht mehr davon reden.«

»An der Beule werden Sie aber noch ein paar Tage Spaß haben«, erwiderte Angelidou, der Frank erst jetzt seine Hand wieder überließ. Der winkte ab.

»Auch die gehen vorbei.«

Der Alte wies auf den Tisch und die Stühle.

»Bitte nehmen Sie Platz. Ich werde den Wein kommen lassen, und dann können wir beginnen. Alkinoos, wenn du so freundlich wärst …?«

Der Angesprochene nickte und entfernte sich, die anderen nahmen Platz.

»Heute sehe ich gar keine Leibwächter.«

Frank war das beim Betreten des Gartens schon aufgefallen, allerdings hatte er gedacht, dass sich die Schutztruppe des Griechen wohl eher in seiner Nähe befinden würde. Errico Angelidou zeigte wieder sein Ganzkörperlachen, das Maren so an ihm mochte.

»Keine Angst«, entgegnete er. »Sie werden Ihnen heute nichts tun! Außerdem zeichnet das meine Leute aus: Sie sind nicht zu sehen, aber trotzdem da!«

*Und natürlich möchtest du auch nicht, dass sie hören, was du uns zu erzählen hast*, dachte Frank und lächelte ihn an.

In diesem Augenblick kam Elena, gefolgt von ihrem Bruder, aus dem Haus. Beide trugen Gläser, Alkinoos zudem noch eine Karaffe mit Wein. Auch Elena wirkte an diesem Abend völlig anders auf Frank, als bei diesem unglücklichen Zusammentreffen in der Taverne. Ihr Gesicht war entspannt, beinahe sanft, ihre schwarzen Augen blitzten freundlich, und auch sie entschuldigte sich bei Frank überschwänglich für den Zwischenfall am gestrigen Abend, bevor sie Platz nahm.

Die Sitzordnung ähnelte nun der einer Konferenz. Die Angelidous und ihre Gäste von der deutschen und griechischen Polizei saßen sich gegenüber. Errico füllte die Weingläser und schob sie ihnen zu.

»Ich hoffe, dass auch dieser Wein Ihnen zusagt. – Das ist nämlich einer von uns.«

»Sie stellen auch Wein her?«, wunderte sich Frank.

Er erwiderte das freundliche Nicken des Alten, das als ein Zuprosten gedacht war. Auch dieser Wein war selbstverständlich großartig.

»Natürlich«, kam Errico Angelidou auf Franks Frage zurück. »Heute können Sie nicht mithalten, wenn Sie sich nur auf Oliven konzentrieren! – Einer der größten Fehler der Stefanidis übrigens.«

Zum ersten Mal hatte Frank diesen Namen aus dem Munde des Patriarchen gehört. Jetzt ergriff Alkinoos das Wort.

»Wir haben vor ziemlich genau zehn Jahren einige Winzereibetriebe aufgekauft, um ein zweites Standbein für unser Unternehmen zu schaffen. Das hat uns gerettet.«

»Und die Stefanidis haben das Ihrer Meinung nach versäumt?«, fragte Frank.

»Ganz recht.«

Errico Angelidou leerte sein Glas, das er nur zu einem Viertel gefüllt hatte, und schenkte sich nach.

»Elena, bist du so freundlich und holst mir meine Zigaretten?«, fragte er. Seine Tochter erhob sich, verschwand im Haus und kehrte kurz darauf mit einem Holzkästchen und zwei Aschenbechern zurück. Frank nahm die angebotene Zigarette dankend an, gab dem Griechen Feuer und zündete auch seine an, von der er einen tiefen Zug nahm, glücklich und erleichtert über die Tatsache, hier rauchen zu dürfen.

»Vielleicht sollten wir beginnen«, sagte der Alte und lehnte sich in seinem Stuhl zurück. Seine Augen blickten in die Runde. »Glauben Sie mir bitte, dass dies für mich ein ganz besonderer Abend ist und dass es mir nicht leicht fällt, über das Geschehene zu sprechen. Sie können das daran ermessen, dass ich noch nicht einmal der griechischen Polizei davon erzählt habe.« Er blickte Maren fest an. »Ich verlasse mich darauf, dass Ihr Versprechen Bestand hat und gilt. Sollte diese Geschichte an die Öffentlichkeit gelangen, würden Sie das Leben eines alten Griechen zerstören.«

»Sie können sich darauf verlassen«, bestätigte Maren, hielt aber, in Erwartung der angekündigten Geschichte, innerlich den Atem an.

»Gut«, nickte der Alte und begann.

Als die drei Polizisten dreieinhalb Stunden später im Wagen saßen und zurück nach Epidavros fuhren, war es im Wagen mucksmäuschenstill. Niemand war in der Lage, das Gehörte auch nur mit einem Wort zu kommentieren – sie waren schlichtweg sprachlos.

\*

Mein Vater Ioannis Angelidou wurde 1883 in einem kleinen Dorf nahe Patras geboren. Ja, entschuldigen Sie, dass ich so weit in die Geschichte zurückgehe, aber wenn Sie alles verstehen wollen, müssen Sie auch alles hören. Ioannis Angelidou war einer von sechs Söhnen meines Großvaters, der im Alter von 36 Jahren – Ioannis war zu diesem Zeitpunkt drei Jahre alt – an einer schweren Krankheit starb. Er war Landarbeiter gewesen und hinterließ dementsprechend eine Familie, deren tägliche Herausforderung nun darin bestand, ihr Überleben zu sichern. Meine Großmutter ertrank im Schmerz um den Verlust ihres Mannes und die schier ausweglose Situation. Ihre beiden ältesten Söhne, zwölf und vierzehn Jahre alt, gaben ihr Bestes. Wo es nur ging, besorgten sie Essbares, verdienten sich ein paar Münzen – aber es war nicht genug. Als sie eines Abends zurückkehrten, war ihre Mutter nicht mehr da. Sie war verschwunden, und mit ihr zwei ihrer Kinder. Die beiden Jüngsten – also auch Ioannis – hatte sie zurückgelassen, und so versuchten sich die vier Brüder – drei, fünf, dreizehn und vierzehn Jahre alt – über Wasser zu halten. Eines Tages trafen sie bei ihren Zügen durch die Umgebung auf einen Jungen, der auf einem nahen Hof soeben eine Ziege erworben hatte. Er führte sie an einem Strick mit sich und bediente sich aus einem Lederbeutel, der um seinen Hals hing, mit frischem Brot und Schafskäse. Er musste wohl die gierigen Blicke der Kinder richtig gedeutet haben, denn er gab ihnen großzügig von seinem Essen ab. Dieser Junge war Michalis Stefanidis, dessen Familie mehr Glück gehabt hatte als die meines Vaters. Er wohnte mit seinen Eltern und einem Bruder in einem – für damalige Verhältnisse – netten kleinen Häuschen in Romanos, einem kleinen Bergdorf ganz in der Nähe. Sein Vater arbeitete in einem Olivenhain und verdiente genug, um seine Familie zu ernähren und sogar noch etwas Geld zur Seite zu legen.

Dieses Zusammentreffen auf der staubigen Straße nach Romanos hatte schicksalhafte Bedeutung für meinen Vater und seine Brüder. Michalis, den das Los der vier Brüder dauerte, kam des Öfteren mit gefülltem Lederbeutel zu deren armseliger Behausung. Er sprach mit seinem Vater, der den beiden ältesten Jungen während der Olivenernte zu Arbeit verhalf. Es entstand eine Freundschaft zwischen den Jungen, und man kann ohne Übertreibung sagen, dass mein Vater und seine Brüder der Familie Stefanidis ihr Leben zu verdanken hatten.

Sechs Jahre später war die Stefanidis-Familie um zwei Geschwister größer geworden. Michalis war 19 Jahre alt. In diesem Jahr starb der elfjährige Bruder meines Vaters. Zwei weitere Jahre vergingen, und es starb der zweitälteste Bruder, der eines Abends – auf dem Weg von der Olivenernte nach Hause – überfallen und ausgeraubt worden war. Sogar die Schuhe und die Kleidung hatte man ihm genommen. Das Elend der damaligen Zeit war groß, und es trieben sich nicht wenige armselige Gestalten in der Gegend herum. Das war der Zeitpunkt, als die Familie Stefanidis Ioannis und seinen ältesten Bruder bei sich aufnahm. Plötzlich waren sie eine Familie. Sie wuchsen wie Geschwister auf. Der Mann, bei dem Michalis' Vater gearbeitet hatte, starb ein paar Jahre später. Da er unverheiratet und kinderlos war, führte in der Folge der Vater Stefanidis den Olivenbetrieb weiter, bis auch er starb und so Michalis Stefanidis, der älteste Bruder meines Vaters und Ioannis selbst die Herren über die Oliven wurden.

Ich will Ihnen nicht die Geschichte unserer Familien in Jahresschritten erzählen, deshalb mache ich nun größere Sprünge.

Die Jahre zogen ins Land und der Olivenbetrieb entwickelte sich prächtig. Die drei Männer arbeiteten wie Brüder zusammen – nichts schien sie trennen zu können. Die Menge der Arbeit und die Tatsache, dass alle drei mit Herz und Seele bei der Sache waren, führten dazu, dass sie erst spät Interesse an Frauen entwickelten. Irgendwann war es aber so weit.

Michalis Stefanidis war dreiunddreißig Jahre alt, als er Nana, seine spätere Frau, kennenlernte. Mein Vater heiratete vier Jahre später Maria, meine Mutter. Die Zeiten wurden unruhiger. Im Ersten Balkankrieg fiel der älteste Bruder meines Vaters.

Dann geschah das, was uns bis heute nicht in Ruhe gelassen und zu der anhaltenden Feindschaft bis in die jüngste Generation unserer Familien geführt hat.

Michalis war vom Tod seines nächsten Freundes so getroffen, dass er sich trösten lassen musste. Diese Aufgabe meinte ausgerechnet meine Mutter übernehmen zu müssen. Das Trösten fiel etwas anders aus, als es sich mein Vater gewünscht hätte. Meine Mutter wurde durch ihren selbstlosen Einsatz schwanger – mein Bruder war ein Jahr vorher bereits geboren worden. Es geschahen grausame Dinge: Mein Vater und Michalis stritten sich Tag und Nacht. Sie schlugen und beschimpften sich, ebenso wie die beiden Frauen, Nana und Maria. Bei der nächsten Olivenernte verlor meine Mutter meinen ungeborenen Halbbruder, das Kind von Michalis und ihr, und wäre fast gestorben. Eines Morgens war Michalis mit Nana weg – auf und davon, und sie ließen meinen Vater, meine Mutter und meinen Bruder zurück auf der Olivenplantage, die ihnen dadurch praktisch in den Schoß fiel. Die Zeiten wurden härter. Der Krieg legte sich wie ein Leichentuch über Europa und es wurde für meine Eltern immer schwieriger. Die Arbeitskräfte fehlten, Oliven verrotteten an den Bäumen. Es folgte eine lange Durststrecke für unsere Familie, aber wir schafften es. 1923 wurde ich geboren, als drittes und letztes Kind meiner Eltern. Mein ältester Bruder Theo war zu diesem Zeitpunkt zwölf, meine Schwester Delia gerade zwei Jahre alt geworden.

Die Lage verbesserte sich von Jahr zu Jahr. Es gab wieder Arbeitskräfte, die uns unterstützten und die mein Vater auch bezahlen konnte. Der Betrieb wuchs und mit ihm die Zuversicht. Schließlich hatte es mein Vater geschafft: Die Angelidous waren auf dem nördlichen Peloponnes eine Macht. Die halbe Welt kaufte bei uns ein, und um die Nachfrage befriedigen zu können, mussten mein Vater und mein Bruder die Anbaufläche vergrößern. Sie reisten durch die Gegend auf der Suche nach geeignetem Land. Europa veränderte sich in diesen Jahren. In Deutschland kamen die Nazis an die Macht und errichteten ihre Tyrannei, aber die Angelidous konnten ihre Geschäfte machen und wurden reicher und reicher.

Eines Abends, ich erinnere mich daran, als wäre es letzte Woche gewesen, kam mein Bruder mit einem Mädchen nach Hause. Ich war gerade zwölf Jahre alt, und dennoch sah ich, dass sie sehr, sehr hübsch war. Sie unterhielt sich mit meinen Eltern und wirkte sehr klug. Sie wusste sich wie eine Dame zu benehmen. Es war ein schöner Abend, denn auch ich durfte länger als üblich daran teilhaben. Zum Schluss saßen meine Eltern, Delia und ich, mein Bruder Theo und Gea, das fremde Mädchen, vor unserem Haus an einem Tisch. Die Erwachsenen tranken Wein und sprachen über dies und das: über Politik, von der ich natürlich nichts verstand, und über den Sommer, der uns in diesem Jahr große Trockenheit beschert hatte. Gea erzählte plötzlich von ihren Eltern und davon, dass sie auch auf einer Olivenplantage, in der Nähe von Ermioni, zu Hause wäre. Sie plauderte und plauderte, und ich sah, voller schlechter Vorahnungen, wie sich mein Vater veränderte. Sein Gesicht, das normalerweise durch die Arbeit im Freien sonnengebräunt war, verfärbte sich aschgrau. Seine Augen bekamen einen wilden, unruhigen Ausdruck. Sein Körper versteifte sich, als hätte man ihn auf der Holzbank, auf der er saß, festgeschraubt. Meine Mutter wurde unruhig, rutschte auf ihrem Platz hin und her und traute sich gar nicht mehr vom Tisch aufzublicken.

Schließlich herrschte mein Vater meine Schwester und mich an: »Geht! Geht sofort in euer Bett! Auf der Stelle!«

Ich hatte natürlich keine Ahnung, was da vor sich ging. Ich wusste aber, dass ich nichts angestellt hatte. Trotzdem, beeindruckt von der Stimmungsveränderung, erhoben sich Delia und ich und gingen auf unsere Zimmer. Dort hörte ich noch einen gewaltigen Wutausbruch meines Vaters, ohne die Worte zu verstehen. Ich vernahm nur Brüllen und Kreischen, die Stimmen meines Vaters und meines Bruders, die schrille, aufgeregte Stimme meiner Mutter, und dann war es still – völlig still. Ich lag noch lange wach, fragte mich immer und immer wieder nach dem Grund dafür, dass der doch schöne Abend so geendet hatte. Ich hielt den Atem an und lauschte auf Geräusche, die vielleicht von unten an mein Ohr dringen würden. Nichts. Schließlich wagte ich es aufzustehen. Ich streifte meine Hose über und ging auf Zehenspitzen nach unten. Durch das Treppengeländer hindurch sah ich meinen Vater im Wohnzimmer sitzen, die Hände vors Gesicht geschlagen und tonlos weinend. Meine Mutter stand hinter ihm und strich mit ihrer Hand über sein Haar. Von meinem Bruder sah ich nichts. Ich hatte nicht den Mut, bis ganz nach unten zu gehen und meinen Vater auch zu trösten. Also schlich ich mich zurück zu meinem Bett und vergoss ebenfalls ein paar Tränen, nicht wissend warum, aber in der Gewissheit, dass es nicht falsch sein konnte, denn mein Vater weinte schließlich auch. Ihn hatte ich noch nie weinen sehen!

Die Stille, die mich am nächsten Morgen umgab, als ich die Augen öffnete, wirkte bedrohlich. Ich stand auf, machte mich fertig und stieg die Holztreppe zum Wohnzimmer hinunter. In der Küche hörte ich meine Mutter bei den Frühstücksvorbereitungen hantieren. Ich betrat die Küche. Mein Vater saß bereits am Tisch, regungslos und in sich zusammengesunken. Er sah kurz auf, als ich in den Raum trat, und schaute mich mit einem Blick an, in dem unermessliches Leid lag. Ich ging zu ihm und legte ihm meine Arme um den Nacken, worauf er in heftiges Schluchzen ausbrach und sich an mir festklammerte. Aus seinen Handlungen sprach die schiere Verzweiflung. Plötzlich packte er mich an den Schultern, sah mir mit tränennassen Augen ins Gesicht und drückte mich auf den nächsten Stuhl. Meine Mutter stellte einen Krug Milch vor mich hin. Dann begann mein Vater zu erzählen. Zuerst verstand ich nicht viel, weil seine Sätze immer wieder von Schluchzen unterbrochen wurden, doch mit der Zeit beruhigte er sich und ich bekam die Geschichte meines Vaters zu hören. Ich erfuhr von Michalis Stefanidis und von den Geschehnissen weit vor meiner Geburt. Dann erzählte er, dass Gea die Tochter von Michalis war, dass er – mein Vater – sie aus dem Haus geworfen und Theo mit ihr gegangen war. Mein großer Bruder war weg! Er hatte seine Familie und mich für eine Stefanidis-Tochter verlassen, und ich sollte ihn nie wiedersehen.

Ein weiterer Krieg überzog den Kontinent – die Welt. Ich wuchs heran. Meine Schwester Delia verließ uns und Griechenland im Jahr 1947. Sie wollte nach Amerika. Ich weiß nicht, ob sie je dort angekommen ist. Wir haben nie wieder etwas von ihr gehört. 1950 starb mein Vater – viel zu früh – kurz vor seinem 67. Geburtstag.

Plötzlich war ich das Familienoberhaupt und der Besitzer eines sehr großen Olivenbetriebs. Ich hatte in den Jahren immer wieder von den Stefanidis gehört. Nicht persönlich, aber auch sie hatten sich einen Namen erworben in der Branche. Es entwickelte sich ein stetes Kopf-an-Kopf-Rennen zwischen den Familien Stefanidis und Angelidou um die Vorherrschaft auf dem Markt.

1954 lernte ich meine Ennea kennen. Wir heirateten drei Jahre später. Nach und nach kamen meine Söhne zur Welt. Mit ein bisschen Abstand, als Nachzüglerin, wurde meine Tochter Elena geboren. 1970 erwarb ich dieses Haus. Damit waren wir mitten ins Stefanidis-Gebiet eingedrungen. Ich dachte, das sei kein Problem, denn mittlerweile hatte sich der Markt sortiert. Wir versuchten natürlich, uns Marktanteile abspenstig zu machen – das geschah aber im normalen Rahmen, wie es zwischen Branchenkonkurrenten üblich ist.

1995 starb meine geliebte Frau. Ich verlor die Lebens- und Schaffensfreude und gab die Leitung der Firma an Alkinoos ab. Ohne meine Kinder hätte ich diese Zeit nicht überlebt.

Eines Tages, im Mai des Jahres 2000, merkte ich, dass Elena sich anders als sonst verhielt. Sie putzte sich besonders heraus und kam nicht zu den üblichen Zeiten nach Hause. Ich schmunzelte über diese Beobachtung, machte mir aber gleichzeitig Sorgen. Sollte ich sie einfach gewähren lassen? Sie war 26 Jahre alt! Sollte ich mich einmischen? Später dachte ich oft darüber nach, und ich muss sagen, dass mir – obwohl ich damals noch ein kleiner Junge gewesen war – das Erlebnis mit meinem Bruder und Gea noch auf die Seele drückte. Letztlich gab ich meinen Gefühlen nach und sprach Elena an. Mein Eindruck hatte mich nicht getrogen. Elena war verliebt. Sie druckste herum und wollte nicht so recht mit der Sprache heraus. Sie war bereit, die Tatsache an sich zuzugeben, aber um wen es sich handelte, wollte sie mir nicht sagen. Mich beschlich ein äußerst ungutes Gefühl. Sollten sich die Wege der beiden Familien schon wieder auf diese Weise kreuzen? Meine diffusen Ängste sollten sich bestätigen. Einige Wochen nach unserem Gespräch verplapperte Elena sich. Sie war mit Georgios Stefanidis zusammen. Um ein Haar hätte ich den gleichen Fehler begangen, den mein Vater damals gegenüber Theo gemacht hatte. Ich kam jedoch rechtzeitig zur Besinnung, versammelte meine Kinder um mich und erzählte ihnen die Geschichte der beiden Familien. Besonders Elena war tief betroffen. Trotzdem behauptete sie, Georgios zu lieben. Ich hatte keine Wahl, wollte ich meine Tochter nicht verlieren. Mich beschlich sogar der Gedanke, dass mit dieser Liebe vielleicht endlich die Feindschaft zwischen den beiden Familien zu einem Ende kommen könnte. Weit gefehlt! Es geriet zum Desaster! Im Herbst kam Elena eines Abends völlig aufgelöst nach Hause. Sie war kaum zu bändigen und wehrte alle Versuche, sie zu trösten und zu beruhigen, ab. Schließlich stellte sich heraus, dass sie Georgios in flagranti mit einer englischen Touristin erwischt hatte. Wenn Sie glauben, dass die Sache damit erledigt war, irren Sie sich. Meine Tochter war blind vor Liebe. Die Saison war vorbei. Touristinnen waren selten. Sie traf sich wieder mit Georgios, und plötzlich wurde sogar von Heiraten geredet. Ich ließ geschehen, was geschehen sollte. Meine Söhne redeten Elena ins Gewissen. Sie sprachen auf mich ein, sie endlich zur Vernunft zu bringen. Es war zwecklos.

Die nächste Saison begann. Die Touristinnen kamen wieder. Es gab Streit. Ich ließ es laufen. Es gab weiteren Streit. Sie kehrte zu ihm zurück. Schließlich krachte es. Elena kam mit undurchdringlichem Gesichtsausdruck nach Hause, keine Wutausbrüche, keine Tränen, dafür aber eine Kälte, die ich ihr nicht abnehmen konnte und wollte. Georgios hatte ihr mitgeteilt, dass er eine Frau kennengelernt hatte, mit der er Griechenland verlassen und zusammenleben wollte. Es war aus. Mein Problem hatte sich erledigt. So sehr mir meine Tochter leidtat, so erleichtert war ich, dass es zu dieser Verbindung nicht gekommen war. Elena lernte einen jungen Mann kennen, und Georgios war Geschichte.

In den nächsten vier Jahren beobachteten meine Söhne und ich voller Erstaunen, dass die Stefanidis in immer größere Schwierigkeiten gerieten. Sie mussten Leute entlassen und Anteile verkaufen in einem Maße, das beängstigend für die ganze Branche war. Über einen Anwalt nahmen wir Kontakt zu den Stefanidis auf. Im Mai dieses Jahres kam es dann zu diesem Treffen, von dem Sie bei Ihrem ersten Besuch sprachen. Unsere Anwälte hatten bereits verhandelt und die entsprechenden Verträge ausgearbeitet. Es ging um Unterschriften, nicht mehr und nicht weniger. – Alkinoos, machst du bitte weiter?«

Die sechs Menschen, die sich zu diesem Zeitpunkt im Garten der Angelidous gegenübersaßen, schwiegen einen Moment. Alle, auch die bereits Eingeweihten, schienen betroffen – entweder vom Inhalt seiner Erzählung oder der Art und Weise, wie der Alte die Lebensgeschichte seiner Familie vor ihnen ausgebreitet hatte. Marens Stimme klang trocken, als sie sich zögernd und scheu zu Wort meldete.

»Könnten wir eine Pause machen? Ich … müsste mal.«

»Selbstverständlich. Elena zeigt Ihnen den Weg.«

Alkinoos lächelte Maren an. Wusste er oder ahnte er zumindest, dass Maren diejenige war, wegen der Elenas Liebe zu Georgios zerplatzt war? Wusste es Elena? Ihr war flau im Magen, und sie hätte gerne einen Schnaps gehabt. Elena begleitete sie wortlos zur Toilette, die sich oben an der Treppe befand, die in die Eingangshalle führte. Als Maren alles erledigt hatte und zurückkehrte, war sie bereits wieder im Garten und saß neben ihrem Vater. Maren nahm Platz und trank einen Schluck aus ihrem Glas, das zwischenzeitlich wieder aufgefüllt worden war.

Alkinoos schaute in die Runde, als müsste er sich vergewissern, dass alle wieder vollzählig waren.

»Wir trafen uns am 20. Mai im Haus der Stefanidis bei Ermioni. Mein Vater war mit mir dort. Von den Stefanidis nahmen Petros und Georgios an dem Treffen teil. Außerdem natürlich je ein Anwalt von jeder Seite. Meinem Vater ging es sichtbar nicht gut. Es war das erste Mal, dass er nach all den Geschehnissen und Wirren mit der Familie Stefanidis direkten Kontakt hatte. Er hatte vorher immer davon gesprochen, dass ich mit Karolos oder mit Tassos gehen sollte, aber ich lehnte ab, weil es schließlich auch um den Betrieb meines Vaters ging, wenn er ihn auch nicht mehr führte.

Die Stimmung war zu Beginn zwar nicht besonders gut, aber geschäftsmäßig. Die Anwälte erläuterten den Anwesenden den Inhalt der Verträge. Als sie damit fertig waren, schwiegen erst einmal alle. Dann begann Georgios zu provozieren. Ich persönlich hatte den starken Eindruck, dass das in seiner Absicht lag. Er sprach meinen Vater an, ob er jetzt zufrieden sei. Mein Vater reagierte sachlich und betonte, die ausgearbeiteten Verträge zeugten von Sachverstand und beide Familien würden ihren Nutzen daraus ziehen. Georgios machte weiter und wurde auch von seinem Bruder nicht daran gehindert. Er warf meinem Vater vor, zum zweiten Mal das Stefanidis-Vermögen zu stehlen.

Ich kochte innerlich bereits, doch mein Vater behielt die Ruhe und entgegnete, wenn das wirklich Georgios' Ansicht sei, dann solle er die Verträge einfach nicht unterschreiben. Georgios schimpfte und provozierte weiter, bis er plötzlich auf Elena zu sprechen kam. Er bedachte meine Schwester mit Ausdrücken, die ich nicht hinnehmen konnte. Ich sprang schließlich auf, holte aus und hätte Georgios mit meinem Faustschlag voll getroffen, wenn er sich nicht blitzschnell weggeduckt hätte. Er lachte laut über meinen gescheiterten Versuch, ihn zum Schweigen zu bringen. Ich wollte um den Tisch herum laufen, um ihn zu ergreifen. Ich war blind vor Wut. Doch mein Vater hielt mich fest.

›Lass es, mein Sohn. Wir fahren.‹

Das war alles, was er sagte. Wir verließen das Haus, stiegen in unseren Wagen und fuhren davon.

Einige Tage später kam die Polizei zu uns und fragte nach Georgios Stefanidis, den aber niemand von uns nach jenem Treffen wiedergesehen hatte. Den Rest der Geschichte kennen Sie.«

Einige am Tisch atmeten hörbar durch. Frank steckte sich eine Zigarette an. Maren blickte über den Rand ihres Weinglases den Patriarchen an, der in ihrer Achtung eine Menge Punkte gemacht hatte. Er sah erschöpft und um Jahre gealtert aus. Niko wandte sich an Alkinoos. Ihm war die Müdigkeit des alten Griechen wohl auch aufgefallen.

»Ich bin beeindruckt, wirklich beeindruckt.« Er räusperte sich. »Ich danke Ihnen für Ihre Offenheit und Ihr Vertrauen. Sind Sie bereit, uns noch ein paar Fragen zu beantworten?«

»Wenn wir das können, gerne«, erwiderte Alkinoos, der bei diesen Worten allerdings seinen Vater sorgenvoll betrachtete. »Vater, möchtest du, dass Elena dich auf dein Zimmer bringt?«

Der Alte schüttelte den Kopf. Niko wandte sich wieder an Alkinoos.

»Herr Angelidou, diese Situation bei dem Treffen zwischen Ihren Familien wurde uns so ähnlich bereits geschildert. Sind Sie sicher, dass die Provokationen von Georgios ausgingen?«

Der Blick des Griechen verfinsterte sich.

»Haben Sie nach dem, was Sie heute Abend gehört haben, den Eindruck, dass wir Ihnen gegenüber nicht ehrlich waren?«

»Darum geht es nicht«, wiegelte Niko ab. »Nur handelt es sich dabei um eine hochemotionale Angelegenheit, wo die Wahrnehmungen in der Regel subjektiv sind. Georgios hat behauptet, er sei von Ihnen beleidigt worden.«

»Der Mann lügt. Er lügt, wenn er den Mund aufmacht! Ich versichere Ihnen, dass es sich genau so abgespielt hat, wie ich es geschildert habe.«

»Und niemand hat anschließend Kontakt mit den Stefanidis gehabt? Ihnen war schließlich die Übernahme verhagelt worden. Sie mussten doch Interesse daran haben, dass …«

Alkinoos unterbrach Niko barsch.

»Nicht *wir*! Die Zeit arbeitet für *uns*. Seit Jahren werden die Stefanidis durch den griechischen Staat mit Geldern gestützt, die sie irgendwann zurückzahlen müssen. Bald übersteigt die Schuldenlast den Wert des Konzerns, und dann stehen sie mit leeren Händen da! Sie müssten ein gewaltiges Interesse daran haben, mit uns wieder in Kontakt zu treten. Das haben sie bis heute nicht getan. Kein Angelidou hat seitdem einen Stefanidis gesehen, geschweige denn mit ihm geredet!«

Errico Angelidou räusperte sich und meldete sich mit müder Stimme zu Wort.

»Junger Mann, es geht hier nicht nur um Geschäfte. Unsere Familien sind, wie Sie gehört haben, in mehrfacher Hinsicht schicksalhaft miteinander verbunden, aber aus den gleichen Gründen verläuft auch ein Graben zwischen uns. Ich war nach Georgios' Auftritt erschüttert, denn ich dachte tatsächlich, dass wir durch die Rettung ihres Konzerns einen Teil unserer Schuld begleichen konnten. Ohne die Hilfe der Stefanidis hätte mein Vater kaum überlebt. Wir verdanken ihnen unser Leben! Ich verstehe den Hass nicht, der aus Georgios sprach.«

»Was kann der Grund für Georgios' Verschwinden gewesen sein?«

»Ich weiß es wirklich nicht. Aber vieles ist möglich. Er hat nie so viel mit dem Betrieb zu tun gehabt, das überließ er lieber seinen Brüdern. Allerdings hat er immer gerne aus dem Vollen geschöpft. Ich kann mir nicht vorstellen, dass sein Verschwinden mit der Situation des Betriebs zusammenhängt. Vielleicht hat er wieder eine Touristin kennengelernt und ist mit ihr auf und davon! Oder er hat einfach genug von Griechenland und hat sich dahin abgesetzt, wo seine Touristinnen herkommen.«

Maren hatte das Gefühl, dass sie in dem Gespräch mittlerweile auf spekulativem Niveau angelangt waren. Eine offene Frage beschäftigte sie noch, und die musste sie unbedingt loswerden.

»Kennen Sie Jan Tersteegen?«

In die Augen des Alten kam wieder Leben. Seine Hand legte sich auf Elenas Schulter.

»Selbstverständlich kennen wir ihn. Jan ist der Verlobte meiner Tochter. Warum fragen Sie?«

»Jan Tersteegen hat uns in Mülheim erzählt, dass er Georgios auf dessen Wunsch illegal nach Deutschland ausgeflogen hat. Und vorhin habe ich ihn hier in Ihrem Haus gesehen!«

Wie bei einer abgesprochenen Choreographie fuhren die drei Angelidous erschreckt zusammen. Elena wurde blass und starrte Maren ungläubig an.

»Was hat er getan?«

»Herr Tersteegen hat Georgios am 23. Mai ausgeflogen und mit nach Deutschland genommen.«

»Das glaube ich nicht!«

Nach wie vor wirkten die drei Angelidous fassungslos.

»Er erzählte, dass er seit Jahren mit der Familie Stefanidis eng befreundet ist, was uns von Petros bestätigt wurde.«

Aus dem Körper des Patriarchen schienen weitere zehn Lebensjahre zu strömen. Er schüttelte den Kopf und winkte seinem Sohn, der sofort aufsprang und den Alten beim Aufstehen stützte. Noch einmal wandte der sich an seine Gäste.

»Sie entschuldigen mich, bitte. Ich ziehe mich zurück. Aber klären Sie, was geklärt werden muss. Mein Sohn kommt gleich zurück.«

Er verabschiedete sich mit einem schwachen Nicken, und während er durch Alkinoos gestützt davon schlurfte, hatte Elena ihre Sprache wieder gefunden.

»Sie müssen mir glauben: Wir hatten keine Ahnung! Wie kommt Jan dazu? Wieso hat er mir nichts erzählt?«

»Warum war Herr Tersteegen heute hier?«

»Wir wollen im Herbst heiraten. Mein Vater, er und ich haben über die Hochzeit gesprochen!«

Alkinoos Angelidou war wieder an den Tisch getreten.

»Glauben Sie uns: Nichts von alledem wussten wir. Verstehen Sie bitte, meinem Vater geht es nicht gut. Das war zu viel für ihn heute Abend. Wir müssen uns um ihn kümmern. Sie dürfen gerne noch einmal zu uns kommen, aber für heute müssen wir Schluss machen.«

Dafür hatten die drei Polizisten natürlich Verständnis. Sie erhoben sich und schüttelten Alkinoos die Hand. Auf dem Weg zum Wagen sprach Maren Elena an.

»Wissen Sie, dass ich es war, die …«

Elena unterbrach sie, indem sie ihre Hand auf Marens Unterarm legte.

»Ich weiß«, sagte sie. »Es war nicht Ihre Schuld. Woher sollten Sie von Georgios und mir wissen? Georgios hat die Gabe, sehr leicht Menschen für sich einzunehmen. Er ist ein Lügner und ein schlechter Mensch!«

Bevor sie in Nikos Wagen stiegen, bedankten sie sich bei den Geschwistern und baten sie, ihrem Vater die besten Wünsche auszurichten.

Während der Rückfahrt nach Epidavros wurde im Wagen kein Wort gesprochen. Jeder war mit seinen eigenen Eindrücken beschäftigt. Erst nachdem sie sich vor Marens und Franks Hotel geeinigt hatten, gemeinsam noch einen »Absacker« zu nehmen und auf der Hotelterrasse saßen, waren sie wieder in der Lage miteinander zu reden.

»Das war ein echter Hammer!«, eröffnete Frank die Runde. Niko und Maren antworteten mit einem Nicken.

»Leider haben wir vergessen zu fragen, ob Tersteegen noch im Lande ist. Ich habe das Gefühl, dass wir ihm noch einmal auf den Zahn fühlen müssen.«

»Das sieht mir nach einem doppelten Spiel von seiner Seite aus. Hast du gesehen, wie die drei Angelidous reagiert haben, als du erwähnt hast, dass er eng mit den Stefanidis befreundet ist?«, wandte sich Niko an Maren.

»Allerdings. Das hat eingeschlagen wie eine Bombe!«

Frank nippte an seinem Glas, bevor er seine Zweifel anbrachte.

»Hat uns das wirklich weiter gebracht? Was bisher undurchsichtig war, ist durch diese Geschichte noch undurchsichtiger geworden.«

Maren knuffte ihn in die Rippen.

»Jetzt sei mal nicht so negativ! Wir haben einen Ansatz und der heißt Jan Tersteegen! Der ist seit Jahren mit Elena Angelidou zusammen und geht gleichzeitig bei den Stefanidis ein und aus. Ich bin sicher, dass dahinter etwas steckt!«

Frank war müde und trank sein Glas aus.

»Ja, wahrscheinlich ein weiteres Geheimnis, das man verfilmen könnte«, sagte er und stand auf. »Ich gehe ins Bett.«

»Warte, ich komme mit!«, rief Maren.

Sie leerte in zwei Anläufen ihr Glas und erhob sich gleichzeitig mit Niko.

»Wäre es euch um halb neun recht?«, fragte er.

»In Ordnung. Frühstück oder Dienstbeginn?«

»Mein lieber Frank, unsere Frühstücke sind dienstlicher Natur.«

An der Rezeption bat Frank den Kellner, der Maren und ihn schon am Nachmittag bedient hatte, die Getränke auf die Zimmerrechnung zu setzen. Sie verabschiedeten sich von Niko. Anschließend teilte Frank Maren mit, dass er allein in seinem Bett die Nacht verbringen wollte. Sie nahm es ohne Widerspruch hin.

## Freitag 23. Juni 2006

Am nächsten Morgen um Viertel vor neun saßen Maren, Frank, Lea und Niko zusammen am gedeckten Frühstückstisch des Hotels. Lea ging es wieder gut. Die Begrüßung war gewohnt herzlich ausgefallen, und nichts deutete auf eine irgendwie geartete Missstimmung hin. Offensichtlich hatte Lea die Irritationen überwunden, die gestern zwischen ihr und Frank entstanden waren. Sie hatte sich nur einen Frappé bestellt und nuckelte an ihrem Strohhalm.

»Niko hat mir schon erzählt, was da gestern alles so auf den Tisch gepackt wurde. Bemerkenswert ... und alle Achtung vor dem alten Angelidou, dass er sich das zugemutet hat!«

Frank nickte und schluckte seinen Bissen Brot hinunter.

»Schon, aber was fangen wir damit an?«

Maren war bereits fertig mit dem Frühstück, während die beiden Männer noch kräftig zulangten.

»Je länger ich darüber nachdenke, und das habe ich heute Nacht ausgiebig getan, umso mehr beschleicht mich das Gefühl, dass wir nach Ermioni zu den Stefanidis fahren sollten. Außerdem müssen wir uns, wie auch immer, Jan Tersteegen nochmal vornehmen.«

»Wenn er noch hier ist.«

»Das lässt sich ja wohl rauskriegen! Wir rufen bei den Angelidous an.«

»Wir sollten uns aufteilen. Zwei kümmern sich um Tersteegen, zwei besuchen die Stefanidis«, schlug Niko vor, was auf allgemeine Zustimmung stieß.

Er grub sein Handy aus der Hosentasche und wählte die Nummer der Angelidous, die er gestern Abend beim Abschied von Alkinoos erhalten hatte. Da sie alleine im Frühstücksraum saßen, schaltete er den Lautsprecher ein. Elena meldete sich.

»Frau Angelidou, ich rufe aus zwei Gründen an. Erstens möchte ich Ihnen für Ihre Gastfreundschaft und die Ehrlichkeit danken, mit der Sie uns gestern bedacht haben. Wie geht es Ihrem Vater?«

»Das ist sehr lieb von Ihnen, danke. Meinem Vater geht es wieder besser. Er sitzt im Garten und trinkt seinen ersten Wein. Wollen Sie ihn sprechen?«

»Nein, aber richten Sie ihm bitte unsere Grüße aus. Sagen Sie, wird Herr Tersteegen länger in Griechenland bleiben? Ist er noch da?«

»Nach dem, was Sie uns gestern über ihn erzählt haben, habe ich heute Morgen sofort versucht, ihn zu erreichen. Es ist mir aber noch nicht gelungen. Eigentlich will er bis Ende Juli bleiben.«

»Wo wohnt er?«

»Wenn er hier ist, dann wohnt er in der Regel in einem kleinen Haus ganz in der Nähe, etwas außerhalb von Kalloni an der Straße Richtung Küste. Müssen Sie ihn sprechen?«

»Ich glaube schon. Ist das ein Problem?«

Elena schien einer anderen Person in ihrer Nähe etwas mitzuteilen, denn man hörte sie nun deutlich leiser mit jemandem Griechisch sprechen.

»Entschuldigen Sie, ich habe meinem Bruder nur kurz gesagt, dass ich mit Ihnen spreche. Nein, das ist kein Problem. Ich hatte aber gehofft, dass ich zuerst mit ihm reden kann.«

»Versuchen Sie es weiter. Wir fahren auf jeden Fall jetzt los. Wenn Sie uns die Adresse geben könnten ...?«

Elena Angelidou konnte und gab die Adresse an Niko durch. Der bedankte sich höflich und beendete das Gespräch.

Wie nicht anders zu erwarten, bildeten sich die Teams fast automatisch. Niko fuhr mit Maren hinaus zu Jan Tersteegens Haus. Sie fuhren durch Kalloni hindurch, nahmen die Straße, die östlich aus dem Ort hinausführte, um sich dann in einem weiten Bogen Richtung Nordosten auf die Küste zuzubewegen. Elena hatte das Haus treffend beschrieben. Es war nicht wirklich ein »kleines Haus«. Das hatte Maren aber auch nicht wirklich erwartet. Schließlich war Tersteegen nicht arm und wollte nach eigenen Worten das Geld ausgeben, das seine Mitarbeiter erwirtschafteten. Hier hatte er einen ordentlichen Teil seines Geldes hineingesteckt. Sie parkten den Wagen im Schatten eines Baumes direkt am Straßenrand und liefen auf das Haus zu. Es handelte sich um eine Art Doppelhaus, deren einzelne Hälften leicht versetzt nebeneinander errichtet waren. Wie so oft in Griechenland war das Haus weiß gestrichen. Es hatte weinrote Fensterrahmen und Fensterläden. Außen an den Fenstern waren bunt bepflanzte Blumenkästen befestigt. Um das Haus herum wand sich ein mit Feldbrandziegeln gepflasterter Weg, der an der Rückseite in eine Steintreppe überging, die nach unten in einen atemberaubenden Garten führte. Erst dort konnte man erkennen, dass das Haus, entgegen dem Eindruck, den man von der Front her gewinnen konnte, doch zweigeschossig war. Maren und Niko standen vor einer riesigen Glasfront, die den Blick in einen beeindruckenden Wohnraum gestattete, denn offenbar war das Glas entspiegelt. Aus der Tatsache, dass es vorne keine Haustür gab, hatten die beiden Polizisten geschlossen, dass sich der Eingang hier irgendwo befinden musste. Verwundert schauten sie sich erst um und dann an.

»Beamt der sich nach Hause, wenn er unterwegs ist?«

Niko war auf der unteren Ebene weiter um das Haus gelaufen. Maren folgte ihm. Auch die zweite Hälfte war von hinten mit einer Glasfront versehen. Hinter ihr befand sich ein Schwimmbecken.

»Nettes Häuschen«, bemerkte Niko, der weiter lief und schließlich zu einer zweiten Treppe gelangte, an deren oberem Ende sie eine Tür ausmachten, die alle Merkmale einer Haustür aufwies.

»Anders herum wäre schneller gewesen«, bemerkte Maren.

An der Tür befand sich eine aus Bronze gegossene Faust, die in einem horizontalen Scharnier befestigt war. Eine Klingel konnten sie nicht finden. Niko betätigte also die Faust und ließ sie auf die Bronzeplatte plumpsen, die unter der Faust auf der Tür festgeschraubt war. Es rummste gewaltig.

»Falls der Arme noch im Bett gelegen haben sollte, dann ist er jetzt rausgefallen«, kicherte Maren.

Auf den Lärm erfolgte jedoch keine Reaktion. Niko zuckte mit den Schultern und verschaffte seinem Wunsch, eingelassen zu werden, ein zweites Mal Gehör. Wieder tat sich nichts.

»Das war es wohl«, bemerkte Maren folgerichtig.

Niko wandte sich ihr zu.

»In Filmen bemerkt der Kommissar an dieser Stelle meistens, dass die Tür angelehnt ist. Er schiebt sie langsam auf und tritt ein, begleitet von dramatischer Musik. Er geht auf Zehenspitzen durch den Flur, blickt von links nach rechts, scannt die Umgebung mit seinen Sinnen – und findet dann entweder in der Küche oder im Schlafzimmer die Leiche des Hausherrn.«

Maren lachte. »Hast du schon mal daran gedacht, Drehbücher zu schreiben?«

»Nee, lass mal. Ich habe es nicht so mit Krimis«, erwiderte Niko, als beide schon wieder auf dem Rückweg waren. An der etwas zurückgesetzten Gebäudehälfte blieb er plötzlich stehen und wies auf eine schmale Öffnung in der Glasfront.

»Das glaube ich jetzt nicht«, stieß er hervor und griff in seine Hosentasche. Mit einem Taschentuch in der Hand gab er der Schiebetür einen leichten Schubser und vergrößerte den Spalt so weit, dass er hindurchschlüpfen konnte.

»Aber bitte keine Leiche!«, sagte er und wollte gerade den Schritt durch die Tür machen, als Maren ihn am Arm festhielt.

»Was machst du da?«, zischte sie. »Bist du verrückt? Das können wir nicht machen!«

»Warum nicht? Es ist niemand hier. Wir gucken nur mal. In ein paar Sekunden sind wir wieder raus!«

Maren ließ nicht locker und hielt seinen Arm weiter fest im Griff.

216

»Das sagt der Kommissar im Film auch immer, und man weiß genau, dass es Ärger gibt.«

»Wer soll uns Ärger machen? Ich bin hier das Gesetz!«

In Maren wuchs langsam der Spaß an der Situation. Wenn sie auch zu Beginn wirklich erschrocken über Nikos Absicht war, schmunzelte sie jetzt, als sie zur nächsten filmreifen Frage ansetzte.

»Und wenn jemand kommt, während wir drin sind?«

»Dann haben wir Pech gehabt und müssen rennen.«

»Und wenn wir uns in einem Schrank verstecken müssen?«

»Dann küssen wir uns und alles wird gut.«

Niko hatte sich aus Marens Griff befreit und stand bereits in dem beeindruckenden Wohnzimmer. Maren hätte vor Lachen platzen können. Sie streifte ihre Sandalen ab und trat barfuß neben Niko.

»Und jetzt?«

»Wir werden sehen.«

Niko setzte sich in Bewegung. Sie liefen quer durch die Wohnlandschaft und stießen auf eine Tür, die in einen Flur führte. Ganz überwunden hatte Maren ihre Skrupel noch nicht.

»Was ist mit einer möglichen Alarmanlage?«

»Die Schiebetür war offen. Wenn er eine hat und sie eingeschaltet gewesen wäre, dann hätte sie schon Radau gemacht.«

»Aber dann ist er doch sicher hier!«

Maren packte ein plötzlicher Anflug von Panik und sie blieb stehen, doch Niko gab ihr mit einer Geste zu verstehen, dass sie ihm folgen sollte. Gleichzeitig hatte er den Zeigefinger auf seine Lippen gelegt. Maren folgte ihm in den Flur, aber es war ihr vor Aufregung regelrecht schlecht. Ihr Herz raste und sie spürte, wie die Muskulatur in ihren Beinen zitterte.

»Hast du etwas gehört?«, flüsterte sie, als sie dicht neben ihm stand. Doch Niko schien unbeeindruckt.

»Nein«, sagte er in voller Lautstärke und grinste.

Er handelte sich einen Klaps auf die rechte Schulter ein.

Der Flur verlief nach ungefähr zehn Metern in einer Abzweigung in zwei Richtungen weiter. Fragend wies Niko erst nach links, dann nach rechts. Sie entschieden sich für links. Beim Blick durch eine offen stehende Tür stellten sie fest, dass sich hinter ihr ein recht großes Arbeitszimmer mit Schreibtisch, Computer und einer Sitzgruppe befand. Niko schob die Tür ganz auf und lief auf den Schreibtisch zu, auf dessen Arbeitsfläche Papiere lagen. Der Computer war ausgeschaltet. Niko widerstand der Versuchung, ihn einzuschalten. Wahrscheinlich war er ohnehin durch ein Passwort gesichert. Er setzte sich auf den schweren Lederstuhl, der vor dem Schreibtisch stand, und blätterte die Papiere durch. Es handelte sich dabei um teils geöffnete, teils noch verschlossene Briefumschläge. Alles uninteressant. Er stapelte sie wieder in der Weise auf, wie er sie vorgefunden hatte, und öffnete die beiden Schubladen des Tisches. Kontounterlagen, alte Briefe, die Tersteegen noch nicht abgeheftet hatte, einige Feuerzeuge und sonstiger Kleinkram kamen zum Vorschein. Maren hatte sich hinter die Tür begeben, wo sie auf ein Regal voller Akten gestoßen war. Sie nahm einen Ordner nach dem anderen heraus und blätterte sie durch. Niko öffnete eine Seitentür des Schreibtisches und entnahm dem Fach einen Stapel Unterlagen, dem er sich eben widmen wollte, als ihn Marens unterdrückter Schrei aufschreckte.

*

Lea und Frank mussten mit dem Escort zuerst eine Tankstelle ansteuern. Mit vollem Tank, geputzter Windschutzscheibe und zwei Coladosen machten sie sich schließlich auf den Weg zum Hauptsitz der Stefanidis nach Ermioni. Lea fuhr, Frank rauchte und hatte natürlich das Beifahrerfenster heruntergekurbelt.

»Geht es dir wieder gut?«, wagte er einen Vorstoß.

»Ja, und dir? Was macht deine Beule?«

»Alles in Ordnung. Welche Beule?«

Tatsächlich war von der Verletzung kaum noch etwas zu sehen. Eine leicht grüngelb verfärbte Stelle kurz über der Nasenwurzel zeugte noch von der Begegnung mit Angelidous Leibwächter.

»Ich habe nachgedacht«, begann Lea. »Ich stehe zu dem, was wir gestern gemacht haben. Ich habe dich gern geküsst und ich würde dich gerne viel öfter küssen ...«

Frank unterbrach sie. »Ich weiß, was du sagen willst ...«

»Lass mich trotzdem bitte ausreden!«, wehrte sie die Unterbrechung ab. »Ich möchte es aussprechen! Ich will nicht, dass irgendwelche Missverständnisse zwischen uns hängen!«

Sie hatte den Wagen stark abgebremst, und zuckelte nun eine schnurgerade Straße entlang, auf der sie ein Fahrrad bequem hätte überholen können. Sie blickte ihn ernst an. Frank verschloss seine Lippen mit einem imaginären Reißverschluss, drehte einen unsichtbaren kleinen Schlüssel in einem eingebildeten Schloss und warf den Schlüssel schließlich aus dem Fenster.

»Gut so!«, lachte Lea. »Von meiner Seite aus ist es einfach so, dass ich ein bisschen in dich verliebt bin. Nicht mehr und nicht weniger. Ich mag Maren und ich bin verliebt in dich. Wenn Maren nicht wäre, würde ich zur Jagd auf dich blasen, aber so? Ich verzichte und kann damit leben. Es tut mir im Augenblick ein bisschen weh, aber das wird sich mit der Zeit legen.«

Sie schaute ihn kurz an, widmete sich dann jedoch dem Straßenverlauf, denn sie hatte wieder etwas Gas gegeben und es ging nun in Kurven durch leicht hügeliges Gelände.

»Fertig!«, setzte sie den Schlusspunkt und erwartete Franks Reaktion. Der drückte seine Zigarette in dem kleinen, fast überquellenden Aschenbecher aus.

»Ich bin froh, dass du das gesagt hast. Ich kann fast alles davon unterschreiben. Du bist eine sehr schöne und liebe Frau, und ich hoffe, dass bald die Männer Schlange stehen, um dir das zu bieten, was du dir wünschst. Ich kann es nicht.«

»Hast du Maren davon erzählt?«

»Nein, sollte ich?«

»Untersteh dich!«, rief Lea und schlug mit ihrem Handrücken gegen seinen Oberschenkel.

*Das kenne ich doch,* dachte Frank und grinste vor sich hin. Kurz darauf bog Lea nach rechts in eine Straße ab, an deren Ende sie ein gewaltiges schmiedeeisernes Tor erwartete. Eine Bronzetafel mit griechischen Lettern, die Frank natürlich nicht entziffern konnte, war rechts neben dem Tor angebracht.

»Ja, so ein Namensschild kann verschiedene Größen haben. Bei mir ist es so groß.«

Lea zog mit ihrem Zeigefinger einen Rahmen von ungefähr fünf mal zwei Zentimetern in die Luft.

»Gibt es hier auch eine Klingel?«

Frank blickte sich um, bis er bemerkte, dass in die Bronzetafel eine quadratische Taste eingelassen war, die sich problemlos drücken ließ. Kurz darauf ertönte aus jener Bronzetafel die offenbar obligatorisch knarzende Stimme. Es war Griechisch, was ihnen da entgegenplärrte, und die Frau, der die Stimme gehörte, wirkte wenig geduldig. Lea antwortete dem Redeschwall ruhig und nachsichtig. Dann ertönte ein Summen und Lea schob das Tor auf.

»Du musst es wieder schließen!«, teilte sie Frank mit, als sie in den Wagen sprang. Er wartete ab, bis sie mit dem Escort auf das Gelände gefahren war, schloss das Tor und zwängte sich auf den Beifahrersitz. Vor ihnen lag eine Allee, gesäumt von offenbar sehr alten Bäumen. Nach ungefähr 400 Metern vollführte die asphaltierte Straße einen Linksbogen und brachte sie vor ein Gebäude, hinter dem sich das Feriendomizil der Angelidous dreimal hätte verstecken können. Die Seite, von der aus Lea und Frank auf das Gebäude zufuhren, wurde beherrscht von einem Zentralbau, an dessen beiden Seiten sich zwei Flügel bis zu einem langen Parallelgebäude erstreckten, das mindestens fünfmal so lang war wie das Gebäude in der Mitte. Das Ganze erinnerte an eine Kreuzung zwischen Schloss und Hazienda. Vor dem Eingangsportal befand sich, ähnlich wie bei den Angelidous, ein Rondell in der Größe eines Kreisverkehrs. Zwei von ihm abführende Straßen leiteten die ankommenden Fahrzeuge entweder nach rechts oder nach links auf zwei Parkplätze. Frank war sicher, dass auf jedem ohne Schwierigkeiten zwanzig Edelkarossen Platz haben könnten. Rechts standen drei dieser Protzautos, also wählte Lea den linken Parkplatz, denn sie wollte ihrem kleinen Escort diese Schmach ersparen. Am Eingangsportal erwartete sie eine grauhaarige Dame in einem schwarzen Kostüm. Frank schätze sie auf Mitte sechzig, wobei ihm einfiel, dass es bei Griechen ohnehin sehr schwer war, das Alter richtig zu raten. Lea unterhielt sich kurz mit ihr. Als sie der Frau erklärte, wer er war, schenkte diese ihm einen freundlichen Blick. Er reichte ihr die Hand und nannte seinen Namen. Die Frau sprach ihn auf Griechisch an, doch er machte ihr gestenreich klar, dass er sie nicht verstand.

»Also sprechen wir Deutsch«, bestimmte sie zu seiner Verblüffung und fügte erklärend hinzu: »Ich habe 15 Jahre meines Lebens in Deutschland verbracht.«

Dann wandte sie sich erneut Lea zu, blieb aber bei der deutschen Sprache.

»Herr Stefanidis, also Petros, ist gestern Abend erst aus Deutschland zurückgekommen. Wenn Sie mir folgen wollen, werde ich ihn fragen, ob er bereit ist, Sie zu empfangen.«

»Richten Sie ihm bitte aus, dass es wirklich dringend ist! Ansonsten würden wir ihn nicht behelligen.«

Die Hausangestellte nickte Maren zu und ließ die Polizisten in der riesigen Empfangshalle stehen.

»Unglaublich!«, entfuhr es Frank. Er drehte sich auf dem Absatz herum, legte den Kopf in den Nacken und schaute etwa fünfzehn Meter hoch bis unter die Glaskuppel des zentralen Gebäudes. Als er seinen Blick langsam wieder senkte, blieb er an einem Mann hängen, den der Schreck scheinbar am Geländer des Arkadengangs, der sich auf halber Höhe befand, festgefroren hatte.

»Herr Tersteegen!«, rief Frank ihm zu. »So stellen Sie sich das also vor, wenn wir Sie auffordern, sich zur Verfügung zu halten?«

*

»Was ist los?«, fragte Niko und trat neben Maren, die hinter der offenen Tür am Regal stand und konzentriert in einer Akte blätterte.

»Ist schon okay. Ich bin nur mit meinem großen Zeh gegen dieses blöde Regal getreten. Aber schau dir das an!«

Sie stellte sich dicht neben Niko, damit er ebenfalls einen Blick in den Ordner werfen konnte.

»Was ist das?«

»Das sieht aus wie ein Vertragsentwurf.«

Niko blätterte in dem Schriftstück zurück, bis er auf der ersten Seite des Dokuments angelangt war. Es war in englischer Sprache verfasst. Tatsächlich handelte es sich um einen Vertrag zwischen Jan Tersteegen und einem gewissen Viktor Beckert.

»Aber hallo!«, entfuhr es Niko und er deutete mit einem Finger auf einen Absatz des Textes. Er ließ Maren lesen. Anschließend blätterte er zur letzten Seite.

»Keine Unterschriften«, bemerkte sie.

Niko nahm Maren die Akte aus den Händen und blätterte weiter.

»Sieh mal!«, rief er und zeigte Maren einen dicken Stapel ausgedruckter E-Mails. »Der hat aber ordentlich Buch geführt!«

Maren las und staunte nicht schlecht. Sie hatten den in chronologischer Reihenfolge abgehefteten elektronischen Postverkehr zwischen Jan Tersteegen und Viktor Beckert vor sich.

»Gibt es einen Kopierer?«, fragte Niko und blickte sich um.

»Das können wir unmöglich machen!«, warnte Maren ihn. »Das fällt doch sofort auf!«

»Du hast recht. Lass uns gehen, bevor wir doch noch erwischt werden.«

Er gab Maren den Ordner zurück und die schob ihn in die Lücke, die sich durch seine Entnahme inmitten einer Reihe von Akten aufgetan hatte. Beide verließen das Arbeitszimmer, nachdem Niko den schweren Lederstuhl zurück an den Schreibtisch gerollt hatte. Dann liefen sie den Flur entlang, wandten sich nach rechts und betraten die Wohnlandschaft in dem Augenblick, als ein Telefon dudelte. Bis ins Mark erschreckt blieben beide stehen und schauten sich an. Das Telefon stand auf einem kleinen Beistelltisch neben dem weißen Ledersofa. Es sandte drei Ruftöne aus. Dann meldete sich eine Stimme.

»Hier ist Jan Tersteegen. Leider bin ich im Augenblick nicht zu sprechen. Sie haben zwei Möglichkeiten. Sie können später noch mal anrufen oder mir eine Nachricht hinterlassen. Ich rufe Sie dann zurück. Entscheiden Sie sich bitte … jetzt! – Piep!«

»Hallo, Jan! Hier ist Viko. Ich muss dringend mit dir sprechen! Melde dich endlich! Ich muss wissen, wie es jetzt weiter geht! Ruf also zurück!«

Niko schob Maren aus der gläsernen Schiebetür und achtete darauf, dass er sie ungefähr so weit offen ließ, wie sie sie vorgefunden hatten. Maren schlüpfte in ihre Sandalen. Auf dem Rückweg zu ihrem Auto nahmen sie diesmal die kürzere Strecke.

»Ob das dieser Viktor Beckert war?«

»Wahrscheinlich«, antwortete Niko.

»Wie kann Jan Tersteegen einen Vertrag mit Beckert über Immobilien schließen, die ihm gar nicht gehören?«

»Er tut das wohl im Auftrag der Stefanidis.«

»Als Eigentümer war aber Tersteegen eingetragen.«

»Du hast recht, das ist merkwürdig.«

»Wo fahren wir jetzt hin?«, erkundigte sich Maren.

Niko setzte sein charmantestes Grinsen auf.

»Schlag du was vor.«

*

Jan Tersteegen hatte sich so weit gefasst, dass sich seine Starre löste und er sich die Treppe hinunter und auf die beiden Polizisten zu bewegen konnte.

»Nun, ich stehe zu Ihrer Verfügung! Meinten Sie, dass ich Deutschland nicht verlassen darf? Das war mir nicht bewusst«, rief er Frank entgegen.

Tersteegen war offenbar beeindruckt und verunsichert von diesem unerwarteten Zusammentreffen. Als er unten angelangt war, richtete sich sein Blick erst auf die griechische Polizistin.

»Herr Wallert, ich staune, welch wunderschöne Frauen Sie umgeben, wenn wir uns sehen.«

Als Antwort zückte Lea ihren Dienstausweis und hielt ihn Tersteegen unter die Nase.

»Oh, Sie sind auch von der Polizei! Was führt Sie hierher?«

Gerade wollte Frank zu einer Antwort ansetzen, als sich eine Tür im hinteren Bereich der Halle öffnete und Petros Stefanidis auf der Bildfläche erschien. Er wirkte um Jahre gealtert, von der Trauer um seinen Bruder offenbar angeschlagen. Trotzdem lag, neben seiner Müdigkeit, auch Verwunderung in seinem Blick.

»Sie hier?«, fragte er ungläubig. »Was gibt es?«

»Herr Stefanidis«, begann Frank. »Es tut uns leid, dass wir Sie stören müssen. Wir haben noch ein paar Fragen.«

Der Grieche nickte und schaute Tersteegen an.

»Hast du Zeit zu warten?«, fragte er.

»Selbstverständlich.«

Jan Tersteegen wandte sich ab und wollte sich entfernen, doch Frank hielt ihn zurück.

»Wir müssen gleich auch kurz mit Ihnen reden.«

Der Gesichtsausdruck des Geschäftsmannes veränderte sich. Er wirkte erschreckt, was Frank mit Erstaunen registrierte. Tersteegen nickte.

»In Ordnung. Ich bin im Gästezimmer.«

Damit ließ er sie stehen und stieg die Treppe hoch.

Petros Stefanidis führte Lea und Frank in die Bibliothek, aus der er gerade gekommen war. Er bot ihnen an, in den schweren Ledersesseln Platz zu nehmen und setzte sich ihnen gegenüber.

»Können wir das Ganze kurz machen?«, fragte er. »Mein Bruder soll am Dienstag beigesetzt werden, und es gibt eine Menge zu tun.«

»Natürlich. Ich verspreche Ihnen, es dauert nicht länger als nötig«, beruhigte Frank ihn. »Ich bin bereits seit zwei Tagen in Griechenland, und mit Hilfe unserer griechischen Kollegen haben wir Kontakt zu der Familie Angelidou aufgenommen.«

Frank ließ diese Mitteilung auf Stefanidis wirken. Tatsächlich gab es eine spontane Reaktion. Petros' Blick wurde unruhig und seine Züge wirkten angespannt.

»Was wollen Sie von denen?«

»Es schien uns wichtig zu erfahren, woher der Streit zwischen Ihren Familien stammt und wir wollten wissen, was den Eklat bei den Verhandlungen wirklich ausgelöst hat.«

Stefanidis stieß ein bitteres Lachen hervor.

»Und? Ist es Ihnen gelungen?«

»Ich glaube schon. Errico Angelidou hat uns die ganze Geschichte erzählt. Wir haben auch Elena und Alkinoos kennen gelernt, und dabei haben sich Fragen an Sie ergeben.«

Petros Stefanidis sank ein wenig in sich zusammen, doch sein Blick nahm einen etwas spöttischen Ausdruck an.

»Und natürlich glauben Sie diesen Gaunern alles.«

»Hören Sie«, beschwor Frank den Griechen, »uns ist die Tiefe und Tragweite Ihres Konfliktes völlig bewusst. Wir verstehen voll und ganz, was sich zwischen Ihren Familien abspielt. Sie haben gerade Ihren toten Bruder aus Deutschland abgeholt. Er wurde ermordet! Wahrscheinlich sollte Georgios getötet werden. Für uns ist es wichtig, diese Fragen zu klären, ohne in Ihren Streit mit einbezogen zu werden! Wollen Sie uns helfen, die Mörder Ihres Bruders zu finden und Ihren anderen Bruder möglichst zu retten? Wir sind sicher, dass irgendjemand in Deutschland Jagd auf ihn macht!«

Franks Ansprache zeigte die erhoffte Wirkung. Stefanidis' Blick hatte den Spott verloren und zeigte das Maß an Ernsthaftigkeit, das Frank sich gewünscht hatte.

»Was haben Sie für Fragen?«

»Nun, Sie sprachen davon, dass Georgios versucht haben soll, sich der Frau von Alkinoos zu nähern und dass dies der Grund für den Streit bei den Verhandlungen gewesen sei. Vertreten Sie diese Meinung noch immer?«

Zu Franks Erstaunen antwortete der Grieche mit einem Schmunzeln.

»Nein. Das war nicht der Grund. Diese Geschichte hat zwar den Umgang mit den Angelidous nicht gerade erleichtert, aber sie war nicht der Grund.«

»Was dann?«

Stefanidis zuckte mit den Schultern.

»Das kann ich Ihnen nicht sagen.«

»Können Sie nicht oder wollen Sie nicht?«

Petros wirkte jetzt beinahe entrüstet.

»Ich kann nicht! Ich weiß es wirklich nicht! Georgios fing während des Treffens plötzlich an, die Angelidous zu beschimpfen. Er wühlte in den alten Geschichten herum und beleidigte Elena. Ich bin nicht dazu gekommen, mit ihm darüber zu reden, aber er muss es mit Absicht getan haben!«

»Was, glauben Sie, war seine Absicht?«

»Er wollte den Verkauf verhindern. Was sonst?«

Frank nickte.

»Wir kommen zu unserer eigentlich letzten Frage: Wie stehen Sie zu Jan Tersteegen?«

Petros Stefanidis stand auf, öffnete einen kleinen Schrank und holte einen Aschenbecher und eine Kiste mit Zigarren aus ihm hervor. Frank lehnte die ihm angebotene Zigarre ab, fragte aber, ob er stattdessen eine Zigarette rauchen dürfte.

»Natürlich, rauchen Sie nur!«, erwiderte Petros, setzte sich und zündete seine Zigarre an. Er paffte einige Male, blickte versonnen auf die Glut und beantwortete endlich Franks Frage. »Herr Tersteegen ist ein Freund der Familie.«

»Ein Freund, ein guter Freund, ein sehr guter Freund ..?

»Der beste Freund, den man sich wünschen kann.«

»Und Sie wussten nicht, dass er Georgios ausgeflogen hat?«

»Genau, das wusste ich nicht. Ich wollte gerade mit ihm darüber reden, als Sie auftauchten. Das ist schon merkwürdig. Er wird es aber sicher erklären können.«

»Wissen Sie, dass Herr Tersteegen auch bei den Angelidous ein- und ausgeht?«

Der Grieche zuckte zusammen und wurde blass.

»Was reden Sie da?«, stieß er hervor.

»Wissen Sie es?«

Frank ließ nicht locker, und da er die Frage wiederholt hatte, schien dem Griechen auch klar zu werden, dass er sie ernst meinte.

»Nein, das weiß ich nicht!«

Stefanidis' Stimme zitterte. Er verlor zusehends die Fassung und starrte Frank in Erwartung einer Erklärung an. Frank ließ ihn nicht aus den Augen, während Lea sich nun mit einer Frage einschaltete.

»Wissen Sie, dass Jan Tersteegen mit Elena Angelidou verlobt ist und sie im Herbst heiraten wollen?«

Das gab dem Griechen den Rest. Er riss die Augen weit auf und blickte zwischen Lea und Frank hin und her. Aus seinem Gesicht war sämtliche Farbe gewichen. Er begann, wie in Zeitlupe seinen Kopf zu schütteln. Ein paar Mal machte er den Versuch, etwas zu sagen. Wie ein an Land gespülter Fisch, öffnete und schloss er den Mund, ohne dass er einen Laut herausbrachte. Schließlich sprang er auf, warf seine Zigarre in den riesigen Aschenbecher und lief zur Tür. Er riss sie auf und schrie.

»Jan!!!!«

*

Von Tersteegens Haus waren Maren und Niko weiter Richtung Hafen gefahren, wo sie nun unter einem Sonnenschirm am Tisch eines Cafés saßen. Vor Niko stand eine Cola, vor Maren ein Frappé. Sie nuckelte an ihrem Strohhalm und blickte in das Glas, als wollte sie das Geheimnis um die Funktionsweise eines Strohhalms ergründen.

»Ich glaube, das ist eine Sensation, was wir da gefunden haben!«, sagte Niko, der Maren lächelnd bei ihrem Experiment beobachtete. Sie blickte zu ihm auf.

»Wenn das, was wir zusammenreimen, wirklich stimmt!«

»Was soll es sonst bedeuten? Es gibt offenbar einen Viktor Beckert, dem Jan Tersteegen das Anwesen der Stefanidis und einige kleinere Olivenbetriebe per Vertrag schenkt, obwohl sie ihm nicht gehören! Tersteegen muss also davon ausgehen, dass er sie demnächst besitzen wird! Der Vertrag ist nicht datiert und nicht unterschrieben.«

Maren lehnte sich zurück und schlug die Beine übereinander. Während sie Niko ansah, rührte sie mit dem bunten Plastikstrohhalm in ihrem Glas.

»Weißt du, du Meisterdetektiv, dass wir mit alledem nichts anfangen können, weil wir auf höchst illegale Art an diese Informationen gekommen sind?«

Niko winkte ab.

»Ach was! Das ist doch jetzt gar nicht entscheidend! Viel wichtiger ist, dass wir eine Spur haben! Was ist, wenn Tersteegen tatsächlich ein doppeltes Spiel treibt und die Stefanidis über den Tisch ziehen will?«

»Spekulationen!«

»Was ist, wenn Georgios das weiß und deshalb verschwunden ist?«

»Spekulationen!«

»Wer ist Viktor Beckert?«

Maren hielt in ihrer wissenschaftlichen Beobachtung, die sie wieder aufgenommen hatte, inne und wies mit dem Zeigefinger auf Niko.

»Gute Frage! – Das sollten wir klären.«

*

Frank und Lea waren aufgesprungen und eilten Petros Stefanidis hinterher, der bereits auf dem Weg über die Treppe nach oben war. Sie holten den wütenden Griechen ein, als er eine Tür auf dem Arkadengang aufriss. Zu dritt standen sie in der offenen Tür und blickten in einen verlassenen Raum.

»Er ist weg«, stieß Petros hervor. »Er hat sich aus dem Staub gemacht.«

»Sicher?«

Frank war etwas außer Atem, denn es gehörte nicht zu seiner Alltagsbeschäftigung, auf diese Weise nicht enden wollende Treppen hinaufzujagen. Stefanidis sah ihn an und nickte.

»Sicher. Seine Tasche ist weg.«

»Herr Stefanidis, was geht hier vor?«

»Ich weiß es nicht. Ich hoffe, dass Sie unrecht haben!«

»Ich weiß es! Tersteegen wurde im Haus der Familie Angelidou gesehen. Die hatten genauso wenig Ahnung davon, dass er mit Ihnen engen Kontakt unterhält, wie Sie umgekehrt.«

»Ich kann Ihnen das nicht erklären. Ich weiß nicht, was das bedeuten soll.«

Jetzt wirkte der Grieche wieder wie ein Häufchen Elend. Seine Gestik und Mimik zeugten von ehrlicher Ratlosigkeit.

»Nun, es tut mir leid, dass ich Ihnen eine so schlechte Nachricht überbringen musste. Wir machen uns jetzt auf den Weg. Sollten Sie etwas von Jan Tersteegen hören, rufen Sie uns bitte an.«

Stefanidis stieß ein zynisches Lachen aus.

»Ich werde von ihm wohl nichts mehr hören! Es wäre auch das Beste für ihn!«

»Tun Sie bitte nichts Unüberlegtes!«, warnte Frank. Lea und er verabschiedeten sich von Petros Stefanidis, der nach wie vor mit hängenden Schultern in der geöffneten Tür des Gästezimmers stand. Er machte keine Anstalten, ihnen zu folgen, als beide die Treppe hinab gingen. Lea öffnete die schwere Eingangstür, und als sie einen letzten Blick nach oben warf, stand der Grieche noch immer regungslos da, wo sie ihn verlassen hatten.

*

Maren und Niko betraten die Polizeistation in Kranidi exakt um Viertel vor zwölf. Sie wirkte wie ausgestorben. Ein einziger Beamter saß vor einem PC und hämmerte auf eine Tastatur ein, die Marens vollstes Mitgefühl hatte. Sie betraten Nikos Büro. Er deutete auf das Telefon.

»Sofort? Oder willst du auf Frank und Lea warten?«

»Lass uns warten. So wie ich unseren Chef kenne, macht der ohnehin gerade Mittagspause. Vielleicht wäre es besser, wenn wir das Ganze erst mit Lea und Frank beraten.«

»Okay«, entgegnete Niko und warf sich auf ein Sofa, das unter dem Fenster stand. »In der Zwischenzeit kannst du mir ja mal ein bisschen von dir erzählen.«

Er klopfte mit der Handfläche auf den freien Platz neben sich und grinste Maren an.

»Macho!«, rief sie scherzhaft, setzte sich aber dennoch neben ihn. »Was soll ich dir erzählen?«

»Zum Beispiel ein wenig über Frank und dich. Seid ihr schon lange zusammen?«

»Etwa anderthalb Jahre.«

»Wollt ihr heiraten?«

Maren lachte. »Heiraten? Keine Ahnung! Darüber haben wir uns noch keine Gedanken gemacht. Wie es im Moment ist, gefällt es mir eigentlich ganz gut.«

Das Telefon drang rücksichtslos in das beginnende Gespräch. Niko griff zum Hörer und meldete sich.

»Hallo Lea, wo seid ihr?«

Er hörte eine Weile zu, und Maren beobachtete, wie sich sein Gesicht zusehends verfinsterte.

»Wirklich? Das ist ja unglaublich! .... Ja. ... Wir haben euch auch Einiges zu erzählen. ... Genau. ... Nein, es passt zusammen. ... Okay. ... Gut. ... Ja, bis gleich.« Er legte auf und wandte sich Maren zu. »Wir fahren zum Hotel. Tersteegen ist vor Lea und Frank regelrecht geflohen!«

*

Die Terrasse des Hotels war nicht voll, aber dennoch gut gefüllt. Es war halb eins, als sich Maren, Frank, Lea und Niko an einem Tisch niederließen, der etwas abseits von den anderen im Schatten stand. Sie orderten bei dem Kellner, der wie aus dem Nichts neben ihnen aufgetaucht war, vier Bier. Der Mann quittierte ihre Bestellung mit einem Lächeln und einem Nicken und machte sich auf den Weg.

»Tersteegen spielt ein falsches Spiel. Das scheint festzustehen«, begann Frank. »Aber welches und warum?«

Für die Feststellung erntete er dreifaches beifälliges Nicken. Eine Antwort erhielt er aber nicht. Niko erzählte von Marens und seinem Besuch im Haus von Tersteegen. Als er das Schriftstück erwähnte, sorgte das für helle Aufregung bei Lea und Frank.

»Der verschenkt Stefanidis-Vermögen? Wie das?«, rief Frank aus. »Das kann doch nur bedeuten, dass er davon ausgeht, dass es ihm bald gehört.«

Maren schüttelte den Kopf.

»Wie soll das möglich sein? Er will Elena heiraten, aber keinen der Stefanidis-Söhne.«

Lea hatte sich bisher alles schweigend angehört. Sie hob ihre Hand, als wollte sie sich in der Schule zu Wort melden.

»Mir kommt da gerade ein Gedanke. Wenn die Verhandlungen zwischen den Angelidous und den Stefanidis damals im Mai nicht geplatzt wären, dann würde heute alles der Familie Angelidou gehören und Tersteegen wäre auf dem Wege, in diese Familie einzuheiraten.«

»Ja, und?«, entgegnete Maren. »Trotzdem könnte er dann nicht so ohne weiteres Immobilien und Betriebe des Konzerns verschenken. Warum sollten die Angelidous das zulassen?«

»Offensichtlich macht er ja mit diesem Beckert gemeinsame Sache – welche auch immer«, versuchte Lea, ihren Gedanken zu retten. »Lasst uns doch einfach mal annehmen, dass Tersteegen und Beckert von den Übernahmeabsichten und von den Verhandlungen wussten. Nah genug dran war Tersteegen doch – sogar an beiden Familien! Beckert hat von Tersteegen und vielleicht auch von den Angelidous für irgendeine Leistung diese Schenkung versprochen gekriegt – und dann ist das Ganze durch Georgios' Auftritt geplatzt.«

»Das reicht jetzt«, unterbrach Frank. »Es macht wenig Sinn so herumzustochern, solange wir nichts über diesen Viktor

Beckert wissen. Wenn ihr nicht in Tersteegens Haus eingedrungen wärt, könnten wir die Angelidous einfach fragen, ob sie ihn kennen.«

»Wenn wir das nicht getan hätten, wüssten wir nicht einmal etwas von Beckert«, entgegnete Niko.

Danach machte sich allgemeine Ratlosigkeit breit. Frank stand auf.

»Ich möchte aufs Zimmer und eine kurze Denkpause einlegen. Dann müssen wir Brandt anrufen. Kommst du mit?«, wandte er sich an Maren.

Sie erhob sich nickend. Zehn Minuten später lagen Maren und Frank nebeneinander auf dem Bett in Franks Zimmer und starrten an die Decke, wo sich der Ventilator langsam drehte.

*

Kurz nach zwei stand Frank in einer der beiden Telefonboxen des Hotels und wählte die Nummer von Kriminalrat Brandt. Maren stand dicht neben ihm, bereit ihr Ohr ebenfalls an die Hörmuschel zu drücken, wenn das Gespräch begann. Nach dreimaligem Rufen meldete er sich.

»Kriminalrat Hartmut Brandt.«

»Wallert hier.«

»Herr Hauptkommissar! Welche Freude! Wie geht es Ihnen und Maren?«

»Danke, es geht uns gut.«

»Was macht Ihre Nase?« Beinahe meinte Frank, wieder ein belustigtes Glucksen in Brandts Stimme zu hören.

»Alles in Ordnung.«

»Haben Sie Neues für mich?«

»In der Tat.«

Frank berichtete ausführlich und wunderte sich, mit welcher Konzentration Brandt am anderen Ende der Leitung seinen Ausführungen lauschte.

»Wirklich erstaunlich!«, kommentierte er schließlich und fügte ein ungewohntes Lob hinzu. »Gute Arbeit, Herr Wallert. Wie, sagten Sie, sind Sie in den Besitz des Schriftstückes gelangt?«

»Herr Kriminalrat, ich bin nicht sicher, ob Sie das wirklich wissen wollen. Wir besitzen das Schreiben auch nicht, wir haben es nur gefunden.«

»Ein Einbruch?«

»Nein! Wo denken Sie hin? – Die Tür stand offen.«

»Nun gut, auf jeden Fall war das eine ganze Menge. Wie mir scheint, sind die griechischen Weiden abgegrast, und Ihrer Heimkehr steht nichts mehr im Wege – oder irre ich mich?«

»Eigentlich nicht. Wir müssen Tersteegen und diesen Beckert finden – und nicht zuletzt Georgios.«

»Genauso sehe ich das auch. Ihr Flug ist für morgen 8:50 Uhr gebucht. Grüßen Sie Maren von mir. Wir sehen uns.«

Brandt legte auf.

An der Rezeption hatten Lea und Niko eine Nachricht hinterlassen, in der sie ihnen mitteilten, dass sie zu dem Flugfeld hinausgefahren waren, das Tersteegen für seine Besuche in Griechenland immer nutzte. Sie würden gegen drei Uhr zum Hotel zurückkehren und hofften, Maren und Frank dann dort anzutreffen. Diese verbrachten die Wartezeit auf der Terrasse bei Kaffee und Kuchen. Als Lea und Niko schließlich auftauchten, war klar, dass Jan Tersteegen Griechenland fluchtartig verlassen hatte. Als Ziel hatte er bei der Flugsicherung die Türkei angegeben.

Schließlich verabschiedeten sich Lea und Niko. Beide hatten auf ihrer Polizeistation noch einige Sachen zu erledigen. Man verabredete sich für den Abend in der Taverne, in der Frank mit Angelidous Leibwächter aneinandergeraten war, um einen gebührenden Abschied zu feiern.

## Samstag 24. Juni 2006

Maren und Frank waren mit dem Hubschrauber nach Athen geflogen worden. Die Stimmung wirkte an diesem Morgen etwas gedrückt. Insbesondere Lea wich Franks Blicken aus und schien besonders traurig darüber, dass ihre kurze, aber intensive Zusammenarbeit erst einmal beendet war. Die Tickets hatten wie gewohnt am Schalter bereitgelegen. Ihr Flug nach Düsseldorf war bereits aufgerufen worden und das Einchecken hatte begonnen.

»Man wird sich ja wohl hoffentlich mal wiedersehen«, sagte Niko, als er Maren in den Arm nahm.

»Mit Sicherheit«, erwiderte Frank, der sich eben aus der Umarmung mit Lea löste. »Wir spielen mit dem Gedanken, bald mal richtigen Urlaub zu machen. Vielleicht sehen wir uns schneller wieder, als ihr glaubt.«

»Das wäre schön. Meldet euch, wenn es so weit ist.«

Frank und Maren schulterten ihre Taschen, winkten den beiden griechischen Kollegen noch einmal zu und begaben sich durch das Gate. Eine Flugbegleiterin begrüßte sie freundlich und bot ihnen eine Auswahl Zeitungen an. Frank entschied sich für eine WAZ, die sich in großen Buchstaben auf das heutige Achtelfinale der Fußball-WM zwischen Deutschland und Schweden freute. Relativ pünktlich, um 8:57 Uhr, rollte das Flugzeug zur Startbahn, um sich kurz darauf mit brüllenden Motoren in den heute grau verhangenen Athener Morgenhimmel zu schwingen. Maren, die wieder den Fensterplatz ergattert hatte, legte ihren Kopf an Franks Schulter.

»Hast du das ernst gemeint mit dem Urlaub?«

»Warum nicht? Wenn wir das Ganze hinter uns haben, würde ein Urlaub doch gut passen, oder?«

Sie antwortete nicht, gab Frank aber einen Blitzkuss auf das unrasierte Kinn. Dann wandte sie sich ab, lehnte ihren Kopf an die Wand neben sich und schlief ein. Vier Stunden später betraten sie die Ankunftshalle des Düsseldorfer Flughafens, wo sie von Britta und Malte in Empfang genommen wurden.

»Ihr seht aus, als kämt ihr frisch aus dem Urlaub! Nur deine Nase scheint gearbeitet zu haben«, frotzelte Malte, nachdem er seinen Freund begrüßt und dessen immer noch leicht ramponiertes Riechorgan in Augenschein genommen hatte. Britta gab ihm lächelnd die Hand.

»Wir müssen sofort los«, sagte sie. »Brandt hat gerade wieder angerufen. Er wartet auf uns.«

Weitere vierzig Minuten später betraten sie das Polizeipräsidium, in dem ein hektisches Gewusel herrschte. Sie stellten ihre Taschen im Büro ab und begaben sich gemeinsam auf den Weg zu ihrem Chef. Frau Wehner strahlte ihnen entgegen, als sie das Vorzimmer betraten.

»Gehen Sie ruhig rein«, sagte sie. »Er kann es kaum erwarten, Sie zu sehen.«

Frank klopfte kurz an und betrat das Büro. Kriminalrat Brandt eilte auf ihn zu und streckte ihm die Hand entgegen.

»Herr Wallert! Maren! – Schön, Sie heil wiederzusehen. Naja, jedenfalls größtenteils heil. Nehmen Sie Platz!«

Er wies auf die Sitzgruppe in der Mitte seines Raumes, wo bereits Kaffee und ein paar belegte Brötchenhälften warteten. Kaum dass er saß, griff Frank ohne zu zögern zu.

»Wie geht es Ihnen?«

Frank hatte eben von seinem ergatterten Brötchen abgebissen, so dass Maren das Wort ergriff.

»Wir sind ein wenig müde, aber ansonsten geht es uns gut.«

Brandt nickte verständnisvoll.

»Sie sollen gleich Gelegenheit bekommen, sich etwas auszuruhen. Das haben Sie sich verdient. Ich hätte vor drei Tagen nicht gedacht, dass es Ihnen gelingen könnte, dort so viele neue Erkenntnisse zu sammeln.«

Frank ließ sich seine Verwunderung über das Lob seines Chefs nicht anmerken. Er nahm einen Schluck aus seiner Kaffeetasse und schaute sein Gegenüber über den Tassenrand hinweg an.

»Ihre Nase ist wieder in Ordnung?«

»Sie ist noch etwas berührungsempfindlich. Aber ansonsten ist meine Nase das geringste Problem, das wir haben. Was ist mit Georgios? Gibt es Neues von ihm?«

Brandts Blick drückte Bedauern aus, als er antwortete.

»Leider nicht. Die Fahndung läuft, doch bisher ohne Erfolg. Dafür haben wir uns aber gestern nach Ihrem Anruf sofort um Viktor Beckert gekümmert.«

»Und?«

Franks Frage hatte wohl zu ungeduldig gewirkt, was ihm sofort einen strafenden Blick des Kriminalrats einbrachte. Brandt stand auf und fischte ein Blatt vom Schreibtisch.

»Viktor Beckert ist fünfundzwanzig Jahre alt, lebt in Essen und ist bei Tersteegen angestellt. Er arbeitet also bei ihm, was grundsätzlich nichts Verwerfliches ist. Wir, das heißt: Britta und Herr Frenzen, haben seit gestern öfter versucht ihn zu erreichen, aber er ist nicht auffindbar.«

Malte drehte sich zu Frank um und sprach ihn an.

»Wir haben mit seinem Vater telefoniert. Die Eltern wohnen in Kettwig, wissen aber auch nicht, wo er sich aufhält. Er müsste zu Hause sein, sagen sie.«

»Das ist nicht viel.«

Frank versuchte gar nicht erst, seine Enttäuschung zu verbergen. Er zog in Gedanken seine Zigarettenschachtel aus der Hosentasche. Noch bevor er sie schamvoll wieder zurückstecken konnte, war Brandt aufgestanden, ging zu seinem Schreibtisch, förderte aus einer Schublade einen Aschenbecher zutage und stellte ihn vor Frank auf den Tisch.

»Rauchen Sie ruhig, aber lassen Sie das in meinem Büro nicht zur Gewohnheit werden.«

Dankbar lachte Frank seinen Chef an und steckte sich eine Zigarette in den Mund.

»Was ist mit Tersteegen?«, fragte Maren.

»Auch da haben wir nachgeforscht«, antwortete Britta. »Wir wissen nicht, wo er ist.«

»Auf jeden Fall hat er gestern mit seinem Flugzeug Griechenland in Richtung Türkei verlassen. Das haben unsere griechischen Kollegen noch rausgefunden.«

»Das stimmt«, nickte Britta. »Nur wissen die Türken nichts davon. Sie haben versprochen, uns zu informieren, wenn sie etwas von ihm hören.«

»Na toll!« Frank drückte die Zigarette aus und lehnte sich in seinem Stuhl zurück. »Ich frage mich, was wir mit unserem ganzen Wissen jetzt anfangen sollen.«

Der Kriminalrat zuckte mit den Schultern.

»Was denken Sie denn, Herr Wallert? Los, raus mit der Sprache! Sie sind doch sonst nicht so fantasielos, wenn es um Hypothesen geht!«

»Ich denke, dass wir dringend zumindest eine der gesuchten Personen sprechen müssen. Ansonsten drehen wir uns im Kreis.«

Brandt breitete seine Arme aus.

»Das geht aber nicht! Was denken Sie, was Beckert und Tersteegen im Schilde führen?«

»Was weiß ich?«

Frank zögerte kurz.

»Lea, unsere griechische Kollegin meint, dass sie irgendeine krumme Sache gegen die beiden griechischen Familien ausgeheckt haben. Vielleicht ist diese Schenkung eine Art Bezahlung für eine bestimmte Leistung, die Beckert erbracht hat oder noch erbringen soll.«

»Möglich, aber spekulativ«, murmelte Malte vor sich hin.

»Das ist es ja! Wir können nur spekulieren! Ich möchte wissen, was Beckert damit zu tun hat! Das doppelte Spiel von Tersteegen kann ja noch einen Sinn machen. Er hängt sich in den Streit zwischen den beiden Familien rein und hofft, etwas von dem großen Kuchen abzubekommen. Vielleicht war er ja sogar an den Verhandlungen beteiligt und die Angelidous haben ihm einen Teil des Besitzes versprochen! Schließlich will er Elena heiraten! Aber was hat Beckert damit zu tun?«

Britta nahm den Faden auf.

»Nun mal ganz ruhig! Spinnen wir das mal aus. Jan Tersteegen ist ein enger Freund der Familie Stefanidis. Im Laufe der Jahre lernt er Elena Angelidou kennen und lieben. Er weiß von der Familienfehde und erzählt weder den Stefanidis noch den Angelidous von seinen Kontakten zu der jeweils anderen Familie. Er wird Zeuge des wirtschaftlichen Niedergangs der Stefanidis ...«

»... und berät die Angelidous während der Verhandlungen«, führte Malte Brittas Gedankengang weiter. »Er selbst taucht aber bei den Gesprächen nicht auf. So kann er sein doppeltes Spiel unbemerkt weitertreiben.«

Britta nutzte Maltes Sprechpause, um wieder zu übernehmen. »Er hält um Elenas Hand an. Die Hochzeit wird für den Herbst geplant. Durch die Ehe würde er offizielles Mitglied des Angelidou-Clans. Als Lohn für seine Beratertätigkeit und vielleicht als Hochzeitsgeschenk erhält er vonseiten der Angelidous die Zusage, bei erfolgreicher Übernahme des Stefanidis-Konzerns Immobilien und Betriebe überschrieben zu bekommen.«

Brandt hatte bis jetzt schweigend und nickend zugehört. Zufrieden lehnte er sich zurück und blickte Frank an.

»So könnte das alles zusammenhängen, Herr Wallert.«

»Ja, das könnte so sein, Herr Kriminalrat. Und wie geht es weiter? Schließlich kommt es zu dem alles entscheidenden Treffen der Familien. Georgios bringt mit seinen Provokationen alles zum Einsturz. Warum tut er das? Danach bittet er ausgerechnet Tersteegen, ihn unbemerkt außer Landes zu fliegen! Warum? Und Tersteegen macht das auch, obwohl ihm doch eigentlich daran gelegen sein müsste, dass die Sache schnell abgewickelt wird. Dann überschreibt Tersteegen den ihm zugesagten Besitz Viktor Beckert, obwohl er noch gar nichts besitzt, was er überschreiben könnte?«

Frank hatte sich ungewollt echauffiert, was er seiner Müdigkeit zuschob, die er nun deutlich spürte. Maren legte ihre Hand auf seinen Unterarm.

»Genau das, lieber Frank, müssen wir rauskriegen. Trotzdem scheinen mir die Gedanken von Britta und Malte nicht so weit hergeholt zu sein.«

Müde rieb sich Frank mit der Hand über die Augen.

»Von mir aus. Ich will jetzt nach Hause.«

Der Kriminalrat erhob sich aus seinem Stuhl.

»Tun Sie das. Sie haben beide für den Rest des Tages frei. Pflegen Sie sich und kommen Sie wieder zu sich. Ich will Sie morgen wieder im Einsatz sehen. Wir treffen uns hier um zehn Uhr. Machen Sie, dass Sie nach Hause kommen!«

*

Frank erwachte mitten in der Nacht von einem Geräusch, das er nicht sofort einordnen konnte. Es klang, als hätte jemand eine Tür zuschlagen lassen. Sein Blick fiel auf das zerwühlte Laken neben sich, unter dem eigentlich Maren hätte liegen sollen, was aber nicht der Fall war. Er stand auf, zog sich schnell etwas über und ging in die Wohnung, von der aus er einen schwachen Lichtschein auf dem Balkon ausmachen konnte. Er öffnete die Balkontür und wurde von einer ihm zuprostenden Maren begrüßt. Auf dem kleinen Tischchen brannte flackernd eine Kerze. In ihrer Hand hielt Maren ein Glas Rotwein, das sie ihm einladend entgegenhielt. Frank winkte ab, ging in die Küche und holte sich ein eigenes Glas, das er nach seiner Rückkehr großzügig füllte. Ein leises Klirren durchstieß die nächtliche Stille, als sich die Gläser beim Anstoßen berührten.

»Ich glaube, wir werden Weltmeister«, brachte Maren unvermittelt hervor.

»Ja, sicher. Warte mal, bis die richtigen Gegner kommen.«

Nach einer kurzen Ruhepause, die ihnen quasi von Brandt verordnet worden war, hatten sich Bea, Malte, Maren, Frank und Britta in der Wohnung der Frenzens getroffen, um sich gemeinsam das Achtelfinalspiel der deutschen Mannschaft gegen die Schweden anzusehen. Das Spiel hatte 2:0 für Deutschland geendet. Die Begeisterung im Land und auch unter den Freunden war groß. Ungeachtet der durchwachsenen Leistungen im Vorfeld der WM war man nun natürlich auf dem Weg zum Titel. Der Fußballnachmittag und -abend war für Frank eine willkommene Abwechslung gewesen. Natürlich hatte man am Ende wieder über den Fall diskutiert, aber nur kurz. Den überwiegenden Teil des Abends bestimmte der Fußball. Gegen Mitternacht waren Maren und Frank in die Goethestraße zurückgekehrt, wo sie völlig übermüdet im Bett landeten und schnell einschliefen. Jetzt aber, kurz vor vier, saßen sie bei einem Glas Rotwein auf ihrem Balkon, der für sie schon so oft Zuflucht in schlaflosen Nächten gewesen war.

»Sag mal«, begann Maren und drehte ihr Weinglas ins Kerzenlicht, wobei sie angestrengt die vielfältigen Farbenspiele betrachtete, »erinnerst du dich an Lea?«

»Natürlich!«, lachte Frank.

»Kann es sein, dass sie in dich verliebt ist?«

Beinahe hätte sich Frank an dem Wein verschluckt, von dem er soeben getrunken hatte. Seine Gegenfrage klang verblüfft, denn er war es auch.

»Wie kommst du darauf?«

»Eine Frau spürt sowas.«

Bedächtig setzte Frank sein Glas ab.

»Ach so. Und was hast du gespürt?«

»Dass da irgendwas zwischen euch gelaufen ist. Ein deutliches Zeichen dafür ist auch, dass du die Frage nicht beantwortest, sondern Gegenfragen stellst. Das tun Männer in einem solchen Fall immer.«

Sie drehte ihr Glas noch immer im Kerzenlicht, schaute ihn aber über das Glas hinweg bohrend an. Frank konnte nicht abschätzen, wie ernst es Maren mit diesem Gespräch war. Ihr Gesicht war angespannt, aber nicht zornig, ihre Stimme ruhig, aber ohne Wärme. Er entschloss sich, die Wahrheit zu sagen.

»Du hast recht. Aber es ist geklärt.«

Maren setzte ihr Glas ab, nahm die Weinflasche und füllte es bis zum Rand. Dann leerte sie es mit einem Schluck bis zur Hälfte und goss sich erneut nach.

»Kannst du etwas genauer werden?«, fragte sie.

Frank wurde langsam etwas mulmig. Marens Ruhe gefiel ihm gar nicht.

»Maren, Lea und ich haben uns darüber unterhalten. Es ist geklärt! Ich habe ihr gesagt, dass sie eine hübsche Frau ist, dass ich ihr aber ihre Wünsche nicht erfüllen kann und will!«

»Wolltest du mir das irgendwann erzählen?«

»Ich hatte nicht vor, es dir zu verschweigen, aber auch nicht, es dir bei nächster Gelegenheit zu erzählen. Es ist bedeutungslos.«

»Für dich?«

»Für uns.«

»Soso.«

»Was meinst du mit ›Soso‹?«

»Woher weißt du, ob es für mich bedeutungslos ist?«

Im Kerzenlicht wirkten ihre Augen angriffslustig, obwohl ihre Stimme gleichbleibend ruhig war.

»Maren, das ist innerhalb kurzer Zeit das zweite Mal, dass du eifersüchtig bist. Vor einigen Tagen Britta und jetzt Lea. Was ist los mit dir?«

Maren drehte ihren Stuhl in seine Richtung, lehnte sich zurück und schaute ihn an. Mit ihren beiden Händen umklammerte sie ihr Weinglas.

»Mach das Ganze jetzt bitte nicht zu meinem Problem«, fuhr sie ihn unwillig an. »Vielleicht passiert ja mit uns beiden gerade etwas.«

»Was soll das heißen? Was meinst du?«

»Das weiß ich nicht so genau. Ich spüre nur, dass du mir im Umgang mit anderen Frauen plötzlich auffällst. Das kann daran liegen, dass sich meine Wahrnehmung verändert hat, oder daran, dass du dich tatsächlich anders verhältst.«

»Das klingt so theoretisch. Was meinst du damit?«

»Vielleicht ändert sich unsere Beziehung? Vielleicht genügen wir uns nicht mehr?«

»Himmel! Maren! Ich bin unendlich froh, dass wir uns haben! Ich freue mich auf jeden Tag mit dir! Ich liebe dich! Was soll ich sonst noch sagen?«

Zu seiner Bestürzung sah Frank, wie sich aus Marens rechtem Augenwinkel eine Träne löste und auf ihrem Weg über ihre Wange eine funkelnde Spur hinterließ.

»Das wollte ich hören«, sagte sie. Sie wischte die Träne von ihrem Gesicht und stand auf. Dann setzte sie sich auf seinen Schoß und vergrub ihr Gesicht in seiner Halsbeuge.

»Ich möchte eine Familie haben.«

»Du meinst …«

Frank spürte sie an seinem Hals nicken.

»Ja, das meine ich.«

## Sonntag 25. Juni 2006

Der Sonntag begann wie alle anderen Sonntage. In Ermangelung einer aktuellen Tageszeitung hatte Frank zur WAZ des Vortages gegriffen und blätterte lustlos den Wochenendteil durch. Maren saß in der Küche ihm gegenüber und versuchte sich mit gleicher Begeisterung an einem Sudoku-Rätsel. In Wirklichkeit befassten sich beide noch mit ihrem nächtlichen Gespräch, das ihre Beziehung in eine völlig neue Richtung lenkte. Maren wünschte sich eine Familie, in Worten: ein Kind. Frank hatte erstmal die Luft angehalten und geschwiegen. Er hatte sich darüber nie wirklich Gedanken gemacht, so dass Marens Wunsch ihn tatsächlich wie ein Hammer traf.

Die Gedanken kreisten in seinem Kopf, und immer wieder hatte er ein schreckliches Bild vor Augen: Maren, die mit ihrem kleinen Sohn und tränennassem Gesicht an seinem Grab stand und ihm bittere Vorwürfe machte, dass er sich von irgendeinem dahergelaufenen Verbrecher hatte erschießen lassen. Das war Blödsinn, das war ihm klar, aber war es für ein Polizistenpaar wirklich klug, ein Kind in die Welt zu setzen und aufziehen zu wollen, ohne dass das Böse, mit dem sie Tag für Tag zu tun hatten, sich in ihr Leben schlich? Wie sollte das funktionieren? Maren und er konnten von Glück reden, dass sie zusammenarbeiteten. So hatten sie den Großteil des Tages miteinander zu tun. Täte sie oder er beruflich etwas anderes, dann müssten sie sich ihre gemeinsame Zeit organisieren. Was würde Maren von ihm erwarten, wenn ein Kind unterwegs wäre? Würde sie zu Hause bleiben? Würde sie ihre Berufstätigkeit aufgeben ... ständig oder vorübergehend? Erwartete sie das von ihm? Sollten sie dann heiraten?

Sie hatten sich in der Nacht darauf geeinigt, in Kürze ein ausführliches Gespräch darüber zu führen. Er spürte keine vollständige Ablehnung Marens Wunsch gegenüber, aber er war skeptisch ... nein: Die Vorstellung machte ihm Angst!

Er faltete die Zeitung zusammen und blickte auf die Uhr. Es war Zeit.

»Wir müssen«, sagte er und erhob sich.

\*

Der silbergraue Corolla bog von der Bruchstraße in die Schillerstraße ab. Der Mann hinter dem Steuer warf einen prüfenden Blick auf den Beifahrersitz. Die Beretta, die dort lag, war schussbereit: der Schalldämpfer aufgesetzt, das Magazin eingeschoben, die Waffe entsichert. Fehlte nur noch die passende Gelegenheit. Etwa hundert Meter vor ihm, auf dem Bürgersteig zu seiner Linken lief es: sein Ziel – ahnungslos natürlich. Wie oft hatte er diese Situation schon genossen? Das Gefühl, dass ein anderer Mensch ihm auf Gedeih und Verderben ausgeliefert war, ohne auch nur den Hauch einer Ahnung zu haben, dass sein Leben am seidenen Faden hing und er diesen Faden in seiner Hand hielt. Er bestimmte den Ort. Er bestimmte die Zeit.

Plötzlich blieb der Mann stehen. Der Corolla rollte an ihm vorbei. Er fuhr rechts ran und sah, wie sein Ziel in die Jackett-Tasche griff. Er stieg aus, steckte die Pistole unter seinen Gürtel und schlug die Wagentür zu. Aus den Augenwinkeln sah er, dass der Mann auf der gegenüberliegenden Straßenseite einen Zettel in seiner Hand studierte, ihn zurück in die Tasche steckte und sich wieder in Bewegung setzte. Mit einem raschen Blick vergewisserte sich der Fahrer des Corolla, dass niemand in der Nähe war. Es war noch früh am Sonntagmorgen. Die Straße war leer. Er lief in etwa 75 Metern Entfernung hinter dem Mann her, befand sich aber auf der anderen Straßenseite. Als er kurz vor dem Goetheplatz die Straße überqueren wollte, öffnete sich in seinem Rücken eine Haustür. Ein Rentner wurde von seinem Hund auf den Bürgersteig gezogen. Sofort bellte der Boxer ihn an und zerrte an der Leine.

»Aus!«, schrie der Alte in Richtung seines Hundes, der aber nicht daran dachte, seinem Herrchen zu gehorchen.

Wütend setzte er sein Kläffen fort und beruhigte sich erst, als er die Straße überquert hatte.

Der Mann, den er verfolgte, war kurz stehen geblieben und hatte die Szene beobachtet. Arglos lächelte er ihn an und lief weiter. Zum Glück war das Rentner-Hund-Gespann in die andere Richtung gelaufen. Auf Höhe des Goetheplatzes blieb der Mann wieder stehen und betrachtete ein Straßenschild. Offensichtlich hatte er genau diese Straße gesucht. Er nickte zufrieden, um kurz darauf in der Bewegung zu erstarren. Er spürte etwas Hartes im Rücken, dann ein merkwürdiges Geräusch, als ob jemand eine Bierflasche öffnet, und fast gleichzeitig einen Schmerz, als würden seine Gedärme zerrissen. Er ging auf die Knie, fiel vorn über und spürte nichts mehr.

*

Das Telefon schellte, als Maren die Wohnungstür schließen wollte. Frank war bereits auf der Treppe. Sie stieß die Tür wieder auf, griff nach dem Telefon und meldete sich.

»Ja!«, rief sie in die Sprechmuschel.

»Frau Dieckmann?«

»Natürlich. Wer denn sonst?«

»Rüttgers hier. Frau Dieckmann, wir sind gerade darüber informiert worden, dass am Goetheplatz Ecke Goethestraße ein Mann erschossen wurde. Ihre Leute sind schon unterwegs, der Notarzt ebenfalls. Können Sie das übernehmen?«

»Sicher. Gibt es Genaueres?«

»Nein, leider nicht.«

Maren grüßte und beendete das Gespräch, um dann die Treppe hinunterzueilen. Frank wartete bereits im Wagen.

»Los!«, rief sie ihm zu, während sie sich auf den Beifahrersitz warf. »Goetheplatz! Ein Mann wurde erschossen!«

Frank startete den Wagen und fuhr los, ohne sich zu vergewissern, ob Maren bereits vollständig im Wagen saß. Nach knapp 150 Metern stieg er schon in die Bremsen. Er parkte den Wagen neben einem Rasenstück an der Straßenecke und stieg aus. Er konnte hören, wie sich einige Fahrzeuge mit Martinshorn näherten, und lief auf etwa fünf bis sechs Menschen zu, die sich um einen am Boden liegenden Körper gruppiert hatten. Ein Hund kläffte ihm entgegen.

»Ich weiß, das ist sehr spannend für Sie, aber würden Sie sich bitte von diesem Tatort entfernen?«, schnauzte er die Leute an, die ihm sofort Platz machten. Er wies Richtung Goetheplatz. »Gehen Sie da rüber, oder besser noch nach Hause, es sei denn, Sie können etwas Sinnvolles berichten!«

Mittlerweile war ein Streifenwagen vorgefahren. Zwei weitere folgten, kurz darauf der Notarztwagen. Die Beamten drängten die Leute weiter zurück, während der Hund nicht müde wurde, alle Menschen, die sich zu der Szene gesellten, wütend anzukläffen.

Frank drehte sich zu dem Mann um, der reglos am Boden lag. Maren kniete neben ihm. Mit weit aufgerissenen Augen blickte sie Frank entgegen.

»Er ist es!«, keuchte sie. »Georgios!«

Ein Sanitäter fasste sie bei den Schultern. Langsam erhob sie sich, konnte ihren Blick aber nicht von Georgios abwenden. Er lag auf dem Bauch. Sein Gesicht war nach rechts gewandt, die Augen geschlossen. Aus einer Wunde am Rücken sickerte Blut, das auf dem Asphalt bereits eine Lache gebildet hatte. Der Arzt fasste an Georgios' Hals.

»Er lebt!«, stieß er hervor, woraufhin die Bewegungen der beiden Sanitäter an Tempo gewannen. Kurz darauf hatten sie Georgios auf eine rollende Liege gelegt und an zahlreiche Schläuche angeschlossen. Auf dem Weg zum Krankenwagen rief der Arzt Frank zu:

»Wir bringen ihn ins Marienhospital! Es wird knapp!«

Frank nickte und wandte sich Maren zu, die wie erstarrt neben ihm stand und die Handlungen der Sanitäter und des Arztes beobachtet hatte.

»Hoffentlich schafft er es!«, sagte er und nahm sie in den Arm.

Mit Blaulicht und Sirene entfernte sich der Krankenwagen. Zwei Männer von der Spurensicherung, mit denen Frank selten zu tun gehabt hatte und die er nur vom Sehen kannte, suchten die nähere Umgebung ab und waren offensichtlich fündig geworden. Einer von ihnen trat auf Frank zu und hielt ihm mit einer Pinzette eine leere Patronenhülse entgegen.

»Neun Millimeter, Herr Wallert. Das kann ich Ihnen schon mal sagen. Ein Projektil haben wir noch nicht gefunden.«

»Danke. Suchen Sie weiter«, kommentierte Frank knapp. Erst jetzt nahm er wieder die Menschen wahr, die sich, wie er ihnen gesagt hatte, an dem Weg, der quer über den Goetheplatz führte, versammelt hatten. Der Hund kläffte immer noch. Frank löste sich von Maren und lief auf die Gruppe zu.

»Können Sie Ihren Hund nicht zum Schweigen bringen?«, wandte er sich an den Rentner, der das Tier an der Leine hatte.

Statt auf Franks Frage einzugehen, blickte der Alte ihn nur an. Ein feines Lächeln umspielte seine Mundwinkel.

»Ich glaube, ich habe den Täter gesehen!«

»So? Glauben Sie das?«

»Eigentlich weiß ich es.«

»Na dann! Dann haben Sie die Ehre, uns im Präsidium alles erzählen zu dürfen. In einer halben Stunde. Lassen Sie aber den Köter zu Hause. Fragen Sie nach Herrn Wallert.«

»Hasso.«

»Wie bitte?«

»Der Hund heißt Hasso.«

»Von mir aus. Lassen Sie ihn trotzdem zu Hause!«

Frank blickte in die Runde, die um ungefähr zehn Personen angewachsen war. »Hat sonst noch jemand etwas gesehen?«

Allgemeines Kopfschütteln.

»Dann gehen Sie! Die Show ist vorbei!«

Als Frank sich zu Maren umwandte, registrierte er, dass in der Zwischenzeit Malte und Britta zu ihr gestoßen waren. Die drei Kollegen unterhielten sich aufgeregt. Er trat zu ihnen.

»Offensichtlich wollte da jemand seinen Irrtum korrigieren!«, bemerkte Britta gerade.

»Ja, und Georgios wollte zu mir! Das kann doch kein Zufall sein, dass er ausgerechnet hier angeschossen wird! Er war auf dem Weg zu uns!«

Die letzten Worte hatte sie an Frank gerichtet, der Britta und Malte mit einem kurzen Nicken begrüßte.

»Sie haben ihn ins Katholische gebracht. Es wäre schön, wenn ihr euch nach ihm erkundigen könntet«, wandte er sich an Britta und Malte. »Maren und ich fahren ins Präsidium. Gleich kommt jemand, der glaubt, den Täter gesehen zu haben.«

Der Beamte von der Spurensicherung kam wieder auf ihn zu. Er zuckte mit den Schultern.

»Wir haben nichts weiter gefunden. Ich vermute, die Kugel steckt im Opfer.«

»Okay«, antwortete Frank. »Fahren Sie rein und rufen Sie mich an, wenn Sie Ergebnisse haben.«

Der Beamte winkte seinem Kollegen. Erst als die Leute sahen, dass die Beamten sich vom Ort des Geschehens entfernten, löste sich die Gruppe auf. Der Rentner und sein kläffender Köter waren nicht mehr darunter.

\*

Im Präsidium herrschte helle Aufregung, jedenfalls bei denen, die heute, am »geheiligten« Sonntag Dienst schieben mussten. Die Anzahl dieser Leute hielt sich zwar im überschaubaren Rahmen, dafür war die Aufregung aber umso heftiger. Kaum hatten Maren und Frank das Büro betreten, meldete sich das Telefon und mit ihm Kriminalrat Brandt. Der wollte die beiden sofort sprechen. Selbst der Hinweis darauf, dass jeden Augenblick ein Augenzeuge zur Befragung erscheinen könnte, ließ ihn nicht weich werden.

»Dann wird er eben hierhin kommen! Ich möchte sowieso bei dem Gespräch dabei sein! Ich sage dem Wachhabenden Bescheid. Kommen Sie her!«

Das war typisch für Brandt. Wenn er schon an einem Sonntag Dienst hatte, dann wollte er nicht auch noch sein Büro verlassen. Großherrschaftlich wickelte er alles von seinem protzigen Schreibtisch aus ab. Frank und Maren machten sich auf den Weg. Auch ihnen war dieser Anschlag, 150 Meter von ihrer Wohnung entfernt, natürlich auf den Magen geschlagen. Maren hatte auf dem Weg zum Präsidium ein paar Tränen verdrückt und Franks Gedanken waren Achterbahn gefahren. Nun schien es tatsächlich festzustehen, dass es jemand von vornherein auf Georgios abgesehen hatte und dass Dimitrios möglicherweise nur »aus Versehen« getötet wurde. War Georgios wirklich auf dem Weg zu ihnen gewesen? Wollte er sie um Hilfe bitten oder sich ihnen anvertrauen? Frank hoffte inständig, dass er überleben würde. Dann fuhr ihm der Schreck in die Glieder. Er blieb abrupt stehen und fasste Maren beim Arm.

»Wir müssen ihn bewachen lassen!«

Erst blickte sie ihn verständnislos an, dann begriff sie und nickte.

»Stimmt. Zurzeit sind Britta und Malte noch bei ihm.«

»Trotzdem! Die kommen ja auch irgendwann zurück. Er muss rund um die Uhr beschützt werden!«

Frank beschleunigte seinen Schritt und zog Maren mit sich. Das ansonsten von Frau Wehner beherrschte Vorzimmer des Kriminalrats war leer, also stürmten sie ohne Tempoverlust bis in Brandts Büro. Der saß hinter seinem Schreibtisch und telefonierte. Er schaute ihnen kurz irritiert entgegen und gebot Frank mit einer abwehrenden Handbewegung Einhalt. Das Telefongespräch schien sich seinem Ende zu nähern.

»Naja, immerhin besteht eine Chance. Ich werde alles veranlassen. Erst wenn die beiden Beamten bei Ihnen sind, kommen Sie zurück ins Präsidium! Danke. ... Ja, bis dann.«

Er legte auf und erhob sich.

»Setzen Sie sich bitte«, sagte er und wies auf die Sitzgruppe. »Kaffee gibt es leider nicht. Frau Wehner hat heute frei.«

Auch wenn der Tag bisher wenig Anlass zur Heiterkeit geboten hatte, musste Frank grinsen, als er sich setzte. Nicht mal Kaffee kochen konnte er, wenn Frau Wehner nicht da war. Brandt war halt ein Pascha alter Schule.

»Ich habe gerade mit Britta telefoniert«, informierte Brandt sie, während er Platz nahm. »Die gute Nachricht ist, dass Herr Stefanidis noch lebt. Sein Zustand konnte stabilisiert werden. Er wird gerade operiert. Die schlechtere Nachricht: Die Ärzte wagen noch keine Prognose, da er viel Blut verloren hat und wohl eine Menge kaputt gegangen ist. Wenn die Operation Erfolg hat, räumen sie ihm gute Chancen ein. Die Wahrscheinlichkeit, dass er während der OP stirbt, ist allerdings sehr groß.«

Frank nahm das mit einem Nicken zur Kenntnis. Maren nahm ein Taschentuch aus ihrer Jeanstasche und schnäuzte sich. Mitfühlend legte Brandt ihr eine Hand aufs linke Knie.

»Maren, wir sind doch Optimisten. Er wird es schaffen.«

Sie griff seine Hand und gab sie ihm kommentarlos zurück.

»Wollen wir es hoffen«, sagte sie und steckte das Taschentuch wieder ein.

»Wir haben gerade darüber gesprochen, dass Georgios eigentlich bewacht werden müsste.«

»Kluger Gedanke«, entgegnete Brandt. »Ihre Kollegen vor Ort haben auch schon daran gedacht. Ich habe vorhin zwei Beamte angerufen, die noch etwas gut zu machen haben. Sie sind auf dem Weg hierhin. Sie werden Britta und Herrn Frenzen ablösen.«

»Gut!«, nickte Frank und gab seinem Chef mit einer fragenden Geste zu verstehen, dass er gerne rauchen würde. Brandt seufzte.

»Herr Wallert, Sie ruinieren Ihre und auch meine Gesundheit, ganz zu schweigen von der Ihrer … Frau! Aber meinetwegen.«

*Hat er »Frau« gesagt?*, überlegte Frank und dachte kurz darüber nach, ob er das korrigieren müsste, entschied sich aber dann dagegen. Der Kriminalrat holte wieder den Aschenbecher aus der Schublade und schob ihn Frank hin.

»Nun erzählen Sie mal, was sich da abgespielt hat«, forderte er Frank auf.

»Das ist schnell erzählt. Wir wollten gerade zum Präsidium fahren, als uns ein Anruf erreichte, dass am Goetheplatz ein Mann erschossen worden sei. Wir sind hin und haben die Leute weggescheucht. Dann kam auch schon der Notarztwagen. Der Arzt hat festgestellt, dass Georgios noch lebte. Sie haben ihn weggefahren, und ich habe Britta und Malte hinterher geschickt.«

»Und was haben Sie mir da vorhin von einem Augenzeugen erzählt?«

»Ja, ein alter Mann, der mit seinem Hund in der Menschenmenge stand. Er sagte mir, er hätte den Täter gesehen.«

Brandt stutzte.

»Und dann haben Sie ihm gesagt, er soll zum Präsidium kommen? Warum haben Sie ihn nicht vor Ort befragt?«

»Weil der Hund einen Höllenlärm gemacht hat. Er hat alles angekläfft, was sich dort bewegte.«

Brandt hob skeptisch seine Brauen.

»Wenn wir da mal nicht wertvolle Zeit verloren haben!«

Erst jetzt wurde Frank bewusst, dass Brandt recht hatte. Der Anschlag konnte zu diesem Zeitpunkt nur wenige Minuten vorher erfolgt sein. Mit Sicherheit hatte sich der Täter noch in der Nähe aufgehalten. Außerdem kannte Frank noch nicht einmal den Namen des Zeugen. Dass der Hund »Hasso« hieß, würde ihnen möglicherweise helfen können, wenn der Alte nicht auftauchte, aber daran wollte Frank im Augenblick nicht glauben. Offensichtlich war er vorhin so durcheinander gewesen, dass er zu einem professionellen Vorgehen am Tatort nicht in der Lage war. Wenn er sich recht erinnerte, war ihm das bisher noch nicht passiert. Ihm blieb die Peinlichkeit erspart, auf Brandts letzte Äußerung reagieren zu müssen, denn der redete weiter.

»Wir müssen davon ausgehen, dass Georgios Stefanidis wohl tatsächlich sterben soll. Jemand trachtet ihm gezielt nach dem Leben. Ich bin sicher, dass der Tod von Dimitrios sozusagen ein Irrtum war. Ich frage mich, ob es Sinn macht, der Presse mitzuteilen, dass Georgios noch lebt – vorausgesetzt er schafft es.«

»Das müssen wir abwarten. Wenn der Täter noch in der Nähe war, dann hat er möglicherweise auch mitbekommen, dass sein Mordversuch misslungen ist«, meldete sich Maren mit erstaunlich fester Stimme zu Wort.

Frank stimmte ihr nickend zu, bevor er seinen Beitrag leistete.

»Wir können wohl Tersteegen und Beckert als Täter ausschließen. Haben wir eigentlich Fotos von den beiden?«

Brandt nickte und holte zwei Ausdrucke von seinem Schreibtisch, die er Frank überreichte.

»Durch gütige Mithilfe des BKA haben wir die Fotos aus ihren Personalausweisen. Die sind zwar nicht mehr taufrisch, aber sie sind sicher zu erkennen. Ich habe beide mittlerweile hochoffiziell zur Fahndung ausgeschrieben. Über das BKA sind alle Flughäfen des Landes informiert. Sobald sich der Learjet von Tersteegen unserem Hoheitsgebiet nähert, werden wir informiert.«

Es klopfte. Kurz darauf wurde die Bürotür geöffnet und ein uniformierter Beamter trat ein.

»Herr Kriminalrat, wir sind jetzt da, und wir haben noch jemanden mitgebracht.«

Hinter der Schulter des Beamten reckte der Alte, der vorhin behauptet hatte, den Täter gesehen zu haben, seinen Hals und blickte ihnen ehrfurchtsvoll entgegen.

»Kommen Sie rein!«, befahl Brandt.

Die beiden Uniformierten und der alte Mann, der ohne seinen kläffenden Hund regelrecht eingeschüchtert wirkte, betraten das Büro.

»Setzen Sie sich bitte!«, wies Brandt den Rentner an. »Und haben Sie keine Angst. Wir tun Ihnen nichts.«

Ein gequältes Lächeln erschien auf dem Gesicht des Zeugen, der sich nach einer linkischen Begrüßungsgeste neben Maren setzte, seinen Rücken straffte und die Hände in den Schoß legte. Brandt gab den beiden Beamten kurze und präzise Anweisungen, worauf sie den Raum verließen und sich Richtung Krankenhaus auf den Weg machten.

»Maren, würden Sie das Protokollieren übernehmen?«

Noch bevor die Angesprochene reagieren konnte, hielt Brandt ihr einen Block und einen Stift vor die Nase. Sie bedachte ihn mit einem bittersüßen Blick. Brandt setzte sich dem Zeugen gegenüber. Offensichtlich wollte er mit der Befragung beginnen. Frank sollte es recht sein.

»Sie sind Herr …?«

»Krüger. Ferdinand Krüger. 68 Jahre alt. Wohnhaft auf der Schillerstraße 5 in Mülheim an der Ruhr«, spulte der Alte herunter.

»Danke, dass Sie hergekommen sind.«

»Ich hatte wohl keine andere Wahl.«

»Da haben Sie recht. Wenn Sie den Mörder tatsächlich gesehen haben, kommen Sie selbstverständlich Ihrer Bürgerpflicht nach.«

Der alte Mann wuchs auf seinem Platz um einige Zentimeter. Es hätte nur noch gefehlt, dass er seine Hände an die Hosennaht legte.

»Ja«, sagte er und blickte einmal nach rechts und einmal nach links, erst zu Frank, dann zu Maren, die ihm aufmunternd zunickte.

»Was haben Sie also gesehen?«, fuhr der Kriminalrat mit seiner Befragung fort.

»Ich bin mit Hasso Gassi gegangen. Hasso ist mein Hund«, ergänzte er, als er Brandts fragenden Blick registrierte. »Ich gehe mit ihm jeden Tag meine Runde.«

»Gut, und weiter?«

»Als wir das Haus verließen, stand an der Bordsteinkante ein Mann, der die Straße überqueren wollte. Hasso bellt sehr gerne, und so hat er ihn sofort angebellt. Der Mann drehte sich zu uns um, und dabei habe ich sein Gesicht deutlich sehen können.«

»Und wieso glauben Sie, dass dieser Mann der Täter war?«

»Weil sonst niemand auf der Straße war, abgesehen von dem Mann, der erschossen wurde. Der lief auf der anderen Straßenseite Richtung Goetheplatz.«

»Sind Sie sicher?«

Brandt hatte sich nach vorne gebeugt, die Brauen auf seine unnachahmlich Art hochgezogen, und bedachte den Alten mit einem äußerst skeptischen Blick. Der ließ sich dadurch nicht aus der Ruhe bringen.

»Absolut sicher! Ich gehe mit Hasso immer den gleichen Weg. Schillerstraße, Bruchstraße, Lessingstraße, dann über den Goetheplatz. Kurz bevor ich in die Bruchstraße eingebogen bin, habe ich mich noch einmal umgedreht und sah, wie der Tote, also das Opfer, die Straße überquerte. Der Mann, den ich meine, ist ihm nachgegangen, und als ich über den Goetheplatz lief, habe ich den anderen Mann da liegen sehen. Weit und breit war niemand sonst zu sehen.«

»Auch der Verdächtige nicht?«

Krüger schüttelte den Kopf.

»Der ist wohl mit seinem Wagen abgehauen.«

»Er hatte ein Auto bei sich?«, kam Frank der Frage seines Chefs zuvor. Er hob entschuldigend die Hände, bekam aber von Brandt durch eine Geste zu verstehen, dass er weitermachen sollte.

»Ich glaube schon.«

»Sie glauben?«

»Eigentlich weiß ich es.«

»Was denn nun?«

»Als ich aus dem Haus kam, mit meinem Hund vorher, da stand vor unserem Haus ein Auto, das dort sonst nicht steht.«

»Das kann doch einem Bewohner Ihres Hauses gehören!«

»Nein, das gehört keinem von uns. Die Autos kenne ich.«

»Besuch.«

»Nein, das wüsste ich.«

Irgendwie schien der Alte peinlich berührt. Als er Franks irritierten Blick sah, klärte er ihn auf.

»Meine Frau hat die Straße normalerweise den ganzen Tag im Auge.« Er senkte den Blick und spielte mit seinen Fingern. »Sie sitzt jeden Tag im Rollstuhl am Wohnzimmerfenster und schaut auf die Straße. Sie hat gesehen, wie ich mit Hasso aus dem Haus gegangen bin. Sie hat aber auch gesehen, wie kurz vorher ein Wagen dort gehalten hat. Der Fahrer ist ausgestiegen und über die Straße gegangen. Das kann nur der Mann gewesen sein, den ich gesehen habe. Sonst war ja keiner da.«

Frank nickte verstehend.

»Wenn Sie uns noch das Kennzeichen sagen könnten?«

Der Alte lachte ein unerwartet sympathisches Lachen.

»Das kann ich leider nicht. Ich kann nur sagen, dass es ein silbergrauer Corolla war und dass er dem Mann gehörte, der den Toten, also die Leiche … ich meine den Mann, der nachher da an der Ecke lag, verfolgt hat.«

Frank griff nach den beiden Fotos von Beckert und Tersteegen und hielt sie Krüger hin. Der nahm sie ihm aus der Hand und sah sie intensiv an. Dann schüttelte er den Kopf.

»Die kenne ich nicht«, sagte er und gab Frank die Fotos zurück.

»Schade, das wäre zu schön gewesen!«, seufzte Brandt voller Bedauern.

Ferdinand Krüger schien noch nicht ganz fertig zu sein. Er grübelte kurz.

»Es war eher ein südländischer Typ, Türke oder Spanier oder Italiener oder so. Er trug einen dunklen Anzug mit solchen … Fischgräten, sagt man glaube ich dazu ... weißes Hemd ohne Krawatte. Er war ziemlich kräftig, nicht dick, aber eben kräftig, sehr muskulös. Seine Haare waren kurz … schwarz mit einem bisschen Grau an den Schläfen.«

»Sie würden ihn wiedererkennen?«, unterbrach Frank den Rentner.

»Aber sicher! Wen ich einmal gesehen habe, den vergesse ich nicht so schnell.«

»Beneidenswert!«, kommentierte Brandt. Dann beugte er sich zu dem Alten. »Wären Sie bereit, noch etwas Zeit bei uns zu verbringen?«

Krügers Augen begannen zu funkeln.

»Jetzt kommt die Geschichte mit dem Polizeizeichner?«

Die drei Polizisten mussten lachen.

»Richtig, Herr Krüger. Sie kennen sich aus.«

»Ich sehe mir unheimlich gerne Krimis an. Ich hätte nie gedacht, dass ich mal in diese Situation komme.«

»Ich rufe bei Frau Wickert an. Frau Dieckmann und Herr Wallert bringen Sie dann hin.«

Wenige Minuten später stand Herr Krüger im Büro der Polizeizeichnerin, die heutzutage natürlich nicht mehr mit Zeichenpapier und Kohlestift arbeitete. Sie thronte vor ihrem Bildschirm und bot Herrn Krüger den Platz neben sich an.

Frank reichte dem Rentner die Hand.

»Herr Krüger, ich weiß gar nicht, was ich sagen soll. Solche Zeugen hätten wir gerne öfter. Grüßen Sie Ihre Frau von mir. Sie soll die Straße weiter im Blick halten. Und geben Sie Hasso einen besonders großen Knochen zur Belohnung.«

»Jaja, manchmal hat es auch etwas Gutes, wenn ein Hund bellt«, lachte der Alte, bevor er sich auf dem Stuhl neben Frau Wickert niederließ. Diese verlor keine Zeit und fragte eben nach der Kopfform des Verdächtigen, als Frank die Tür langsam schloss. Dann machte er sich mit Maren auf den Weg zu ihrem Büro, wo sie fast gleichzeitig mit Britta und Malte ankamen.

»Gibt es Neues?«, fragte Maren.

»Er wird noch operiert. Es ist ziemlich schwierig. Selbst wenn er es überlebt, werden wir lange nicht mit ihm sprechen können, denn er wird in ein künstliches Koma versetzt. Das kann Wochen oder Monate dauern.«

Maren war schon wieder zum Heulen zumute. Deshalb widmete sie sich erst einmal der Kaffeemaschine. Es wurde Zeit für einen kräftigen Sonntagvormittagskaffee.

»Ich muss schon sagen: Langsam geht mir dieser Fall echt auf die Nerven!«, stöhnte Malte und ließ sich auf den nächsten Stuhl plumpsen. »Nichts als Ärger! Wenn man doch wenigstens mal das Gefühl haben könnte, einen Schritt weitergekommen zu sein!«

Britta nahm auf dem Stuhl neben ihm Platz und schob ihre Kaffeetasse erwartungsvoll Richtung Tischkante, wo Maren sie gleich auffüllen konnte, wenn die zischende und spuckende Kaffeemaschine ihre Arbeit beendet hatte.

»Ich weiß«, sagte sie. »Irgendwie ist das frustrierend. Ich habe das Gefühl, dass wir uns jeden Tag den Allerwertesten aufreißen und nicht wirklich etwas dabei rauskommt, außer irgendwelche Horrormeldungen, wie heute Morgen zum Beispiel.«

»Was soll diese Jammerei?«, herrschte Frank die beiden an. »Wir haben Georgios, und zwar lebend! Gut, er kann uns im Moment nicht viel weiter helfen, aber erstmal ist er in Sicherheit. Ich weiß«, schob er ein, als er die ironischen Blicke seiner Kollegen bemerkte, »er nützt uns nur, wenn er überlebt, aber ich bin Optimist und gehe davon aus, dass er in Sicherheit ist. Außerdem wird nach Tersteegen und Beckert gefahndet und wir haben in Griechenland wichtige Informationen bekommen, die uns geholfen haben.«

Der Kaffee war fertig und Maren füllte vorsichtig eine Tasse nach der anderen. Sie selbst verzichtete, da ihr Magen ein wenig rebellierte.

»Du hast ja recht«, wandte Britta ein. »Das ist so ein bisschen wie das berühmte halbvolle oder halbleere Glas. Müssten wir eigentlich nicht eure griechischen Freunde informieren?«

Statt zu antworten griff Frank zum Telefonhörer und rief Brandt an. Der nahm die Neuigkeiten aus dem Krankenhaus aufmerksam entgegen, äußerte seine Hoffnung, Georgios möge überleben und erlaubte Frank, die Familie Stefanidis anzurufen, um ihnen die nächste Hiobsbotschaft zu überbringen. Über die Zentrale ließ er sich verbinden. Zwei Minuten später hatte er Petros Stefanidis am Apparat. Er drückte die Lautsprechertaste.

»Herr Wallert! Es vergeht tatsächlich kaum ein Tag ohne Ihre angenehme Gesellschaft! Was kann ich für Sie tun?«

Frank staunte darüber, Petros in so guter Stimmung zu erleben. Die wandelte sich jedoch sehr schnell, als Frank ihm den Grund seines Anrufs nannte. Er konnte förmlich spüren, wie der Grieche in sich zusammensank.

»Was haben wir nur verbrochen? Womit haben wir das verdient?«

»Wir werden herausfinden, wer Ihnen das angetan hat, Herr Stefanidis«, versuchte Frank Zuversicht zu verbreiten.

Petros Stefanidis reagierte sehr bestimmt.

»Ich werde nach Mülheim kommen! Ich muss mit meinem Bruder sprechen!«

»Herr Stefanidis, das ist nicht möglich! Die Ärzte sagen, dass er ins Koma versetzt wird. Es kann Wochen dauern, bis jemand mit ihm reden kann!«

»Ich verstehe. Trotzdem möchte ich bei ihm sein.«

»Wie Sie wollen. Sollen wir Sie am Flughafen in Düsseldorf abholen?«

»Nein, danke. Das kläre ich über das Konsulat mit Klaus Meining. Aber Sie können sicher sein, dass ich mich morgen bei Ihnen melde.«

»Haben Sie etwas von Herrn Tersteegen gehört?«

»Ich nicht, aber Elena hat wohl einen Anruf von ihm bekommen.«

»Sie haben mit Elena gesprochen?«

»Ja.«

»Das ist erstaunlich«, wunderte sich Frank.

»Da haben Sie wohl recht. Ich habe mich gestern mit Errico getroffen. Wir sind der Meinung, dass wir in dieser Situation gemeinsam betroffen sind und deshalb auch zusammenarbeiten sollten.«

»Heißt das auch, dass Sie Ihr Geschäft bald abschließen werden?«

»Das Geschäftliche spielt zurzeit keine Rolle. Elena rief mich gestern Abend an und berichtete mir von dem Anruf. Jan hat ihr erzählt, dass er aus geschäftlichen Gründen schnell in die Türkei abreisen musste, dass er aber noch vor dem Monatsende zurückkommen will.«

Frank nickte in die Sprechmuschel.

»Kennen Sie einen Viktor Beckert?«

»Nein, wer soll das sein?«

»Herr Stefanidis, wir müssen miteinander reden! Ich würde mich freuen, wenn wir das morgen vielleicht erledigen könnten.«

»Das werden wir. Ich melde mich, sobald ich in Deutschland bin.«

Frank dankte, verabschiedete sich und legte auf.

»Ich möchte zu Beckerts Eltern fahren! Kommst du mit, Maren?«

»Aber klar!«, antwortete sie.

»Und was machen wir?«, fragte Malte kleinlaut.

»Macht euch einen schönen Sonntag«, schlug Frank vor und erntete tatsächlich ein Lächeln von Britta und Malte. Dann verließen Maren und Frank das Büro.

*

Die Beckerts wohnten am Rande Kettwigs in einer recht hübschen Gegend etwa vierhundert Meter von der Ruhr entfernt. Frank bog von der Corneliusstraße in die Beetstraße ein. Etwa dreißig Meter weiter lenkte er den Wagen noch einmal nach rechts in eine kleine Stichstraße, bis er unmittelbar vor dem Haus von Irene und Kai Beckert zum Stehen kam. Da hier kein Durchgangsverkehr herrschte, ließ Frank das Auto so stehen. Maren und er stiegen aus und näherten sich der Haustür, die sich unter ein Vordach duckte. Maren klingelte. Nach wenigen Sekunden hörten sie Schritte und eine Stimme im Inneren, weitere Sekunden später wurde die Haustür geöffnet. Vor ihnen stand eine Mittvierzigerin in einem dunkelblauen Kostüm. Die oberen beiden Knöpfe ihrer weißen Bluse waren geöffnet. Sie war relativ klein, aber sehr attraktiv und lächelte den beiden Ankömmlingen freundlich entgegen.

»Guten Tag«, sagte sie.

Frank und Maren grüßten zurück, bevor Frank seinen Dienstausweis zückte und ihn der Frau entgegen hielt.

»Die Kriminalpolizei?«

»Sind Sie Frau Beckert?«, fragte Frank, der es für unnötig hielt, ihr zu antworten. Schließlich hatte sie den Ausweis ja gesehen. Das Gesicht der Frau hatte einen besorgten Ausdruck angenommen.

»Ist etwas mit Viktor?«, fragte sie.

Frank schüttelte den Kopf.

»Frau Beckert, es gibt keinen Grund zur Sorge. Wir würden uns nur gerne mit Ihnen unterhalten. Wenn Sie also etwas Zeit hätten?«

»Aber sicher, kommen Sie doch rein.«

Sie trat zur Seite und machte den Eingang frei. Hinter Maren schloss sie die Tür und wies die beiden an, ihr zu folgen.

»Ich sitze mit meinem Mann gerade beim Kaffee. Möchten Sie auch einen?«

»Nein danke, aber wenn Sie ein Wasser hätten?«

Maren schloss sich diesem Wunsch an, worauf Irene Beckert nach links in die Küche abbog, während Maren und Frank vor der Tür wartend stehen blieben. Mit einer Wasserflasche unter dem Arm und zwei Gläsern in der Hand setzte sie kurz darauf den Weg durch den langen Flur in ein riesiges Wohnzimmer fort.

»Wir haben Besuch!«, rief sie ihrem Mann zu, der hinter einer gläsernen Tür im Garten an einem schlichten Holztisch saß.

Kai Beckert blickte von einem Buch auf, in dem er bis dahin gelesen hatte, und schaute ihnen erwartungsvoll entgegen.

»Das sind zwei Beamte von der Kriminalpolizei«, erklärte seine Frau, woraufhin Frank bei ihm die gleiche Veränderung im Gesichtsausdruck bemerkte, die er zuvor schon bei Irene Beckert registriert hatte, als er ihr seinen Ausweis zeigte. »Sie wollen mit uns reden. Holst du noch zwei Stühle?«

Nach einer freundlichen Begrüßung eilte Kai Beckert zu einem kleinen Gartenhäuschen, aus dem er zwei hölzerne Klappstühle holte. Er stellte sie an den Tisch und lud Maren und Frank ein Platz zu nehmen, was die beiden ohne zu zögern taten.

»Bevor wir Ihnen sagen, worum es geht, würden wir Ihnen gern ein paar Fragen stellen«, bemerkte Frank.

»Bitte sehr«, ermutigte Kai Beckert ihn, bevor seine Frau das Wort ergriff.

»Aber es hat mit Viktor zu tun, oder?«

»Wie kommen Sie darauf?«, erkundigte sich Maren.

»Vorgestern hat ein Beamter aus Mülheim angerufen und sich erkundigt, ob wir wissen, wo er ist.«

»Stimmt. Das wüssten wir gerne«, bestätigte Frank.

»Wir wissen es aber wirklich nicht!«

Kai Beckert hob wie entschuldigend die Hände.

»Normalerweise müsste er heute hier sein, wie fast jeden Sonntag.«

»Sie machen sich aber keine Sorgen?«

»Unser Sohn ist fünfundzwanzig Jahre alt und nicht verpflichtet, jeden Sonntag hier aufzutauchen. Aber warum fragen Sie? Müssen wir uns Sorgen machen?«

»Nein. Wahrscheinlich nicht«, beruhigte Frank Irene Beckert. »Zunächst einmal wüssten wir gerne, ob sie einen Jan Tersteegen kennen.«

»Natürlich. Viktor arbeitet für ihn.«

»Seit wann?«

Irene Beckert schaute ihren Mann fragend an.

»Seit wann, Kai? Sind das jetzt fünf Jahre?«

Kai Beckert nickte bestätigend.

»Kennen Sie Tersteegen persönlich?«

»Nein, leider nicht. Aber unser Sohn hat uns viel über ihn erzählt. Muss ein netter Mensch sein.«

Frank ließ diese Äußerung unkommentiert im Raum stehen und schwieg. Wie erhofft fuhr Irene Beckert nach einer kurzen Pause fort.

»Viktor scheint regelrecht begeistert zu sein von seinem Chef und spricht nur in den höchsten Tönen von ihm. Im Frühjahr hat ihn Tersteegen sogar mit zu einem Auslandsauf-

263

enthalt genommen, und das, obwohl Viktor noch so jung und unerfahren ist.«

»Wissen Sie, wohin er ihn mitgenommen hat?«

»Nein, das wissen wir nicht«, entgegnete Kai Beckert, und Irene bestätigte seine Worte mit einem Kopfschütteln.

»Ist das nicht eigenartig?«, hakte Maren nach. »Wenn das so außergewöhnlich ist, dass Tersteegen Ihren Sohn mit auf eine Auslandsreise nimmt, dann wundert es mich, dass Viktor Ihnen nicht gesagt hat, wohin die Reise ging.«

»Er erzählt wenig von seiner Arbeit. Ich finde das auch in Ordnung. Eltern müssen nicht alles wissen.«

»Darf ich fragen, was Sie beide beruflich machen?«, erkundigte sich Frank.

Irene Beckert wandte sich ihm zu und nickte.

»Ich arbeite als freie Grafikerin und mein Mann ist in der Musikbranche tätig. Er besitzt ein Tonstudio und produziert lokale Größen und solche, die es werden wollen.«

In Kai Beckert gewann die Ungeduld mittlerweile Überhand.

»Würden Sie uns jetzt bitte erzählen, warum Sie das alles wissen wollen? Was ist los?«

Nach einem kurzen Blickwechsel mit Maren und einem Nicken von ihr setzte Frank zu einem längeren Redebeitrag an.

»Wir ermitteln gerade in einem Mordfall, über den Sie möglicherweise in der Zeitung gelesen haben.« Das Kopfschütteln der Beckerts war an Synchronität nicht zu übertreffen. »Vor zehn Tagen wurde bei uns in Mülheim die Leiche eines Mannes gefunden. Im Laufe der Ermittlungen waren meine Kollegin und ich in Griechenland, wo Jan Tersteegen ein Haus besitzt. Wir haben dort ein Dokument gefunden, wonach Jan Tersteegen Ihrem Sohn Viktor Immobilien im Wert von mehreren Millionen überschreibt, also schenkt.«

Irene Beckert wurde schlagartig weiß wie eine Wand und klammerte sich mit ihren Händen am Arm ihres Mannes fest.

»Oh Gott!«, schrie sie auf.

Maren fasste die Frau intuitiv beim Unterarm, da sie befürchtete, sie könnte kollabieren. Irene Beckert straffte sich aber umgehend wieder und schlug die Hände vors Gesicht.

»In Griechenland, sagen Sie?«, presste sie hervor.

»Ja«, bestätigte Frank, sich sehr wohl wundernd über diese heftige Reaktion.

Irene Beckert nahm ihre Hände vom Gesicht und lehnte sich in ihrem Stuhl zurück. Sie schluckte und sah Frank offen ins Gesicht.

»Erzählen Sie weiter!«, forderte sie ihn auf, doch Frank schüttelte den Kopf.

»Das war eigentlich das, was ich Ihnen sagen kann«, entgegnete er. »Uns interessiert, warum Tersteegen Ihrem Sohn ein Vermögen schenken will, das ihm nicht einmal gehört. Und natürlich wüssten wir auch gerne, ob Viktor das überhaupt weiß.«

Eine unendlich wirkende Weile wurde geschwiegen. Der Blick von Irene Beckert wanderte von Maren zu ihrem Mann, von ihm zurück zu Frank, wo er tieftraurig, nahezu verzweifelt haften blieb.

»Können Sie mir Ihre Reaktion erklären?«, brach Frank schließlich das Schweigen. Seine Frage führte zu einem angedeuteten Nicken vonseiten Irene Beckerts.

»Können Sie mir vorher den Namen des Toten nennen?«

Die Stimme der Frau hatte sich wieder gefestigt. Trotzdem hatte Frank den Eindruck, dass Frau Beckert kurz vor einem Zusammenbruch stand. Kai Beckert schien die gleiche Sorge zu haben und erkundigte sich bei seiner Frau, ob sie nicht lieber eine Pause machen wollte. Sie schüttelte energisch den Kopf. Die Wiederholung ihrer Frage klang fordernd.

»Wie hieß er?«

Frank war sich durchaus im Klaren darüber, dass er sich jetzt auf dünnes Eis begab. Der Name des Toten war bisher nicht in die Öffentlichkeit gelangt. Dennoch wollte er wissen, was in dieser Frau vorging. Er hatte das Gefühl, dass in diesem Augenblick die Nennung des Namens unerlässlich war.

»Frau Beckert, wir haben den Namen des Toten bisher aus gutem Grund nicht veröffentlicht. Sie wirken, als hätten Sie eine Vermutung. Würden Sie mir sagen, was Sie denken?«

Irene Beckert blickte ihn aus starren, aber sehr lebendigen Augen an.

»Wie heißt er? Bitte …!« Frank zögerte, doch die Frau ließ nicht locker. »Heißt der Tote Stefanidis?«, stieß sie schließlich hervor.

Frank konnte seine Verblüffung kaum verbergen.

»Dimitrios Stefanidis«, präzisierte er und nickte.

Irene Beckert stand mühsam auf, sank unmittelbar danach in sich zusammen und rutschte auf den Boden zwischen Stuhl und Tisch.

*

Wieder einmal war alles glatt gelaufen. Er lächelte vor sich hin. Obwohl er schon seit Jahren in diesem Geschäft war, erstaunte es ihn immer wieder, wie leicht man ahnungslose Menschen ins Jenseits befördern konnte. Bei ihnen war in der Situation, in der es sie erwischte, der Fluchtinstinkt nicht aktiv. Es war – er überschlug es schnell in seinem Kopf – bereits das vierte Mal, dass er ein Ziel mit einem aufgesetzten Schuss und ohne Zeugen getötet hatte. Und das an einem Sonntagmorgen, mitten in einer Stadt im Ruhrgebiet. Als er zu seinem Wagen zurückgegangen war, hätte er am liebsten laut gelacht. Seine Zielperson hatte unmittelbar vor dem Schuss nach dem Blick auf das Straßenschild zufrieden genickt. Der Mann war wohl der Meinung gewesen, sein Ziel so gut wie erreicht zu haben. Und dann der Schuss, und alles war zu Ende! Er hatte keinen Laut mehr von sich geben können. Er selbst war ruhig zu seinem Wagen zurückgelaufen, hatte die Waffe neben sich auf den Beifahrersitz geworfen und den Wagen gestartet. Erfüllt von großer Zufriedenheit hatte er gewendet und war in aller Ruhe über die Bruchstraße und die Stadtmitte zur Ruhr gefahren.

Dort begannen die ersten Ausflügler gerade ihren Sonntagsspaziergang. Er stellte seinen Corolla auf dem Parkplatz des Wasserbahnhofs ab, als er aus der Ferne die Sirenen von Einsatzfahrzeugen hörte. Galten die bereits seiner Zielperson? Er bestieg das zum Ablegen bereite Schiff der Weißen Flotte. Auf dem hinteren Oberdeck setzte er sich an einen Tisch und genoss die Sonne. Zum Glück war das Schiff zu diesem Zeitpunkt nur mit wenigen Menschen besetzt. Nach einigen hundert Metern stand er auf und stützte sich mit den Ellenbogen auf dem Geländer des Decks ab. Er zog seine Waffe aus dem Gürtel, vergewisserte sich, dass ihn niemand beobachtete, und warf die Beretta in den Fluss. Das war es. Auftrag ausgeführt.

Wieso die beiden Russen so jämmerlich versagt hatten, war ihm unbegreiflich. In Duisburg hatten sie zwei Mal auf ihre Zielperson geschossen. Obwohl sie in der Branche als sehr gute Schützen bekannt waren, hatten sie ihn beide Male verfehlt. Und dann in Mülheim auf diesem Spielplatz! Sowas hatte er noch nie gehört! Sie hatten ihn gestellt, keine Zeugen weit und breit. Er hatte sich ernsthaft wehren wollen und ordentlich Prügel bezogen. Dann hatten sie ihn sich hinknien lassen und mit einem Kopfschuss eliminiert. Trotzdem war er Tage später in Essen wieder aufgetaucht! Ausgerechnet dem Auftraggeber war er über den Weg gelaufen! Schließlich hatte er den Auftrag übertragen bekommen und, wie gewohnt zuverlässig, ausgeführt. 100.000 Schweizer Franken waren ihm sicher.

Er hatte gepackt und wollte soeben das Hotelzimmer verlassen, als sein Handy nach ihm rief. Er klappte es auf und meldete sich.

»Seid ihr eigentlich alle zu blöd, diesen Griechen aus dem Weg zu räumen?«, brüllte ihn der Anrufer an.

»Wovon reden Sie?«

»Das Sackgesicht lebt! Du hast versagt!«

Er zuckte zusammen. Das konnte nicht sein!

»Blödsinn!«

»Blödsinn? Er lebt! Er liegt im Krankenhaus!«

»Woher wollen Sie das wissen?«

Es gehörte zu seiner Berufsehre, seinen Auftraggeber zu siezen. Er kannte seinen Namen nicht. Umgekehrt war es genauso. Auch wenn sich dieser erheblich im Ton vergriff, was ihn sehr wütend machte, dachte er nicht daran, zum vertraulichen »Du« überzugehen.

»Ich weiß es! Er ist schwerverletzt und liegt im Krankenhaus.«

»Wo?«

»Marienhospital Mülheim.«

»Ich werde das checken.«

»Allerdings wirst du das! Und du wirst die Sache bereinigen! Sonst kannst du das Geld abschreiben!«

»Ich werde das klären!«

Er klappte das Handy zu und gab seinem Gegenüber keine Gelegenheit, mit seinem Gepolter fortzufahren. Er glaubte es ihm immer noch nicht. Wie sollte jemand einen derartigen Schuss durch die Wirbelsäule, die Aorta und jede Menge Eingeweide überleben? Normalerweise verblutete die Zielperson binnen weniger Minuten! Er warf die Tasche aufs Bett und öffnete den Reißverschluss. Aus dem Inneren förderte er einen Kasten zutage, dem er eine nagelneue Waffe und ein Magazin entnahm. Er legte sein Schulterholster an, schob das Magazin ein, lud durch und steckte die Waffe in das Holster. Den Schalldämpfer schob er in die Hosentasche. Er griff zu seiner Schlüsselkarte, warf die Jacke über, verließ das Zimmer und knallte die Tür hinter sich zu. Er war mittlerweile stinksauer!

*

Irene Beckert schlug die Augen auf und verspürte starke Kopfschmerzen, obwohl ein feuchter Waschlappen auf ihrer Stirn lag. Sofort schloss sie die Augen wieder und stöhnte auf.

»Frau Beckert, hören Sie mich?« Sie deutete ein Nicken an. »Sollen wir einen Arzt rufen?«

Jemand hielt ihre Hand und strich mit der anderen über ihre Wange.

»Nein«, flüsterte sie. »Ich hätte gerne eine Tablette gegen diese Kopfschmerzen. Kai, wärst du wohl so lieb?«

Sie öffnete die Augen erneut und blickte in das besorgte Gesicht ihres Mannes.

»Natürlich.«

Kai Beckert erhob sich und ging ins Badezimmer, wo er dem Spiegelschrank über dem Waschbecken zwei Tabletten entnahm. Als er zurückkehrte, hatte sich seine Frau bereits auf dem Sofa aufgerichtet. Der Polizist hielt ihr ein Glas Wasser hin, das sie dankbar ergriff. Sie schluckte die beiden Tabletten und spülte mit einem ordentlichen Schluck Wasser nach.

»Sind Sie sicher, dass Sie keine ärztliche Hilfe brauchen?«, erkundigte sich Frank.

Irene Beckert schüttelte den Kopf.

»Es wird gleich wieder gut sein. Ich möchte Ihnen etwas erzählen und will damit nicht warten. Setzen Sie sich doch bitte hin!«

Maren und Frank blickten sich kurz zweifelnd an, ließen sich dann aber doch in den beiden Sesseln nieder, die zu der Sitzgruppe gehörten. Kai Beckert nahm neben seiner Frau auf dem Sofa Platz und ergriff ihre Hand.

»Wissen Sie von meiner griechischen Vergangenheit?«, fragte sie.

Die Frage traf Frank wie ein Schlag und er zuckte zusammen. »Soll das heißen ...«

Irene Beckert wehrte seine Entgegnung mit einer Handbewegung ab.

»Das soll heißen, dass ich gebürtige Griechin bin. Mein Geburtsname ist Angelidou.«

*

Britta und Malte hatten sich darauf geeinigt, Franks Vorschlag in die Tat umzusetzen. Malte hatte sie zu sich nach Hause eingeladen, wo Bea und er mit Britta Kaffee trinken wollten, um anschließend einen Spaziergang über das Gelände der MüGa zu machen. Das hatten sie sich redlich verdient! Wer weiß, vielleicht würden ja am späteren Nachmittag Maren und Frank zu ihnen stoßen. Dann könnten sie gemeinsam essen gehen und den Abend miteinander verbringen. Malte glaubte nicht, dass sich heute noch Großes ereignen würde, was sie im Fall Stefanidis weiterbrächte. Es war Sonntag. Alles lief auf Sparflamme. Er hoffte allerdings, dass das nicht für das Krankenhauspersonal im Marienhospital galt, denn dort kämpfte Georgios Stefanidis um sein Leben.

Britta und er hatten sich vorgenommen, kurz im Krankenhaus nach dem Rechten zu sehen und dann sofort zu Bea durchzustarten. Sie parkten den Wagen, stiegen aus und erkundigten sich bei der Frau an der Anmeldung nach Georgios.

»Ich darf Ihnen keine Auskunft geben«, schnappte sie und blickte Malte grimmig an.

Er zog seinen Ausweis und hielt ihn vor seine Brust.

»Ich weiß. Das machen Sie auch sehr gut. Aber sagen Sie mir bitte, wo ich einen Arzt finden kann, der mir Auskunft gibt.«

Die Krankenhausangestellte schien überzeugt, dass von Britta und Malte keine Gefahr für ihren Patienten ausging. Sie gab etwas über die Tastatur in ihren Rechner ein und durchbohrte den Monitor mit ihrem stark überschminkten Blick.

»Der Patient wird immer noch operiert. Im OP-Saal IV. Professor Borchert ist gerade dran. Sie können aber mit Professor Doktor Küfner sprechen. Der ist noch da.«

»Danke. Würden Sie uns bei ihm anmelden?«

»Ja. Am besten fahren Sie mit dem Aufzug hoch. Dritter Stock. Station C. Raum C 05.«

»Sehr nett von Ihnen. Danke sehr«, verabschiedete sich Malte mit einem Augenzwinkern, was das Gesicht der Frau zum Strahlen brachte.

Das Büro von Prof. Dr. Küfner war schnell gefunden. Britta klopfte und öffnete kurz darauf die Tür. Auf den ersten Blick wirkte der Raum menschenleer, doch dann sahen die beiden, wie sich an der rechten Wand von einer Liege ein Oberkörper erhob und sich zu ihnen umdrehte. Im gleichen Augenblick schellte ein Telefon. Sekunden später hatte der Oberkörper auch Beine und was sonst noch alles zu einem vollständigen Menschen gehörte. Er stand auf, bat die beiden Polizisten herein und eilte zum Schreibtisch, wo das Telefon unbarmherzig drängend seine Aufmerksamkeit forderte. Er hob ab.

»Küfner«, brüllte er in die Sprechmuschel. »Ich weiß. Sie sind schon hier. ... Ja, schon gut. ... Nein, ich hatte kurz geschlafen. ... Ist ja gut! Machen Sie sich keine Sorgen!«

Er legte den Hörer etwas hart zurück auf die Gabel und wandte sich seinen Gästen zu.

»Sie sind die Polizisten?«, fragte er.

»Ja«, entgegnete Malte, und wie einstudiert hielten er und Britta dem hosenlosen Professor ihre Dienstausweise hin, die dieser aber mit keinem Blick würdigte. Stattdessen war ihm aufgefallen, was ihm fehlte. Er eilte um den Schreibtisch herum, fischte seine grüne Chirurgenhose vom Stuhl und streifte sie sich über.

»Meine Güte!«, rief er aus. »Was ist das heute nur für ein Sonntag! Nehmen Sie Platz.« Er wies auf den Stuhl vor seinem Schreibtisch, registrierte dann, dass er zwei Gäste hatte, und winkte ab. »Was kann ich für Sie tun? Sind Sie wegen des Griechen da?«

»Genau!«, erwiderte Malte, glücklich zur Sache kommen zu können. »Wir wüssten gerne, was mit ihm los ist. Er ist eine wichtige Person in einem brisanten Fall.«

»Ach ja«, seufzte der Arzt. »Wir haben nur brisante Fälle und alle sind uns gleich wichtig. Aber: Ich verstehe, was Sie meinen. Ich fasse zusammen. Der Patient ist eigentlich mehr tot als lebendig. Das Geschoss hat eine Niere zerfetzt und einen Teil des Dickdarms ebenfalls. Eine ziemliche Sauerei! Der Mann hat viel Blut verloren. Ich sage ganz ehrlich: Wir tun, was wir können, aber es wäre ein Wunder, wenn er überleben würde.«

»Wann können wir sicher sein?«

»Gar nicht. Oder lassen Sie es mich so ausdrücken: Wir werden ihn ins künstliche Koma versetzen. Wenn er die OP und die erste Woche überlebt, hat er Chancen, aber in der Prognose stecken viele ›Wenns‹, wie Sie bemerkt haben.«

Malte nickte.

»Hatte er das Geschoss noch im Körper?«

Der Professor hob erstaunt die Augenbrauen.

»Natürlich nicht! Der Schuss war aufgesetzt und hat nur Weichteile getroffen!«

»Am Tatort haben wir aber nichts gefunden«, entgegnete Britta verwundert.

»Vielleicht haben Sie nur nicht genau genug gesucht«, schmunzelte der Professor.

Malte zückte sein Handy.

»Das wollen Sie nicht wirklich tun, oder? Sie befinden sich hier in unmittelbarer Nähe der Operationssäle. Nehmen Sie mein Telefon«, wies ihn der Arzt zurecht.

Malte tat, was er sagte und hatte nach wenigen Sekunden Sabine am Telefon.

»Malte, mein Bester, was gibt es?«

Malte war nicht danach, auf ihre gute Laune einzugehen. Er sah den schönen Sonntagnachmittag bereits schwinden.

»Habt ihr den Tatort am Goetheplatz heute Morgen gründlich abgesucht?«

»Malte! Ich bitte dich!« Sabine war entrüstet.

»Ich will dir nicht zu nahe treten, liebe Sabine«, säuselte er nun ins Telefon. »Aber es muss ein Geschoss ausgetreten sein. Habt ihr sowas gefunden?«

»Nein«, gab sie verwundert zurück. »Mir wurde gesagt, das Geschoss stecke in ihm.«

»Tat es nicht! Ihr müsst nochmal raus. Findet es!«

»Weil du es bist«, seufzte Sabine und legte auf.

Der Arzt hatte sich seinen Piepser in die Brusttasche gesteckt und machte Anstalten, den Raum zu verlassen. In der halb geöffneten Tür blieb er stehen und schaute erwartungsvoll zwischen Britta und Malte hin und her.

»Kommen Sie mit, oder wollen Sie hier bleiben?«

Brav folgten die beiden dem Professor. Auf dem Flur blieb Malte stehen.

»Wo ist er denn jetzt? Die Dame unten sagte etwas von OP-Saal IV.«

Küfner nickte. »Das ist gleich um die Ecke.«

»Ich würde gerne kurz mit den beiden Beamten sprechen.«

»Okay, dann kommen Sie halt mit.«

*

Wie sollte er jetzt vorgehen? Er musste davon ausgehen, dass der Mann, den er hatte töten sollen, auf der Intensivstation lag, so schwer verletzt, wie er war. Fragen konnte er schlecht. Die Frau an der Anmeldung wirkte zwar etwas schlicht, aber er glaubte trotzdem nicht, dass sie ihm bereitwillig Auskunft geben würde, wenn er ihr Fragen über einen angeschossenen Patienten stellte. Bevor er ins Krankenhaus gefahren war, hatte er noch einmal die Stelle aufgesucht, an der er den Griechen »erschossen« hatte. Außer einer großen Blutlache störte nichts mehr den sonntäglichen Frieden, der um den Goetheplatz herum herrschte. Ja, so waren die Leute! Etwas riss sie aus ihrem Trott, aber wenige Stunden später dümpelten sie wieder vor sich hin, als sei nichts geschehen. Es sollte ihm recht sein. Als er sich gerade hatte entfernen wollen, kreuzte eine junge Frau seinen Weg. Er deutete auf den Blutfleck.

»Was ist denn hier passiert?«

Die Frau musterte ihn kurz, blieb aber nicht stehen. Im Vorbeigehen antwortete sie: »Da ist heute Vormittag ein Mann angeschossen worden.«

»Wirklich?«, spielte er den erschrockenen Sonntags-Mülheimer und wies erneut auf die eingetrocknete Blutlache. »Angeschossen? Das sieht heftig aus! Der lebt noch?«

Jetzt blieb die junge Frau doch stehen und machte ein paar Schritte auf ihn zu.

»Ja. Sie haben ihn ins Krankenhaus gebracht. Ich habe gehört, wie der Arzt gesagt hat, dass er noch lebt. Das ist wirklich erstaunlich, wenn man sich das ansieht, nicht wahr?«

»Ja. Und dass man das bisher noch nicht weggemacht hat! Das fängt doch irgendwann an zu stinken bei dem Wetter!«

»Das stimmt. Ich habe gedacht, dass das die Leute von der Polizei oder so wegmachen. Aber die waren nur ganz kurz da. Naja, ich hole mir einen Eimer und einen Schrubber, und dann werde ich mich darum kümmern.«

Er nickte und wollte gehen, doch in der jungen Frau schien die Neugier erwacht zu sein.

»Sie sind nicht von hier?«, fragte sie ihn.

Er schüttelte den Kopf.

»Aus Mülheim schon, aber nicht aus der Gegend.«

Erwartungsvoll schaute sie ihn an, in der Hoffnung er möge weiter reden, doch er dachte natürlich nicht daran.

»Ich muss jetzt gehen«, sagte er stattdessen.

»Okay! Dann werde ich mir mal das Putzzeug holen!«

»Tun Sie das! Einen schönen Sonntag noch.«

Die Frau nickte ihm dankend zu, wandte sich um und ging.

*

Sabine hatte die beiden Beamten, die am Tatort gewesen waren, gerufen und ihnen die blamable Neuigkeit mitgeteilt.

»Könnt ihr mir sagen, was ihr da gemacht habt? Ein Geschoss übersehen? Das darf nicht passieren!«, faltete sie die beiden zusammen.

Der Jüngere von ihnen schaute betreten vor sich hin.

»Wir haben sofort die Hülse gefunden und eingetütet. Dann haben wir im Umkreis von ungefähr zwanzig Metern alles abgesucht, aber nichts weiter gesehen! Wir haben wirklich gedacht, die Kugel steckt in ihm.«

»Also, ich bitte dich! – Ein aufgesetzter Schuss! Neun Millimeter! Wo soll der denn steckenbleiben?«

»Das wussten wir nicht, dass er aufgesetzt war!«, machte nun der Andere einen schwachen Versuch der Entschuldigung.

»Dann müsst ihr den Arzt vor Ort mal fragen! Habt ihr überhaupt mit dem gesprochen?« Beide schüttelten den Kopf. Sabine musste sich stark zusammenreißen. »Wir fahren jetzt da hin und durchkämmen die ganze Gegend!«

Zehn Minuten später bog der schwarze Van von der Heißener Straße kommend in die Uhlandstraße ein. Sabine steuerte den Wagen am »Schrägen Eck« rechts in die Goethestraße. Auf Höhe des Hauses, in dem Frank und Maren wohnten, gab sie noch einmal Gas und bremste an der Abzweigung Klopstockstraße für alle hörbar ab. Sie stieß die Tür auf und sprang aus dem Wagen.

»Was machen Sie da? Hören Sie sofort auf!«

Sabine glaubte, ihren Augen nicht trauen zu dürfen. An der Stelle, wo Georgios heute Morgen gelegen hatte, war eine junge Frau mit Schürze, Gummistiefeln, Wassereimer und Schrubber mit Reinigungsarbeiten beschäftigt!

»Was soll das?«, herrschte sie die Frau an, als sie sie erreicht hatte. Diese blickte die furiose Sabine verstört an.

»Ich mache den Fleck weg!«, antwortete sie, sich keiner Schuld bewusst.

Sabine lief vor Wut rot an. Ihre Kollegen waren zu den beiden Frauen getreten und schauten auf die Mischung aus Blut und Wasser, die sich langsam in dünnen und auch breiteren Rinnsalen Richtung Gosse bewegte, um dort von einem Gulli verschluckt zu werden. Die Kollegen blickten sich an.

»Hören Sie damit auf!«, schnauzte Sabine den Putzteufel an, und an die beiden Männer gewandt schob sie hinterher: »Was habt ihr eigentlich heute? Stimmt was nicht mit euch? Wie könnt ihr die Blutlache einfach so zurücklassen?«

Dann registrierte sie, wie einer ihrer beiden Kollegen langsam den Arm hob und auf den Gulli zeigte. Sie verstand, wischte die junge Frau zur Seite, die beinahe über ihren Eimer gestolpert wäre, griff in ihre Hosentasche und förderte zwei Gummihandschuhe zutage, die sie sich überstreifte. Mithilfe eines Kollegen hob sie das Gulligitter an und legte es zur Seite. Bald darauf lag sie bäuchlings auf der Straße und wühlte in dem Unrat, der sich am Gulliboden angesammelt hatte. Nach einigen vergeblichen Versuchen streckte sie ihren rechten Arm triumphierend in die Höhe.

»Na bitte!«, rief Sabine und erhob sich.

Zwischen Daumen und Zeigefinger hielt sie einen kleinen, auf den ersten Blick undefinierbaren Gegenstand, doch ihre beiden Kollegen erkannten ihn sofort als das deformierte Geschoss, das Georgios am Vormittag an dieser Stelle niedergestreckt hatte. Sabine warf den Männern einen vernichtenden Blick zu, drehte sich um und lief zum Wagen, wo sie einen kleinen Plastikbeutel aus ihrem Koffer zog und das Projektil hineingleiten ließ.

»Jetzt können Sie putzen!«, rief sie der Frau zu, und als ihre Kollegen in den Wagen stiegen, setzte sie für die Frau unhörbar hinzu: »Obwohl das eigentlich eure Aufgabe sein müsste!«

*

»Sie sind eine Angelidou!?«, rief Frank aus, während Maren mit offenem Mund zu keiner weiteren Reaktion fähig war.

Irene Beckert nickte und griff erneut zu ihrem Glas. Sie schien sich gefasst zu haben.

»Ja«, sagte sie nur und schwieg.

»Wie? Was?«

»Das ist eine lange Geschichte ...«, begann sie, doch Frank gebot ihr mit einer Geste Einhalt.

»Die lange Geschichte kennen wir!«, sagte er barsch. »Wir waren bis gestern in Griechenland und haben die ausführliche Version von Errico Angelidou erzählt bekommen! Welche Rolle spielen Sie dabei?«

Als Frank den Namen des Patriarchen genannt hatte, zuckte Irene Beckert zusammen und sah ihn verwundert an.

»Sie haben mit Errico gesprochen?«

Frank nickte.

»Er hat Ihnen alles erzählt?«

Frank antwortete mit einem weiteren Nicken.

»Da wäre ich gerne dabei gewesen.«

Sie blickte versonnen vor sich hin.

»Ich hätte nichts dagegen gehabt!«, kommentierte Frank. »Nur ist Ihr Name zu keinem Zeitpunkt gefallen!«

»Natürlich nicht! Ich glaube nicht, dass Errico von meiner Existenz weiß.«

Frank war das Versteckspiel leid.

»Sagen Sie endlich, welche Rolle Sie in dieser Familiensaga spielen!«, forderte er sie auf.

»Hat er Ihnen von Theo erzählt?«

»Der verstoßene Sohn?«

Irene Beckert nickte.

»Er ist von meinem Großvater aus dem Haus gejagt worden, weil er eine Stefanidis liebte. Ich bin Theos und Geas Tochter.«

Verblüffung machte sich auf Franks Gesicht breit.

»Das heißt, dass Errico Ihr Onkel ist – und dass Sie zur Hälfte auch eine Stefanidis sind«, reimte er sich die Neuigkeit zusammen.

»Richtig«, bestätigte Irene Beckert.

»Weiß Ihr Sohn davon?«

»Natürlich. Irgendwann fällt es einem Kind ja auf, dass von der Seite der Mutter keine Verwandtschaft existiert, außer Großvater und Großmutter.«

»Leben Ihre Eltern noch?«

Irene Beckert schüttelte den Kopf.

»Leider nicht. Sie sind vor ein paar Jahren bei einem Verkehrsunfall ums Leben gekommen.«

»Das tut mir leid. Und Sie haben niemals versucht, mit Ihrer Familie Kontakt aufzunehmen?«

»Nein.«

Verständnislos schüttelte Frank den Kopf.

»Warum nicht?«

»Mein Vater hat mir, als ich vierzehn war, die ganze Geschichte erzählt. Bis dahin hatte er immer nur ablehnend auf meine Fragen reagiert. Ich fand das so schlimm, dass ich mir geschworen habe, diese Leute aus meinem Leben rauszuhalten.«

Maren hatte bis jetzt aufmerksam zugehört.

»Halten Sie es für möglich, dass Ihr Sohn mit einer der Familien Kontakt aufgenommen hat?«

»Kaum. Warum sollte er das tun?«

»Manchmal regt sich in jungen Leuten der Wunsch, mehr über ihre Wurzeln zu erfahren.«

»Möglich. Aber ich bin sicher, dass er uns das erzählt hätte.«

»Obwohl er wusste, dass Sie es möglicherweise nicht gebilligt hätten?«

Irene Beckert zuckte mit den Schultern.

»Ist Ihnen klar, dass die Angelidous und Stefanidis steinreich sind?«, wechselte Frank das Thema.

»Geld alleine macht nicht glücklich«, war die lapidare Antwort von Kai Beckert, der das Ganze bisher mit versteinerter Miene verfolgt hatte. Seine Frau bedachte ihn daraufhin mit einem irritierten Blick, als hätte sie vergessen, dass es ihn ja auch noch gab.

»Ich bin nicht sicher, dass er davon weiß. Es hat in unseren Gesprächen nie eine Rolle gespielt«, wandte sie ein.

»Vielleicht hat er es rausbekommen! Immerhin arbeitet er mit Jan Tersteegen zusammen.«

»Was hat das damit zu tun?«, fragte Irene Beckert verwundert nach.

Frank und Maren wechselten einen vielsagenden Blick.

»Jan Tersteegen unterhält zu beiden Familien intensive Kontakte und will sogar in die Familie Angelidou einheiraten«, gab Frank eine weitere Information preis. In das Staunen der Beckerts hinein ergänzte er: »Ihr Sohn arbeitet für Ter-steegen und er war im Frühjahr mit ihm auf Auslandsreise. Ich wette, dass sie zusammen in Griechenland waren!«

*

Nach einem kurzen Gespräch mit den beiden Beamten, die däumchendrehend vor dem Operationssaal IV saßen, wollten sich Britta und Malte soeben auf den Weg machen, als die Tür zum OP weit aufgestoßen wurde und eine Gruppe von Ärzten, Krankenschwestern und Pflegern auf den Flur stürmte. Einen der Ärzte bekam Malte am Ärmel zu fassen.

»Was ist los?«

Der Arzt befreite seinen Arm aus Maltes Griff. Er wirkte müde. Das Haar klebte ihm auf der Stirn und seine Augen drückten Erschöpfung aus.

»Wer sind Sie?«

Malte zog zum wiederholten Male seinen Ausweis.

»Oberkommissar Malte Frenzen. Wir sind für Ihren Patienten verantwortlich.«

Etwas wie Spott schlich sich in den Blick des Arztes.

»So? Dann können Sie ja alles Weitere übernehmen!«

Malte tat es augenblicklich leid, sich so gedankenlos ausgedrückt zu haben. Er hatte Hochachtung vor der Leistung von Ärzten, vor allem denen gegenüber, die irgendwelche Unfallopfer oder, wie in ihrem Fall, Opfer von Gewalttaten wieder zusammenflickten.

»Entschuldigen Sie, so war das nicht gemeint.«

Der Arzt lächelte nachsichtig.

»Schon gut. Er hat die OP überlebt, aber er ist noch lange nicht über den Berg. Warten Sie hier, um mit ihm reden zu können?«

»Nein, das wird wohl so bald nicht möglich sein. Wir halten den Mann für gefährdet. Wir glauben, dass der Täter möglicherweise sein Werk vollenden will.«

Der Arzt erschrak.

»Sie meinen, er könnte es in diesem Krankenhaus noch einmal versuchen wollen?«

Britta und Malte nickten.

»Deshalb sind die beiden Beamten hier.«

»Ich verstehe. Wir bringen den Patienten gleich auf die Intensivstation. Da werden sich Ihre Beamten kaum aufhalten können.«

»Lassen Sie uns den Patienten begleiten. Wir werden einen Platz für die beiden finden, von dem aus sie ihn bewachen können.«

Der Arzt warf den beiden Uniformierten einen skeptischen Blick zu. In diesem Augenblick schwang die Tür des Operationssaales erneut auf. Ein Bett, in dem Georgios lag, wurde herausgeschoben. Zwei Pfleger waren bei ihm. Der eine zog das Bett, der andere schob einen Wagen, auf dem Geräte standen, mit denen Georgios verkabelt war. Beide mühten sich redlich. Der Arzt eilte ihnen zu Hilfe und unterstützte den Pfleger dabei, das Bett durch den Gang zu manövrieren.

»Kommen Sie mit!«, raunte er Malte zu.

Britta und er mussten kurzzeitig in den Laufschritt übergehen, um sie einzuholen. Das Bett wurde durch eine Tür geschoben, hinter der sich in etwa zwanzig Metern Entfernung eine weitere Tür verbarg. Kurz bevor sie diese erreicht hatten, öffnete sich links eine Tür und ein Mann trat ihnen entgegen, der seine feuchten Hände an den Hosenbeinen rieb. Sie beachteten ihn kaum, und er machte sich ganz schlank, damit das Bett und die es begleitenden Menschen problemlos an ihm vorbeikamen.

*

Ihm fuhr der Schreck in die Glieder, als er aus der Tür trat und die Polizisten den Gang entlang stürmen sah. Das da im Bett musste der Grieche sein! Instinktiv presste er sich mit dem Rücken an die Wand, denn die das Bett begleitende Gruppe, zu der zwei uniformierte Polizisten gehörten, schien ihn überrennen zu wollen. Er sah, wie einer der Männer im Pflegerdress die Tür öffnete und sie das Bett hindurchschoben. Leise fiel sie ins Schloss. Automatisch folgte er ihnen, blickte durch den schmalen Türspalt und sah, wie eine Schwester aus einem Raum trat und hinter der Gruppe herrannte. Er trat durch die Tür und schlich vorwärts, bemüht, keinerlei Geräusch zu verursachen. Er hörte die Krankenschwester reden, einen der Männer antworten, als er bei dem Raum angekommen war, den die Schwester kurz zuvor verlassen hatte. Durch die Glasfront sah er auf einem Stuhl einen Kittel liegen. Er betrat den Raum, griff schnell zu, lief weiter und schlüpfte flink hinter eine weitere Tür. Er war nun in einem Zimmer, in dem Verbandsmittel und anderes Material in Regalen gestapelt waren. Den Türknauf hielt er in der Hand. Als er hörte, wie die Leute miteinander sprechend zurückkamen, hielt er die Luft an. Sie liefen vorbei.

»Sie werden sich vor dieser zweiten Tür postieren«, sagte einer der Männer.

»In Ordnung«, antwortete ein anderer. »Wann werden wir abgelöst?«

Polizei. Und offenbar nicht nur uniformierte Polizisten. Er musste sich beeilen, wenn das noch klappen sollte. Er streifte den Kittel über, zog die Waffe aus dem Holster, schraubte den Schalldämpfer auf und öffnete die Tür einen Spalt breit. Er blickte nach rechts den Gang entlang. Niemand zu sehen. Die Waffe schob er sich unter den Gürtel. Er trat aus der Tür und wandte sich nach links, alle Sinne aufs Äußerste konzentriert. Während des Gehens scannte er aus den Augenwinkeln heraus die Wände auf beiden Seiten, bis er zu einem rechteckigen, gestreckten Glasfenster kam, durch das er in einen recht großen Raum sehen konnte. Hier standen, durch spanische Wände voneinander getrennt, fünf belegte Betten. Links neben dem Fenster war eine doppelflügelige Schwingtür, durch die er eintrat. Er nahm elektronische und andere Geräusche von Geräten wahr: rhythmisches Piepsen, Fauchen, Klappern. Aber dass hier Menschen lagen, offenbarte sich ihm nur durch den Augenschein. Schnell hatte er seine Zielperson gefunden. Der Grieche lag ganz links. Er schlüpfte hinter die spanische Wand und stellte sich ganz hinten rechts in die Ecke, die durch eine echte Wand und die Stellwand gebildet wurde. Selbst bei einem Blick durch die Glasscheibe war er nun nicht zu sehen. Der Kopf des Griechen ruhte etwa zwei Meter vor ihm auf einem strahlend weißen Kissen. Er zog die Waffe unter seinem Gürtel hervor. Dann entsicherte er sie, legte den Finger auf den Abzug und streckte den Arm.

*

Auf dem Weg nach Mülheim hatte sich bei Frank und Maren eine seltsame Stimmung breitgemacht. Sie saßen nebeneinander im Wagen. Frank rauchte eine Zigarette, was Maren eigentlich während einer Autofahrt nicht leiden konnte, aber sie ließ ihn gewähren. Sie hatte das Beifahrerfenster heruntergelassen und starrte in die Landschaft, die mal mehr, mal weniger schnell an ihr vorüber sauste.

»Da soll sich Malte nochmal beschweren, dass es zu wenig vorangeht!«, bemerkte Frank in die Stille hinein.

Maren blickte ihn von der Seite an.

»Ich glaube, ich weiß, was passiert ist.«

Frank lenkte den Wagen auf den Parkplatz des Präsidiums.

»So? Was ist denn passiert?«

Beide lösten ihre Sicherheitsgurte, nachdem der Wagen zum Stehen gekommen war. Sie stiegen aus.

»Viktor Beckert hat vor ungefähr fünf Jahren Jan Tersteegen kennengelernt. Er erfuhr von den Stefanidis und ihrer Fehde mit den Angelidous. Er hat auch über Tersteegen mitbekommen, wie es mit den Stefanidis bergab ging.«

Sie liefen über einen leeren Flur bis zu Brandts Büro. In dem verwaisten Vorzimmer blieb Maren stehen und hinderte Frank daran, schnurstracks zu dem Kriminalrat durchzulaufen.

»Dann hat er den Entschluss gefasst, seine Familie an dem ganzen entgangenen Reichtum teilhaben zu lassen. Er verbündete sich mit Tersteegen und heckte mit ihm einen Plan aus. Tersteegen beriet entweder die Angelidous oder die Stefanidis, vielleicht sogar beide, machte sich an Elena ran und versprach Beckert einen großen Anteil vom Kuchen.«

Frank hörte aufmerksam zu und nickte hin und wieder.

»Stimmt. So könnte es gewesen sein. Und Georgios?«

»Der hat irgendetwas mitbekommen. Oder er hat ihnen durch seinen Auftritt bei dem Treffen einen Strich durch die Rechnung gemacht.«

»Und dann haben die beiden versucht, ihn aus dem Weg zu räumen?«

In Franks Blick mischte sich etwas Spöttisches.

»Nicht die beiden persönlich. Aber Auftragskiller«, versuchte Maren, ihre Idee zu retten.

»Tersteegen fliegt Georgios heimlich von Griechenland nach Deutschland aus, um ihm dann einen Killer auf den Hals zu hetzen? Das hätte er doch einfacher haben können!«

Plötzlich öffnete sich die Tür hinter ihnen und der Kriminalrat stand im Raum.

»Was sind das für Heimlichkeiten in meinem Vorzimmer? Warum sprechen wir nicht gemeinsam darüber?«

Ein süffisantes Grinsen huschte über sein Gesicht. Er wies mit einer einladenden Handbewegung auf die offene Tür.

»Wir haben faszinierende Neuigkeiten«, informierte Frank seinen Chef, als er durch die Tür trat.

Brandt schloss die Tür hinter ihnen und bot ihnen die üblichen Plätze an.

»Die da wären?«, fragte er und goss sich ein Glas Wasser ein.

»Wir haben die Eltern von Kai Beckert besucht. Irene Beckert ist die Tochter von Theo Angelidou und Gea Stefanidis.«

Brandt starrte Frank mit offenem Mund an, vergaß aber, dass er gerade dabei war, ein Wasserglas zu füllen. Das Nass ergoss sich über den Tisch.

»Scheiße!«, rief er, schraubte die Flasche zu und förderte aus seiner Hosentasche ein Tuch zutage, mit dem er versuchte, der Flut Herr zu werden. »Wie kann das sein?« Maren schloss seine Wissenslücken. »Also ist sie eine Nichte von Errico?«

»So ist es!«

»Wenn das mal keine Neuigkeit ist!«, triumphierte der Kriminalrat und strahlte seine beiden Untergebenen an.

*

Wenn er jetzt schoss, würden die Geräte sofort Alarm auslösen! Er säße in der Falle! Dass ihm dieser Gedanke bisher nicht gekommen war! Er ließ den Arm sinken. Was sollte er tun? Das Abschalten der Geräte konnte ihm auch nicht helfen. Das würde die Schwester an ihren Kontrollmonitoren auch sofort bemerken! Er musste sie ablenken! Wie? Er schob die Hand hinter die spanische Wand, zog sie einige Zentimeter zu sich heran, sodass sich ein Spalt öffnete. Dann warf er einen Blick in die benachbarte Zelle. Sollte er sie hierhin locken? Das Risiko war ihm zu hoch. Vielleicht käme ja ein ganzer Trupp von Ärzten und Pflegern mit. Ihm blieb keine Wahl: Er musste schießen und fliehen und notfalls auf der Flucht noch ein paar Leute aus dem Weg räumen. Auf seine Schnelligkeit konnte er sich verlassen. Erst vor zwei Monaten hatte er in London in einem voll besetzten Restaurant einen Japaner liquidiert und war entkommen, ohne dass ein Unbeteiligter in Mitleidenschaft gezogen worden war. Fünfzehn Minuten später hatte er in seinem Hotel den Koffer gepackt und in aller Seelenruhe ausgecheckt.

Er wandte sich wieder der Zielperson zu, zog das Kissen weg und legte es auf den Kopf des Griechen. Er hob die Waffe, setzte die Mündung auf dem Kissen auf und drückte zweimal ab. Ein Zucken durchlief den Körper. Dann herrschte für einen Sekundenbruchteil völlige Stille, bis er den Tumult auf dem Flur hörte. Er stürmte auf die Tür zu, die in dem Augenblick nach innen schwang, als er sie erreicht hatte. Beinahe hätte sie ihn getroffen. Die Krankenschwester, die hereingestürmt kam, wischte er mit einem Stoß zur Seite. Sie flog durch den Raum und landete schreiend halb unter dem Bett des Griechen. Er rannte nach links und hielt die Waffe schussbereit in seiner rechten Hand. Als er die Tür am Ende des Ganges aufriss, starrten ihn zwei Polizeibeamte ungläubig an. Er sauste an ihnen vorbei, die Hand mit der Waffe in ihre Richtung gestreckt. Gleich war er an der zweiten Tür.

»Halt! Stehenbleiben!«, hörte er einen der Beamten rufen.

Noch wenige Meter.

»Bleiben Sie sofort stehen!«

Er griff nach dem Türknauf. In diesem Augenblick knallte es ohrenbetäubend. Er spürte einen Schlag gegen die linke Schulter, der ihn herumwirbeln ließ. Dann hörte er einen zweiten Knall. Der Schmerz schien ihn zerreißen zu wollen. Er prallte mit dem Oberkörper gegen die Tür und ging zu Boden. Seine Waffe fiel ihm aus der Hand und schlitterte über den Steinboden, bis sie gegen die Wand prallte und liegen blieb. Als er sich wieder aufrappeln wollte, stellte er fest, dass sein Körper ihm nicht gehorchte. Er strampelte ein paar Mal mit den Beinen. Kurz bevor er das Bewusstsein verlor, spürte er noch, wie sich ein schwerer Körper auf ihn warf.

*

Malte und Britta hatten sich zu dem Treppenabstieg entschlossen. Hätten sie sich für den Lift entschieden, stünden sie jetzt eng gedrängt mit zwei Pflegern und einem Bett in einem Fahrstuhl. Sie hatten für heute genug von Kranken und Verletzten. Eben öffnete Britta die Tür, die aus dem Treppenhaus in die Eingangshalle führte, als sie einen Knall hörten. Kurz darauf folgte ein zweiter. Malte machte auf dem Absatz kehrt und hetzte sofort wieder die Treppe hinauf.

»Das waren Schüsse!«, rief er.

Britta folgte ihm mit gezogener Pistole. Als sie im dritten Stock angelangt waren, mussten sie sich den Weg durch eine

Gruppe von Menschen bahnen, die ihnen panisch entgegenkamen.

»Polizei! Machen Sie Platz!«, rief Britta und stürmte durch die Meute hindurch hinter Malte her.

Der riss die erste Tür auf und sah einen der Polizeibeamten neben einem Mann knien, der in einer Blutlache lag. Britta drückte sich an ihm vorbei und rannte den Gang entlang. Malte sah sie in dem Raum verschwinden, in den sie vor wenigen Minuten Georgios begleitet hatten.

»Ein Arzt! Schnell! Ein Arzt!«, schrie Malte den Gang entlang, aus dem er gerade gekommen war.

»Hier auch! Schnell!«, tönte es von weiter hinten. Britta stand im Türrahmen und fuchtelte aufgeregt mit den Armen.

Hinten an der Tür zum Treppenhaus sah Malte die Meute noch stehen, der sie eben begegnet waren. Offensichtlich hatte die Neugier ihren Fluchtinstinkt besiegt. Ein Mann löste sich aus der Gruppe und zog eine Frau mit sich. Sie kamen vorsichtig auf Malte zu.

»Sind Sie Arzt?«

»Ja, wir sind beide Ärzte!«

»Dann beeilen Sie sich gefälligst!«, schrie Malte ihnen entgegen, worauf die beiden in den Laufschritt verfielen.

Der kniende Beamte starrte immer noch auf den vor ihm liegenden Körper.

»Haben Sie geschossen?«, richtete sich Malte an ihn.

Der Beamte nickte und hob seinen Blick. Er sah fertig aus.

»Der kam mit einer Waffe in der Hand durch die Tür gestürmt. Ich habe zweimal gerufen und dann geschossen.«

»Wo ist Ihr Kollege?«

»Da hinten.«

Der Polizist wies mit dem Kopf in die Richtung, in die Britta verschwunden war. Malte hielt dem jungen Beamten die offene Hand entgegen.

»Ihre Waffe.«

Der Polizist griff neben sich und hob seine Dienstwaffe vom Boden auf, bevor er sie Malte aushändigte. Erst jetzt bemerkte Malte die Pistole mit Schalldämpfer, die etwa zwei Meter von ihm entfernt an der Wand lag. Er fischte ein Papiertaschentuch aus seiner Hosentasche und hob sie auf.

»Er ist tot«, bemerkte der Arzt, der sich neben den leblosen Körper gekniet hatte.

Seine Kollegin war den Flur entlang geeilt und in dem Zimmer verschwunden, in dem sich Georgios befand.

»Helfen Sie da hinten aus!«, befahl Malte dem Arzt, der sich sofort in Bewegung setzte. An den jungen Beamten gewandt fügte er hinzu: »Sie informieren unsere Leute! Wir brauchen die ganze Mannschaft. Und Hauptkommissar Wallert soll herkommen!«

Der Beamte erwachte aus seiner Schockstarre und erhob sich langsam. Mit den Schusswaffen in beiden Händen lief Malte den Gang entlang, legte die Pistolen in den Wachraum, der völlig verwaist war, und betrat das Krankenzimmer. Ihm bot sich ein schrecklicher Anblick. Vor Georgios' Bett knieten die Ärztin und der Arzt und kümmerten sich um die Krankenschwester, die am Boden lag und vor sich hin wimmerte. Rechts daneben saß der zweite Beamte, kreidebleich und mit starrem Blick. Britta hockte neben ihm und sprach leise auf ihn ein. Ein Blick auf Georgios' Bett machte Malte klar, dass hier jede Hilfe zu spät gekommen war. Das Kissen, auf dem vor etwa einer halben Stunde noch der Kopf des Griechen geruht hatte, lag blutdurchtränkt auf dessen Bauch. Klar, dass es den Beamten umgehauen hatte! Dennoch wurde er gebraucht. Malte kniete sich vor ihn hin.

»Wie geht es Ihnen?«

Die Augen in dem blassen Gesicht hoben sich langsam. Der Polizist deutete ein schwaches Nicken an. »Es geht schon wieder.«

»Meinen Sie, Sie können aufstehen?«

Der junge Mann machte Anstalten, sich zu erheben. Britta und Malte unterstützten ihn dabei. Als er wackelig auf seinen Beinen stand, legte Malte beide Hände auf seine Schultern und sah ihm durchdringend in die Augen.

»Wir brauchen Sie«, sagte er. »Ihr Kollege da draußen wartet auf Ihre Unterstützung! Er informiert gerade unsere Leute, die jeden Augenblick kommen müssen. Gehen Sie zu ihm! Schaffen Sie das?«

Während seiner Worte hatte der Polizist seinen zitternden Körper gestrafft. Er nickte.

»Sprechen Sie mit mir!«, forderte Malte ihn auf.

»Ja! Das schaffe ich.«

»Dann gehen Sie.«

Der Polizist wollte sich bücken, um seine Mütze vom Boden aufzuheben. Malte hielt ihn am Oberkörper fest.

»Lassen Sie die blöde Mütze liegen! Gehen Sie!«

Mit halbwegs sicherem Schritt setzte sich der Mann in Bewegung. Britta und Malte schauten ihm nach, bis er durch die Schwingtür getreten war. Mittlerweile hatten die Ärztin und ihr Kollege der Krankenschwester auf die Beine geholfen.

»Können wir sie rausbringen?«, fragte die Ärztin.

»In das Stationszimmer, ja. Aber rühren Sie die Waffen nicht an, die ich da hingelegt habe. – Ach was, ich komme mit.«

Im Überwachungsraum fragte Malte nach Beuteln, in denen er die Pistolen verstauen konnte. Hier gab es Plastikbeutel, die denen der Spurensicherung sehr ähnlich waren. Der Arzt händigte ihm zwei davon aus. Malte ließ die Waffen hineingleiten und legte sie in ein Regalbrett, das über dem Sichtfenster angebracht war.

Plötzlich hörte er Tumult auf dem Flur. Er trat in den Gang und sah eine ziemlich große Menge Polizisten durch die Tür quellen, allen voran Frank, Maren, Sabine und einen ihrer Kollegen von der Spurensicherung.

»Was ist passiert?«, rief ihm Frank entgegen, ohne Rücksicht darauf, dass er sich auf einer Intensivstation befand, wo nun nur noch vier Patienten um ihr Leben kämpften.

»Georgios ist tot«, gab Malte gedämpft zurück und hielt Frank mit einem Griff um dessen Taille auf. »Er sieht schrecklich aus.«

»Wo?«

»Im Krankenzimmer. Britta ist bei ihm.«

Frank stampfte mit dem Fuß auf.

»Scheiße! Wie konnte das passieren? Er war pausenlos bewacht! Das war er doch, oder?«

»Ja, das war er.«

Frank schüttelte den Kopf und löste sich aus Maltes Griff. Er drückte sich an ihm vorbei. Maren und Malte folgten ihm. Als sie das Krankenzimmer betraten, stand Britta mit dem Rücken ans Fußende von Georgios' Bett gelehnt und blickte ihnen entgegen.

»Es ist mir ein Rätsel«, sagte sie.

»Ach was! Rätsel!«, stieß Frank hervor und trat mit Maren an das Bett heran. Sie drückte sich an seine Seite, als sie Georgios erblickte, und brach in Tränen aus.

»Verdammt!«, schluchzte sie.

Hinter ihnen betraten Sabine und ihr Kollege das Zimmer, außerdem der Arzt, der vorhin mit Britta und Malte Georgios hierhin begleitet hatte. Nach einem Blick auf den Leichnam wandte er sich Malte zu.

»Soweit die Sache mit dem Schutz! Und dafür haben sechs Menschen viereinhalb Stunden lang versucht, ein Leben zu retten.«

Seine Worte waren voller Trauer und frei von jeglichen Zwischentönen. Malte musste schlucken. Als er sich dem Bett wieder zuwandte, sah er Maren, die Georgios' linke Hand in der ihren hielt.

*

»Ich will das jetzt auf der Stelle erklärt haben!«

Kriminalrat Brandts Gesicht war rot vor Zorn. Er raste durch das Büro wie ein wütender Tiger durch seinen Käfig.

»Wie ich schon sagte, wissen wir das nicht genau. Auf jeden Fall haben die beiden Polizisten keine Schuld.«

»Ach, lassen Sie die beiden aus dem Spiel!«, blaffte Brandt Malte an. »Die sind fertig mit der Welt! Wir können von Glück reden, wenn sie jemals wieder dienstfähig werden!«

»Er muss sich eingeschlichen und versteckt haben!«, ließ sich plötzlich Britta vernehmen. »Vom OP bis auf die Station ist Georgios immer unter Beobachtung gewesen. Malte, ich und die beiden Polizisten waren die ganze Zeit dabei! Als wir die Station verließen, haben die Beamten ihre Position vor der Tür bezogen und sie nicht verlassen. Das heißt, dass der Täter entweder bereits auf der Station war und sich dort versteckt hat, oder er hat sich eingeschlichen, als wir zusammen in dem Krankenzimmer waren.«

Der Kriminalrat hatte sich einigermaßen beruhigt und auf einem der Stühle Platz genommen.

»Wissen wir etwas über den Täter?«

»Ich habe dem BKA eben ein Foto von ihm gemailt. Er ist mit Sicherheit ein Profi. Nichts in seinen Hosentaschen, nichts in seiner Jacke!«

»Das wird ja immer toller!«, donnerte er noch einmal. »Jetzt haben wir es auch noch mit Profikillern zu tun! Sind wir hier in New York oder in Mülheim?«

*Eine berechtigte Frage*, dachte Frank, der einen zaghaften Blick auf Maren warf. Sie stand mit dem Rücken zu ihnen gewandt am Fenster. An dem Zucken ihrer Schultern sah er, dass sie noch immer weinte. Er trat zu ihr und legte ihr einen Arm um die Schultern, was sie dankbar annahm. Sie lehnte sich gegen ihn.

Bevor Kriminalrat Brandt in ihr Büro gestürmt war, hatte Frank Britta und Malte auf den neuesten Stand gebracht und ihnen von ihrem Besuch bei den Beckerts berichtet. Seitdem ging Frank der Gedanke durch den Kopf, dass sie sowohl der Wohnung von Beckert, als auch der von Tersteegen einen intensiven Besuch abstatten sollten.

»Und? Was ist jetzt? Wie weiter? Unser wichtigster Zeuge ist tot!«, polterte Brandt gerade.

»Wir sollten die Wohnungen durchsuchen«, murmelte Frank vor sich hin.

»Was sagen Sie?«

Frank löste sich von Maren und wandte sich dem Chef zu.

»Ich sagte: Wir sollten die Wohnungen von Beckert und Tersteegen untersuchen!«

Brandt stutzte kurz.

»Endlich eine konstruktive Idee!«, rief er aus. Sein Gesichtsausdruck änderte sich schlagartig. Offenbar hatte er auf eine Gelegenheit gewartet, aus seiner Rolle als bärbeißiger und tobender Vorgesetzter aussteigen zu können. Er griff nach dem Telefon, wählte eine Nummer und gab die notwendigen Informationen durch. Dann legte er auf.

»Stellen Sie zwei Teams zusammen!«, befahl er Frank und fügte zu dessen Entsetzen hinzu: »Ich fahre mit Ihnen zur Wohnung von diesem Beckert!«

Er stand auf und öffnete die Tür. Dann drehte er sich noch einmal um.

»Warten Sie hier! Die Durchsuchungsbefehle kommen per Fax. Ich bin gleich wieder hier!«

Dann war er verschwunden.

Maren drehte sich zu ihnen um. Mit verweinten Augen blickte sie ihre Kollegen an.

»Wer ruft denn jetzt bei den Stefanidis an?«, fragte sie.

*

Wie selbstverständlich nahm Kriminalrat Brandt auf dem Beifahrersitz Platz und zwang Maren dadurch auf einen der hinteren Sitze. Sie nahm es klaglos hin. Hinter ihnen setzte sich der Streifenwagen in Bewegung und folgte ihnen. Er war mit drei Beamten und Sabine besetzt. Die Fahrt nach Essen würde nicht lange dauern, und sie könnte ihren Gedanken freien Lauf lassen. Der Tag steckte ihr tief in den Knochen. In der Nacht diese Diskussion mit Frank, in der ihr plötzlich klar geworden war, warum sie in letzter Zeit diesen emotionalen Höllenritt mitmachte. Dann der Anschlag auf Georgios in unmittelbarer Nähe ihres Hauses. Die Hoffnung, die aufkeimte, als klar war, dass Georgios lebte. Der überraschende Verlauf ihres Besuches bei den Beckerts und schließlich der Mord an Georgios auf der Intensivstation des Marienhospitals, nachdem ein halbes Dutzend Ärzte versucht hatte, ihm das Leben zu retten. Warum machte sie das alles noch mit? Sie war jetzt 29 Jahre alt. Ihre biologische Uhr tickte. Sie wollte ein Kind. Konnte sie mit diesem Beruf einem Kind gerecht werden? Konnte Frank vor diesem Hintergrund ein guter Vater sein? Fragen über Fragen schossen ihr durch den Kopf.

Frank fuhr von der Schmachtenbergstraße links in die Straße »Am Stadtwald«, bog erneut links in eine schmale Hauszufahrt und hielt an. Der Streifenwagen, der während der gesamten Fahrt fast an der Stoßstange ihres Wagens geklebt hatte, hielt direkt hinter ihnen. Brandt gab den drei Polizeibeamten ein Zeichen, ihm zu folgen. Er lief mit ihnen rechts um das Haus herum und kam mit nur einem Beamten von links wieder auf Maren, Sabine und Frank zu.

»Hinten gibt es einen Kellerausgang«, erklärte er. »Wir wollen doch kein Risiko eingehen!«

Das Einfamilienhaus wirkte von außen nicht sonderlich interessant. Es war rot geklinkert, hatte zwei Etagen, Standardfenster und -türen, nach hinten hinaus allerdings einen recht imposanten Garten, der augenscheinlich regelmäßig professionell gepflegt wurde. Frank schellte und wiederholte diesen Vorgang pflichtgemäß zwei weitere Male, nachdem er festgestellt hatte, dass aus dem Inneren heraus keine Bemühungen unternommen wurden, ihnen die Tür zu öffnen. Vorsichtshalber drückte er auch den zweiten Knopf über Beckerts Namensschild. Der erzeugte noch nicht einmal einen Ton, dafür schaltete er ein Licht über der Haustür ein, das Frank sofort wieder löschte. Er tauschte einen kurzen Blick mit seinem Chef, woraufhin dieser einen Dietrich aus seiner Tasche beförderte. Etwa zwanzig Sekunden später stand die Tür offen. Sie betraten einen Flur, der außer einer Garderobe und einem kleinen Tischchen mit Telefon nichts zu bieten hatte. An der Garderobe hingen zwei Jacken und ein Mantel, unter ihr standen zwei Paar Schuhe.

»Hallo? Ist hier jemand?«, rief Brandt und rechnete nicht wirklich mit einer Antwort. Er bekam auch bei seinem zweiten Versuch keine, obwohl er seinem Ruf noch den Begriff »Polizei« hinzufügte.

Nach rechts ging eine Tür ab. Frank öffnete sie und hatte den Abgang zum Keller gefunden. Er schickte Maren mit dem Polizeibeamten nach unten, während er mit dem Kriminalrat und Sabine eine Tür durchschritt, die in ein imposantes Wohnzimmer führte. Es hatte eine Fläche von etwa sechzig Quadratmetern. In seiner Mitte stand auf einem vielfarbigen Teppich ein Couchtisch aus Stahl und Glas. An dessen Kopfseiten befanden sich zwei weinrote Ledersessel, an der ihnen zugewandten Breitseite ein gleichartiges Sofa. Die Wand gegenüber dieser Sitzgruppe wurde von einem offenen Kamin beherrscht, über dem ein riesiges Ölgemälde einer wunderschönen und dazu auch noch nackten Frau hing. Brandt nickte anerkennend vor sich hin. Frank wandte sich nach links, wo die Wand von einem gut gefüllten Bücherregal verstellt war. Es enthielt tatsächlich ausnahmslos Bücher. Rechts war der Raum durch ein weiteres Regal von einem Bereich abgeteilt, in dem ein großer und schwerer Esstisch aus rotbraunem Holz stand, umgeben von sechs hell gepolsterten Stühlen aus gleichem Material. Links von diesem Regal hing ein riesiger LCD-Bildschirm an der Wand, vor dem zwei Sessel positioniert waren, die denen aus der Sitzgruppe glichen. Zwischen den beiden Sesseln stand ein kleiner Tisch, auf dem eine Fernbedienung und eine Fernsehzeitung lagen. Rechts, auf Höhe des Esstisches, führte eine Wendeltreppe in die nächste Etage. Hinter der Treppe stand die Tür zu einer hochmodernen Küche halb offen. Gerade als sie die Treppe hinaufgehen wollten, kehrten Maren und der Polizist aus dem Keller zurück.

»Nichts«, sagte Maren. »Nur eine leere Garage, ein kleiner Weinkeller, eine Werkstatt und ein Kellerraum, der wohl früher mal ein Partyraum war, in dem aber schon seit ewigen Zeiten nicht mehr gefeiert worden ist.«

»Gut«, erwiderte Brandt. »Ich würde sagen, wir gehen nach oben und Sie«, damit meinte er Maren und den Polizisten, »schauen sich hier unten um!«

Oben teilten sie sich erneut auf. Frank bekam die Aufgabe übertragen, sich das Schlafzimmer und das Bad vorzunehmen. Brandt durchwühlte mit Sabine einen Schrank, der sich in dem oberen Flur befand. Anschließend wollten sie sich über das Arbeitszimmer hermachen.

Das Schlafzimmer bot einen gewöhnungsbedürftigen Anblick. Der Raum war, abgesehen von der Kopfwand, schwarz gestrichen. Die besagte Kopfwand erstrahlte in einem knalligen Gelb. Selbst der Holzboden war schwarz, ebenso wie die beiden Nachtschränkchen links und rechts von dem Doppelbett. Der hohe, aber recht schmale Schrank an der rechten Wand hatte Schwarz als Grundfarbe, war aber mit dünnen gelben Randstreifen um die Türen herum versehen. Das professionell geordnete Bettzeug brüllte den Betrachter in demselben Gelb an wie die Kopfwand. An der linken schwarzen Wand hing ein Aquarell von beeindruckender Größe, das in zarten Aquarelltönen eine Frau darstellte, die erstens sehr schön und zweitens natürlich wieder nackt war und sich auf undefinierbarem Untergrund räkelte. Frank riss sich von dem Anblick los und öffnete zuerst den Schrank, der in erster Linie Kleidung enthielt. Unter den auf Bügeln hängenden Anzügen, Hosen und Hemden war, am Boden des Schrankes, Bettwäsche gestapelt. In einer Schublade befanden sich Socken, in der zweiten Unterwäsche. Er schloss den Schrank und widmete sich den beiden Nachtschränkchen, deren Inhalt, ebenso wie der des Schrankes, wenig aufsehenerregend war.

Eigentlich hasste Frank diese Hausdurchsuchungen wie die Pest. Über die Jahre hinweg hatte er sich einfach nicht gegen das ungute Gefühl erwehren können, in den privaten und intimen Bereichen eines Menschen herumstöbern zu müssen – egal, um welch üblen Zeitgenossen es sich auch handeln mochte. So ging es ihm auch jetzt wieder. Sie waren in das Haus eines ihnen Unbekannten eingedrungen, der zumindest seine Wohnung und erst recht sein Schlafzimmer als seinen geschützten Bereich betrachtete.

Das linke Nachtschränkchen war völlig leer, in dem rechten fand Frank einige Kondompackungen und zwei ältere Ausgaben eines Magazins, das er sich in seiner Jugend ein paar Mal heimlich gekauft hatte. Ein kurzer Blick unter die Matratzen genügte Frank, um festzustellen, dass auch hier nichts Interessantes zu finden war. Er wollte eben den Raum verlassen, als sein Blick erneut auf das gerahmte Aquarell fiel. Intuitiv griff er mit der rechten Hand hinter den Rahmen und stutzte. Da war etwas. Er zog das Bild etwas von der Wand und förderte einen braunen, gepolsterten DIN-A4-Umschlag zutage, der mit Klebeband an der Rückwand des Bildes befestigt gewesen war. Er öffnete ihn und hielt ein paar Seiten bedrucktes Papier sowie eine CD ohne Beschriftung in seiner Hand. Die CD warf er aufs Bett und faltete die Papierbögen auseinander. Es handelte sich dabei um eine detaillierte, fünfseitige Auflistung des Immobilienvermögens der Familie Stefanidis. Er blätterte weiter und stieß auf ein zweites Dokument, bei dem es sich um eine Kopie des Schriftstückes handeln musste, das Maren und Niko in Tersteegens Haus bei Kalloni gefunden hatten.

»Schaut euch das mal an!«, rief Frank, woraufhin Brandt und Sabine sofort in der Tür erschienen.

Sabine starrte das Zimmer mit offenem Mund an.

»Aber hallo! Das Schlafzimmer eines BVB-Fans!«

Auch Brandt schaute ungläubig drein, wobei Frank nicht recht zu deuten wusste, was sein Blick ausdrückte: War er angewidert oder fasziniert? Oder beides? Schlief er vielleicht in einem blau-weißen Schlafzimmer?

»Hier, seht mal! Das klebte hinter dem Bild!«

Er übergab die Bögen seinem Chef, der sie flüchtig überflog.

»Das ist interessant! Beckert scheint sehr gut über das Stefanidis-Vermögen Bescheid zu wissen.«

Frank stellte sich dicht neben den Kriminalrat und wies mit dem Zeigefinger auf einige mit Leuchtmarker markierte Posten in der Auflistung.

»Sehen Sie mal hier! Das sind genau die Immobilien, die auch in dieser Urkunde auftauchen.«

Brandt blätterte zwischen den Bögen hin und her.

»Sie haben recht. Das nehmen wir schon mal mit!«

Er faltete die Papiere und schob sie zusammen mit der CD, die Frank ihm reichte, zurück in den Umschlag.

»Sind Sie hier fertig?«, erkundigte er sich bei Frank, der schon Anstalten machte, das Schlafzimmer zu verlassen. Nach dessen Bestätigung fuhr er fort: »Auf ins Arbeitszimmer!«

Das Büro wurde von Zweckmäßigkeit beherrscht. Zwei halbhohe Regale, ein Schreibtisch, ein PC mit Scanner und Drucker und zwei Stühle waren die einzigen Gegenstände im Raum. Über dem Regal an der rechten Wand war ein kleiner Tresor ins Mauerwerk eingelassen. Frank deutete auf ihn.

»Hier sind wir mit unserem Latein am Ende.«

»Warten wir mal ab!«, gab Brandt ruhig zurück und warf sich auf den Schreibtischstuhl. »Ich hier und Sie die Regale!«

Daraufhin schaltete er den Computer ein. Frank widmete sich jedem einzelnen Buch in dem linken Regal, während Sabine sich in gleicher Weise mit dem rechten beschäftigte. Er blätterte es schnell durch, hielt es an beiden Deckeln vor sich hin und schüttelte es einmal kräftig durch, bevor er es zurückschob. Als er mit den Büchern durch war, griff er sich die Aktenordner auf dem unteren Brett. In diesem Augenblick betraten Maren und der Polizist den Raum.

»Absolut nichts«, informierte sie alle über das Ergebnis der Durchsuchung der unteren Etage. »Können wir vielleicht hier helfen?«

Da niemand reagierte, gesellte sie sich zu Frank, umfasste seine Hüfte mit einem Arm und blickte mit ihm in den Ordner, in dem er gerade blätterte.

»Himmel, seid ihr langweilig!«, murmelte sie an Franks Schulter.

Statt von ihm, bekam sie eine Antwort ihres Chefs.

»Das sehe ich anders!«

Frank blickte auf und sah, wie sich Brandt von dem Stuhl erhob und mit einem Zettel in der Hand an den Safe trat. Er drehte das Kombinationsrad ein paar Mal nach links und rechts und öffnete den Tresor mit Hilfe des Hebels. Er grinste Frank und Maren triumphierend zu.

»Tja, wenn man sich so eine Nummer nicht merken kann, dann schreibt man sie sich schon Mal auf. Sicherheit hin, Sicherheit her!«

Mit dem Ordner in der Hand trat Frank neben seinen Chef und blickte in das Innere des Safes.

»Donnerwetter!«, entfuhr es ihm.

Der Tresor war vollgepackt mit Geldbündeln, die schnell durchgezählt waren. Es handelte sich um 100.000 Schweizer

Franken. In einem niedrigen Fach über dem Geld lagen drei Schachteln Pistolen-Munition. Eine Waffe fanden sie nicht.

»So, das reicht!«, gab Brandt bekannt und wandte sich an den Uniformierten. »Packen Sie das ein! Außerdem nehmen wir die Ordner mit, den Rechner, die externe Festplatte und diesen Umschlag.«

Er übergab dem Polizisten den Umschlag, den er auf dem Schreibtisch abgelegt hatte. Schließlich füllte der Kriminalrat höchstpersönlich das Durchsuchungs- und Beschlagnahmeprotokoll aus und ließ Frank und Sabine neben seinem Namenszug unterschreiben. Als sie das Haus verließen, legte er ein Exemplar auf den Wohnzimmertisch vor dem Kamin.

*

Zwei Stunden später griff Viktor Beckert nach eben diesem Duplikat des Beschlagnahmeprotokolls.

»Scheiße!«, brüllte er, nachdem er den Inhalt des Schriftstückes überflogen hatte, und versetzte dem Tisch einen kräftigen Tritt.

Gleichzeitig begann sein Gehirn, auf Hochtouren zu arbeiten. Eigentlich war es jetzt aus! Sie hatten den Computer, das Geld und die Liste. Das war zu viel! Natürlich gab es noch die Möglichkeit, mit Jan zusammen ein Szenario zu entwickeln, das allem einen anderen Sinn gab. Aber wenn sie schon hier gewesen sind und einen richterlichen Durchsuchungsbeschluss hatten, wie es auf dem Protokoll vermerkt war, dann waren sie im Besitz von Informationen, die ihm keine Chance boten. Er lief in sein Büro und griff nach dem Telefon.

*

Eigentlich brauchte Frank jetzt nur noch Ruhe, um seine Gedanken ordnen zu können. Das Gegenteil bekam er geboten.

Durch das Büro waberte eine merkwürdige Stimmung: ein Konglomerat aus Depression, Kaffeedunst, Zigarettenqualm, hektischer Betriebsamkeit, sommerlicher Hitze und dem anhaltenden Summen elektronischer Geräte, die ihr Bestes gaben, zuverlässig Informationen zu verarbeiten und auszuspucken. Alles in allem ein explosives Gemisch. Er saß am Tisch und drehte eine leere Wasserflasche in seinen Händen. Vor einer Viertelstunde hatte er mit Petros Stefanidis telefoniert und ihm die Hiobsbotschaft mitgeteilt. Es war grauenhaft gewesen. Aber schließlich hatte sich Petros entschieden, seine Pläne für den nächsten Tag nicht zu ändern. Er wollte nach Deutschland kommen, nun allerdings in erster Linie, um seinem zweiten Bruder innerhalb von einer Woche die letzte Ehre zu erweisen. Brandt hatte sich nach Hause verabschiedet, nicht ohne seine Untergebenen großzügig mit Arbeitsaufträgen auszustatten und sie anzuweisen, ihn umgehend zu informieren, wenn sich Entscheidendes tun sollte.

Die Hausdurchsuchung bei Tersteegen hatte keine unmittelbaren Ergebnisse gebracht. Zwar waren auch dort ein Rechner und drei externe Festplatten mitgenommen worden, aber ansonsten hatten die Beamten nichts Konkretes, wie etwa Aktenordner oder irgendwelche Korrespondenz, gefunden. Die Auswertung der in beiden Wohnungen beschlagnahmten Dinge war bereits in vollem Gange, ließ aber auf sich warten.

Franks Blick fiel auf Britta, die hoch konzentriert an ihrem Rechner saß und zusammen mit Malte der Identität des Killers auf der Spur war. Das Phantombild und die Fingerabdrücke des toten Mörders sollten eigentlich nicht ohne Ergebnis bleiben. Ein Programm auf dem Server des BKA unterstütze sie dabei. Maren saß an dem zweiten Rechner und tippte Berichte. Unwillkürlich musste Frank lächeln, denn in der angespannten und vor Konzentration knisternden Stimmung achtete niemand mehr auf seine Umgebung. Britta hatte ihre Kostümjacke abgelegt und saß mit übereinandergeschlagenen Beinen vor dem PC. Ihr Rock war etwas nach oben gerutscht und gab den Blick auf ein paar wohlgeformte Beine frei. Sie hatte die oberen Knöpfe ihrer Bluse geöffnet und bot ein Dekolleté, das sie im Normalfall höchstens ihrem Mann oder Freund gönnen würde. Stattdessen saß aber Malte neben ihr, sein Gesicht dicht neben ihrem und starrte ebenso konzentriert auf den Bildschirm wie sie.

»Das ist er!«, rief Britta plötzlich und warf sich in ihrem Stuhl zurück. Sie wies mit dem ausgestreckten Zeigefinger auf den Monitor. Malte entspannte sich. Er las vor.

»Sergej Makarenkov. Bulgare. Benutzt drei weitere Namen: Sercan Öztürk, René Kranzer und Felipe Mastroianni. siebenunddreißig Jahre alt. Stammt aus Karlovo. Ihm werden dreizehn Morde zur Last gelegt, die ihm aber alle nicht nachgewiesen werden konnten. Er gilt als sehr präzise und schnell. Man vermutet Kontakte zur russischen Mafia.«

»Nun sind es vierzehn Morde. Er war nicht präzise, aber wirkungsvoll und doch nicht schnell genug«, ergänzte Frank.

Britta erhob sich von ihrem Stuhl. Dabei musste sie wohl ihr freizügiges Erscheinungsbild registriert haben, denn sie griff schnell an ihr Dekolleté und schloss einen Knopf ihrer Bluse. Sie setzte sich zu Frank. Auch Malte kam an den Tisch.

»Eigentlich könnten wir jetzt auch Schluss machen«, murmelte er vor sich hin. »Alles andere kann bis morgen warten. Jedenfalls können wir es nicht beschleunigen.«

»Haben wir denn an alles gedacht?«

Britta schenkte Frank ein zauberhaftes Lächeln und ein Nicken.

»Ja. Wir haben den Killer identifiziert. Der Rechner steht bei Christoph, und wie ich ihn einschätze, ist der schon dabei, ihn zu knacken. Die Fahndung läuft. Die Haftbefehle gegen Beckert und Tersteegen bekommen wir morgen früh.«

»Und die Berichte sind auch fertig. Ich habe sie eben an Brandt gemailt.«

Maren erhob sich von ihrem Stuhl und setzte sich zu den drei Kollegen. Als sie an Frank vorbeiging, gab sie ihm einen flüchtigen Kuss in den Nacken.

»Sollten wir nicht dafür sorgen, dass Beckerts und Tersteegens Häuser observiert werden?«, fragte sie beiläufig.

Die Kollegen sahen sich verblüfft an. Niemand hatte bisher daran gedacht, aber das war natürlich naheliegend. Britta stand auf und griff zum Telefonhörer. Nach wenigen Minuten war alles Nötige in Gang gesetzt.

»Vier Kollegen vom BKA kümmern sich darum«, sagte sie, als sie den Hörer auflegte.

»Gut«, sagte Frank. »Dann würde ich sagen: Das reicht für einen Sonntag. Gehen wir.«

*

»Was willst du? Bist du verrückt, jetzt anzurufen?«

Der schwarzhaarige Mann mit dem buschigen Schnauzbart war ungehalten, was seinem Gesprächspartner aber vergleichsweise schnuppe war.

»Sie waren bei mir.«

»Wie – sie waren bei dir?«

»Na, die Polizei war bei mir. Sie haben das Haus durchsucht.«

»Aber du hattest natürlich nichts im Haus.«

»Doch, hatte ich.«

»Hattest du? Habe ich dir nicht gesagt …«

»Hör schon auf! Alles war versteckt. Sie haben den Tresor geöffnet und meinen Rechner mitgenommen. Außerdem haben sie die Liste gefunden.«

»Du bist wahnsinnig!«

»Mein Gott, dann bin ich eben wahnsinnig! Was auch immer! Auf jeden Fall wissen sie Bescheid! Was sollen wir tun?«, konnte Beckert nicht mehr an sich halten.

»Warte ab! Ich bin auf dem Weg nach Deutschland. Ich melde mich in ungefähr zwei Stunden bei dir. Was ist mit Georgios?«

»Ich habe heute Mittag mit unserem Mann telefoniert. Zu der Zeit lag Georgios schwer verletzt im Krankenhaus. Unser Mann wollte das klären.«

»Und?«

»Und was?! Ich habe noch nichts von ihm gehört!«

Der »Türke« schüttelte den Kopf.

»Meine Güte! Warte! Ich bin bald da. Ich melde mich.«

Dann wurde die Leitung unterbrochen. Viktor Beckert schleuderte das Telefon quer durch den Raum an die gegenüberliegende Wand, wo es zerschellte und in Einzelteilen auf den Boden regnete.

*

Auch am späten Nachmittag war die Luft noch stickig und die Schwüle drückte aufs Gemüt. Maren und Frank saßen trotzdem auf dem kleinen Balkon ihrer Wohnung. Maren hatte alle entbehrlichen Kleidungsstücke von sich geworfen. Im Bikini saß sie auf ihrem Stuhl, hatte eine Bierflasche neben sich und ein Buch in ihren Händen, in dem sie unkonzentriert blätterte. Frank saß in Boxershorts neben ihr auf der anderen Seite des Tischchens und löffelte ein Eis.

»Ich brauche auf jeden Fall Urlaub, wenn das alles erledigt ist«, durchbrach Maren die Stille.

Frank nickte, während er sich akribisch bemühte, die kümmerlichen Reste seines Eises aus dem Glasschälchen zu kratzen. Er leckte den Löffel ab und stellte das Schälchen auf den Tisch.

»Willst du dann wirklich wieder nach Griechenland?«

»Das ist mir völlig egal! Von mir aus können wir an den Nordpol fahren! Hauptsache raus hier!«

Maren hatte ihr Buch, in dem sie keine Zeile weiter gekommen war, neben sich gelegt und streckte die Beine aus.

»Mir geht das alles auf den Geist!«, platzte es aus ihr heraus. »Unser Leben tritt immer mehr in den Hintergrund, nur weil ein paar Spinner sich ausgerechnet Mülheim ausgesucht haben, um ihre Familienprobleme zu lösen. Seit zehn Tagen sind wir nur noch Polizisten. Manchmal kommen wir nachts dazu, miteinander zu reden, aber ansonsten gibt es uns eigentlich gar nicht!«

Frank fing ihren Blick auf. Sie war im doppelten Sinne fertig. Sie erwartete erstens seine Reaktion, und zweitens las er abgrundtiefe Erschöpfung aus ihrem Gesicht. Sie wirkte müde und traurig, wenn nicht sogar verzweifelt.

»Das ist uns doch nicht neu, Maren! Das ist unser Job!«

Sie wandte ihren Blick ab und nickte.

»Ja, ich weiß. Natürlich. Aber zum ersten Mal ist es bei mir so, dass ich glaube, das nicht ertragen zu können. Gestern habe ich dir gesagt, dass ich eine Familie haben möchte, ein Baby. So geht das nicht!«

»Nein, so geht das nicht.«

Ihr Kopf fuhr herum.

»Wie?«

»Du hast recht! So geht das nicht.«

Zum ersten Mal fühlte Frank bei dieser Thematik so etwas wie Unmut in sich aufwallen. Was wollte sie eigentlich? Waren nicht beide gleichermaßen gestresst? Dann sprudelte es nur so aus ihm heraus.

»Maren, was stellst du dir vor? Seit Tagen machst du einen total unzufriedenen Eindruck und fängst immer wieder damit an. Ich kann dir keine schnelle Antwort liefern. Ich kann jetzt, in diesem Augenblick, nicht an ein Baby denken! Wie stellst du dir das vor? Willst du aufhören zu arbeiten? Soll ich alleine weiter zur Arbeit gehen und abends müde nach Hause kommen, wenn das Essen auf dem Tisch steht und ein glückliches

Baby in seinem Bettchen schläft? Wärst du glücklich damit? Sollen wir uns zur Verkehrspolizei versetzen lassen, damit wir vom Bösen dieser Welt nicht mehr so gestresst werden?«

Sie wandte ihren Blick erneut ab, der nun ziellos über der Balkonbrüstung hing. Aus ihrem Gesichtsausdruck konnte er aber ablesen, dass sie nachdachte.

»Ich glaube, ich möchte wirklich aufhören!«, sagte sie.

»Womit?«

»Mit dem Job.«

»Maren ...«

»Ja! Maren! Fang mir jetzt nicht so an! Du hast recht, jetzt geht es mir um Maren! Um mich! Es macht mich fertig! Ich spüre das ganz deutlich! Es ist keine momentane Laune! Ich habe das Gefühl, dass von Jahr zu Jahr etwas mehr in mir kaputt geht. Erinnere dich an die ganze Scheiße, die wir ertragen müssen! Wenn ich daran denke, dass ich das noch dreißig Jahre mitmachen soll, wird mir ganz schlecht! Ich weiß, dass ich das nicht kann! Ich schaffe das nicht, verstehst du? Ich bleibe auf der Strecke dabei!«

Maren sank in sich zusammen und begann, leise zu weinen. Kein Schluchzen war zu hören; sie weinte einfach vor sich hin, den Kopf zwischen die Schultern gezogen und klein. Plötzlich wirkte die lebenslustige, energische junge Frau zart und zerbrechlich. Frank wusste in diesem Augenblick, dass etwas unwiderruflich zu Ende gegangen war. Er stand auf und hockte sich vor sie hin, worauf sie ihren Kopf an seine Schulter legte. Schließlich nahm er ihren Kopf zwischen seine Hände und blickte ihr eindringlich in die Augen.

»Ich verstehe dich«, sagte er. »Und ich glaube, du hast recht. Lass uns diese Sache abschließen. Dann fahren wir in Urlaub und reden über alles. Ist das okay?«

Maren nickte. Frank kniete sich hin und zog sie an sich.

\*

Am Abend lag der Düsseldorfer Flughafen unter einer Glocke aus feuchtem Dunst und Abgasen. Der Learjet von Hakan Gül setzte auf der Landebahn auf. Die Triebwerke heulten auf, als der Gegenschub das Flugzeug abbremste. Kurz darauf rollte der Jet auf einen Hangar zu, vor dem eine schwarze Limousine und ein Zollfahrzeug standen. Die beiden Zollbeamten stiegen beinahe synchron mit dem Chauffeur der schwarzen Limousine aus ihrem Wagen. Die Tür des Flugzeugs öffnete sich, nachdem die Treppe herangefahren worden war. Hakan Gül und sein etwas größerer Geschäftspartner blinzelten in die leicht milchige Nachmittagssonne. Gül grüßte seinen an der Treppe wartenden Chauffeur mit einer knappen Handbewegung. Die neben ihm stehenden Beamten hatte er zwar registriert, würdigte sie aber keines Blickes, weder eines freundlichen noch eines unfreundlichen. Dennoch besaßen sie die Keckheit, ihn anzusprechen, als er am Fuß der Treppe angelangt war. Sein zumindest türkisch aussehender Begleiter hielt sich hinter ihm.

»Herr Gül?«, fragte einer der beiden Zollbeamten.

»Ja. Was gibt es?«

»Dürfen wir Ihre Papiere sehen? Und die Ihres Freundes?«

»Das ist nicht mein Freund«, korrigierte Gül den Beamten in nahezu akzentfreiem Deutsch. »Das ist Sercan Yilmaz, ein Geschäftspartner aus Istanbul, der mich zu einem Termin begleitet. In drei Stunden sind wir wieder weg.«

Er händigte dem Beamten routiniert seine Papiere aus. Der blickte den vermeintlichen Geschäftspartner auffordernd an, woraufhin Gül einige türkische Worte an seinen Partner richtete. Yilmaz übergab dem Beamten einen Diplomatenpass.

»Herr Yilmaz spricht kein Deutsch«, fügte Gül erklärend hinzu.

Die Zollbeamten prüften die Papiere und schienen zufrieden, als sie sie zurückgaben.

»Was ist der Grund für diese ungewöhnliche Kontrolle?«

»Wir haben Grund zu der Annahme, dass eine gesuchte Person über die Türkei nach Deutschland einreisen will«, klärte ihn der Beamte in gestelzter Schreibtischsprache auf.

»Oh, ein Verbrecher?«

»Vermutlich, ja.«

»Na, dann wünsche ich Ihnen viel Erfolg. Verbrecher sollten gefangen und eingesperrt werden. – Dürfen wir?«

Er wies auf den wartenden schwarzen Wagen, doch der Beamte war noch nicht ganz fertig mit ihm.

»Wer befindet sich noch im Flugzeug?«

»Meine Piloten und eine Flugbegleiterin.«

Gül schaute auf seine Rolex und wirkte plötzlich ungeduldig. Mit einer ausladenden Handbewegung wies er hinter sich.

»Schauen Sie sich nur um! Aber wir müssen jetzt wirklich los! Wir werden erwartet. Und in zweieinhalb Stunden brauchen wir die Maschine wieder.«

Der Beamte bedachte Gül und dessen Partner mit einem letzten forschenden Blick. Dann nickte er.

»Okay. Fahren Sie. Es ist alles in Ordnung.«

Die beiden Türken liefen zu der schwarzen Limousine. Der Chauffeur eilte ihnen voraus und öffnete den Wagenschlag. Außer Hörweite der Beamten raunte Yilmaz seinem Partner zu: »Du bist sowas von abgebrüht!«

Die Männer stiegen ein und sahen, wie die zwei Zollbeamten tatsächlich über die Treppe das Flugzeug betraten.

»Sollen sie«, lachte Gül. »Es gibt nichts, das sie finden könnten.«

Als der Wagen am Breitscheider Kreuz die Autobahn verließ und auf der B1 weiter in Richtung Mülheim fuhr, entledigte sich Tersteegen seines Türkenbärtchens, das ihm in der feuchten Luft ein unangenehmes Jucken zwischen Nase und Oberlippe beschert hatte. Er griff in seine Jacketttasche, zog das Mobiltelefon heraus und wählte Viktor Beckerts Handynummer aus dem Speicher.

»Wo bist du?«, meldete sich Beckert, kaum dass der zweite Rufton verklungen war.

»Auf dem Weg nach Mülheim. Und du?«

»In meiner Wohnung.«

»Verschwinde von dort! Sie könnten wiederkommen! Wir treffen uns in Mülheim.«

»In Ordnung. Und wo genau?«

»Mir egal, schlag was vor. Ich weiß nicht, was du kennst.«

»Das LOKal am Ringlokschuppen.«

»In Ordnung. Ich kann in einer Viertelstunde da sein.«

»Bis dann«, erwiderte Beckert und beendete das Gespräch.

Als er wenige Minuten später in seinen Wagen stieg, wurde er von zwei Männern in einem schwarzen Toyota beobachtet. Viktor Beckert bemerkte sie nicht. Einer der beiden Männer griff zu seinem Handy und wählte Brittas Nummer.

*

Frank und Maren saßen noch immer auf dem Balkon, hatten ihr Gespräch abgehakt und sich anderen Dingen gewidmet. Beide lasen in ihren Büchern, als sich Franks Handy meldete. Er musste sich erst einmal orientieren, so sehr war er in die Welt des Buches eingetaucht, stand auf und fischte im Wohnzimmer das Handy aus seiner Hosentasche. Das Display meldete einen Anruf von Britta. Er drückte den Knopf mit dem grünen Hörersymbol und meldete sich.

»Ich störe ungern, aber wie es scheint, ist unsere Pause vorbei. Beckert ist auf dem Weg nach Mülheim. Unsere Leute sind an ihm dran.«

»Wunderbar. Worauf wartet ihr? Haltet ihn auf!«

»Nun mal langsam!«, lachte Britta. »Sie folgen ihm. Es könnte für uns eventuell interessant sein zu erfahren, wohin er will.«

»Natürlich, du hast recht. Wo bist du jetzt?«

»Ich bin bei Bea und Malte. Wir fahren gleich los. Malte hat euren Chef schon unterrichtet. Der meint, wir sollen uns im Präsidium treffen.«

»Okay, bis gleich.«

Frank beendete das Gespräch. Als er sich umdrehte, sah er Maren in der Balkontür stehen. Er informierte sie kurz über die Neuigkeit.

*

Viktor Beckert parkte den Wagen auf dem Parkplatz des Ringlokschuppens und stieg aus. Er betrat das Gelände durch das offen stehende Tor rechts vom Schuppen, hielt sich links und steuerte auf die gut gefüllte Außenanlage des LOKals zu. Auch die Stufen der »Drehscheibe« waren von Menschen besetzt, die ihre Decken ausgebreitet hatten und an diesem lauen Sommerabend eine Art Picknick veranstalteten. Unter den Sonnenschirmen staute sich die Hitze des vergehenden Sonntags. Er hatte Glück. Gerade als er sich einem der Tische unter den Schirmen näherte, standen drei Gäste auf und machten Anstalten zu gehen. Er stellte sich neben sie und wartete geduldig, bis sie ihre Sachen vom Tisch genommen und ihn freigegeben hatten. Beckert schaute sich kurz um, ob er Tersteegen sehen konnte. Das war nicht der Fall. Also setzte er sich und bestellte bei dem jungen Mann, der zu ihm getreten war, ein Alsterwasser. Sekunden, nachdem sich der Kellner entfernt hatte, trat Jan Tersteegen zu ihm an den Tisch.

»Du bist schon da?«, fragte er und nahm Platz.

Tersteegen beugte sich nach vorne und schaute ihm ins Gesicht, während er ihm eine Hand auf die Schulter legte.

»Da ist aber heute einiges schief gegangen, nicht wahr?«

Viktor Beckert spürte den Zorn in sich aufsteigen. Er schüttelte Tersteegens Arm ab und wandte sich ihm zu, als der Kellner mit einem Tablett voller gefüllter Gläser an ihrem

Tisch erschien. Wortlos stellte er ein Alsterwasser vor Viktor Beckert ab.

»Hätten Sie wohl auch eines für mich?«

Der junge Mann stellte auch ihm ein Glas auf den Tisch und hielt die Hand auf.

»Sieben Euro«, sagte er emotionslos und zog weiter, nachdem ihm Tersteegen den geforderten Betrag in die Hand gelegt hatte.

»Wie konnte das so aus dem Ruder laufen?«, fragte Beckert und nahm einen großen Schluck. Sein anfänglicher Zorn war verflogen und einer tiefen Depression gewichen.

»Deine Leute haben einfach versagt.«

»Meine Leute? Du hast vielleicht Nerven! Wer hat mir denn diese Russen angeschleppt? Das warst doch du, oder?«

Tersteegen schwieg und blickte sein Glas an.

»Weißt du denn mittlerweile, was mit Georgios los ist?«

»Nein. Der Türke hat sich nicht mehr gemeldet.«

»Der Türke ist Bulgare.«

»Dann eben Bulgare. Trotzdem hat er sich nicht gemeldet.«

»Das kann er auch nicht. Er ist tot.«

Die Köpfe der beiden schossen herum. Der Schreck lag in ihren Blicken, als sie den Mann erkannten, der an ihren Tisch getreten war. Tersteegen erkannte ihn sofort.

»Herr Wallert!«, mimte er den freudig Überraschten. »Nehmen Sie doch Platz! Was meinten Sie eben?«

Frank lächelte erst Tersteegen und dann Beckert an. Der sah sich jedoch nicht in der Lage, in gleicher Weise zu reagieren.

»Schön, auch Sie mal kennenzulernen, Herr Beckert! Ihre Eltern haben Sie übrigens heute sehr vermisst.«

Viktor Beckert seufzte resigniert und sank in sich zusammen.

»Ihr Bulgare ist tot«, wandte er sich wieder Tersteegen zu. »Georgios leider auch. Wollen Sie mir das jetzt und hier erklären, oder fahren wir zusammen zum Präsidium?«

Sowohl Beckert als auch Tersteegen waren zur Salzsäule erstarrt. Beckert war in seinem Stuhl zusammengesunken und starrte angespannt auf die Tischplatte. Tersteegens Blick wanderte hektisch zwischen Viktor Beckert und dem Polizisten hin und her. Plötzlich fiel ihm auf, dass sich die Plätze um ihren Tisch herum geleert hatten.

»Seien Sie vernünftig! In einiger Entfernung lauern acht Polizisten nur darauf, dass Sie unbeherrscht reagieren.«

Frank konzentrierte sich ausschließlich auf Jan Tersteegen, der noch immer wie ein brodelnder Kessel wirkte, dem es gleich den Deckel wegzusprengen drohte.

»Nun?«, fragte Frank.

Tersteegen nickte wortlos und zögernd.

»Gut, dann legen Sie jetzt bitte beide ihre Hände in den Nacken und stehen langsam auf.«

Wie in Zeitlupe reagierten die beiden Männer. Beckert schien mutlos, während Tersteegen noch immer seinen Blick unruhig schweifen ließ. Frank machte einen Schritt zurück, während Malte zu ihnen trat. Auch Maren erschien plötzlich an Franks Seite. Was sich nun abspielte, dauerte nicht einmal zwei Sekunden. In Franks Wahrnehmung schien es eine Ewigkeit zu sein. Aus den Augenwinkeln registrierte er eine plötzliche Bewegung Tersteegens. Er sah Maren stürzen und hörte sie aufschreien. In ihren Schrei mischten sich Rufe und Gebrüll anderer Menschen. Als er sich zu den beiden Männern umdrehte, sah er, dass sich Malte langsam und mit erhobenen Händen rückwärts von ihnen weg bewegte. Tersteegen kniete am Boden und hielt der wimmernden Maren eine Pistole an die Schläfe. Mit der anderen Hand zog er ihre Dienstwaffe aus dem Halfter und reichte sie Beckert, der nicht zögerte und die Pistole sofort auf Frank richtete. Der streckte automatisch seine Hände in die Luft.

»Alle nehmen jetzt sofort die Hände hoch!«, schrie Tersteegen.

Frank blickte sich um und sah vereinzelte Gäste des Biergartens Hals über Kopf fliehen. An den Treppen zur Drehscheibe standen Britta und ihre Kollegen, ein Stück weiter, auf dem Zugang zum LOKal, sah er Brandt und zwei Uniformierte. Alle hatten brav ihre Hände erhoben und starrten ungläubig auf die Szenerie.

»Tersteegen, seien Sie vernünftig«, versuchte Frank, mäßigend auf den Düsseldorfer einzuwirken, doch der dachte gar nicht daran, Frank das Wort zu überlassen.

»Halten Sie die Schnauze!«, brüllte er. »Wenn nur einer sich von seinem jetzigen Platz wegbewegt oder versucht uns aufzuhalten, wird diese Frau sterben! Ist das klar?«

Ohne die Waffe auch nur einen Zentimeter von ihrem Kopf zu nehmen, griff Tersteegen an Marens Schutzweste und riss sie auf die Beine. Langsam setzte sich Tersteegen in Bewegung und zog Maren hinter sich her. Beckert sicherte beide ab, indem er mit Marens Waffe am ausgestreckten Arm rückwärts neben ihnen herging. Sie bewegten sich in Richtung des früheren Wasserturms, der »Camera Obscura«, und waren schnell aus Franks Blickfeld verschwunden. Aus der Richtung, in die sie gegangen waren, ertönten spitze Schreie, und immer wieder sah Frank Spaziergänger panisch in den Park fliehen. Immer noch standen die versammelten Polizisten mit erhobenen Händen wie einbetoniert an ihren Plätzen.

»Was sollen wir tun?«, raunte Malte Frank zu.

Der nahm seine Arme herunter, griff nach seiner Waffe, entsicherte sie und sprintete Richtung Ringlokschuppen-Parkplatz. Die anderen stürmten hinterher. Sekunden später stand er mit angelegter Waffe mitten auf dem Parkplatz. Ein Wagen raste auf ihn zu und eine Hand mit einer Pistole schob sich aus dem Seitenfenster. Ein Knall zerschnitt die Luft. Etwas pfiff an Franks Kopf vorbei. Dann trat der Fahrer mit aller Kraft in die Bremsen, sodass der Wagen schlingernd und mit quietschenden Reifen unmittelbar vor ihm zu stehen kam.

»Gehen Sie da weg! Lassen Sie uns fahren! Es ist besser für Ihre Kollegin.«

Tersteegen, der hinter dem Steuer saß, hielt nach wie vor die Pistole auf ihn gerichtet, während Beckert und Maren auf der Rückbank saßen. Beckert hielt sie fest an sich gedrückt. Die Waffe schwebte ungefähr einen Zentimeter vor ihrem Gesicht.

»Frank! Lass es gut sein! Lass uns durch! Sie werden mich töten!«, schrie sie ihm entgegen.

Doch Frank bewegte sich nicht von der Stelle. Er schüttelte ununterbrochen den Kopf. Sein Chef, Britta und die anderen Kollegen kamen langsam in Bewegung. Er registrierte, dass Britta plötzlich an der Fahrertür stand und ihre Waffe, ebenso wie er, auf Tersteegens Kopf anlegte. Brandt hatte sich gegenüber von ihr auf der rechten Seite des Wagens positioniert und zielte auf den Kopf von Beckert, der sofort in Panik geriet.

»Mach was!«, kreischte er. »Fahr los! Die haben sie nicht mehr alle! Die wollen schießen! Los!«

Hektisch fuchtelte er mit der Waffe vor Marens Gesicht herum.

*Was, wenn dieser Idiot jetzt tatsächlich abdrückt?*, dachte Frank. Immer noch schüttelte er ganz ruhig den Kopf. Mittlerweile wirkte die Situation wie eingefroren. Der Wagen war umstellt von sieben Polizisten, die ihre Waffen auf zwei seiner Insassen angelegt hatten. Eine Waffe lugte aus dem Wageninneren heraus und bedrohte Frank, eine andere hielt ein panischer Viktor Beckert auf Maren gerichtet.

Es dauerte eine Weile, bis Frank in der Lage war zu sprechen.

»Nein«, sagte er ganz ruhig, aber laut genug, dass Maren ihn hören konnte. »Die tun dir nichts. Die können nicht töten. Das lassen sie andere für sich erledigen. Aber die beiden? Nein, die töten dich nicht!«

In diesem Augenblick drückte Tersteegen ab.

# Epilog

Der Felsen glitzert in der Sonne, die unbarmherzig von einem wolkenlosen Himmel brennt. Nur hier in der Bucht ist dieser Sommertag erträglich. Hier kann sie sich jederzeit im Meer Abkühlung verschaffen. Es weht eine unmerklich leichte Brise. Oben am Hotel brennt die Luft. Der Aufenthalt auf dem Zimmer ist so gut wie unmöglich. Bevor sie sich auf den Weg zu ihrer Bucht machte, hatte sie vom Thermometer auf der Terrasse 42 Grad abgelesen. Mit einer Hand streift sie sich den Sand von den Waden und greift zu ihrer Zigarettenschachtel.

*Was habe ich alles ertragen müssen!? Und jetzt sitze ich hier unter der griechischen Sonne und rauche*, denkt sie.

Mitte Juli war sie aus der Klinik entlassen worden. Sie hatte nicht lange gebraucht, bis der Entschluss in ihr gereift war. Nach einem ausführlichen Gespräch mit Kriminalrat Brandt, der auf alle seine Anzüglichkeiten verzichtet und sich stattdessen als einfühlsamer Gesprächspartner erwiesen hatte, wurde sie in einen dreimonatigen Urlaub entlassen, den sie, wie er sich ausgedrückt hatte, zur »Entscheidungsfindung« nutzen sollte. Brandt hatte ihr unmissverständlich erklärt, dass er sie ungern verlöre. Er sprach sogar davon, dass er »um sie kämpfen« würde, wenn sie keine eindeutige Entscheidung treffen könne.

Aber sie konnte. Mit den Geschehnissen vom 25. Juni im Kopf war das kein Problem. Sie war neunundzwanzig Jahre jung. Sie musste sich nicht an diesen Beruf ketten. Sie konnte auch noch mit etwas Neuem beginnen. Ihr war durchaus bewusst, dass ihre Berufswahl vor zehn Jahren zu diesem Zeitpunkt die richtige Entscheidung gewesen war. Sie bereute nichts, war aber sicher, dass ihre Zukunft anders aussehen musste. Sie schüttelt den Kopf, wie sie es in den vergangenen Wochen so viele Male getan hatte, wenn sich die Ereignisse jenes Sonntags in ihre Erinnerung drängten.

Sie sieht sich auf dem Rücksitz des Wagens. Beckert hält sie fest, ihre schussbereite Dienstwaffe schwebt vor ihrem Gesicht. Frank sagt eben, dass er nicht glaubt, dass man ihr etwas tue, als Tersteegen abdrückt. In diesem Augenblick bricht die Hölle los. Beckert schnellt auf dem Rücksitz nach oben und reißt ihr mit der Waffe die Stirn auf, bevor er tödlich getroffen zusammenbricht. Tersteegen sackt über dem Lenkrad zusammen. Sie kann Frank nicht mehr sehen und hätte angefangen zu schreien, wenn sie nicht das Bewusstsein verloren hätte. Im Krankenwagen kommt sie wieder zu sich, ist aber nicht in der Lage zu sprechen. Man hat ihr ein starkes Beruhigungsmittel gespritzt, das ihren Körper in eine Art Starre versetzt hat. Leider wirkt es nicht auf ihren Kopf. Sie will wissen, was mit Frank ist. Unter halb geöffneten Augenlidern hindurch kann sie zwar den Notarzt sehen, doch sie ist nicht in der Lage ihn anzusprechen.

Am nächsten Tag erst, im Krankenhaus, erwacht sie aus diesem Zustand. Malte sitzt neben ihrem Bett und blättert in einer Zeitschrift. Als sie ihn anspricht, zuckt er zusammen. Er erzählt ihr, nachdem er nach dem Arzt gerufen hat, dass Frank im gleichen Krankenhaus liegt. Er ist noch nicht aufgewacht. Die Ärzte halten ihn nach einer Operation, die fast die ganze Nacht gedauert hat, im künstlichen Koma. Tersteegen habe ihn schwer getroffen und es stehe nicht gut um ihn.

Sie schiebt die Schirmmütze über die Augen und legt sich auf den Rücken.

Der »Fall Georgios« war danach recht schnell abgeschlossen worden. Britta hatte mit ihren Kollegen vom BKA noch einige der offenen Fragen klären können. Tersteegen, der erst zwei Wochen nach den Schüssen außer Gefahr war, hatte bei seiner ersten Befragung zugegeben, mit Beckert zusammen die ganze Geschichte schon Jahre zuvor geplant zu haben.

Beide hatten sich im Jahr 2001 kennengelernt. Kurz darauf stellte Tersteegen den jungen Mann als seinen »Assistenten«

ein. Im Laufe der Zeit hatte Beckert von der engen Verbindung Tersteegens zu den Stefanidis erfahren, weihte seinen Chef aber nicht in seine Verbindung zu der Familie ein. Eines Tages, während eines Besuchs in der Düsseldorfer Altstadt, offenbarte Tersteegen Viktor Beckert, dass das Unternehmen Stefanidis im Begriff sei, zu zerfallen und dass er damit beauftragt sei, die Verkaufsverhandlungen mit der Familie Angelidou mit dem Ziel, die Stefanidis-Betriebe vollständig in deren Besitz zu übergeben, beratend zu begleiten. Bei dieser Gelegenheit hatte sich Viktor Beckert ihm, Tersteegen, anvertraut. In der Folgezeit war Tersteegen die Verbindung zwischen Viktor und den beiden griechischen Familien nicht mehr aus dem Kopf gegangen. Beckert ging es genauso.

Ein paar Wochen später sprach Beckert ihn an und unterbreitete ihm einen Plan, den Angelidous einen Teil ihres zukünftigen Vermögens abzutrotzen, sozusagen als späte Wiedergutmachung. Schließlich hatten die Angelidous über hundert Jahre hinweg von den Stefanidis profitiert und ein Angelidou war es, der Viktors Großeltern damals aus dem Haus gejagt hatte. Tersteegen sollte sich auch den Angelidous als Berater anbieten. Er sollte sie davon überzeugen, wie vorteilhaft es für sie war, ihn als Berater zu haben, da er wegen seiner Geschäftskontakte bestens über die wirtschaftliche Situation der Familie Bescheid wusste. Nach einer kurzen Phase des Misstrauens stimmten die Angelidous zu. Er stellte als Bedingung, dass er nicht direkt an den Verhandlungen teilnahm, sondern diese jeweils gemeinsam mit den Anwälten vorbereitete. Ansonsten wäre sein doppeltes Spiel ja aufgefallen. Auch dem stimmten die Angelidous zu, mittlerweile in dem festen Glauben, gegen die Stefanidis einen gewaltigen Trumpf in der Hand zu halten. Schließlich trotzte Tersteegen den Angelidous die Zusage ab, nach erfolgreichem Abschluss der Verhandlungen einige ihrer Vermögenswerte überschrieben zu bekommen. Bei einem Gesamtvolumen von schätzungsweise 670

Millionen Euro handelte es sich hierbei um einen Anteil von gut zehn Millionen. Dies wurde sogar vertraglich vereinbart. Schriftstücke und Dateien, die man in Tersteegens Büro beschlagnahmt hatte, bewiesen es eindeutig. So weit war alles vielleicht moralisch fraglich, aber nicht kriminell.

Im Laufe der Zeit lernte Tersteegen Elena kennen. Sie kamen sich bei seinen zahlreicher werdenden Besuchen im Hause Angelidou näher. Tersteegen erzählte, zuerst habe er sie aus rein strategischen Überlegungen umgarnt, später aber sei es »echte Liebe« gewesen.

Irgendwann musste Georgios etwas geahnt haben. Nicht, dass er ihn, Tersteegen, in Verdacht gehabt hätte, aber er sprach ihn eines Tages an.

»Jan«, sagte er, als beide auf einer Bank im Garten der Stefanidis saßen. »Irgendetwas stimmt nicht.«

»Wie meinst du das?«

»Wie ich es sage. Ich hatte vorhin ein Gespräch mit Petros. Er erzählte mir von dem Treffen mit unserem Anwalt heute Vormittag. Warst du dabei?«

»Natürlich.«

»Er meinte, die Angelidous hätten Informationen, die sie eigentlich nicht haben können.«

»Was meinte er damit?«

»Er sprach von einer Investitionsaufstellung unseres Betriebes auf Kreta. Diese Zahlen hätten wir bisher nicht öffentlich gemacht. Trotzdem wussten die Anwälte der Angelidous von ihnen.«

Tersteegen zuckte mit den Schultern.

»Er fragte mich, ob ich etwas damit zu tun hätte.«

»Und? Hast du?«

»Natürlich nicht. Kannst du dir das erklären?«

»Nein, aber ich halte das auch nicht für so wichtig. Soviel ich weiß, sind die Verhandlungen so gut wie abgeschlossen. Ihr werdet bald steinreich sein.«

Georgios stand auf und grinste Jan Tersteegen an.

»Ich bin mir da nicht so sicher«, schob er hinterher und ging.

Danach hatte Georgios die Verhandlungen mit den Angelidous platzen lassen. Beckert, der in einem kleinen Hotel in der Nähe wartete, war außer sich, als er davon hörte. Er bedrängte Tersteegen, etwas zu unternehmen, doch der mäßigte seinen Freund. Es werde schon noch klappen, versprach er ihm. Die Stefanidis seien nicht in der Situation, lange warten zu können. Ihnen stehe das Wasser bis zum Hals.

Einen Tag später, beim nächsten Telefongespräch mit Beckert, erfuhr Tersteegen, dass Viktor versucht hatte, »den Griechen aus dem Weg zu räumen«. Auf der Straße nach Ermioni hatte er versucht, mit seinem Geländewagen Georgios von der Straße zu räumen. Der hatte sich aber mit einem Sprung in den Graben gerettet. Tersteegen war sauer. Er machte Beckert Vorwürfe, mit seiner Panik das ganze Projekt zu gefährden. Wenn Georgios schon sterben sollte, dann dürften nicht sie beide sich die Finger schmutzig machen. So war die Idee mit den russischen Killern geboren worden.

Der Zufall war ihnen schließlich zu Hilfe gekommen. Wiederum einen Tag später kam Georgios auf ihn zu mit der Bitte, ihn unbemerkt aus Griechenland auszufliegen. Er sprach von Gefahr, in der er war, und wirkte verzweifelt. Tersteegen witterte seine Chance und stimmte schließlich zu, denn Georgios ungeschützt in der Nähe zu haben, erschien ihm erfolgversprechender als ihn in Griechenland eliminieren zu lassen.

Das BKA konnte Georgios' Weg schließlich lückenlos rekonstruieren. Er hatte am 23. Mai zusammen mit Tersteegen Griechenland verlassen. Am gleichen Tag hatte er Kontakt mit einer griechischen Familie in Duisburg aufgenommen, wo er sich ein paar Tage aufgehalten hatte, ohne von seinen Schwierigkeiten zu erzählen. Der Duisburger Polizei wurden am 30. Mai Schüsse in der Duisburger Innenstadt gemeldet. Weder

der Schütze noch ein Opfer konnten ermittelt werden. Das BKA ging davon aus, dass es sich hierbei um den ersten, von Tersteegen und Beckert in Auftrag gegebenen Anschlag auf Georgios gehandelt hatte. Ähnliches hatte sich knapp zehn Tage später in Mülheim-Speldorf zugetragen, wo ein Zeuge ausgesagt hatte, es sei aus einem Dachfenster eines Hauses auf der Duisburger Straße geschossen worden. Die Polizei hatte einen leer stehenden Raum gefunden, aber wieder keinen Schützen und auch kein Opfer ermitteln können. Drei Tage später hatte Dimitrios über einen griechischen Bekannten in Deutschland eine Nachricht bekommen, Georgios sei in Duisburg und in Gefahr. Das hatte ihn wohl dazu veranlasst, seinen Bruder zu suchen. Er war schließlich in Mülheim gestellt und mit Georgios verwechselt worden, was zu seinem Tod auf dem Spielplatz an der Engelbertusstraße geführt hatte. Nach diesem Fehlschlag hatten Tersteegen und Beckert den Bulgaren angeheuert, der sein Werk schließlich im Marienhospital vollenden konnte, dabei aber selbst ums Leben kam.

Tersteegen wartet nun auf seinen Prozess, und Maren hofft, dass er sein restliches Leben hinter Gittern wird verbringen müssen.

Sie setzt sich wieder auf und muss lächeln. Bei all der Schlechtigkeit, die in diesem Zusammenhang auf sie niedergeprasselt war: Die beiden griechischen Familien haben sich versöhnt! Dieser Tatsache hat sie es zu verdanken, jetzt hier in Griechenland zu sein, denn die Stefanidis haben sie eingeladen.

Plötzlich fällt ein Schatten auf ihr Gesicht. Sie öffnet die Augen und blinzelt nach oben. Der Schatten gehört zu Niko, der unbemerkt zu ihrem Liegeplatz gekommen ist. Er steht einfach nur da und sieht sie an. Sie ist verblüfft und freut sich. Dann springt sie auf, und ehe sich Niko versieht, hängt sie an seinem Hals. Es ist ihm etwas unangenehm, aber er nimmt sie in die Arme.

»Es ist so schön, dich zu sehen«, murmelt sie an seinem Hals. Jetzt beginnt sie zu weinen, erst leise, die Tränen rollen ihr über die Wangen, dann schütteln Schluchzer ihren ganzen Körper. Niko hält sie fest.

»Es tut mir so unendlich leid«, flüstert er.

Das weiß sie, und Niko weiß, dass sie es weiß. Deshalb sagt sie nichts und nickt einfach. Als sie sich schließlich von ihm löst, wischt sie sich mit ihren Händen das nasse Gesicht ab. Er legt seine Hände auf ihre Schultern und blickt sie an.

»Lea ist oben und wartet. Hast du Lust, mit uns Kaffee zu trinken?«

»Habe ich«, sagt sie und lächelt.

»Na, dann los!«

Sie nimmt ihre Sachen und das Handtuch auf und wickelt es sich um die Hüfte. Kurz darauf machen sich beide Hand in Hand auf den Weg, über den schmalen Trampelpfad die Bucht zu verlassen.


ENDE